Beth Miller
Die Briefe der Mrs Bright

AF203637

Beth Miller

Die Briefe der Mrs Bright

Roman

Aus dem Englischen
von Susanne Just

dtv

Deutsche Erstausgabe
© 2020 Beth Miller
Titel der englischen Originalausgabe:
›The Missing Letters of Mrs Bright‹
(Storyfire Ltd trading as Bookouture, London 2020)
© 2025 der deutschsprachigen Ausgabe:
dtv Verlagsgesellschaft mbH & Co. KG
Tumblingerstraße 21, 80337 München
produktsicherheit@dtv.de
Lektorat: Anne Rudelt
Umschlaggestaltung: Katharina Hoppe, www.limes-design.com
Umschlagmotive: jiwstudio/Envato Elements; PixelSquid360/
Envato Elements; shutterstock.com/Laura Facchini, Helen Hotson;
Adobe Stock/Ortis, Designpics, Sync, Rungsan, Jillian Cain,
Pixel-Shot, Kimo, SusaZoom, Jan Kravtsov, architekturimbild,
ZoomTeam, Sky Stock
Satz: C.H.Beck.Media.Solutions, Nördlingen
Gesetzt aus der Stempel Garamond
Druck und Bindung: Druckerei C.H.Beck, Nördlingen
Printed in Germany · ISBN 978-3-423-22116-0

Für John,
der überhaupt nicht wie Richard ist.

1

KAY

An dem Rucksack hing noch das Preisschildchen mit dem Namen des Geschäfts. Ich schnitt es mit meiner Nagelschere ab und stopfte dann ein paar Sachen hinein: eine gemütliche Jeans, ein schwarzes Top, einen blauen Pulli, eine Handvoll Unterhosen, einen vernünftigen und einen unvernünftigen BH. Außerdem schmiss ich noch einige Paar Schuhe, meinen Kulturbeutel, einen schicken Lippenstift, den ich noch nie benutzt hatte, weil er so teuer war, das Buch, das ich gerade las, meinen Pass und mein Schweizer Taschenmesser, das mir mein Vater zu meinem fünfzehnten Geburtstag geschenkt hatte, mit hinein.

Dann, als ob ich jemanden aus einer kitschigen Fernsehserie spielte, riss ich mir leidenschaftlich meinen Ehering vom Finger. Beziehungsweise versuchte ich es, denn es war nicht so einfach, wie es klingt. Das Ding abzubekommen war ein absoluter Albtraum. Manchmal nahm ich ihn natürlich ab. Wenn ich Brot backte, zum Beispiel, weil ich das Gefühl hasste, wenn der Teig darunter festklebte. Wahrscheinlich hatte ich ihn aber schon seit einem Jahr nicht mehr abgenommen. Ich backe nicht sehr oft Brot. Als er endlich ab war, war mein Finger voller roter Quetschmale. Ich schob den Ring in die Tasche meiner Jeans, zog mir den Rucksack auf den Rücken – Gott, war der schwer – und ging hinunter.

Richard saß am Küchentisch und las gerade einen dicken Wälzer über den Zweiten Weltkrieg.

»Das wird toll«, hatte er vor anderthalb Jahren allen verkündet, die es hören wollten, als er endlich jemanden eingestellt hatte, der seinen vierten Laden für ihn leiten würde. »Ich werde alle Bücher lesen, für die ich bisher nie Zeit hatte.« Soweit ich das sehen konnte, las er seitdem an demselben reißerischen Was-wenn-die-Nazis-nicht-verloren-hätten-Schinken.

»Der Wasserkocher ist noch heiß«, sagte er, ohne aufzusehen.

Automatisch ging ich hinüber zum Küchentisch, doch dann fiel mir auf, dass ich gar keinen Tee wollte. Ich wollte überhaupt nichts in diesem Raum.

»Ich muss gehen«, antwortete ich stattdessen und vermutlich klang meine Stimme anders als sonst, weil er mich daraufhin dann doch anschaute und angesichts meines Rucksacks die Augenbrauen hochzog.

»Zum Laden?«, fragte er. Beide schielten wir automatisch hinüber zur Wanduhr. Es war elf, die Uhrzeit, zu der ich mich normalerweise montags und mittwochs auf den Weg machen würde. Das waren meine gemütlichen Tage, wenn Anthony bei Königstintenblau aufsperrte und ich nicht gleich in aller Frühe da sein musste. Aber normalerweise nahm ich keinen riesigen Rucksack mit. Ich fragte mich, ob Rich noch wusste, dass er mir den vor vier Jahren zu unserem Hochzeitstag geschenkt hatte, als Symbol dafür, dass beide Kinder jetzt erwachsen und unabhängig waren und wir nun endlich mehr reisen könnten; etwas, was ich mir schon ewig von ihm gewünscht hatte.

»Gehst du nach der Arbeit noch irgendwo hin?«, wollte

er wissen. »Entschuldige, ich habe vergessen, was du heute machst.«

»Ich bin diejenige, die sich entschuldigen sollte, Richard«, entgegnete ich.

»Warum?«, fragte er völlig ahnungslos.

»Weil …«, begann ich, verstummte dann aber. Er sah mich erwartungsvoll an. Eigentlich hatte ich sagen wollen: »… ich dich verlasse«, doch das klang so dramatisch, so dumm. Deshalb sagte ich stattdessen: »… ich, äh, ich fortgehe.«

Richards Gesicht erhellte sich. »Ach, zu Rose?«

»Vielleicht. Ich weiß noch nicht genau.«

»Wie meinst du das? Wo willst du denn sonst hingehen?«

»Na ja, zuerst einmal nach Sydney. Dann vielleicht Venedig. Oder Prag. Und danach, wer weiß? Lissabon oder Russland.«

»Ähh …« Mir war klar, dass er dachte, ich würde einen Scherz machen, aber nicht darauf kam, was daran lustig war. Es klang tatsächlich wie ein Scherz, weil ich ohne ihn nie weiter als Winchester gekommen war. Heiter sagte er: »Soll ich dir ein Mittagessen für unterwegs einpacken?«

»Es tut mir leid, Richard.« Ich holte den Ehering aus meiner Hosentasche und hielt ihn ihm hin. »Es tut mir ehrlich leid.«

Er starrte meine Hand an, dann wanderte sein Blick langsam nach oben, bis er meinen kreuzte.

»Kay, was ist los?«

»Ich gehe fort.« Ich brachte es immer noch nicht fertig zu sagen: *Ich verlasse dich.*

»Aber was soll das heißen?«

Ich schüttelte den Kopf. »Ich … ich gehe fort von dir.«

»Oh Gott. Oh nein.« Er schob sein Buch zur Seite. »Habe ich irgendwas getan?«

Er streckte mir seine Hand entgegen, aber anstatt sie zu nehmen, ließ ich den Ring hineinfallen. Er drehte ihn in der Handfläche, als ob er ihn zum ersten Mal sähe.

»Passiert das gerade wirklich?«

»Ja«, sagte ich. So ein kleines Wort, und normalerweise bedeutete es etwas Positives. Aber nicht immer.

Richard blickte von dem Ring zu mir und sackte dann einfach in sich zusammen. Er ließ die Schultern hängen und vor dem Hintergrund seines erschrockenen, weißen Gesichts sahen die Ringe unter seinen Augen noch dunkler aus.

»Bitte nicht, Kay.«

Ich wusste, dass es besser wäre, jetzt sofort zu gehen, aber ich wollte es ihm auch erklären. Obwohl ich wusste, dass er es nie verstehen würde.

»Weißt du, es gibt so viele Dinge, die ich tun will.« *Schwach, Kay, schwach.*

»Bitte setz dich, Kayla. Nimm den Rucksack ab. Nur für eine Minute.«

Diesen Kosenamen hatte er schon seit Jahren nicht mehr benutzt. Aber ich schüttelte den Kopf. Wenn ich mich jetzt hinsetzte, würde ich meinen Schwung verlieren, Gründe finden, um mein Fortgehen aufzuschieben, morgen gehen, oder nächste Woche, oder nie.

»Na gut«, sagte er, »dann stehe ich eben auf.«

Über den Tisch hinweg blickten wir uns an. Er sah immer noch gut aus, sein grau meliertes Haar verlieh ihm Würde. Seine blauen Augen, die genau dieselbe Farbe hatten wie Stellas, strahlten hell, obwohl sie jetzt gerade untypisch wässrig waren. Klar, er hatte sich verändert, seit ich ihn als schlaksigen Mittzwanziger kennengelernt hatte, aber wer von uns hatte das nicht? Für einen Mann Ende fünfzig war er in ziemlich guter Form. Breitschultrig, fünfzehn Zentimeter größer als ich. Nicht kann ihn Alter hinwelken, fiel mir sinnloserweise dazu ein.

»Nun«, begann er ruhig, »es gibt also Dinge, die du tun willst?«

»Ja.«

»Und die kannst du nicht tun, während du gleichzeitig noch mit mir verheiratet bist? Oder vielleicht sogar mit mir gemeinsam?«

Ich beschwor mich selbst, nicht sauer zu werden. Ich versuchte es mit dieser Ein-Nasenloch-Atemtechnik, auf der sie im Yogaunterricht immer herumritten. Dafür musste ich zwar mein rechtes Nasenloch mit dem Zeigefinger zuhalten, aber ich bin mir ziemlich sicher, dass es einfach nur so aussah, als würde ich noch angestrengter nachdenken.

Ich antwortete: »Na ja, Dinge, die ich *mit* dir tun kann, sind es schon mal nicht, so viel steht fest.«

»Oh, ich verstehe. Hab schon kapiert.« Er wurde lauter. »Es gibt einen anderen, oder? Du hast jemanden kennengelernt.«

Mit dem Daumen hielt ich mir jetzt das linke Nasenloch zu. Einatmen, zwei, drei, vier. »Nein, habe ich nicht.«

»Ich bin so ein Idiot. Du warst in letzter Zeit so abwesend, und ich dachte, es hätte etwas mit den Wechseljahren zu tun.«

»Ich bin noch nicht in den Wechseljahren, Richard.«

»Und, wer ist er? Kenne ich ihn? Gott im Himmel!« Er schlug mit der Hand auf den Tisch. »Es ist dieser Typ, oder, dieser Typ, in den du verliebt warst, der eine, den du für mich verlassen hast? David. Der, der nicht ...«

»Nein!«

Für einen Augenblick glomm unser Geheimnis wieder zwischen uns auf, trunken von einem winzigen Hauch Sauerstoff, nachdem es jahrelang erstickt worden war.

»Bitte nicht, Richard. Ich habe David seit damals nie wieder gesehen. Das schwöre ich. Ich habe keine Affäre mit ihm oder sonst wem.«

Richard starrte mich an. Dann sagte er: »Willst du wissen, warum Edward ...«, doch verstummte dann.

»Warum Edward was?«

»Nichts.«

»Los, was wolltest du sagen?«

Er schüttelte den Kopf und kehrte wieder zu seinem vorherigen Thema zurück. »Aber du musst eine Affäre haben, sonst ergibt das doch gar keinen Sinn.« Bei dem letzten Wort brach seine Stimme.

Sanft entgegnete ich: »Für mich ergibt es Sinn. Es gibt Dinge, die ich tun will, bevor ich zu alt dafür bin, allerdings sind das Dinge, die du nicht tun willst.«

Laut ausgesprochen klang das erbärmlich. Ich konnte die Stimme meiner Schwiegermutter hören – *na und, dann ist er eben ein Workaholic, es gibt Schlimmeres im Leben!* Ich wusste, dass ich schleunigst hier raus und in mein Auto steigen musste, doch der Gedanke daran machte mich unglaublich müde.

Richard kannte mich so gut, er konnte sehen, dass ich langsam einknickte. Er fing an zu lächeln.

»Kayla, Schatz. Hör zu.« Wie gut ich dieses Lächeln kannte, diesen selbstbewussten Ausdruck von jemandem, der daran gewöhnt ist, immer seinen Willen zu bekommen. »Wie wäre es denn damit? Du gehst eine Weile fort. Mehrere Wochen, sogar ein paar Monate, und dann siehst du einfach, wie du dich damit fühlst. Kein Grund, drastische Maßnahmen zu ergreifen, wir müssen ja nicht gleich Mum und die Kinder in Alarmbereitschaft versetzen. Warum gehst du nicht einfach auf diesen Selbstfindungstrip, oder was auch immer du tun willst, und wenn du zurückkommst, warte ich hier auf dich. Hmm? Kayla? Nimm doch den schweren Rucksack ab. Wir setzen uns hin und reden miteinander.«

Ich wusste, dass das, was er sagte, komplett vernünftig und sinnvoll war. Wenn ich das täte und eine von Richard abgesegnete Auszeit nähme, hätte die Sache tatsächlich auch nur einen Haken, und zwar, dass ich keine Zukunft ohne Sicherheitsnetz beschreiten könnte. Und das musste ich so sehr, wie eine verdurstende Person Wasser trinken muss. Mein ganzes Leben lang hatte ich ein Sicherheitsnetz gehabt: erst mit meinen Eltern, dann für beinahe dreißig Jahre mit Richard. Sicher, vorhersehbar, ohne Überraschungen. Was auch immer noch von meinem Leben ohne ein solches Netz übrig war, das wollte ich ausprobieren. Die Augen schließen und mich auf ein Wagnis einlassen.

Wie einfach es wäre, diesen Rucksack abzusetzen – der wog wirklich eine Tonne – und sich in einen Stuhl fallen zu lassen. Reden, ihn meine Probleme lösen lassen, ihn mir sagen lassen, wie alles werden würde.

Aber nein. Diesmal nicht.

»Ich stehe gerne, danke«, entgegnete ich und ging einen Schritt weiter zurück, einen Schritt näher auf die Tür zu.

»Hör zu.« Er streckte die Arme aus. »Vielleicht war ich

wenig abenteuerlustig. Das tut mir leid. Wir waren so beschäftigt mit den Kindern ...«

»Die jetzt beide erwachsen sind.«

»Stella ist doch gerade erst ausgezogen!«

»Sie ist seit einem halben Jahr weg«, stellte ich fest.

»Und mit den Läden.«

»Aber du wolltest dich doch jetzt endlich etwas mehr zurücklehnen, Richard.«

»Ja, aber du nicht. Du leitest den Laden doch gerne.«

»Ach ja?«

»Etwa nicht?«

»Das war dein Traum, Richard, nicht meiner. Und du hast das fantastisch gemacht. Einen Laden zu einer Kette ausgebaut, jetzt hast du vier Läden und verdienst genug Geld, um nun offiziell kürzertreten zu können. Ich dachte, dass wir jetzt vielleicht endlich ein paar Dinge gemeinsam unternehmen könnten, aber du arbeitest einfach immer weiter.« Noch während ich das sagte, wusste ich, dass seine Antwort keine Rolle spielen würde, weil die Sache mit den gemeinsamen Unternehmungen nämlich bloß einen Teil von allem ausmachte.

»Nun gut, ich danke dir für deine Ehrlichkeit.« Ich konnte hören, wie sich die alte Sicherheit wieder in seine Stimme zurückschlich. »Das ist also ein Weckruf. Nimm dir deine Auszeit und lass uns dann auf Reisen gehen. Etwas unternehmen. Zum Abendessen reservier ich uns gleich einen Tisch in einem hübschen Restaurant.«

»Ich sollte dir allerdings nicht erst sagen müssen, dass ich dich verlasse, damit du etwas mit mir unternehmen willst, Richard.« Na also, jetzt hatte ich es doch ausgesprochen. *Ich verlasse dich.* »Und überhaupt, das ist nicht alles.« Ich atmete einmal tief durch. »Ich will nicht mehr verheiratet sein.«

»Ohhh Scheiße.« Abrupt, als ob ich ihm einen Schlag in die Magengrube verpasst hätte, setzte er sich hin und starrte mich an, als ob er nicht wüsste, wer ich war. Eine Ewigkeit des Schweigens verging, während der er so dasaß, ich stand und wir uns beide anschauten. Dann fragte er: »Was ist mit dem Laden?«

Es war ein Zeichen dafür, wie schockiert er war, dass er so lange gebraucht hatte, um an das Wichtigste überhaupt zu denken: den Dienstplan für den Laden.

»Anthony schafft das für heute auch alleine«, erwiderte ich. »Aber dienstags hat er immer frei, also musst du dir für morgen Ersatz suchen.«

»Guter Gott.« Mit einer Hand bedeckte Rich die Augen. Meine Aussage, er müsse sich Ersatz suchen, war eindeutig das, was ihn davon überzeugte, dass ich es ernst meinte. In den fünfundzwanzig Jahren, in denen ich seinen größten Laden für ihn geleitet hatte, hatte ich ihn so gut wie nie darum gebeten. Ich machte zwei weitere Schritte Richtung Tür.

»Wie wirst du dir dein Geld verdienen?«

»Das wird schon irgendwie gehen. Es tut mir leid«, wiederholte ich zum hundertsten Mal.

Er sah auf. »Dann geh nicht. Wenn es dir leidtut.«

Wenn ich weiterhin so dastand, würde es für uns beide nur noch schmerzvoller werden. Also umfasste ich die Gurte des Rucksacks und sagte: »Bis bald.« Dann drehte ich mich um und ging hinaus in den Flur.

»Gott! Kay!« Ich hörte, wie der Stuhl über den Boden scharrte und nach hinten auf das Parkett fiel, als er mir hinterherlief.

Ich öffnete unsere gelbe Haustür und er kam auf mich zu-
gesprintet, als ob er sie wieder zuschlagen wollte, also trat
ich schnell hinaus auf den Gehweg.

»Geh nicht«, flehte er. »Bitte.«

Ich würde gerne behaupten, dass ich ungerührt davon-
ging, ohne ein weiteres Wort. Doch aus irgendeinem Grund
drehte ich mich noch einmal um und sagte: »Auf Wiedersehen. Danke dir vielmals für die Ehejahre.« *Danke, dass ich
kommen durfte. Das Abendessen war super.* Gott!

Er sah so überrascht aus, wie ich mich fühlte, weshalb es
vielleicht also doch ein günstiger, wenn auch peinlicher Abschied war, weil er ihm keinen Spielraum mehr ließ. Vermutlich hätte er »Gern geschehen« antworten können, das
tat er aber nicht. Stattdessen stand er da und schaute mir
dabei zu, wie ich den Rucksack in den Kofferraum lud,
mich auf den Fahrersitz setzte und von unserem Haus weg-
fuhr. Sogar nachdem ich in die nächste Straße abgebogen
war, spürte ich noch, wie sich sein Blick in mich bohrte.

Ich wünschte, dass mein Selbstbewusstsein noch ein bisschen länger angehalten hätte, doch meine Hände fingen
derart an zu zittern, dass ich das Lenkrad kaum gerade
halten konnte. Ein paar Straßen weiter, fast vor Stellas alter
Grundschule, hielt ich an. Zu weit, als dass Richard mir
nachlaufen könnte – nicht, dass das wahrscheinlich war.

Und jetzt?

Unnütz hämmerte ich auf mein Handy ein. Ich konnte
mich nicht mehr an mein Passwort erinnern und meine Finger waren zu schwitzig, als dass die Fingerabdruckerken-
nung funktioniert hätte. Schließlich fiel mir das Passwort
wieder ein – Edwards Geburtsdatum – und nach ein paar
Versuchen kam ich in mein Handy rein. Aber nachdem ich

einmal drin war, wusste ich nicht mehr genau, was ich tun sollte. Ich gab »Hotels« in Safari ein, wusste aber nicht, wo ich hin wollte. Ich war in London – es gab hier mehr Premier Inns, als man überhaupt zählen konnte. Sollte ich eines in der Nähe nehmen, damit Richard und ich uns zum Reden treffen konnten? Oder eines weiter weg, damit wir das nicht konnten? Was war die richtige Vorgehensweise fürs Weglaufen? Ich googelte »Wie verlasse ich meinen Ehemann«, obwohl es dafür vermutlich schon ein bisschen zu spät war. Wie auch immer, die Ratschläge hatten meistens mit Geld zu tun und schienen erschreckenderweise vorzuschlagen, dass ich eventuell Schutz in einem Frauenhaus suchen sollte. Meine Atemzüge, kleine, erstickte Japser, hallten mir laut in den Ohren wider. Ich versuchte, langsamer zu atmen, wieder abwechselnd nur durch eines der beiden Nasenlöcher, doch ich schien keine Kontrolle mehr darüber zu haben.

Ich brauchte jemanden, der mir sagte, was als Nächstes zu tun war. Ich rief Rose an, die naheliegendste Person, doch der Anruf sprang gleich auf die Mailbox und da fiel mir wieder ein, dass sie für ein verlängertes Wochenende in Lille und nicht vor morgen wieder zurück war. Zweifelsohne schlenderte sie gerade durch alle möglichen Sehenswürdigkeiten von Lille. Ich hatte keine Ahnung. Ich wusste nicht einmal genau, wo Lille überhaupt lag. Frankreich, wahrscheinlich. Oder Belgien? Ich wusste auch nicht, mit wem sie dort war. Ihren Kindern? Einem ihrer Freunde aus Winchester?

Mein Finger schwebte über Stellas Nummer, aber würde sie sich darüber freuen, wenn ich sie fragte, ob ich einen Abstecher nach Essex machen könnte, um sie zu besuchen und ein paar Tage zu bleiben? *Nur wir zwei Mädels, ein bisschen*

Spaß haben, ein bisschen shoppen gehen. Ach ja, und übrigens, ich habe deinen Vater verlassen ... vielleicht lieber nicht.

Ich war so ein Idiot, dass ich das nicht geplant hatte. Ich hätte so lange warten sollen, bis Rose wieder da war, oder wenigstens ein Hotel buchen sollen. Aber andererseits, wenn ich abgewartet, mein Fortgehen geplant hätte, hätte ich dann den Mumm gehabt, es auch wirklich durchzuziehen? Der Gedanke daran hatte mich erst heute Morgen aus der Tür gedrängt, obwohl er mir schon etwas länger im Kopf herumspukte. Ein Gedanke, den ich immer ganz weit nach hinten verbannt hatte, bevor er zu laut werden konnte. Der Gedanke, mein Leben zurückzulassen und diese gelbe Haustür hinter mir zuzumachen. Diesen Gedanken hatte ich mit keinem Sterbenswörtchen jemals irgendwem gegenüber angedeutet, hatte ihn ja selbst kaum wahrhaben wollen, sondern angenommen, dass er sich schließlich einfach in Luft auflösen würde. Aber heute Morgen war irgendetwas anders gewesen und ohne große Vorwarnung hatte sich der Gedanke ans Fortgehen einfach von selbst in die Tat umgesetzt.

Es war so seltsam, dass Richard David erwähnt hatte. Wir sprachen nie über ihn und ich selbst hatte schon seit Jahren nicht mehr an ihn gedacht. Zumindest nicht viel. Aber vor ein paar Wochen, als ich nach den Briefen von Bear gesucht hatte, war ich über ein paar meiner alten Fotos gestolpert und da war David, kunstvoll in Schwarz-Weiß abgelichtet, so gut aussehend, wie ich ihn in Erinnerung hatte.

Ich scrollte weiter meine Kontakte durch, versuchte, wie ein normaler Mensch zu atmen, und sah Gott sei Dank Imogens Namen. Ich hatte keine Ahnung, warum ich nicht schon längst an sie gedacht hatte. Ich drückte so fest auf

ihre Nummer, dass mich das Handy fragte, ob ich sie löschen wollte.

»Ach, Kay, *Chérie*, wie nett, von dir zu hören.«

»Imo, Liebes«, sagte ich wie immer, obwohl ich normalerweise nicht jedes Wort mit kleinen Japs-japs-japs-Lauten
durchlöcherte. »Das hübsche Bryn Glas ist vermutlich nicht
gerade frei, oder?«

»Doch, fahr nur hoch«, antwortete sie. »Lüfte einmal gut
durch.«

Gott sei Dank. »Ich weiß noch nicht genau, wie lange ich
bleibe ...«

»Solange du möchtest, Kay. Hast du etwa diese schreckliche Erkältung, die gerade umgeht? Ignorier einfach allen
Immobilienmakler-Unsinn, der durch den Postschlitz kommt.
Ein paar meiner nervigen Verwandten versuchen mich nämlich davon zu überzeugen, es zu verkaufen, aber ich igno-
riere sie. Nur über meine Leiche.«

Ich bedankte mich bei ihr, legte auf und betete, dass sie
noch viele weitere Jahre kerngesund bleiben würde. Ich gab
die Adresse ins Navi ein, wobei ich am Rande bemerkte,
dass meine Hände ein bisschen weniger zitterten und sich
das Japsen ein bisschen beruhigt hatte, und fuhr mit dem
Auto Richtung Westen los. Ich war dorthin unterwegs, wo
ich von Anfang an hätte hinfahren sollen.

Da fiel mir David wieder ein, der vor drei Jahrzehnten
einmal gesagt hatte: »Wann immer sich eine Gelegenheit
zum Reisen bietet, sollte man stets gen Westen reisen.« Die
Feierlichkeit dieser Aussage unterstrich er, indem er sofort
lauthals den Refrain von ›Go West‹ von den Village People
zu grölen begann, doch das Gefühl stimmte. Ich musste gen
Westen fahren.

Brief vom 15. Mai 2018

Liebste Bear,

tja, das wird ja langsam zu einer Gewohnheit: Schon das dritte Mal, dass ich dir schreibe, ohne einen Brief von dir, auf den ich antworten kann. Drei fehlende Briefe in fünf- unddreißig Jahren klingen zwar nicht nach viel, aber sie sind alle aus dem letzten halben Jahr. Davor hätte ich meine Uhr nach deinen Briefen stellen können. Einen Monat schreibst du, im nächsten ich. So war es doch schon immer, oder? Ich hoffe, es ist alles in Ordnung. Hoffentlich ist es bloß irgendein komisches Durcheinander bei der Post. Aber ich mache mir Sorgen um dich.
Ich schreibe dir aus dem Bryn Glas Cottage. Ich bin gestern hier angekommen. Ich weiß, dass ich das Cottage schon in anderen Briefen erwähnt habe. Und da ich ja keine Neuigkeiten von dir habe, auf die ich antworten kann, und es so ein besonderer Ort für mich ist, werde ich dir von dem Cottage erzählen. Ein wahres Refugium, besonders dieses Mal.
Das letzte Mal war ich mit Rose hier, zu meinem Fünf- zigsten. Aber ich komme schon seit zwanzig Jahren immer wieder hierher, seit Alice mein erschöpftes Gesicht ge- sehen – die Kinder waren damals noch klein und viel Arbeit – und zu Richard gesagt hat: »Deine Frau muss

einmal hier raus. Ich kenne den perfekten Ort.« Ich
glaube, dass ich dir damals davon berichtet habe.
Dieser erste Besuch, eine Gefälligkeit von Alice, war eine
wunderbare Auszeit von meinem geschäftigen, chaotischen
Leben. In ihrer Obhut ließ ich zwei laute Kinder, einen
größtenteils abwesenden Ehemann und die gewaltige Last
meiner Arbeit zurück. Als ich den Schlüssel aus der Schlüs-
selbox draußen nahm – das erste Mal, dass ich so eine
gesehen habe – und die schwere, alte Holztür aufsperrte,
war es, als wäre ich in einen Feenring gestolpert, wie wir
ihn damals in der Schule immer mit Kreide aufgemalt
haben. Weißt du noch, wie wir das gemacht haben, Bear?
Ein magischer Ort, der jedem, der ihn betrat, besondere
Kräfte verlieh. So hat sich das Cottage für mich angefühlt,
und das tut es immer noch. Hier bin ich mehr ich selbst,
zufriedener.
Es gehört Imogen, einer Freundin von Alice aus den Tagen,
als sie noch für den niederen Adel gekocht hat. Bryn
Glas – was auf Walisisch »grüner Berg« bedeutet – ist
schon seit Ewigkeiten in Imogens Familienbesitz. Vielleicht
haben ihre Vorfahren vor einhundertfünfzig oder zwei-
hundert Jahren sogar hier gewohnt. Imogen ist aber nicht
adelig, bevor du dir jetzt ein ausladendes Herrenhaus vor-
stellst, das ironischerweise als Cottage bezeichnet wird. Sie
war eine dieser schrecklich vornehmen Damen aus Alice'
Bekanntenkreis, die, wie sie wusste, als Hofdame arbeitete
(»Weil sie stets hoffte, dass ihr bald ein reicher Mann den
Hof machen würde«, wie Alice immer gerne spöttelte).
Als ich zum ersten Mal herkam, wurde es noch als länd-
licher Rückzugsort für Imogens Freunde und Bekannte
genutzt, doch im Laufe der Zeit dann nur noch von einer

schwindenden Zahl von Leuten und jetzt, glaube ich,
vielleicht sogar nur noch von mir. Imogen selbst wohnt nie
hier im Cottage, sie verlässt London nur ungern, aber sie
zahlt immer noch eine Zugehfrau, die alle zwei Wochen
putzt, und einen Gärtner, der einmal im Monat kommt.
Nach meinem ersten Besuch musste ich nicht mehr den
Umweg über Alice nehmen, sondern konnte Imogen direkt
anrufen.
»Imo, Liebes«, sagte ich dann immer und imitierte damit
die Art und Weise, in der Alice und sie miteinander spra-
chen, obwohl ich sie nie persönlich kennengelernt habe.
»Das hübsche Bryn Glas ist vermutlich gerade nicht frei,
oder?«
Das sage ich jedes Mal, obwohl es immer frei ist. Sie nennt
mich »Chérie«. »Doch, natürlich, Chérie, fahr hin und gib
dem alten Ort ein bisschen Liebe«, sagt sie dann. Als Miete
hat sie immer nur einen symbolischen Betrag verlangt,
aber sogar das ist über die Jahre im Sande verlaufen. Die
Schecks, die ich ihr schicke, werden so gut wie nie einge-
löst. Sie scheint einfach glücklich zu sein, wenn ab und zu
einmal jemand darin wohnt.
Als die Kinder noch klein waren, haben sie es geliebt, dort
zu sein, genau wie ich. Ganz früh am Morgen fuhr ich
immer zusammen mit ihnen hoch, ganz die Kapitänin des
Schiffs, und hörte leise Musik im Radio, während sie hin-
ten auf dem Rücksitz schliefen, für vier oder fünf Stunden,
und sie wachten erst auf, wenn ich vor dem Cottage hielt
und den Motor abstellte.
In meiner Erinnerung scheint immer die Sonne, strahlt
umherschwebende Wolken von Feenstaub an und wirft
einen Schimmer auf Edwards goldenes Haar. Vor lauter

Aufregung, zu der Schaukel mit dem Holzsitz vor dem
Cottage zu kommen, fällt er fast aus dem Auto. Stella
schaut mich aus großen, blauen Augen an und sagt:
»Mein Lieblingsort.«
Ich steige aus, strecke meinen krummen Rücken durch,
lasse mich von den Sonnenstrahlen wärmen und spüre die
Stille der Berge, die uns umgeben. Ich mache die schweren
Türen auf und atme tief den Geruch des Cottage ein, und
für einen Augenblick, während die Kinder in der Nähe
spielen, finde ich perfekten Frieden.
Aber nur für einen Augenblick, wohl gemerkt. Danach
wurde erst einmal ausgepackt und Betten gemacht, die
Kinder rannten herum, und zweifelsohne würde es später
Streit darüber geben, wer als Nächstes schaukeln dürfe.
Und auf mich wartete die harte Arbeit, wieder mal einen
Familienurlaub allein zu managen, weil Richard, selbst
wenn er es schaffte, für ein paar Tage zu uns hochzu-
kommen, nie bei irgendeiner Planung oder Organisation
mitmachte. Die ersten paar Male habe ich mich ohne ihn
ein bisschen einsam gefühlt, aber ehrlicherweise wäre ein
Teil des Friedens an diesem Ort verlorengegangen, wenn er
wirklich mitgekommen wäre.
Je älter die Kinder wurden, desto weniger Lust hatten sie
auf »das Cottage mitten im Nirgendwo«. Als sie irgend-
wann also nicht mehr mitkommen wollten, fuhr ich mit
Rose hierher. Das Cottage war immer frei, immer für mich
da, unerschütterlich, mit seinen Flintsteinwänden, deren
Wärme ich spürte, wenn ich sie anfasste. Und jetzt bin ich
wieder hier.
Na ja, ich habe mir deinen letzten Brief vom Oktober
noch mal angesehen. Ich habe ihn sechsmal durchgelesen,

auf der Suche nach Hinweisen, warum du vielleicht auf-
gehört hast zu schreiben. Aber ich kann nichts finden. In
deiner Arbeit läuft alles gut, Charlie geht es gut, du hast
ein Konzert besucht, in dem er Fagott gespielt hatte, der
talentierte Junge.

In letzter Zeit habe ich viel über die Vergangenheit nach-
gedacht. »*Oh nein!*«, *höre ich dich jetzt rufen.* »*Das ist ein*
Fehler!« *Aber seit Mum habe ich oft an die Zeit gedacht,*
als wir noch jünger waren, und mich gefragt, ob die Ent-
scheidungen von damals die richtigen waren. Ein bisschen
hab ich sogar an Ihn-dessen-Name-ich-nie-mehr-erwäh-
nen-werde gedacht. <u>*Das*</u> *ist doch mal eine Auseinander-*
setzung mit der Vergangenheit, oder? Du bist der einzige
Mensch auf der Welt, der vielleicht verstehen kann, wie
schmerzvoll es ist, daran zurückzudenken. Aber zum
ersten Mal seit Jahren habe ich mir den Kummer, den ich
damals durchgemacht habe, wieder in Erinnerung gerufen,
die unmöglichen Entscheidungen, den Pakt mit Richard.
Unsere katholische Erziehung hat schon eine ganze Menge
zu verantworten, was?

Bis zum heutigen Tag kennen bloß du, Richard, ich und
EDNINMEW die Wahrheit. Aber ist das richtig so? Sollte
ich es vielleicht noch anderen Leuten, wichtigen Leuten
erzählen, bevor es zu spät ist?

Darüber grüble ich immer noch nach.

Wie auch immer, es gibt Dinge, die ich <u>*tatsächlich*</u> *tue,*
bevor es zu spät ist. Du wirst dich wundern, wenn ich dir
davon erzähle. Ich habe etwas Drastisches getan, etwas
Gigantisches, und ich fühle mich hibbelig und komisch
und ehrlich gesagt so, als würde ich bald einen hysteri-
schen Anfall bekommen. Ich kann es gar nicht glauben,

dass ich dir nicht auf der Stelle alles erzähle, meiner loyalsten Vertrauten. Doch das würde sich seltsam anfühlen, wenn ich nicht mit Sicherheit weiß, dass du immer noch am anderen Ende dieses Briefes bist. Es wird also so lange warten müssen, bis du mir zurückschreibst. Oder bis ich dich besuchen komme – ich weiß, dass ich schon seit Jahren sage, dass ich mal rüberkomme, aber diesmal komme ich wirklich. Mein Visum hab ich schon.

Bis zum nächsten Mal.

Du fehlst mir.

Immer, Kay

2

STELLA

Ich war überrascht, mein Telefon klingeln zu hören, weil ich gedacht hatte, dass der Akku komplett leer sei. Gabby und ich hatten den ganzen Tag über hart auf dem Food Market gearbeitet, und obwohl der Ansturm der Mittagszeit schon vorbei war, hoffte Gabby noch auf ein paar Nachzüglerkunden. Ich fischte mein Handy aus der Hosentasche und ließ es fast fallen, als ich sah, dass es Dad war. Der rief doch nie an.

»Hallo, Dad? Ist alles in Ordnung?«

Es herrschte Schweigen. Ich wollte gerade etwas sagen, als mir auffiel, dass da doch etwas zu hören war – ein sehr komisches Geräusch. *Weinte* Dad etwa?

»Dad! Was ist los?« Keine Antwort. »Hör zu, mein Akku ist fast leer –«

»Stella?«, sagte er. Er weinte *tatsächlich*. »Ich muss wirklich –«

Da ging mein Handy aus und ich starrte es ungläubig an. Gerade erschien dieser kleine Kreis in der Mitte, der einen wahnsinnig werden lässt, weil er sich immer weiterdreht und weiterdreht, bis das Handy schließlich ausgeht.

»Scheiße, Scheiße, Scheiße.« Mir wurde ganz kalt. »Gabby, kann ich bitte kurz dein Handy benutzen?«

»Na ja, nicht wirklich«, erwiderte Gabby, während sie in einem der Töpfe mit Essen auf unserem Verkaufsstand rührte. »Das ist gerade in Benutzung.« Sie machte eine flüchtige Handbewegung zu ihrem Handy hinüber, das mit dem Kartenlesegerät verbunden war.

»Aber es ist doch gar keiner da.«

»Aber was, wenn jemand kommt und mit Karte zahlen will, während du mein Handy benutzt?«

Ich starrte sie an. Unser Banner – »Lecker Schmecker: Authentisches Street Food aus Sri Lanka« – flatterte über unseren Köpfen im Wind.

»Tut mir leid«, entgegnete sie, klang aber nicht so. »Wenn du noch eine halbe Stunde wartest, bis wir zusammenpacken, dann kannst du es dir ausleihen.«

Ich nahm meine Schürze ab. »Ich such lieber eine Telefonzelle.«

»So Neunziger«, kommentierte Gabby. Sie wandte ihre Aufmerksamkeit einer Frau zu, die an unserem Stand vorbeiging. »Hallo, die Dame, kann ich Sie vielleicht für ein köstliches, frisches Gericht begeistern …«

»Nein, danke«, wiegelte die Frau ab und ging schneller.

Ich eilte über den Innenhof und an den anderen Essensständen vorbei: Jamaikanisch, Indisch, Noodles, Japanisch. *Telefonzelle, Telefonzelle.* Gab es in der Stadt eine? Oder überhaupt irgendwo? Ich konnte mich nicht daran erinnern, wann ich zuletzt eine gesehen hatte. Mit Sicherheit hatte ich schon seit meiner Kindheit keine mehr benutzt. Rasch durchquerte ich den Food Market und trat auf die Haupteinkaufsstraße. Vielleicht war Mum krank. Oder, oh Gott, vielleicht war sie tot. Autounfall, ein Blutgerinnsel im Gehirn, ein Raubüberfall im Laden. Ich bemerkte, dass ich weinte, und versuchte, mich zusammenzureißen. Was würde Bettina sagen? *Indem du dir das Schlimmste vorstellst,*

machst du die Sache zu einer Katastrophe, Stella. Das
Schlimmste passiert bloß selten. Tief durchatmen.

Bettina hatte recht. Mum war nie krank. Ihr passierte nie
etwas. Auf sie war Verlass, es ging ihr sicher gut. Wahrscheinlich hatte es eher was mit Edward zu tun, oder seinen
Kindern. Gott. Oder vielleicht hatte Dad herausgefunden,
dass er selbst krank war: Prostatakrebs oder Darmkrebs,
alles Mögliche.

Gott sei Dank war vor der Bibliothek eine Telefonzelle.
Ich ignorierte den grauenhaften Geruch in der Kabine und
wählte die Nummer meiner Eltern. Aber jedes Mal, wenn
ich Geld in den Schlitz warf, kam es wieder raus. Eine Ein-
Pfund-Münze kam so heftig wieder herausgeschossen, dass
sie auf den Boden fiel und nachdem ich die Pfütze aus einer
unbestimmten Flüssigkeit gesehen hatte, in der sie gelandet
war, beschloss ich, sie dort liegen zu lassen.

Während ich versuchte, nicht loszuschluchzen, rannte ich
in die Bibliothek.

»Die Telefonzelle funktioniert nicht«, schrie ich den dun-
kelhaarigen Typen am Eingang an, als ob es seine Schuld
wäre. In jedem Fall schien er aber die volle Verantwortung
dafür übernehmen zu wollen.

»Ich weiß, die funktioniert schon ewig nicht mehr, das
sage ich denen immer wieder. Aber Borger können unser
Münztelefon dort drüben benutzen.« Er deutete auf die andere Seite des Raumes. Trotz meiner Panik konnte ich nicht
umhin zu bemerken, dass er für einen Bibliothekar ziemlich
jung und heiß war.

»Ich bin eigentlich gar kein Borger«, sagte ich und dachte
dummerweise an die winzigen Menschlein in dem Kinder-
buch *Die Borger*.

»Schon okay«, meinte er. »Man braucht Pfundmünzen oder fünfzig Pence. Hast du genug Geld?«

Wegen der über die Maßen besorgten Art, mit der er mich das fragte, ging mir auf, dass er dachte, ich sei eine Obdachlose. Okay, ich hatte mich zwar vor dem Schlafengehen nicht mehr abgeschminkt und war viel zu früh aufgestanden, als dass ich mich dazu hätte bequemen können, irgendetwas dagegen zu tun, und ich trug eine Strickjacke und Baggy Jeans. Aber so schlimm war es doch sicher auch wieder nicht … da bemerkte ich einen alten, müffelnden Mann, der neben mir wartete, der seine Cordhose am Bund mit einer Wäscheleine festgezurrt hatte und eine Großdruckausgabe von *Fifty Shades of Grey* in der Hand hielt. Ich war bloß minimal besser angezogen als er.

»Ja, danke, ich habe Geld«, gab ich zurück und ging stolzen Schrittes, wie ich hoffte, hinüber zu dem Telefon. Ich schob ein Pfund in den Schlitz und wählte die Festnetznummer – wir alle hatten es vor langer Zeit aufgegeben, Dad von einem Handy überzeugen zu wollen –, aber er ging nicht ran. Stattdessen hörte ich die alte und formale Ansage meiner Mutter auf dem Anrufbeantworter: »Das ist das Telefon von Richard, Kay, Edward und Stella. Gerade können wir nicht rangehen, aber wir rufen gerne zurück.« Eine Pause, und dann. »Wie macht man das Ding wieder aus, Richard?«

Meine stillstehenden, unveränderlichen Eltern. Es war jetzt zehn Jahre her, dass Edward zum Studieren an die Universität nach Schottland gegangen war. Er war dort geblieben, hatte geheiratet und eine Familie gegründet, und trotzdem war sein Name immer noch auf ihrer Ansage. Nur zur Information: Dass mein Name immer noch auf der Ansage mit drauf war, ergab peinlicherweise sogar Sinn. So lange war es nämlich noch nicht her, dass ich es endlich geschafft hatte auszuziehen.

Doch dann drang Dads Stimme durch den Telefonhörer und würgte den Anrufbeantworter ab. »Ach, Gott sei Dank, Stella.«

»Was ist passiert, Daddy? Sag's mir schnell.«

»Es geht um deine Mutter. Sie ist fortgegangen.«

»Fortgegangen?« Ich spürte, wie mir das Herz in die Hose rutschte. »Wohin denn fortgegangen?«

»Fortgegangen.« Jetzt fing er richtig an zu weinen. »Fort. Weg. Sie hat mich verlassen.«

Taumelnd ging ich zurück zu unserem Stand. Ich wünschte, ich würde Gabby gut genug kennen, um mich in ihre Arme werfen zu können. Doch das tat ich nicht. Nachdem wir in eine WG gezogen waren und angefangen hatten zusammenzuarbeiten, starteten wir sofort durch. Viel länger als sechs Monate waren wir zuvor nicht befreundet gewesen. Eine Sache wusste ich allerdings über sie, weil sie es oft genug erwähnt hatte, und zwar, dass sie kein Fan von Gefühlsdramen war. Als wir dann zusammenpackten, erzählte ich ihr also so ruhig und gefasst ich konnte von dem schrecklichen Telefonat.

»Ich glaube, meine Eltern haben sich gerade getrennt.« In meinen Augen sammelten sich schon wieder Tränen, wenn ich diese Worte bloß aussprach.

»Glaubst du? Oder ist es sicher?«

»Ich weiß nicht. Anscheinend ist Mum von zu Hause weggegangen und Dad weiß nicht, wo sie hin ist.«

»Dann haben sie sich getrennt.«

»Es könnte doch aber auch bloß vorübergehend sein.«

»Na ja, eher nicht.« Gabby löste den Knoten auf einer Seite des Banners.

»Meine Eltern sind schon eine Ewigkeit verheiratet«, sagte ich. »Fast dreißig Jahre.«

Gabby stieß einen Pfiff aus. »Verdammte Scheiße, dann hat sie ihre Zeit aber abgesessen. Vermute mal, sie hatte die Schnauze voll.«

»Aber das ergibt gar keinen Sinn. Sie waren einfach toll zusammen.«

»Wirklich?«

»Ja!«, antwortete ich mit Nachdruck. »Gott, ich fühl mich so komisch. Meine Eltern waren einfach immer nur, na ja, meine Eltern, weißt du?«

»Meine haben sich getrennt, als ich sechs war, deswegen kann ich mich nicht mehr wirklich daran erinnern, wie es gewesen ist, als sie noch zusammen waren«, erklärte Gabby. »Vermutlich sieht man es irgendwann als selbstverständlich an, wenn zwischen ihnen immer alles in Ordnung war.«

»Mir war ja nicht mal bewusst, dass ich das als selbstverständlich angesehen habe! Ich dachte einfach, alles würde immer so weitergehen wie bisher.«

Gabby schüttelte den Kopf. »Das ist ungefähr die Wörterbuchdefinition davon, etwas als selbstverständlich anzusehen.«

Darauf fiel mir keine Antwort ein, deshalb trugen wir schweigend das Zeug zu ihrem Van. Als wir dann auf dem Heimweg zu unserer Wohnung waren, ließ sie mich ihr Handy ausleihen, um Theo anzurufen. Zum Glück wusste ich seine Nummer auswendig, aber sein Name ploppte natürlich trotzdem auf, als ich die letzte Ziffer eintippte. Theo und Gabby kannten sich schon seit Jahren. Er war derjenige gewesen, der uns einander vorgestellt hatte.

Er ging sofort ran und sagte: »Gabs! Wie schön, dass du anrufst«, und zwar mit etwas mehr Enthusiasmus als man ihn gerne vom eigenen Freund hören würde, wenn er mit einer anderen Frau spricht. Ich versuchte, jegliche Bedenken deswegen zu ignorieren, weil mein Sorgenfass bereits am Überlaufen war, und sagte: »Theo, ich bin's.«

»Hey, Süße! Was ist los?«

Ich erzählte es ihm und fing wieder an zu weinen, woraufhin er lieb und nett war und all die richtigen Dinge sagte. Ich teilte ihm mit, dass ich so schnell wie möglich zu meinem Dad fahren würde und daraufhin bot er an, gleich zu mir zu kommen, da er im Homeoffice war.

Als wir zu Hause die ganzen Sachen vom Stand reinschleppten, schwirrte mir der Kopf vor lauter Logistikfragen und Sorgen. Doch dann brach Gabby in meine Gedanken ein und ich schreckte hoch.

»Stell, hör zu, es tut mir leid, ich weiß, dass das ein Schock für dich war. Echt scheiße, dass das passiert ist. Aber ich hab gehört, wie du zu Theo gesagt hast, dass du zu deinem Dad fährst. Was ist dann mit dem Stand? In nächster Zeit haben wir ziemlich viele Events. Wie willst du so arbeiten?«

»Ich weiß nicht.« Ich biss mir auf die Lippe, um mich davon abzuhalten, erneut loszuheulen. »Ich hab keine Ahnung, wie ich das überhaupt alles machen soll. Aber ich kann doch nicht *nicht* nach Hause fahren.«

Es entstand eine kurze Pause, dann nickte Gabby. »Okay. Ich werd mir was einfallen lassen.«

Ich ging in mein Zimmer, steckte mein Handy an und begann, meine Tasche zu packen. Sobald das Handy minimal geladen war, rief ich Mum auf ihrem Handy an, aber sie ging nicht ran. Ich hinterließ ihr eine Nachricht auf der Mailbox und schrieb dann Edward und Rose, Mums bester Freundin. Unten konnte ich Gabby reden hören, wahrscheinlich erzählte sie gerade Piet, was passiert war, denn ein paar Minuten später klopfte es leise an der Tür und er kam herein, wobei er im Türrahmen den Kopf einziehen musste. Theo nannte Piet immer »den Fliegenden Holländer«, weil er so groß war – knapp zwei Meter –, dass sein Kopf immer hoch oben in den Wolken steckte. Das war gar keine schlechte Eigenschaft für einen Mitbewohner, weil er Spinnweben von den Decken wegmachen konnte; auf einem Konzert hinter ihm sitzen wollte man aber nicht. Ach so, ja, und außerdem war er Holländer. Er reichte mir eine Tasse Kaffee und bot mir eine seiner tröstlichen Umarmungen an, die ich gerne annahm. Piet machte Gabbys Mangel an Mitbewohnermenschlichkeit wieder wett.

»Es tut mir so leid, von deinen traurigen Nachrichten zu hören, Stella.«

»Danke«, sagte ich, an seine Brust gedrückt – wobei ich eigentlich näher an seiner Hüfte war. »Ich muss los und nach meinem Dad sehen.«

Er ließ mich los und setzte sich aufs Bett. »Meinen Eltern ist das auch passiert.«

Ich packte weiter wahllos Sachen in meine Tasche. Da ich nicht wusste, wie lange ich weg sein würde, wusste ich auch nicht, was ich mitnehmen sollte. »Als du noch klein warst?«

»Nein, gar nicht«, antwortete Piet und schlug seine langen Beine übereinander. »Das war erst vor zwei Jahren.«

33

»Ach! Also warst du schon erwachsen«, stellte ich fest.
»Wie ich.«

»Ich glaube, das kommt bei älteren Paaren immer häufiger vor«, überlegte Piet. In seinem gewohnt ruhigen Ton fuhr er fort: »Mein Vater hatte eine Affäre mit der Tante meiner Mutter.«

»Mein Gott, mit der Tante deiner Mutter?«

»Sie ist zehn Jahre jünger als meine Mutter. Meine Familie ist ein bisschen komplex. Aber das sind alle Familien.«

»Genau das ist es ja, Piet. Ich hätte nicht gedacht, dass meine komplex wäre.« Ich wischte mir die nassen Augen ab und warf ein paar Make-up-Artikel in das Federmäppchen, das als Kulturbeutel herhalten musste.

»Ich bin viel älter als du, Stella«, bemerkte Piet – tatsächlich war er bloß sechs Jahre älter –, »und meiner Erfahrung nach hat jeder eine komplizierte Geschichte, wenn man bloß tief genug gräbt.«

»Aber meine Mum nicht!«, hielt ich dagegen. »Das kommt aus heiterem Himmel. Ich mache mir Sorgen, dass sie übergeschnappt ist. Sie war immer total, na ja …«

»Vorhersehbar?«

»Ich wollte eigentlich sagen gefestigt. Vernünftig.«

»Eine Frau in der Blüte ihrer Jahre ist vielschichtig«, dozierte Piet.

»Ist das ein Zitat?«

»Ja, ein Zitat von mir, Piet Jansen.«

Es klopfte an der Haustür. »Piet, das ist wahrscheinlich Theo, könntest du ihm bitte aufmachen?«

»Sicher«, gab Piet zurück. Er entfaltete seine langen Gliedmaßen, stand vom Bett auf und tätschelte mir die Schulter. »Versuch, dir nicht zu viele Sorgen zu machen, Stella, ich bin sicher, deiner Mutter geht es gut.« Er duckte sich wieder unter dem Türrahmen durch und verschwand. Dann kam Theo die Stufen hochgerannt und Sekunden später lag ich in seinen Armen.

»Ach, Süße, nicht weinen«, flüsterte er, aber es schien unmöglich, damit aufzuhören. Schluchzend brachen alle meine Ängste wegen Dad, meine Furcht, dass Mum nicht mehr ganz richtig im Kopf war, und meine Sorgen wegen der Arbeit mit Gabby aus mir heraus. Theo wusste nur zu gut, wie erleichtert ich angesichts der Möglichkeit gewesen war, mit in ihr Unternehmen einsteigen und mich damit auch von der gut gemeinten, jedoch erdrückenden Atmosphäre meines Elternhauses loseisen zu können. Auch wenn ich meine Unabhängigkeit bloß mit finanzieller Unterstützung von ihnen und Oma erlangen konnte, war es doch mein neues, hart erkämpftes Leben und das wollte ich nicht gefährden.

»Schau mal, Stell, ich glaub, ich hab da eine Lösung.«

»Wofür?« Einen verrückten Moment lang dachte ich, dass Theo einen Plan hätte, wie er meine Mum davon überzeugen konnte, wieder nach Hause zu kommen.

»Ich nehm einfach deinen Platz ein, bis du zurückkommst. Das hat Gabby vorgeschlagen.«

»Hä? Wann hast du denn mit ihr geredet?«

»Sie hat mich angerufen, als ich gerade auf dem Weg hierher war.«

Ich löste mich aus seinen Armen. »Aber du hast doch gar keine Erfahrung in der Gastro.«

»Ich hab doch in einer Bar gearbeitet, weißt du nicht mehr?«

Theo und ich hatten uns tatsächlich in einer Bar kennengelernt, während unseres zweiten Jahres an der Universität, als wir beide dort arbeiteten, um uns etwas dazuzuverdienen. Doch jetzt arbeitete er als Junior Designer in einem Grafikbüro in London. Sein Wissen über Essen aus Sri Lanka beschränkte sich auf die übrig gebliebenen Reste von Lecker Schmecker, die er aufgegessen hatte.

»Komm mit runter«, meinte er, »dann können wir das mit Gabby besprechen.«

»Mit Gabs, meinst du?«

»Haha«, erwiderte er ohne jeglichen Anflug von Scham.

Ich wusste, dass ich mindestens dankbar dafür sein sollte, eine Lösung zu haben, die mir erlaubte, von der Arbeit freizunehmen, aber irgendwie hatte ich ein komisches Gefühl dabei. Als wir die Küche betraten, vermied ich es, Gabby anzusehen. Stattdessen füllte ich den Kessel auf, um Piets lauwarmen Kaffee noch mal mit etwas heißem Wasser aufzugießen. Über der Spüle hing ein Spiegel, den Gabby dort angebracht hatte – sie wollte gerne in jedem Zimmer ihr Gesicht überprüfen können – und ich erhaschte einen kurzen Blick auf mich selbst. Schnell sah ich weg, jedoch nicht schnell genug, als dass mir entgangen wäre, wie erfolgreich meine Mit-Make-up-schlafen-und-dann-alle-zehn-Minuten-weinen-Methode so war. Wahrscheinlich sollte ich lieber auf wasserfeste Wimperntusche umsteigen, bis diese Sache mit meinen Eltern – was auch immer das war – ausgestanden war.

Ich nickte Gabby zu. »Danke, dass du dir eine Lösung überlegt hast.«

»Sorry, dass ich dich nicht zuerst gefragt hab«, entgegnete Gabby, und diesmal klang sie aufrichtig. »Es ist bloß, dass wir diese Woche auf so vielen Märkten sein müssen. Und übernächstes Wochenende ist unsere erste Feier.«

»Bis dahin werd ich längst wieder zurück sein.«

»Was, wenn nicht, Stell? Allein schaff ich das alles nicht. Theo schickt der Himmel.«

»Er kocht aber nie wirklich.«

»Aber du liebst mein grünes Thai-Curry«, widersprach Theo grinsend.

»Na ja, schon, aber da folgst du ja bloß einem Rezept.«

»Bei unserem Essen ist das doch auch so«, warf Gabby ein. Ich sah ein, dass sie bereits entschieden hatte, dass das eine hervorragende Idee war. »Bloß auf einer etwas größeren Skala, das ist alles. Und Theo kann gut mit Leuten.«

Das Pfeifen des Wasserkessels auf dem Herd ließ mich aufschrecken.

»Aber hast du überhaupt Zeit, Theo?«, fragte ich. »Du hast schließlich deine eigene Arbeit.«

»Die lieben mich dort, Stell, und du weißt doch, wie flexibel die sind.« Theo kam zu mir und legte mir einen Arm um die Schultern. »Solange ich meine Arbeit erledige, macht es ihnen nichts aus.«

»Ich dachte, du würdest dich darüber freuen, dass wir das geklärt haben«, maulte Gabby.

»Tue ich ja auch! Das ist eine tolle Idee«, erwiderte ich und gab mein Bestes, um es auch wirklich so zu meinen. »Danke euch beiden, das weiß ich wirklich zu schätzen. Ich werd nicht lange weg sein.«

»Schon in Ordnung, nimm dir so viel Zeit, wie du brauchst. Das ist eine Familienkrise«, erwiderte Theo.

»Na ja, schon«, kommentierte Gabby halblaut, als ich aus der Küche ging, aber laut genug, damit ich es hören konnte, »wobei niemand gestorben ist.«

Nachdem ich fertig gepackt hatte, ließ mich Theo am Bahnhof raus.

»Viel Glück, Süße«, sagte er. »Ich weiß, dass das schwer für dich wird.«

»Willst du nicht vielleicht mitkommen?« Ich wuchtete die Tasche vom Rücksitz.

»Das kann ich schon machen, wenn du willst, aber das heißt dann wiederum, dass ich nicht für dich bei der Arbeit einspringen kann ...«

»Nein, okay. Das passt schon, danke«, stieß ich hastig hervor und stieg aus.

»Schreib mir, wenn du dort bist, ja?«, verabschiedete er sich, wobei Besorgnis in seinem Blick lag. Dadurch fühlte ich mich etwas besser. Ich nickte und ging los, um den Zug zu erwischen.

3

KAY

Mein Lieblingsplatz in Bryn Glas war das Schlafzimmer, wo
ich am liebsten in dem grauen Korbsessel saß. Er stand direkt unter einem Dachfenster und ich musste kaum den
Kopf heben, um den ganzen Himmel wunderbar vor mir zu
sehen. An diesem Morgen war er leuchtend blau und von
weißen Streifen durchzogen. Als ich so dasaß, mit meinem
Schreibblock auf dem Schoß, kam ein Vogelschwarm in
Sicht, der in einer flatternden Formation von einer Seite des
Fensters zur anderen wirbelte. Nachdem er außer Sicht-
weite war, schaute ich weiter aus dem Fenster, gerade so, als
ob es ein Fernsehbildschirm wäre, und da kam er in etwas
weiterer Entfernung auch schon wieder zurückgeflogen, irgendeinem alten, mysteriösen Muster folgend.

Normalerweise bescherte es mir einen tiefen Frieden, in
dem Sessel zu sitzen und hoch in den Himmel zu blicken.
Aber heute nicht. Nicht mit dem brennenden Scheiter-
haufen meiner Ehe in dreihundert Meilen Entfernung. Ich
versuchte, meinem Gehirn vorzugaukeln, dass ich hier im
Urlaub war, aber so dumm war mein Kopf dann auch wieder nicht, also dachte ich stattdessen viel zu viel darüber
nach, warum ich hier war, und stieß einen unfreiwilligen,
kleinen Klagelaut aus.

Gott sei Dank war Rose auf dem Weg hierher, meine Ret-
terin in der Not. Allein zu sein war gerade absolut nicht

das, was ich brauchte. Sie hatte versprochen, heute Morgen aus dem Eurostar zu steigen und gleich danach einen Zug nach Wales zu nehmen.

Ich schrieb meinen Brief an Bear fertig, der etwas Bewusstseinsstrom-mäßiger war als meine Briefe sonst, schälte mich dann aus dem grauen Sessel und ging hinunter, um ordentlich auszupacken. Nach meiner Ankunft gestern Abend war ich zu erschöpft gewesen, um mehr zu machen als das Bett, in das ich mich anschließend legte, und worin ich dann auch für gute zehn Stunden tief und fest schlief. Ehrlich gesagt kam es einem Wunder gleich, dass ich heil hier angekommen war. An große Teile der Autofahrt konnte ich mich überhaupt nicht mehr erinnern.

Ich ging über die kühlen Küchenfliesen und drehte den Wasserhahn auf, um zu kontrollieren, dass es auch sauberes Wasser gab. In einem Jahr war es zur grauenvollen Faszination der Kinder einmal braun aus der Leitung geflossen. Ich sperrte die Hintertür auf und blieb einen Moment lang auf der Schwelle stehen, während dem ich zu den schönen, unwirtlichen Bergen hochsah, hinter denen gerade die Morgensonne emporkletterte. Dann trat ich in den überwucherten Garten hinaus, der groß genug war, dass sich Kinder dort nach Herzenslust austoben konnten. Für einen Augenblick war es mir, als hörte ich Edward und Stella hier draußen lachen. Wahrscheinlich, weil ich jetzt wirklich langsam überschnappte. *Beeil dich, Rose!* Ich ging um das Haus herum auf die andere Seite des Gartens, um wie jedes Mal, wenn ich hier war, den Ölstand im Tank zu kontrollieren, denn sonst gab es kein warmes Wasser. Dann spähte ich durch die Türöffnung in den alten Schuppen hinein, der langsam immer weiter verfiel, schon seit ich zum ersten Mal hier gewesen war. Licht fiel in Streifen durch die Schlitze der fehlenden Holzlatten im Dach, doch es war immer noch ein wunderbarer Ort. Mehrmals hatte ich Imogen bereits vorgeschlagen, sie solle doch etwas daraus machen, aber obwohl sie mir immer höflich beipflichtete, geschah nie etwas.

Zurück im Cottage nahm ich die Essensvorräte unter die Lupe. Der nächste Laden lag sechs Meilen mit dem Auto entfernt, doch auf dem Weg hierher hatte ich schon Brot und Milch gekauft und es gab einen recht gut gefüllten Vorratsschrank, der immer noch ein paar Konserven und Packungen von meinem letzten Aufenthalt enthielt. Während ich durchging, was weggeworfen und was ersetzt werden musste, überkam mich ein seltsamer Stolz darauf, wie ich mich hier häuslich einrichtete; ein Gefühl, das sich bei ähnlichen Aktivitäten in meiner eignen Küche zu Hause so nie eingestellt hatte.

Mein Handy lag anklagend auf dem Tisch. Nachdem ich mit Rose telefoniert hatte, hatte ich es auf stumm geschaltet, weil ich noch nicht bereit war, mit irgendjemand anderem als ihr zu reden. Als ich jetzt zu dem Handy hinüberschielte, stellte ich fasziniert, aber mit Schrecken fest, wie viele verpasste Anrufe und Textnachrichten von jedem in meinem Leben darauf eingegangen waren. Sie anzuschauen machte mich trotz meines epischen Schlafs sehr müde und ohne es vorher geplant zu haben, ging ich nach oben und legte mich wieder ins Bett, mit dem Vorhaben, mich bloß ein bisschen auszuruhen. Als mich dann ein Klopfen an der Tür weckte, stellte ich zu meiner Verblüffung fest, dass ich drei Stunden lang geschlafen hatte. Ich hastete die Stufen hinunter, wobei ich in der Eile fast stolperte.

»Rose!« Nachdem ich meine Stimme einen Tag lang nicht benutzt hatte, war sie ein bisschen knarzig.

»Kay!«, rief Rose und wir umarmten uns stürmisch. »Gott sei Dank bist du am Leben.«

An ihren weichen Körper gepresst entspannte ich mich ein wenig und atmete ihren vertrauten Geruch ein. »Wie war die Reise, Rose? Hast du mit irgendwem geredet? Glauben jetzt alle, ich sei verrückt geworden?«

»Lang; ja, mit allen; und ja, das glauben sie. Aber Liebes, willst du wirklich die Neuigkeiten auf der Türschwelle austauschen? Der Zug hat den Preis für die widerwärtigste Toilette der Welt gewonnen und meine Blase platzt gleich.«

Ich trat einen Schritt zur Seite und schaute ihr nach, wie sie schnell nach oben joggte. Die liebe Rose. Wir waren schon seit der Schule befreundet, über das College, den Beruf, die Ehe, Kinder, Umzüge und Gott weiß was noch alles hinweg, bis heute. Ich ging in die Küche und setzte den Kessel auf.

Als sie wieder herunterkam, lehnte sie sich gegen den Küchentisch und beäugte mich kritisch beim Teekochen.

»Du widerlicher Unmensch«, kommentierte sie wie immer den Vorgang.

Ich grinste sie an. »So wie ich es mache, ist es richtig, und das weißt du auch«, erwiderte ich wie immer. Ich mache Tee in Bechern ohne Henkel und gieße zuerst die Milch ein, und dafür werde ich mich nicht entschuldigen.

Nachdem ich die Teebeutel ein letztes Mal ausgedrückt hatte, trugen wir unsere Becher rüber ins Wohnzimmer und setzten uns auf dem Sofa einander gegenüber hin.

»Also?«, fragte sie.

»Also?«, antwortete ich.

»Kay, Liebes, wie geht es dir?«

»Mir geht's gut.« Sie sah besorgt aus, weswegen ich hinzufügte: »Na ja, es passt schon so weit. Gut ist vielleicht übertrieben.«

»Gut siehst du aber nicht aus. Du hast einen ganz wilden Blick.«

»Wirklich? Ich weiß, dass das alles komisch ist.«

»Ach, bloß ein bisschen! Was ist denn passiert?«

Was *war* denn tatsächlich passiert? Das wusste ich ja selbst kaum. »Na ja«, fing ich an, »ich glaube, ich hab Richard verlassen.« Laut ausgesprochen klang es unglaubwürdig, beinahe dumm.

»*Das* weiß ich. Deine ganze Familie hat mir das erzählt.« Rose lächelte. »Hast du ihn *wirklich* verlassen? So wie in: Auf Wiedersehen, hier ist dein Ehering?« Sie schaute auf meine ringlose linke Hand, die ich um meinen Becher gelegt hatte. »Oh *Scheiße.*«

»Schon, oder?« Ich nickte. »*Heftig.*« »Heftig« sagte ich, genau wie der Hippie-Typ damals, in den Rose und ich beide 1983 verknallt gewesen waren. Seinen Namen wusste ich nicht mehr, aber seitdem, wann immer eine Sache ein bisschen schwerwiegender war, sagten Rose und ich immer »heftig«, auf dieselbe Art und Weise, wie es der süße Junge immer gesagt hatte. Ich hatte ihn zwar als Erste geküsst, doch Rose ging dann ein paarmal mit ihm aus. Sie wusste seinen Namen sicherlich noch. Ich wollte sie gerade danach fragen, als mir auffiel, dass sie mich seltsam ansah.

»Du bist ja komplett durch den Wind«, bemerkte sie. »Ist irgendwas Schlimmes zu Hause vorgefallen? Es kommt einfach so aus heiterem Himmel.«

»Nichts ist passiert, wirklich.« Ich setzte ein beruhigendes Lächeln auf. Ich war froh, dass ich noch wusste, wie man lächelt. Man zog die Lippen auf beiden Seiten ganz in die Länge und ließ die Zähne dazwischen herausschauen. Hoffentlich sah es echter aus als die seltsame Grimasse, nach der es sich innerlich anfühlte. »Tatsächlich habe ich schon länger darüber nachgedacht.«

»Du hast nie irgendwas gesagt.« Rose sah überrascht aus.

»Ich weiß. Tut mir leid. Ich hab's mir irgendwie nicht mal selbst richtig eingestanden, dass ich darüber nachgedacht habe.«

»Wie lange fühlst du dich denn schon so?«, wollte Rose wissen, ganz in Beratermanier.

»Ach, schon eine Weile. Vielleicht ein paar Jahre.«

Oder vielleicht auch zwanzig Jahre.

»Ach, Liebes!« Rose kam zu mir rüber, setzte sich auf die Armlehne neben mir und drückte mich. »Ich hatte ja keine Ahnung, dass es so schlimm war. Das tut mir leid.«

»Ein ziemlicher Schock, nicht? Ich habe mich selbst geschockt.« Ich kicherte und das Kichern ging in seltsame kleine Schluchzer über, die ich anscheinend nicht unter Kontrolle hatte. Rose hielt mich im Arm, bis ich mich wieder gefasst hatte, dann schaute sie mich so voller Fürsorge an, dass ich aus Angst, gleich wieder weinen zu müssen, wegsehen musste.

»Guter Gott, Liebes, das ist wirklich ziemlich massiv.«

Ich nickte. Ich traute meiner Stimme nicht über den Weg, um ihr noch genauer zu erklären, wie massiv das alles eigentlich war.

»Du bist der verheiratetste Mensch, den ich kenne!«, sagte sie und ging zu ihrer Ecke des Sofas zurück, immer noch mit besorgtem Gesichtsausdruck.

»Du siehst mich also tatsächlich so?«, fragte ich zittrig.

»Gott, Kay! Das ist eine Riesensache. Hast du Angst?«

»Todesangst.« Eine Träne kullerte mir über die Wange und ich wischte sie weg.

»Natürlich. Das ist unglaublich mutig.« Rose nippte an ihrem Tee. »Ihh! Du hast Glück, dass ich dich lieb hab.«

»Wie geht es meiner Familie?«

»Edward ist ganz ruhig.«

»Den Jungen verstört so leicht nichts.«

»*Auf seltsame Weise* ruhig, Kay. Eher kurz angebunden als ruhig, um ehrlich zu sein. Wann hast du ihn denn das letzte Mal gesehen?«

»Ach, das ist schon etwas länger her, er ist so beschäftigt mit der Arbeit und den Zwillingen …« Ich driftete ab, weil mir gerade klar wurde, dass Edward schon seit mehr als einem Jahr nicht mehr zu Besuch zu uns runtergekommen war, außer zu Mums Beerdigung. Er hatte Weihnachten und zwei Osterfeste verpasst.

Rose fuhr fort: »Stella tut so, als würde sie es mit Fassung tragen, aber ich kann die Panik dahinter erkennen.«

»Gott, arme Stella. Und« – ich stählte mich – »hast du auch mit Richard gesprochen?«

»Mehrmals. Er beharrte darauf, dass ich dir in Winchester Unterschlupf gewähren und er unverzüglich zu mir kommen würde. Hab eine Weile gebraucht, um ihn davon zu überzeugen, dass ich in Frankreich bin und nichts von deiner großen Flucht wusste.«

»Verdammt, das tut mir leid, Rose.« Blöderweise war es mir nicht in den Sinn gekommen, dass Rose der Puffer zwischen meiner Familie und mir sein würde.

»Dafür bin ich doch da, meine Liebe. Obwohl Alice nicht auch noch hätte sein müssen.«

»Guter Gott. Wie hat sie davon erfahren?«

»›Meine liebe Rose, wir sind hier alle schon dem Wahnsinn nahe!‹«, ahmte Rose Alice' Stimme, die wie eine BBC-Reporterin aus den 1950er Jahren klang, gekonnt nach. »›Mein Richard scheint aus Achtlosigkeit seine Frau irgendwo verlegt zu haben, es heißt also alle Mann an Deck, um sie wiederzufinden. Danke *vielmals*!‹«

»Sie hat nicht wirklich gesagt, dass Richard mich *verlegt* hat, oder?«

»Das war bloß eine inhaltliche Zusammenfassung. Wie auch immer, ich hab allen gesagt, dass ich mit dir gesprochen hätte, dass es dir gut ginge und du dich bald melden würdest.«

»Danke dir.«

»Allerdings muss ich schon zugeben, dass ich starr vor Angst war, Kay Bright! Oder heißt es jetzt wieder Kay Hurst? Zu Stella hab ich ganz zuversichtlich gesagt, dass wir dir ein bisschen Raum geben sollten, aber insgeheim dachte ich, was, wenn ich das komplett Falsche gesagt habe, ich hier ankomme und dich von einem Balken hängend finde.«

»Wow, Rose, das ist ganz schön *heftig*.«

»*Heftig*.«

»Wie hieß der Junge noch mal, der das immer gesagt hat?«

»Ollie.«

Ich hatte es gewusst, dass sie sich noch an seinen Namen erinnern würde. »Dann warst du jetzt bestimmt ziemlich erleichtert, mich zu sehen, was?«

»Das kann man wohl sagen. Tatsächlich muss ich Graham schreiben, dass es keine Polizeibeamten mehr braucht.«

»Wer ist Graham?«

»Erzähl ich dir später.« Rose schaute ihren Becher an.

»Oh je, mein abscheulicher Tee ist ja ganz kalt geworden, was für ein Jammer. Ich hab französischen Wein mitgebracht. Ich weiß, dass es ein bisschen früh ist, aber …«

»Es ist fast vier. Ein bisschen Wein wäre toll.« Ich sprang auf und holte zwei Gläser, wobei ich den mysteriösen Graham für den Moment gedanklich zur Seite schob.

Rose schenkte den Wein ein und wir stießen klirrend mit den Gläsern an, doch dann fing ich zu meiner Überraschung wieder an zu weinen.

»Ach, Kay!« Rose nahm meine Hand. »Sag mir jetzt nicht, dass der Wein die Reise nicht heil überstanden hat? In Lille war er noch ausgezeichnet.«

Das ließ mich unter dem Weinen kurz auflachen und ich prustete los. Sanft nahm mir Rose das Glas aus der Hand und ich versteckte mein Gesicht hinter einem Kissen, bis ich mich wieder beruhigt hatte.

»Da hast du aber was Großes losgetreten, du Dussel«, bemerkte Rose. »Dass du dich jetzt ein bisschen neben der Spur fühlst, damit war zu rechnen.«

Da ich mir das Sprechen noch nicht zutraute, nickte ich bloß, denn da waren noch eine Menge Tränen, die drohten überzulaufen. Dass sie diesen doofen, liebevollen Spitznamen aus unserer Jugend in Liverpool benutzte, »du Dussel«, machte es auch nicht besser.

»Also, was jetzt?« Rose gab mir mein Glas zurück.

Ich setzte mich auf. »Na ja, vermutlich … das ist schwer zu erklären. Ich hab einfach dieses Gefühl – schon seit Längerem –, dass es Dinge gibt, die ich gerne tun würde. Dinge, die ich tun *muss*.«

»Wie zum Beispiel?«

»Bevor ich von zu Hause weggegangen bin, war das alles

irgendwie viel klarer. Aber ich weiß, dass ich nach Australien will. Ich mache mir Sorgen um Bear, sie hat schon seit ein paar Monaten nicht mehr geschrieben.«

»Das sieht ihr aber gar nicht ähnlich, sie war doch immer so pünktlich wie ein Uhrwerk, oder?«

»Ein paar andere Dinge schwirren mir da auch noch im Kopf rum. Den Snowdon besteigen, zum Beispiel. Jedes Mal, wenn ich hierherkomme, nehme ich mir vor, das jetzt endlich zu tun, aber ich hab es immer noch nicht getan. Genau wie nach Venedig zu fliegen.«

Rose nickte. »Aber, Kay, du kannst nach Venedig und Australien reisen und immer noch verheiratet sein.«

»Na ja, es wäre schon knifflig. Australien zum Beispiel: Ich müsste mich gegen endloses Genörgel wappnen, wie lange ich weg sein werde und was für Folgen das für den Laden hat. Außerdem wäre Richard wahrscheinlich dann sauer, weil er Fliegen hasst; dass ich nach Australien will, würde er also als einen persönlichen Affront auffassen. Und zwar egal, wie oft ich ihm versichern würde, dass ich auch gerne allein dort hinfliege.«

»So eine Ehe ist ziemlich kompliziert, was?«

»Und dann Venedig, da wollte ich immer schon mal hin. Er würde sich verpflichtet fühlen mitzukommen, weil es ein Ort für Verliebte ist. Aber wie bereits erwähnt, würde er nicht fliegen, oder den Zug nehmen, obwohl das auch spaßig wäre, weil er dann die Läden zu lange allein lassen müsste. Das ganze Vorhaben wäre also mit ziemlich viel Unbehagen vorbelastet.«

»Aber sicher würde er doch den Snowdon mit dir besteigen, Kay?«

»Das würde er wochenlang planen. Er würde mir sagen,

dass ich die falschen Wanderstiefel hätte und darauf bestehen, dass ich mir neue kaufe. Und tagelang recherchieren, damit ich auch nur die besten kaufe.« Jetzt, wo ich erst einmal angefangen hatte, war es irgendwie schwierig, wieder damit aufzuhören. »Er würde mir Nordic Walking Stöcke kaufen. Es wäre eine Expedition. Und bis wir erst einmal alles zusammen hätten, wäre es für dieses Jahr zu spät und nächstes Jahr müssten wir wieder von vorn damit anfangen. Von mir aus geh ich da auch einfach mit meinen Flipflops hoch.«

»Du wippelst ja mit deinem Knie rauf und runter wie eine Kreissäge«, bemerkte Rose. »Ich muss sagen, dass Richard hier nicht allzu gut wegkommt.«

Ich legte eine Hand auf das Knie, um es ruhigzustellen. »Na ja, er hat auch viele positive Eigenschaften, aber auf die konzentriere ich mich gerade nicht. Die Sache ist die …« Ich atmete einmal tief durch. »Wenn ich diese aufregenden Dinge täte, während ich immer noch verheiratet bin, dann müsste ich, nachdem ich sie getan habe, wieder zurück nach Hause gehen und immer noch verheiratet sein.« Ich stand auf, unfähig stillzusitzen, und fing an, in dem kleinen Wohnzimmer auf- und abzugehen. »Ich habe nie wirklich erlebt, wie es ist, nicht verheiratet zu sein. Richard und ich sind so jung zusammengekommen. Wir waren jünger, als Stella jetzt ist. Ich bin jetzt eine ganz andere als das Mädchen von damals. Wenn wir noch im Mittelalter wären, wären Richard und ich jetzt schon lange tot und unsere Ehe hätte bloß für zehn oder fünfzehn Jahre gehalten. Jetzt leben wir alle ewig und unsere Ehen dauern auch viel länger, als sie sollten.« Mir fiel auf, dass ich schrie, und schlug mir die Hand vor den Mund.

»Aber das ist alles nicht von Bedeutung, Liebes«, antwortete Rose ruhig, als ob sie damit meine Lautstärke wieder wettmachen wollte. »Das Einzige, was zählt, ist: Bist du unglücklich mit Richard?«

Das hatte mich noch nie jemand zuvor gefragt. Unvermittelt setzte ich mich hin und versuchte, die verdammten Tränen zurückzuhalten, die mir schon wieder über die Wangen liefen. »Ja.« Die japsenden Atemzüge kamen zurück. »Ich – *japs* – bin – *japs* – unglücklich.«

»Ich hatte ja keine Ahnung, dass es zwischen euch so schwer war«, sagte Rose. »Ihn zu verlassen ist also eindeutig das Richtige. Du brauchst keine To-do-Liste, um dir irgendeine Geschichte zur Ausrede auszudenken. Wenn du unglücklich bist, kannst du deine Ehe hinter dir lassen. Du musst nicht den Snowdon besteigen, um das zu rechtfertigen.«

»Danke dir.« Ich vergrub das Gesicht in den Händen. »Gott! Was hab ich bloß getan? Ich hab absolut keine Ahnung, wie es jetzt weitergehen soll.« Ich sprang auf. Ich schien keine Kontrolle mehr über meine Handlungen zu haben. »Was! Soll! Ich! Jetzt! Bloß! Tun! Verdammte! Scheiße! Noch mal!«

»Okay, Fräulein.« Rose stand auf. »Jetzt steigerst du dich da in was rein. Angstzustände, Hysterie, lautes Fluchen. Ich erkenne die Zeichen. Ich war genauso, als Tim mich verlassen hat. Du musst irgendwas tun, das dich komplett auf andere Gedanken bringt. Du musst aus deinem Kopf raus.«

»Drogen?«, fragte ich hoffnungsvoll.

»Ich hab bloß Ibuprofen-Gel dabei. Los, zieh dir deine Jacke an.«

»Warum?«

»Weil wir jetzt ein bisschen spazieren gehen.«

»Rose, du bist doch gerade erst aus dem Zug von Frankreich gestiegen! Willst du dich denn nicht ein bisschen hinsetzen und es dir gemütlich machen?«

»Hol deine Jacke! Und fackel nicht lange rum!«

Und mangels eines besseren, oder tatsächlich irgendeines Plans tat ich, wie mir geheißen.

»Ich hatte ganz vergessen, wie schön es hier ist«, stellte Rose fest, als wir nach draußen in die spätnachmittägliche Sonne traten. »Welchen Weg sind wir damals gegangen, als ich das letzte Mal hier war? Der Pub am Ende dieses Spaziergangs war sehr gelegen gekommen.«

»Ach, das ist nur eine sehr kurze Strecke«, antwortete ich erleichtert. »Wir müssen bloß zwei Felder überqueren, dann sind wir auch schon da.« Ich stieß das Tor am Ende des Gartens auf und dann gingen wir los, über eine etwas vernachlässigte Weide, die von Schafen noch weiter abgegrast wurde. Als wir an ihnen vorbeigingen, stoben sie auseinander, auf ihre übliche verschreckte Art und Weise. Wenigstens war ich nicht so verängstigt wie ein Schaf, dachte ich. Der Wein war mir zu Kopf gestiegen. Ich sollte etwas essen.

»Also, Liebes«, begann Rose, »was passiert jetzt mit dem Laden?«

»Ich habe entschieden, dass das jetzt nicht mehr mein Problem ist.« Wie lange hatte ich das insgeheim schon sagen wollen? Es fühlte sich erschreckend gut an, es überhaupt sagen zu können, allerdings auch schlicht erschreckend.

Rose keuchte und legte mir eine Hand auf die Stirn. »Nö, kein Fieber. Verdammt noch mal, Kay, das hast du ja noch nie gesagt.«

»Das schockt dich also mehr, als dass ich meine Ehe aufgekündigt habe? Ich denke mal, dass mir der Laden schon viel zu lange Sorgen bereitet hat.«

»Verdammt richtig. Aber hör zu. Ich weiß, dass das nicht dein Problem ist, Liebes, und dafür zolle ich dir auch Respekt. Allerdings habe ich Edward versprochen, dass ich dir gegenüber eine klitzekleine Kleinigkeit erwähnen würde. Hast du vielleicht irgendwas von Anthony gehört?«

»Meinem Verkaufsassistenten?« Ach verdammt, ich war ja so gedankenlos. Bis jetzt war es mir nicht in den Sinn gekommen, dass Anthony natürlich schrecklich beleidigt sein würde, dass ich gegangen war, ohne ihm etwas davon zu sagen. Wir arbeiteten schon seit Jahren zusammen. Ich schaute auf mein Handy. »Verdammt, ich hab ein paar verpasste Anrufe von ihm. Ich werd ihn anrufen, sobald wir wieder zurück sind.«

»Äh, bevor du anrufst«, hakte Rose ein und sah dabei peinlich berührt aus. »Tut mir leid, der Überbringer schlechter Nachrichten zu sein, aber, äh …«

Ich blieb stehen. »Oh Gott, was, Rose? Sag's mir!«

»Richard hat ihn gestern gefeuert.«

Ich starrte sie mit offenem Mund an. »Er hat was?! Warum?«

»Er glaubt, dass du eine Affäre mit Anthony hast.«

»Du nimmst mich doch auf den Arm, Rose?«

»Schön wär's. Anthony droht mit dem Arbeitsgericht und einer anwaltlichen Klage.«

»Guter Gott!«

»Ist Anthony nicht schwul?«, erkundigte sich Rose.

»Doch! Er hat einen festen Freund! Wir haben keine Affäre miteinander!«, spuckte ich nacheinander aus. »Verdammte Scheiße, was denkt sich Richard eigentlich dabei?«

»Er ist gerade in einer ziemlichen Verfassung, Liebes. Er schlägt wild um sich, in dem Versuch, sich die ganze Sache irgendwie zu erklären. Die Kinder glauben, dass es helfen würde, die Wogen zu glätten, wenn du mit Anthony reden würdest.«

»Natürlich.« Ich schielte auf mein Handy. »Verdammt, kein Netz!«

»Versuch's nach dem Pub bei ihm. Ein paar Stunden machen jetzt auch keinen Unterschied mehr.«

Wir gingen weiter und kletterten über ein Gatter auf das nächste Feld.

»Wer leitet denn dann jetzt den Laden?«, fragte ich. »Versucht Richard es selbst? Haben sie ihn« – ich brachte die Worte kaum heraus – »geschlossen?« Es war unglaublich lächerlich von Richard, meinen Assistenten genau in dem Moment loszuwerden, in dem er seine Hilfe am meisten brauchte! Anthony kannte Königstintenblau in- und auswendig.

»Stella hat ihn vorerst übernommen.«

»Oh nein! Dass sie da auch noch mit reingezogen wird, ist das Letzte, was ich wollte.«

Die Lust am Ladenspielen war Stella und Edward bereits vergangen, als sie noch sehr klein waren. Die Läden waren Richards Leben und für ihn war es eine Frage des persönlichen Stolzes, dass sich Kunden bei einem Notfall von Büroklammermangel oder dringendem Bedarf an Post-it-Zetteln sowohl an einem beliebigen Donnerstagmorgen als auch am Silvesterabend gleichermaßen an ihn wenden konnten. Folglich waren die Läden zehn Stunden am Tag, jeden Tag geöffnet, außer sonntags und an Weihnachten, und unsere Familienurlaube waren immer kurz und bis ins kleinste Detail durchgeplant, mit Ordnern voller Anweisungen für das Aushilfspersonal und einem sehr gestressten Richard, der sich in letzter Minute doch noch davor drückte. »Laden« war für die Kinder gleichbedeutend mit abwesenden Eltern und einem grimmigen, müden Vater.

»Für den Augenblick macht sie das ganz gut«, meinte Rose, »aber ich stimme dir zu, es wäre gut, Anthony wieder zurückzubekommen, wenn das überhaupt noch möglich ist.«

»Ich werde mal sehen, ob ich ihn überreden kann«, sagte ich.

»Tut mir leid, dass ich dir damit Sorgen bereiten muss«, entschuldigte sich Rose. »Aber du scheinst jetzt schon ein bisschen ruhiger zu sein.«

»Du hattest recht mit dem Rausgehen. Mein Kopf fühlt sich schon viel freier an.«

»Gut, denn morgen unternehmen wir nämlich eine riesige Exkursion, um den Kopf so richtig freizubekommen.«

»Oh je, wirklich?« Ich entriegelte das Tor am Ende des Feldes und erinnerte mich daran, wie Edward, als er ungefähr elf war, versucht hatte, darüber zu springen, und auf seinem Kinn gelandet war, was zu einem Krankenhausbesuch in Bangor geführt hatte.

»Jep. Morgen knöpfen wir uns nämlich den Snowdon vor.«

»Du machst wohl Witze!« Ich blieb wie angewurzelt stehen.

»Ich mache alles andere als Witze. Geht es zum Pub hier lang?«

»Ja«, antwortete ich abgelenkt, folgte ihr aber die Gasse entlang. »Aber wir haben uns doch gar nicht darauf vorbereitet. Wir haben keine Karte! Oder sonst irgendwas.«

»Wie heißt du noch mal, Richard? Es ist nämlich so, dass ich auch schon auf ein paar Bergen war, mit, äh, Graham.«

»Klingeling!«, läutete ich eine fiktive Glocke. »Zeit ist um! Schon das zweite Mal, dass du Graham erwähnst!«

»Na gut. Pass auf: Ich werde dir alles über ihn erzählen, wenn wir morgen auf dem Berg sind. Ist das Motivation genug? Frische Luft und eine körperliche Herausforderung, das ist genau das, was du brauchst.«

»Ich kann nicht. Ich war noch nie auf einem höheren Hügel als dem in Hampstead Heath.«

»Aber das wolltest du doch, oder? Abenteuer und wilde Zeiten.« Rose schaute mich nachdenklich an. »Oder zumindest ist es das, was du brauchst.«

Im Pub bestellten wir mehr Wein und zwei Portionen Lasagne und Pommes und unterhielten uns über belanglose Dinge, wie ganz normale Leute, die seit langer Zeit befreundet sind. Rose wusste immer schon, wann sie das Thema wechseln musste, und ich war dankbar dafür, eine Zeit lang einmal nicht über Richard reden zu müssen. Ich versuchte, sie dazu zu bringen, mir von Graham zu erzählen, doch sie ging mir nicht auf den Leim.

»Morgen«, wiegelte sie ab, »wenn wir den guten, alten Berg bezwungen haben.«

Beide etwas beschwipst gingen wir zurück zu Bryn Glas und nachdem sie schon einmal hoch ins Bett gegangen war, wählte ich zähneknirschend Anthonys Nummer. Das war eindeutig die Woche, in der ich gruselige Sachen anpacken musste.

»Was?«, ging er ran.

»Ant, ich bin's, Kay.«

»Ich weiß.«

»Ich bin im Norden von Wales.«

»Na ja, hipp hipp, hurra, ich dagegen bin am Boden zerstört.«

Ach du liebes bisschen. »Es tut mir so leid, dass Richard sauer geworden ist. Keine Sorge, das kriegen wir wieder hin. Was hat er denn genau gesagt?«

»Ich hab dir genug Nachrichten hinterlassen, in denen ich dir das erzähle, Kay. Was zur Hölle ist bloß los mit dir?« Anthonys Stimme klang zittrig. »Ich dachte, es wäre alles gut. Ich dachte immer, du arbeitest gerne mit mir.«

»Das hab ich auch.«

»Ach, dann heißt es wohl einfach, Kay hat sich aus dem Staub gemacht und übrigens, du hattest eine Affäre mit ihr, also bist du gefeuert.«

»Gott, ich kann mir gar nicht vorstellen, wie –«

»Allerdings, das kannst du dir wirklich nicht vorstellen! Seit zwölf Jahren bin ich ein loyaler Angestellter.« Eine aufgeladene Pause entstand. »Ich bin heute Nachmittag reingegangen und habe Stella gesagt, dass ich rechtlichen Beistand in Anspruch nehmen werde.«

Arme Stella. Wie sollte ich das nur jemals wiedergutmachen? »Ich mache dir keinen Vorwurf«, beschwichtigte ich ihn, »ich würde dasselbe tun. Es ist schrecklich, dass er dir das angetan hat, unserem besten Verkaufsassistenten aller Zeiten.«

Schweigen. Hatte ich es mit der Schmeichelei übertrieben? Ich fuhr fort: »Und auch wenn Richard eindeutig mental aufgewühlt ist, ist das trotzdem absolut unentschuldbar. Wenn ich du wäre, würde ich uns fertigmachen.« Ich war schon lange genug Mutter, um mir einen Doktortitel in umgekehrter Psychologie verdient zu haben.

»Ach, Kay. Ich will euch doch gar nicht fertigmachen. Du weißt doch selber, wie sehr ich den Laden liebe. Aber Richard kann nicht so mit falschen Anschuldigungen um sich werfen.«

»Ganz richtig, das kann er nicht!« Verzeih mir, Richard, für die Lüge, die ich gleich aussprechen werde. »Tatsächlich hat er mir gesagt, dass er dich zum Manager des Ladens befördert, wenn du gewillt wärst, zu vergeben und zu vergessen.« Ich wusste, dass Anthony diese Verantwortung liebend gern übernehmen würde.

»Ich dachte, du hättest ihn verlassen?«, hakte Anthony misstrauisch nach.

»Ja, ich, äh, das hab ich von Stella gehört.« Oh Gott, ich verstrickte mich da gerade in etwas.

»Zum Manager also, ja?«

Bingo.

»Zur selben Bezahlung wie ich auch«, fügte ich hinzu. »Mehr Urlaubstage, eine bessere Rente, dein eigener Assistent.« Richard würde mich umbringen. Aber Anthony war mehr als fähig. »Umfassende Entscheidungsgewalt über die Auslage und das Warenlager …«

»Na gut, ich mach's.« Anthony stieß noch einen Jubelruf aus, dann sagte er: »Allerdings werd ich dich vermissen, Kay.«

Aber nicht so sehr, wie es dir gefallen wird, Manager zu sein, Ant. »Ich dich auch.«

»Dann entschuldige ich mich mal lieber bei Stella. Vorhin bin ich ein kleines bisschen ausfallend geworden. Hab ihr gesagt, wo Richard sich einen Klebestift hinstecken kann.«

Ich unterdrückte ein Lachen. »Das wird sie schon verstehen. Wann willst du anfangen?«

»Wie wäre es nach zwei Wochen bezahltem Urlaub?«, schlug er so schnell vor, dass mir klar wurde, dass er sich auf dieses Angebot vorbereitet hatte, der Mistkerl. Vielleicht hatte er ja auch einen Doktortitel in irgendwas Zwielichtigem.

Noch mal sorry, Richard. Aber um Stellas, Edwards und des Ladens willen stimmte ich zu. Mir sollte es recht sein, Königstintenblau nie mehr wiederzusehen, doch der Laden blieb trotzdem der Ort, an dem ich die längste Zeit als Angestellte verbracht hatte. Es war eine gute Entscheidung, ihn in Anthonys sichere Obhut zu übergeben.

Er stellte ein paar oberflächliche Fragen, wie es mir ging, und erkundigte sich nach meinen Plänen, allerdings hatte er es eindeutig eilig, vom Telefon wegzukommen, vermutlich, um seinem Partner von den guten Neuigkeiten zu erzählen. Nachdem wir aufgelegt hatten, schickte ich Edward und Stella eine E-Mail, in der ich erklärte, was ich ihm versprochen hatte. Dann ging ich ins Bett. Ich wusste, dass ich jetzt nie und nimmer einschlafen würde, nicht nach meinem ewig langen Nickerchen. Aber irgendwie, scheinbar nur Augenblicke später, war es schon Morgen, das Licht flutete den Raum und ich hatte einen leichten Kater. Im Badezimmer konnte ich Rose singen hören. Das Lied war ›Climb Every Mountain‹.

Oh Gott.

4

KAY

Ein schnelles Frühstück, einen Vortrag von Rose über den Zwiebel-Look und eine kurze Fahrt später standen wir am Fuße des höchsten Berges, den ich je aus der Nähe gesehen hatte. Ich war zutiefst schockiert, doch Rose entfaltete unbeeindruckt eine Wanderkarte.

»Benutzt man dafür heutzutage nicht eine Smartphone-App?«, fragte ich und verbarg, wie beeindruckt ich davon war, dass sie anscheinend wusste, wie man die Karte las.

»Old School, meine Liebe«, erwiderte sie und richtete einen Kompass aus.

»Hast du immer einen Kompass dabei, Rose?«

»Ja, ich bin nämlich Dora the Explorer. Nein, der lag einfach mit bei der Karte in der Schublade, zu Hause in deinem Cottage.«

Der Wind peitschte mir beunruhigend um die Ohren und in meinen billigen, wasserfesten Leggings und Turnschuhen von Marks & Spencer fühlte ich mich schlecht ausgestattet. Wobei Rose in ihren alten Yogaklamotten und Wanderstiefeln voller eingetrocknetem Matsch auch nicht viel besser angezogen war.

Ungefähr eine Viertelstunde, nachdem wir losgegangen waren, ließ meine Panik langsam nach. Hey, wir machten das gerade wirklich: etwas, das ich schon seit Jahren tun wollte. Es fühlte sich gut an.

»So schwierig ist das ja gar nicht«, bemerkte ich.

»Ein bisschen schwieriger könnte es aber schon noch werden«, gab Rose in mütterlichem Ton zurück.

»Es ist nicht mal sehr steil.«

»*Bis jetzt* ist es nicht mal sehr steil.« Sie schaute zu mir rüber. »Wie geht's deinem Kopf? Fühlt er sich schon etwas weniger voll an?«

»Weißt du was, das tut er tatsächlich. Zwar ein bisschen verkatert, aber dafür weniger voll.« Ich lächelte sie an, was mir wie das erste echte Lächeln vorkam, seit ich von zu Hause weggegangen war. »Du solltest Therapeutin werden, Rose.«

»Ganz richtig. Jetzt wird in die Hände gespuckt! Wir besteigen einen Berg!«

»Es ist einfach toll hier draußen.« Ich ließ die Bergluft tief in meine Lungen strömen und stellte erfreut fest, dass der Atemzug meine Lunge ordentlich ausfüllte. Kein Gejapse mehr. »Normalerweise würde ich um diese Zeit den Laden aufsperren und bis 18 Uhr die Stunden runterzählen.«

»Also, Kay«, begann Rose und packte die Karte in eine nerdige Bauchtasche, die sie sich um den Hals gehängt hatte. »Bist du bereit für eine kurze Befragung?«

»Also dann, los«, sagte ich. »Ich nehme an, dass ich nach hundert Jahren nicht einfach mal meinen Mann verlassen kann, ohne dann mit ein paar Fragen rechnen zu müssen.«

»Gibt es jemand anderen?«

»Außer Anthony, meinst du?« Ich lachte. »Nein. Ganz sicher nicht.«

»Und Richard hat auch keine Affäre?«

»Nicht soweit ich weiß.«

Wir kamen zu einem kleinen Schwinggatter, hinter dem

der Pfad merklich steiler wurde. Ich wurde langsamer und Rose zu meiner Erleichterung auch. Ich hatte schon Angst gehabt, dass sie einfach losmarschieren und von mir erwarten würde, mit ihr Schritt zu halten.

»War es dann vielleicht Gewalt?« Mit ihrem unerschütterlichen Rose-Blick schaute sie mich fest an. »Hat er dich geschlagen?«

»Grundgütiger, natürlich nicht!«

»Gott, da bin ich aber froh. Hast du ihn geschlagen?«

»Und wie ich das manchmal wollte! Aber nein.«

»Hat er dieses neumodische Zeugs gemacht? Dieses Gaslighting oder wie das heißt?«

»Nein, hat er nicht, und bevor du fragst, nein, ich auch nicht. Und er hat mich auch nicht zwanghaft kontrolliert oder so was.«

»Na ja, Liebes, dann haben wir zwar herausgefunden, dass du unglücklich warst, aber was war dann los? Waren es ›unüberbrückbare Differenzen‹, was laut diesem Scheißkerl Tim anscheinend der Grund für unsere Scheidung war?«

»Nicht wirklich. Ich weiß, es ist schwer zu verstehen …«

Es machte mir zu schaffen, dass ich keinen einzigen guten Grund hatte, Richard zu verlassen. Keiner der kleinen Gründe für sich allein genommen war genug, als dass deshalb jemand in Betracht zöge, seinen Ehepartner zu verlassen. Alle für sich allein genommen waren unscheinbar. Dass sie sich alle über Jahre hinweg angehäuft hatten, das gab den Ausschlag. Kurz spielte ich mit dem Gedanken, Richard irgendein Laster anzudichten – Er spielt! Er trinkt! Er ist ein Schürzenjäger! –, doch meine älteste Freundin verdiente eine ehrliche Antwort. Aber wie sollte ich es ihr erklären, wenn ich es mir selbst kaum erklären konnte?

»Du warst eine Ewigkeit lang verheiratet«, fuhr sie fort und rettete mich somit davor, alle Karten auf den Tisch legen zu müssen.

»Neunundzwanzig Jahre.«

»Neunundzwanzig Jahre! Ich war damals auf der Feier zu eurer Silberhochzeit. Ich hab eine Rede gehalten!«

»Das war eine wunderschöne Rede.«

»Da war ich schon ein bisschen angesäuselt. Aber während Richards Rede hab ich die ganze Zeit über geweint.«

Lauter kleine Dinge über neunundzwanzig Jahre hinweg machten es letztendlich aus. Und damit meine ich nicht, dass Richard neunundzwanzig Jahre lang alles falsch gemacht hätte. Überhaupt nicht. Richard war auf so viele Arten ein guter Ehemann gewesen. Freundlich, großzügig, witzig, sehr hart arbeitend. Ein guter Vater. Jetzt könnte er einer anderen ein sehr guter Ehemann sein, falls ich nicht schon seine ganzen Kapazitäten des Ehemann-Daseins aufgebraucht hatte.

»Wir brauchen eine Wasserpause«, merkte Rose an. Für festen Halt stellte sie sich oberhalb zweier Felsbrocken auf den Weg und wir holten unsere Wasserflaschen heraus.

»Also, Rose. Ich bin jetzt hier oben auf diesem verrückten Berg ...«

»So weit *oben* sind wir aber noch gar nicht.«

»Und du hast versprochen, mir von Graham zu erzählen.«

Rose murmelte etwas.

»Was war das, Liebes? Klang irgendwie wie ›Freund‹.«

Gierig trank ich von meinem Wasser und war überrascht, wie durstig ich war.

»Die Kinder haben mir ein Dating-Profil angelegt.«

»Wow, volle Kraft voraus, Rose!«

Rose zog eine Grimasse. »Es war so peinlich. Vor Graham hatte ich drei schreckliche Dates. Und die Einzelheiten zu denen werde ich mit ins Grab nehmen. Aber er ist sehr nett.«

»Wie lange triffst du dich schon mit ihm?«

»Seit ein paar Monaten. Vier oder fünf.«

»Du liebe Güte, warum hab ich davon nichts gewusst?«

»Ach, Kay, als die Jungs mich letztes Jahr gezwungen haben, mich auf dieser Webseite anzumelden, war das kurz nachdem deine Mum … ich fand es nicht angemessen, dir von meinen Date-Eskapaden zu erzählen, wo bei dir doch so viel los war.«

Richard war während der finalen Krankheitsphase meiner Mutter natürlich keine große Hilfe gewesen. Rose hingegen ein Engel. Bevor Mum starb, rief ich sie wochenlang fast jeden Tag an, um mich bei ihr auszuheulen.

»Also los, dann erzähl mir mal von unserem Graham.«

»Er ist zweiundsechzig –«

»Uhh! Ein älterer Mann also.«

»Mit einundfünfzig sind wir auch nicht mehr wirklich junge Hüpfer. Er ist geschieden. Hat zwei erwachsene Söhne, so wie ich, und eine zwei Jahre alte Enkeltochter. Er ist Englischlehrer in einer piekfeinen Privatschule in Winchester. Sehr fit. Spielt Cricket. Geht Bergsteigen.«

»Und du magst ihn?«

»Ja, wirklich sehr.«

»Das ist doch *wunderbar*, Rose.«

»Tut mir leid, dir die frohe Kunde davon zu überbringen, dass sich für mich romantischerweise eine neue Tür öffnet, während sich für dich eine zu schließen scheint.«

»Du lieber Gott, Rose, niemand hat es so sehr verdient wie du, mit jemand Nettem zusammen zu sein.« Seit Rose' und Tims Trennung vor zehn Jahren hatte sie ihre gesamte Zeit ihren Jungen, ihrem Teilzeitjob und ihrer ehrenamtlichen Arbeit gewidmet. Tim hatte schnell wieder geheiratet und mit Mitte vierzig mit einer klischeehaft jüngeren Frau eine neue Familie gegründet. »Er sieht wahnsinnig gerädert aus, danke der Nachfrage«, war Rose' typische Antwort, wenn man sie fragte, wie es Tim so ging.

»Und dann auch noch Englischlehrer«, sagte ich. »Das passt doch perfekt zu deiner zarten, belesenen Art.«

»Ach, er ist mehr der Outdoor-Typ, eher Wordsworth als Proust. Dank ihm hab ich eine grobe Vorstellung von diesem ganzen Bergsteigerkram. Apropos, weiter geht's.«

Wir gingen weiter. Kletterten eher, da jede Stufe jetzt etwas höher war als die vorangegangene. Nach ein paar Minuten wurde es noch mal abrupt steiler und ungefähr zehnmal so anstrengend wie das vorherige Terrain und ich wusste, dass ich langsam gehen musste, wenn ich nicht sterben wollte. Ein Spruch, den Stella immer sagte, kam mir in den Sinn – *ist das der Berg, auf dem du sterben willst?* Nein, Stell, das ist er nicht. Auf einmal durchzuckte mich das starke Bedürfnis, ihr hübsches Gesicht zu sehen.

»Also«, nahm Rose den Faden wieder auf, »noch eine unangenehme Frage: Wie wirst du dir dein Geld verdienen?«

»Ich hab ein bisschen was auf die Seite gelegt.«

»Mit ein paar gesparten Zehnern wirst du allerdings nicht weit kommen.«

»Richard war immer ziemlich großzügig mit meinem Gehalt und jeden Monat hab ich 150 Pfund auf ein Sparkonto eingezahlt. Das hab ich nie angerührt.«

»Nun ja, das ist ziemlich clever. Das sind dann … knapp zwei Riesen pro Jahr. Wie lange hast du das gemacht?«

»Fünfundzwanzig Jahre.«

»Heiliger Bimbam! Das ist eine Menge Geld.« Rose warf mir einen kurzen Seitenblick zu. »Hast du etwa die ganze Zeit schon auf ein Flucht-Budget hingespart?«

»Natürlich nicht. Ich weiß nicht, worauf ich gespart habe. Aber wie auch immer, selbst das wäre nicht genug, wenn ich lange allein bin, das weiß ich. Ich bin kein Idiot. Aber vor ein paar Wochen ist auch Mums Geld angekommen.«

»Ahhh, das beantwortet meine nächste Frage.«

»Die da wäre?«

»Warum genau jetzt?«

»Außerdem hielt Mum nichts von Scheidungen. Davon hätte ich ihr wirklich nur ungern erzählt.«

»Nein – möge sie in Frieden ruhen –, sie hat sich ziemlich lange an diesen alten katholischen Grundsätzen festgeklammert. Zumindest länger als meine Mum, so viel steht fest. Die hat mich zur Feier des Tages, an dem meine Scheidungspapiere endlich ankamen, zum Abendessen in ein Restaurant eingeladen.«

»Noch dazu ist Stella jetzt ausgezogen.«

»Endlich.«

»Ich weiß. Gott, die Arme, es gab Zeiten, da dachte ich, dass sie nie bei uns rauskommen würde!«

»Wie geht es ihr so in Essex?«

»Ziemlich gut, glaube ich. Nette WG, gute Mitbewohner, arbeitet viel.«

»Sie ist ein liebes Mädchen. Hast du sie schon angerufen?«

Ich schüttelte den Kopf. »Kann mich nicht dazu durch-ringen.«

»Musst du aber. Sie macht sich wirklich Sorgen um dich.«

Jetzt wurde der Pfad sogar noch steiler und bis auf das wenig attraktive Schnaufen beim Atmen verfielen wir in Schweigen. Ich konnte nur noch ans Hinsetzen denken, egal, wie wenig einladend die Sitzgelegenheit wäre, doch dann, Gott sei Dank, erreichten wir einen flacheren Teil. Ich ließ mich auf meinen Hintern plumpsen und versuchte, mein rasendes Herz wieder unter Kontrolle zu bekommen.

Rose kramte in ihrem Rucksack herum und zog eine Packung Studentenfutter heraus. Davon schüttete sie mir etwas in die offene Hand. Es war das Beste, was ich je ge-gessen hatte. Mit großen, hungrigen Augen schaute ich sie an, woraufhin sie mir die ganze Packung gab.

»Also, Snowdon und Venedig und so weiter«, fuhr Rose fort. »Ist das eine willkürliche Auswahl von Aktivitäten, die du dir von midlife-crisis.com abgeguckt hast?«

»Nein.«

»Oder eine Bucketlist?«

»Ich habe noch nicht vor, bald zu sterben. Nur, wenn die-ser Berg noch viel steiler wird. Nein, das sind bloß ... ich hab ein paar alte Sachen aus Mums Haus durchgeschaut und dabei eine Liste gefunden, die ich als Kind geschrieben hab: ›Sachen, die ich vor meinem 30. Geburtstag gemacht haben will‹. Und davon hab ich fast nichts gemacht.«

»Du brauchst bloß eine neue Liste zu schreiben, das ist alles.« Rose nickte. »Na komm, uns wird bloß kalt hier beim Rumsitzen.«

»Es ist keine Bucketlist«, wiederholte ich, als wir weiter-gingen, »aber vermutlich hat es schon irgendwas damit zu tun, dass ich Mum verloren habe. Na ja. Unsere Zeit hier ist eben nicht unbegrenzt.«

Rose lachte. »Ist dir das gerade erst klar geworden?«

»Nein, aber das war für mich irgendwie immer eine abstrakte Vorstellung. Und dann auf einmal war es eine reale und kontinuierliche Bedrohung. Wenn ich zum Beispiel bei Waitrose war …«

»Ich habe meine höchst metaphysischen Erkenntnisse auch immer bei Waitrose. Im Lidl klappt das einfach nicht.«

»Halt die Klappe. Während ich also mein Wägelchen herumschob, hab ich gedacht, wie oft werde ich das wohl noch tun?«

»Du könntest dir die Sachen auch online bestellen, weißt du?«

»Das war nicht so ein ›wie oft werde ich das noch tun müssen‹, im Sinne von ›ach, wie langweilig‹. Sondern eher: ›Das ist eigentlich ein recht schöner Bestandteil meiner Woche und wie oft werde ich den wohl noch erleben?‹«

»Kein Wunder, dass du von zu Hause wegwolltest, wenn das Einkaufen im Supermarkt dein Highlight war.«

»Ich habe gelernt, Freude an den banalen Momenten in meinem ereignislosen Leben zu finden. Können wir bitte kurz anhalten?« Obwohl es ein kühler Tag war, lief mir der Schweiß in Strömen hinunter.

Wir ruhten uns kurz aus, die Hände auf die Knie gestützt. Ich spähte hinter uns und mir wurde klar, dass der Weg, der noch vor uns lag, immer noch so viel weiter war als die Strecke, die wir bereits zurückgelegt hatten. Wir traten kurz von dem Pfad hinunter, um einer vierköpfigen Familie Platz zum Vorbeigehen zu machen. Alle grüßten, sogar das kleine Kind, das als Schlusslicht ging und nicht älter als sieben sein konnte. Im Vergleich zu uns trabten sie im Jogging-Tempo da hinauf.

»Wenn du müde bist, zieh eine Schicht aus«, riet mir Rose.

»Ist das eine der Weisheiten deines Bergmannes?«

»Jep. Oder vielleicht hast du auch nur eine Hitzewallung.«

»Ich bin noch lange nicht so weit für Hitzewallungen. Bekomme meine Periode immer noch regelmäßig.«

»Du Arme.«

»Heute fünfzig zu sein unterscheidet sich ziemlich von der Zeit, als unsere Mütter fünfzig waren, findest du nicht?«

»Total. Meine Mum kam mir damals schon wie eine alte Dame vor«, bestätigte Rose.

»Das weiß ich noch. Sie hat ein Halstuch getragen.«

»Dieses verdammte Halstuch! Da haben bloß noch ein Schaukelstuhl und eine Katze gefehlt. Und das, obwohl sie nicht viel älter war als ich jetzt.«

Wir gingen weiter, schleppten uns langsam den Bergpfad hinauf. Die Familie war bereits zu kleinen Punkten in der Ferne geworden.

»Als Mum richtig krank wurde«, sprach ich weiter, »ein paar Wochen, bevor sie starb, hat sie gesagt, dass sie es bereut, nicht noch mal in den Parade Gardens spazieren gegangen zu sein.«

»Ach, an die Parade Gardens hab ich schon seit Jahren nicht mehr gedacht.«

»Du warst auch schon lange nicht mehr in Hoylake, stimmt's?«

Rose erschauderte. »Nein, danke.«

»Als ich noch ein Kind war, hat sie mich immer in die

Parade Gardens mitgenommen, aber später ist sie nur noch selten hingegangen. Das macht man einfach nicht, oder? Man geht nicht mehr so spazieren wie damals, als die Kinder noch klein waren. Na ja, *du* schon, mit deinem neuen Wordsworth-Freund, der dich auch über die Alpen hetzen will.«

»Ziemlich gewagter Scherz für jemanden, der schnauft wie ein Rhinozeros.«

»Wie auch immer, Mum sagte: ›Ich dachte immer, ich hätte noch mehr Zeit‹, und mir wurde klar, dass ich es genauso machte. Mir war klar, dass ich zwar nicht direkt glücklich war, aber ich hab immer angenommen, dass ich noch genug Zeit hätte, um etwas daran zu ändern. Aber dann dachte ich, was, wenn ich nicht mehr so viel Zeit habe? Man kann ja nie wissen, oder? Man weiß nie, ob da nicht vielleicht ein Bus mit deinem Namen drauf um die Ecke geschossen kommt, oder ein Herzanfall oder irgendwas.«

»Gott!«, rief Rose aus. »Das ist heftig.«

»*Heftig*«, wiederholte ich, wie Ollie.

Eine Weile schwieg Rose. Dann stellte sie fest: »Es geht darum, dass du das Gefühl hast, deine Zeit von jetzt an anders verbringen zu müssen.«

»Genau! Eine ausgezeichnete Zusammenfassung meines ganzen Geplappers.«

»Diese eine Sache, die Richard gemacht hat, mit der er das Fass zum Überlaufen gebracht hat, gab es also wirklich nicht, oder?«

»Nein, wirklich, da ist nichts, was ich in einer Auflistung von ›unvernünftigem Verhalten‹ anbringen könnte. Es gab nie diese eine Sache. Es war einfach eine ganze Ehe voller kleiner Sachen.«

Erneut blieben wir stehen. Wir kamen nur schwer voran und letztendlich, wenn man ehrlich war, waren wir auch nicht wirklich die Fittesten. Rose schraubte den Deckel ihrer Wasserflasche ab und schaute mich nachdenklich an. »Erzähl weiter.«

»Woher weißt du, dass es da noch mehr zu erzählen gibt?«

»Das seh ich dir an der Nasenspitze an.«

»Du bist so klug, Rose.« Ich versuchte, einen Kloß runterzuschlucken, der sich in meinem Hals gebildet hatte. »Na ja, vermutlich ... war ich einfach einsam.«

Wir gingen weiter.

»Einsamkeit ist ziemlich scheiße.«

»Letztendlich führt sie dazu, dass man jemanden nicht mehr liebt.« Ich trank ein wenig Wasser, doch dadurch löste sich der Knoten auch nicht.

»Ach, Kay. Das tut mir leid. Wann willst du also los nach Sydney?«

»Keine Ahnung.«

»Du lieber Himmel, aber warum denn nicht? Du machst dir Sorgen um Bear, dein neues Mantra lautet, dass du vielleicht nicht mehr so viel Zeit hast, was machst du also noch hier und sitzt rum?«

»Ich sitze doch gar nicht rum! Ich quäle mich auf Wales' Version des verdammten Mount Everest hoch!« Langsam spürte ich, wie ich wieder außer Puste kam. »Und mein Visum hab ich ja schon. Das hab ich schon vor Wochen beantragt.«

»Ha! Dann hast du das also *doch* schon eine Weile lang heimlich geplant.«

»In diesem Fall hab ich es auch vor mir selbst verheimlicht. Ich hab es bloß beantragt, weil ich fand, dass ich dieses Jahr ja endlich mal nach Australien fliegen könnte.«

»Es ist normal, Angst zu haben, auf die andere Seite der Welt zu verschwinden«, erwiderte Rose.

Ich antwortete nicht, weil wir an dieser Stelle jetzt hintereinander einen Bergkamm hochklettern mussten. Rose ging voraus und ich mühte mich ab, hinter ihr hinaufzuklettern, wobei ich mich sinnloserweise an langen Grashalmen festhielt. Oben angelangt wurde der Pfad wieder breiter, doch ich war dermaßen außer Atem, dass ich mich auf den Boden setzte. Rose gesellte sich zu mir und wir nahmen den Ausblick in uns auf: vom Nebel umwobene Felsen und Bergspitzen, so weit das Auge reichte. Die Welt schien auf einmal bedrohlich riesig.

Pobacken zusammenkneifen, Kay, sagte ich mir selbst. Das war so ein Spruch, den ich von Anthony hatte, wenn er etwas tun musste, wovor er sich fürchtete. Was ziemlich oft vorkam – er war ein ziemlich ängstlicher Typ. »Pobacken zusammenkneifen!«, sagte er dann immer leise zu sich selbst. Doch diesmal schien es mir nicht zu helfen.

»Ach, Rose.« Ich spürte, wie mir wieder die Tränen in die Augen stiegen. »Ich habe *wirklich* Angst. Ich wünschte, du würdest mit mir kommen.«

»Ich glaube, das musst du alleine machen, Liebes. Ich hab Bear ja schon ein paarmal besucht, aber du noch nie. Nicht seit der Reise, als wir achtzehn waren. Aber ich werde dir bei der Planung helfen, sobald wir wieder zu Hause sind.«

Wir standen auf und schauten hinauf zu den Bergen vor uns. Jetzt waren wir an einem Punkt angelangt, an dem wir nicht mehr länger nebeneinander herlaufen konnten. Der nächste Abschnitt würde sich mehr wie Felsenklettern gestalten.

»*Falls* wir wieder nach Hause kommen«, entgegnete ich.

Wir verabschiedeten uns mit dem Pfadfindergruß voneinander und dann ging Rose voran.

Der restliche Aufstieg war das Schwierigste, was ich je unternommen hatte. An einigen Stellen musste ich mein Bein bei jedem Schritt so hoch strecken, dass ich mit dem gebeugten Knie mein Kinn streifte. Muskeln, von denen ich schon seit Jahren kein Lebenszeichen mehr vernommen hatte, brannten. Dann hüllte uns irgendwann der Nebel ein, sodass wir blindlings weiterkletterten, ohne ein Gespür dafür, wie hoch oben wir eigentlich waren.

Oftmals war es körperlich einfach unmöglich, miteinander zu reden, weshalb ich mich selbst in meiner inneren Unterhaltung wahnsinnig machte. Ich schalt mich dafür, Richard verlassen zu haben, doch dann wiederum schalt ich mich, ihn nicht schon vor Jahren verlassen zu haben. Ich machte mir Sorgen um den Laden und um Stella, die jetzt so bald schon wieder zurück nach Hause getrieben wurde, nachdem sie es doch erst vor Kurzem geschafft hatte auszuziehen. Ich machte mir Sorgen um meine Reise nach Australien, überlegte, ob das eine dumme Idee war, und hoffte, dass es Bear gut ging. Gelegentlich kam mir auch einfach der Gedanke, ob es nicht das Einfachste wäre, sich hinzulegen und still und leise hier am Wegesrand zu sterben.

Bis zum Gipfel dauerte es fünf Stunden, und obwohl uns Dutzende Wanderer überholt hatten, inklusive kleiner Kinder, die wie Bergziegen von Fels zu Fels sprangen, war ich doch verblüfft, Hunderte von Menschen in dem Café auf dem Gipfel anzutreffen. Als Rose mich darüber aufklärte, dass die meisten mit dem Zug hier heraufgefahren waren, war ich zu erschöpft, um sauer zu sein. Wir bestellten uns Tee und Sandwiches und gingen nach draußen. Der Nebel hatte sich gelichtet, daher setzten wir uns neben den Steinhaufen, der den Gipfel markierte, wo wir auf allen Seiten von Tälern und glitzernden Seen und von den aufragenden, zerklüfteten Spitzen niedrigerer Berge umgeben waren, die von Gras bewachsen und ins Sonnenlicht getaucht waren. Da saßen wir nun, auf dem Dach der Welt, den Wolken so nahe, dass wir sie beinahe berühren konnten.

»Das hier wurde zum schönsten Ausblick des ganzen Vereinigten Königreichs gewählt«, kommentierte Rose und reichte mir ein Sandwich. Mit dem ausgestreckten Arm machte sie eine ausholende Geste über die Landschaft hinweg. »Ist es so, wie du es dir vorgestellt hast?«

»Es ist sogar noch besser«, erwiderte ich. All die Jahre über, in denen ich nach Bryn Glas gefahren war, war ich mir der unmittelbaren Nähe des Snowdon immer bewusst gewesen, und doch war irgendwie nie der richtige Zeitpunkt gewesen, ihn in Angriff zu nehmen. Jetzt, da die Herausforderung gemeistert war und ich eine warme Tasse Tee in meinen Händen hielt, spürte ich etwas, das ich schon seit Langem nicht mehr gespürt hatte: das Gefühl, etwas erreicht zu haben. »Danke, dass du mich hier hochgezwungen hast, Rose. Du hattest recht, ich musste ein bisschen aus meinem Kopf rauskommen.«

Ich legte ihr den Arm um die Schultern.

Körperlich war ich zwar müde, geistig jedoch hellwach. »Also. Den Zug zurück?«

Sie strich mir übers Haar. »Kommt gar nicht in Frage. Der Abstieg ist immer einfacher!«

Als wir drei Stunden später zurück nach Llanberis humpelten, hätte ich ihr eins auf die Nase gegeben, wenn ich nicht zu erschöpft gewesen wäre.

Mit Schreien der Erleichterung ließen wir uns ins Auto fallen.

»Scheeeeiiißßße«, stieß Rose aus. »Ich hab was Wichtiges vergessen!«

»Oh Gott, was denn?«

»Ich hab vergessen, dass wir Anfang fünfzig sind.«

Das fanden wir beide extrem witzig, weshalb wir den ganzen Weg nach Bryn Glas über müde kicherten. Nachdem wir durch die Tür gestolpert waren, sagte Rose einfach »Gute Nacht« und ging direkt hoch ins Bett. Da war es noch nicht mal neun Uhr abends. Auf Händen und Knien folgte ich ihr nach oben und kroch ins Bett, ohne auch nur irgendetwas auszuziehen. Und das, meine liebe, besorgte Ehe-Deserteurin um Anfang fünfzig, ist eine Art und Weise, mit der man sich eine erholsame Nachtruhe verschaffen kann.

Brief vom 21. Januar 2018

Liebste Bear,

tja, das ist ja mal was Neues: kein Brief von dir im letzten Monat. Ich hoffe, es ist alles in Ordnung. Es fühlt sich so seltsam an, dir zu schreiben, ohne einen Brief von dir vor mir liegen zu haben. Ich hab mir den letzten noch mal angesehen, aber da klang alles gut. Charlie war glücklich, kam in seinem Studium und mit all seinen Freizeitaktivitäten gut voran, Hut ab vor dir. Als Stella im Teenageralter war, konnte ich sie für nichts begeistern. Sie lag immer stundenlang auf dem Bett rum und hörte Musik, oder auf dem Sofa und schaute fern. Für mich war es ein Wunder, dass sie an die Uni gegangen ist. Als sie dann zurückkam, war ich nicht überrascht.

Im letzten Jahr, als sie Hunderte von Bewerbungen geschrieben hat, war sie so schlecht drauf und hat ihr ganzes Selbstbewusstsein verloren. Da war ich natürlich ganz aus dem Häuschen, als ihr Freund Theo sie mit einer Bekannten von ihm zusammengebracht hat, Gabrielle, die ein erfolgreiches Unternehmen hat und eine Partnerin brauchte. Ich glaube, davon hab ich dir in meinem letzten Brief schon erzählt. Stella ist jetzt also endlich ausgezogen. Heutzutage haben es die Kinder recht schwer, alle haben sie jetzt einen Abschluss, wie sollen sie sich da von der

Masse abheben? Meinen hab ich natürlich nie gemacht.
Eigentlich wollte ich sagen, dass sich trotzdem alles recht
gut ergeben hat, aber tatsächlich stimmt das gar nicht,
oder, Bear? All die Jahre, in denen ich auch etwas Interes-
santes hätte tun können, habe ich hinter dem Tresen dieses
verdammten Ladens festgesessen. Na ja. Wie man sich
bettet, so liegt man, hätte meine gute, alte Mum gesagt.
Verdammt, ich vermisse sie so sehr.
Und schau mal einer an, liebe Bear, dich vermiss ich auch!
Ich hoffe, dass das hier ein einmaliges Vorkommnis und
die Schuld der Royal Mail ist und dass nächsten Monat
dein Brief auf meine Fußmatte geflattert kommt, wie
immer. Weißt du eigentlich, wie mein Herz bei dem bloßen
Anblick gleich höher schlägt? Der blaue Umschlag, deine
seitlich geneigte Handschrift. Ich wusste nicht mal, wie
sehr ich ihn vermissen würde, bis er nicht ankam.
Entschuldige, das klingt, als wollte ich dir Schuldgefühle
machen, dabei will ich das gar nicht. Ich vermisse es ein-
fach nur, von dir zu hören.
Bis zum nächsten Mal.
Du fehlst mir.

Immer, Kay

5

STELLA

Um kurz nach fünf kam ich bei Mum und Dad an. Wobei, jetzt vermutlich nur noch bei Dad. Aber als ich mit meinem Schlüssel aufsperrte, war er nicht da. Oh Gott, er war doch sicher nicht los zum …? Ich rief mir ein Taxi und raste rüber zu Königstintenblau, Mums Laden. Obwohl schon fast Feierabend war, hatte sich vor dem Tresen eine ungewöhnlich lange Schlange gebildet. Im Vorbeigehen gaben gerade zwei Mädchen ihren Platz darin auf und ich hörte die eine zur anderen sagen, dass sie sich »die Sachen auch bei Smith holen« konnten, der großen Buchhandlungskette. Zum Glück war Dad zu weit weg, als dass er sie gehört hätte. Wo zur Hölle war denn Anthony? Ausgerechnet heute sollte er doch da sein. Dad hämmerte wie wild auf die Kasse ein, sah grau und müde aus und sein Haar war ungekämmt. Als ich zum Tresen kam, sagte er gerade zu einem Kunden: »Das werden Sie wohl mit Karte bezahlen müssen, dieses Scheißteil hier ist nämlich kaputt.«

»Hallo, Dad«, begrüßte ich ihn.

»Stella!« Stürmisch umarmte er mich vor allen Leuten, etwas, das er im Laden noch nie getan hatte. *Unprofessionell* hätte er das genannt. Da ich mir der ungeduldigen Kunden nur allzu bewusst war, entzog ich mich seiner Umarmung aber wieder und übernahm für ihn. Dad stellte sich schlapp neben mich und lächelte enträckt. Nachdem ich die

Schlange abgefertigt hatte und der Laden leer war, wandte ich mich schließlich ihm zu.

»Dad, lass uns schließen. Es ist sowieso schon gleich sechs.«

»Bin ich denn so unbrauchbar?«

»Nein, nein, ich glaube bloß, dass du vielleicht ein bisschen müde bist. Du stehst unter Schock.«

»Deine Mutter glaubt aber, dass ich unbrauchbar bin.«

»Das hat sie nie gesagt, Daddy.« In emotionalen Momenten kam diese kindliche Anrede anscheinend immer wieder in mir hoch.

»Obwohl sie es genauso gut hätte sagen können. Sie muss mich für ziemlich unbrauchbar halten, wenn sie mich für diesen affektierten Idioten Anthony abserviert.«

»Wie bitte?« Ich beobachtete Dad genau. »Was ist mit Anthony? Wo ist er?«

»Verrottet hoffentlich in der Hölle.« Dad schlug mit der flachen Hand auf den Tresen.

»Daddy, was hast du getan?« Oh mein Gott, hatte Dad … Anthony umgebracht? Meine Gedanken überschlugen sich. Dieser Tag war so komisch, dass ich ehrlich das Gefühl hatte, dass alles möglich war.

»Bloß das, was alle anderen Männer, die noch bei Sinnen sind, in dieser Situation auch getan hätten.« Dad schloss die Kasse ab.

»Was würde denn ein Mann tun, der noch bei Sinnen ist?«

»Ihn feuern, natürlich.«

Puh. Obwohl, eine Sekunde mal, was?

»Ich hab ihn zum Packen geschickt. Dieser hinterhältige kleine Bastard, sich schön jeden Monat von mir seinen

Lohn ausbezahlen lassen und dann heimlich, hinter meinem Rücken, na ja, darüber kann man ja gar nicht nachdenken.«

»Mum hatte eine Affäre mit ... Anthony?!«

Dad nickte bedeutungsschwer.

Diese neue Wendung konnte ich nicht so schnell verarbeiten. Wir gingen nach draußen und sperrten zu, dann entstand ein kurzes Gerangel um Dads Auto, weil er darauf bestand, dass er sehr wohl fahren könnte, doch dann gab er unvermittelt nach. Ich setzte mich auf den Fahrersitz und ließ den Motor an.

»Hat Mum dir von dieser Affäre erzählt, Dad?«

»Natürlich nicht! Dazu hätte sie nicht die Eier.«

»Also hat Anthony es gesagt ...?«

»So ein Schuft wie der hat doch noch *viel weniger* die Eier, so was zuzugeben! Dabei hatte ich immer gedacht, dass er vom anderen Ufer wäre. Das zeigt einem mal wieder, wie sehr man sich in Menschen täuschen kann. In *allen* Menschen.« Er stieß einen seltsamen Laut aus, der halb Lachen, halb Schluchzen war, und schloss die Augen.

»Was hat er denn gesagt, als du ihn damit konfrontiert hast?«

»Ach, abgestritten hat er es natürlich. Der kleine Wicht dachte anscheinend, er könnte weiterhin für mich arbeiten!«

»Aber ...« Dads Gesicht konnte ich ansehen, dass eine Diskussion sinnlos war. Er sah aus wie ein Irrer. Ich war mir sicher, dass Anthony schwul war. Aber trotzdem, an diesem Tag, an dem alles drunter und drüber ging, wer wusste da schon irgendetwas? Vielleicht war er irgendwie Mums Älterem-Damen-Charme verfallen. Vermutlich hatte es auch schon Seltsameres gegeben, wobei mir gerade nicht einfallen wollte, was das sein sollte.

Ich legte den ersten Gang ein, fädelte mich in den Verkehr ein und sagte: »Fahren wir erst mal nach Hause, da mache ich dir dann was Schönes zum Abendessen und du kannst dich richtig ausruhen.« Mir fiel auf, dass ich Dad beruhigte und mit ihm sprach, als würde er langsam senil werden. War es denn schon so weit? War das der Grund, warum sich Mum aus dem Staub gemacht hatte? *Danke vielmals, Mum.*

Zu Hause ließ sich Dad ein Bad ein, das hatte er nach einem Tag im Laden immer schon gemacht. Die Normalität dessen stimmte mich zuversichtlicher. Ich fing an, ein Curry aus den Sachen, die Mum noch im Kühlschrank übrig hatte, zusammenzuwürfeln. Bevor sie heute Morgen weggegangen war, hatte sie ihn eindeutig noch mal aufgefüllt, da alles frisch war. Bei dem Gedanken blieb ich hängen. Wie lange hatte sie schon vorgehabt wegzugehen? Welche Vorkehrungen hatte sie getroffen? Ich schaute auf mein Handy. Nichts von Mum, aber ein paar Textnachrichten von Edward. Wie immer war er seelenruhig, was mich zur Verzweiflung trieb.

Wow, das ist aber echt ein dicker Hund. Danke, dass du einspringst. Ich hab mit Oma geredet, sie kommt dann morgen.

Wie mir auffiel, erwähnte er mit keiner Silbe, dass er auch herkommen würde. *Übernimm dich bitte nicht gleich, Eduardo.* Ich verstand einfach nicht, warum er in letzter Zeit so auf Distanz zu uns ging. So war er doch nicht immer gewesen. Sogar als die Zwillinge noch kleine Babys waren, waren er und Georgia die ganze Zeit aus Glasgow zu Besuch runtergekommen. Allerdings hatte sich das in den letzten paar Monaten geändert, oder vielleicht auch schon seit Längerem. Seit einem Jahr vielleicht? Natürlich war er zu Oma Hursts Beerdigung gekommen, aber da war er am selben Tag noch zurückgeflogen. Ich konnte zwar nicht genau sagen wann, doch er hatte sich definitiv von uns zurückgezogen. Einmal hatte ich das Mum gegenüber erwähnt, doch die meinte bloß, dass das wahrscheinlich so war, weil sie jetzt mit den Zwillingen im Kleinkindalter alle Hände voll zu tun hätten.

Ich schrieb ihm eine Nachricht mit der neuesten Erkenntnis zu Anthony – mal sehen, wie sehr sich Edward *davon* distanzieren konnte! – und dann noch eine Nachricht an Mum, die zwölfte heute.

Mum, ich mach mir echt Sorgen um dich. Bitte ruf an.

Als Beilage zum Curry machte ich Reis und Gemüse. Kochen beruhigte mich immer und half mir dabei, den Kopf freizubekommen. Als alles fertig war, fiel mir auf, dass Dad schon seit über einer Stunde im Bad war. Ich lief hoch und klopfte an die Badezimmertür, doch es kam keine Antwort. Ich hörte das Radio, auf volle Lautstärke aufgedreht. Was wäre mir lieber? Reinzugehen, solange Dad noch nackt war, oder dass er versehentlich ertrank? Diese beiden Optionen lieferten sich ein hartes Kopf-an-Kopf-Rennen.

»Dad? Ich komme jetzt rein.«

Ich drückte gegen die Tür, doch sie gab nicht nach. Oh Gott, er hatte sich eingeschlossen und jetzt lag er da drin, leblos im Wasser, oder verblutete gerade aus Wunden, die er sich selbst mit dem Rasierer zugefügt hatte. Ich schlug mit den Fäusten gegen die Tür, doch es kam keine Antwort. *Das war's*, dachte ich, *ich hab keine andere Wahl, ich werde die Polizei rufen müssen.* Einen Augenblick lang stand ich da, eine Hand auf die Brust gepresst, um mein rasendes Herz zu beruhigen, doch gerade, als ich mich umdrehte, um mein Handy zu holen, machte Dad die Badezimmertür auf. Er hatte sich ein Handtuch um die Hüften gebunden und keine sichtlichen Verletzungen an den wichtigsten Arterien.

»Was ist los?«, schrie er über das Radio hinweg.

»Du warst ewig da drin«, entgegnete ich, wobei ich mir nun dumm vorkam und ein bisschen sauer wurde, »und außerdem ist das Abendessen fertig.«

Während ich Dad dabei zusah, wie er in seinem Essen herumstocherte, wurde mir klar, dass ich lieber ein vernünftiges, traditionelles Essen wie eine Pastete oder ein Steak hätte machen sollen, so eines, wie Oma ihm zubereitet hätte. Mum war diejenige, die sich auf kulinarische Abenteuer einließ und meine ganzen Kochexperimente probierte.

Dad und ich aßen/stocherten schweigend in unserem Essen herum. Es erschien mir unmöglich, irgendeine Art von Unterhaltung zu beginnen, von einer kleinen (wie schmeckte ihm das Curry?) über eine große (würde er Anthony wieder einstellen, wenn ich beweisen konnte, dass da definitiv nichts gelaufen war?) bis hin zu der riesigen (wie fühlte er sich wegen seiner gescheiterten Ehe?). Ein paar Minuten später trug Dad seine Schüssel rüber zur Spüle und ließ sie dort stehen, das Essen hatte er kaum angerührt.

»Tut mir leid«, entschuldigte er sich – seine ersten Worte seit der Badkatastrophe. »Ich habe keinen Hunger.«

»Soll ich dir Fish and Chips holen?«

»Ohh, ja bitte, Liebling.«

Schnell aß ich mein eigenes Essen auf und ging die Straße zu dem Imbiss hoch. Erst als ich die Tür aufgestoßen hatte, fiel mir wieder ein, dass meine alte Schulfreundin Nita ja hier arbeitete.

»Ach, hallo, Fremde«, begrüßte mich Nita. Sie trug eine gestreifte Schürze und hatte ihr langes, dunkles Haar ordentlich zurückgebunden. »Was machst du denn hier? Besuchst du deine Mum?«

»Äh, ja, so was in der Art … wie läuft's hier so?«

»Ach, du weißt schon, man kann sich hier vor lauter Aufregung kaum retten. Fish and Chips, oder?« Profimäßig fing sie an, Pommes im heißen Fett zu wenden.

»Ja, bitte, eine Portion.«

»Und wie läuft's so mit deinem Unternehmen, Stell? Vietnamesisches Essen war das, oder?«

»Sri-lankisches. Ja, läuft echt gut.«

»Du Glückliche. Du hast es aus diesem Kaff raus geschafft. Ich bin für immer hier gefangen. Kann's mir nicht leisten, mein eigenes Unternehmen zu eröffnen.«

»Ich weiß, das ist ziemlich hart. Ich stehe gerade noch in den Startlöchern und ich hab das kleinste Zimmer in einer WG. Und die liegt auch noch im schlimmsten Viertel von Romford.«

Nita hob skeptisch eine Augenbraue. Sie wusste, wie euphorisch ich gewesen war, endlich bei meinen Eltern ausziehen zu können. Während sie Pommes in eine Tüte schaufelte, dachte ich, um Gottes willen. Tauschte man Schreibwaren gegen Teig aus, dann hätte das genauso gut ich sein können, wie ich in einem von Dads Läden versauerte.

»Salz und Essig?«

»Ja, bitte.«

»Na ja, falls irgendwann mal ein Platz im Unternehmen oder in der WG frei werden sollte, denk an mich, ja? Mir fällt nämlich bald die Decke auf den Kopf. Wenn ich auch nur noch einen einzigen Pommes sehen muss, ist der schon zu viel. Grüß deine Mum und deinen Dad von mir.«

»Mach ich.« Gerne hätte ich ihr erzählt, was passiert war, doch ich machte mir Sorgen um Dad, so allein zu Hause. »Bis bald.«

Nachdem Dad die Fish and Chips direkt aus der Packung verschlungen hatte – Mum hätte das niemals zugelassen –, meinte er, dass er sich jetzt ausruhen würde.

»Dad? Kann ich, ich meine, sollten wir nicht … ich meine, willst du reden?«

Er schaute mich direkt an und mir fiel auf, dass er langsam alt wurde. Sein Gesicht schien mehr Falten zu haben als noch vor ein paar Monaten und seine Haare waren eher grau als braun.

»Nicht jetzt, danke«, entgegnete er und ging raus.

In der Zeit nach der Universität hatte es Tage gegeben, an denen allein das Aufstehen schon eine Herausforderung gewesen war, da ich wusste, dass ich mich an diesem Tag einzig und allein darauf freuen konnte, noch mehr hoffnungslose Bewerbungen zu schreiben. Mum hatte dann manchmal gesagt: »Schatz, das, was du heute schaffen kannst, ist auch irgendwo begrenzt.« Jetzt flüsterte ich mir diesen Satz wie ein Mantra vor: *Das, was ich heute schaffen kann, ist auch irgendwo begrenzt.*

Ich räumte den Tisch ab und suchte dann Dad. Er war im

Wohnzimmer und schlief in einem Sessel. Ich legte ihm eine Decke über, ging dann hoch zu meinem alten Kinderbett – Mum achtete immer darauf, dass es frisch bezogen war – und schrieb Theo. Obwohl ich versuchte, noch bis zu seiner Antwort wach zu bleiben, fielen mir bald die Augen zu.

6

STELLA

Ich wurde von einem Geräusch geweckt, das ich nicht sofort identifizieren konnte. Mit der einen Hand umklammerte ich noch immer mein Handy und es war schon fast acht Uhr. Ich hatte elf Stunden komplett durchgeschlafen. Dann wurde mir klar, dass Dad dieses Geräusch machte, weil er schrie, deshalb sprang ich aus dem Bett und raste in das Zimmer, das früher das Elternschlafzimmer gewesen war.

Er lag auf seiner Seite neben dem Bett auf dem Boden, trug nichts außer Boxershorts und sah total perplex aus. »Ich hab mir den Kopf gestoßen!«

»Gott, Daddy, was ist denn passiert?« Ich versuchte, ihn hochzuziehen, und wandte den Blick von seinen Speckröllchen am Bauch ab, doch er war zu schwer, um ihn allein zu bewegen.

»Ich weiß nicht genau.« Mühsam kam er auf die Knie. »Ich saß auf der Bettkante und hab mir gerade die Hose angezogen und dann, keine Ahnung, muss ich einfach umgekippt sein. Ich hab mir den Kopf am Boden angehauen. Tut tatsächlich auch ziemlich weh.« Er rieb sich die Stirn.

»Schaffst du's denn zurück ins Bett?«

»Wir müssen doch den Laden von deiner Mutter aufsperren.« Er versuchte aufzustehen, kam dann aber ins Straucheln und setzte sich wieder auf den Boden.

»Du gehst nirgendwohin.«

»Nicht wirklich, oder?«, erwiderte er und versuchte sich an einem Lächeln. »Ich glaube nicht, dass ich besonders gut geschlafen habe, aus irgendeinem Grund war ich im Wohnzimmer.«

Mit meinem ganzen Gewicht hievte ich ihn in die Hocke, damit er von da aus dann zurück ins Bett klettern konnte. Er verkroch sich unter der Decke, protestierte aber noch weiter. »Du kannst den Laden doch nicht alleine schmeißen.«

Ich hob seine verknitterte Hose vom Boden auf – er musste darauf gelegen haben – und hängte sie über die Stuhllehne. »Das wird schon gehen«, erwiderte ich. »Versuch dich ein bisschen auszuruhen. Oma ist schon auf dem Weg hierher, sie wird sich dann um dich kümmern. Du musst dir keine Sorgen machen.« Mein starker Dad zerbrach gerade.

»Danke dir, Stella. Du bist ein Engel.« Er schloss die Augen und ich ging schon auf die Tür zu, als er sie noch mal erschrocken aufriss. »Wenn die Repräsentantin von Sheaffer kommt, sag ihr –«

»Dass sie mir den Katalog dalassen soll.«

»Genau. Danke.«

Mein erster Tag allein im Laden war alles andere als ruhig. Anthony kam vorbei und drohte uns mit einem Gerichtsverfahren, jedoch nicht, bevor er mir genauestens mitgeteilt hatte, wo Dad sich einen Klebestift hinstecken konnte. Dann brachte mich Edward zur Weißglut. Als ich ihn anrief, um ihm alles zu erzählen, schlug er mir vor, dass ich doch mein Leben einfach aufgeben und Vollzeit im Laden arbeiten könnte. Und um allem noch die Krone aufzusetzen, gab es einen regelrechten Ansturm auf Gelschreiber, weshalb ich mich später mit einer erzürnten Mutter auseinandersetzen musste, die sich darüber beschwerte, dass ich den Geburtstag ihrer Tochter ruiniert hätte, weil keine mehr übrig waren. Doch als ich dann zu Dad nach Hause kam und Oma beim Teigausrollen in der Küche entdeckte, wurde alles besser – was auch bitter nötig gewesen war.

»Herzchen!«, begrüßte sie mich. »Du hast hier wirklich alles wunderbar am Laufen gehalten!« Sie schwebte um den Tisch herum und drückte mir einen zarten, kaum spürbaren Kuss auf die Wange. Sie war nicht der Typ Oma, der einen in einer Umarmung erstickte. Schade eigentlich, weil ich tatsächlich eine hätte brauchen können.

»Danke, dass du so schnell gekommen bist, Oma.«

»Das ist doch selbstverständlich, Stella Liebes.« Sie widmete sich wieder ihrem Teig. »Wie geht es deinem Vater?«

»Hast du ihn denn noch gar nicht gesehen?«

»Kaum. Er hat mich reingelassen und ist dann wieder ins Bett verschwunden. Das war vor drei Stunden.«

Ich ließ mich auf einen Stuhl fallen, plötzlich von allem überfordert. Oma warf mir einen Blick zu und holte dann den Brandy aus dem Küchenschrank neben der Spüle.

»Stella, wie geht es dir wirklich?«

Ich nahm einen winzigen Schluck Brandy – ich hasste den Geschmack, doch bei einer Krise war er immer Omas erste Wahl – und fasste die Achterbahnfahrt der letzten paar Tage kurz zusammen: Dads Anruf, Anthony, der mit Gerichtsverfahren drohte, Edward, der sich komisch verhielt, und Theo, in weiter Ferne. Oma gab ihr Bestes: Sie klopfte mir aufmunternd auf die Schulter und füllte mein Brandyglas noch mal auf. Ich konnte nicht anders, als daran zu denken, wie Mum mich in eine feste, tröstende Umarmung gezogen und so lange wie nötig gehalten hätte.

Ich erzählte ihr von Dad, der heute Morgen aus dem Bett/ in Ohnmacht gefallen war, und sie nickte voller Mitleid. »Mein armer kleiner Junge. Ich habe es immer gewusst, dass Kay ihm eines Tages das Herz brechen würde.«

»Nichts für ungut, Oma, aber das hat jetzt schon ziemlich lange gedauert.«

»Dreißig Jahre kommen dir vielleicht lange vor, mein Kind, aber für mich ist das bloß ein Wimpernschlag.«

Was die empfindliche Beziehung zwischen Mum und Oma anging, machte ich mir keine Illusionen. Schon seit ich recht klein gewesen war, war mir aufgefallen, dass die versteckten Spitzen in ihren Plaudereien eher schmerzhaft als liebevoll waren. Einmal hatte ich Mum danach gefragt, doch die antwortete bloß: »Ach, wenn es nach Alice ginge, wäre niemand gut genug für Richard gewesen. Mit Jackie Kennedy oder Grace Kelly wäre sie genauso umgesprungen.« Damals hatte ich noch nie von diesen Frauen gehört, weshalb ich lange Zeit angenommen hatte, dass das Dads Exfreundinnen waren.

Wahrscheinlich rührten ihre gemeinsamen Reibungspunkte von ihrem Klassenunterschied her. Meine Großmutter kam aus einer wohlhabenden Familie aus Hampshire und natürlich hatte sie früher für den (niederen) Adel gearbeitet, woran sie uns immer wieder gerne erinnerte. Allerdings betitelte Mum sie deswegen immer als »Dienstbotin«, was Oma fuchsteufelswild machte. Sie schickte Dad auf eine Privatschule und war bitter enttäuscht, als er es nicht nach Oxford oder Cambridge schaffte. Mum, auf der anderen Seite, war auf einem Gut in der Nähe von Liverpool aufgewachsen und hatte immer noch einen leichten Liverpooler Akzent, der Oma wahnsinnig auf die Nerven ging. Allerdings entging mir nie, dass dieser Akzent deutlicher hervortrat, wenn Oma gerade da war.

»Was machst du da?«, fragte ich sie, um das Thema zu wechseln.

»Das Lieblingsessen deines Vaters – Steak Pie.« Ordentlich drapierte sie den Teig über eine ofenfeste Form voller Fleisch. »Idealerweise sollte man den Teig zwar zwei Tage lang im Kühlschrank lassen, aber ich werde ihn jetzt einfach trotzdem in den Ofen schieben und um Vergebung bitten.«

Sie bepinselte die Pastete mit Eigelb, schob sie in den Ofen und setzte sich dann mir gegenüber hin. »Hast du denn verstanden, was los ist, Liebes? In seiner Nachricht auf dem Telefon klang Richard so verwirrt, dass ich ihm kaum folgen konnte, und Edward hat auch nur wenig zu meiner Erhellung beigetragen. Deine Mutter kann doch nicht wirklich so eine *folie à deux* mit dem kleinen Anthony gehabt haben, oder?«

»Das glaube ich nicht, Oma, das ist bloß so eine fixe Idee, die Daddy irgendwo aufgeschnappt hat.«

»Na ja, das ist ja schon mal *etwas*. Aber ich weiß wirklich nicht, was in Kay gefahren ist. Sie muss doch einsehen, dass man nicht einfach so aus seinem Leben verschwinden kann. Schließlich gibt es da Verantwortungen. Ehemann, Kinder, Arbeit. Ich habe mich wirklich gefragt ...«, sie lehnte sich nach vorne und flüsterte mir zu, »ob sie nicht mehr alle Tassen im Schrank hat.«

»Oma! Das kannst du doch nicht sagen.«

»Das kann ich nicht über deine Mutter sagen oder generell nicht?«

»Auch generell nicht! Das ist nicht die richtige Art, um auszudrücken, dass ... ach, ist ja jetzt auch egal. Aber willst du damit sagen, dass du glaubst, dass Mum ein psychisches Problem hat?«

Oma verdrehte die Augen. »Wenn wir das heutzutage so nennen müssen, dann ja, das glaube ich.«

Doch dann kam glücklicherweise Dad herein, denn Omas Diagnose wollte ich wirklich nicht hören. Beide erschraken wir. Während Oma einen Teller voller Kekse hervorzauberte, die sie noch vor meiner Ankunft gemacht haben musste, setzte ich den Kessel auf. Es war zwar toll, dass Dad auf war, doch sogar seine eigene Mutter hätte ihm gesagt, dass er schrecklich aussah.

Und tatsächlich, hier stand seine eigene Mutter und sagte: »Richard, mein Lieber, du siehst *schrecklich* aus.«

Dad nickte. »Danke, Mum.« Er ließ sich auf einen Stuhl fallen und starrte abwesend Löcher in die Luft.

Er war unrasiert und seine Haare klebten ihm flach und ungewaschen am Kopf wie ein feuchtes Handtuch. Mit den dunklen Ringen unter seinen Augen sah er eher aus wie ein Panda als ein Mensch.

»Bist du noch müde, Daddy?«

»Durch und durch. Todmüde«, antwortete er. Und dann fing er zu meinem Entsetzen an zu weinen. Obwohl ich ihn vorher schon einmal weinen gehört hatte – gestern am Telefon –, hatte ich ihn noch nie dabei gesehen. Der Anblick schaffte es direkt auf Nummer eins meiner Top Ten der Dinge, die ich wünschte, nie gesehen zu haben.

»Sie kommt nicht zurück, oder?«, heulte Dad.

Oma und ich rannten beide rüber zu ihm und umarmten ihn – na ja, ich tat das, und Oma tätschelte ihn sanft –, während er sich die Seele aus dem Leib heulte. Könnte er recht haben? Kam Mum wirklich nicht mehr zurück? Die durchdringende Stille ihres Verschwindens war furchteinflößend und endgültig. Von Oma kam allerdings keine solche durchdringende Stille. Kurzzeitig vergaß sie wohl, dass Mum eine nahe Verwandte von mir war, und nannte sie ein paar Dinge, die mich überraschten. Doch das Geschimpfe schien Dad ein bisschen zu beruhigen.

»Ich hätte gedacht, dass sie bis jetzt wieder zurück wäre. Das hab ich wirklich geglaubt«, schluchzte Dad. Ich reichte ihm mein Glas mit Brandy und er kippte ihn hinunter als wäre es Wasser.

»Na ja, das könnte ja trotzdem immer noch sein«, meinte Oma, fügte dann aber paradoxerweise hinzu: »Wobei ich sage, auf Nimmerwiedersehen!«

»Ich vermisse sie aber!«, gab Dad zurück und lehnte seinen Kopf an meine Schulter.

»Ich doch auch!«, meinte Oma. *Entscheid dich mal, Mensch.*

Nach ein paar Minuten löste sich Dad aus meiner Umarmung. »Ich muss nach den Läden sehen!«

Natürlich – Dads tägliches Ritual, das er noch kein einziges Mal verpasst hatte, war es, den Managern der anderen Läden eine E-Mail zu schreiben. Was die davon hielten, wusste ich nicht genau. Er machte Anstalten aufzustehen, doch Oma bedachte ihn mit ihrem speziellen Blick und er hielt noch in der Bewegung inne.

»Du bist nicht in der Verfassung zu arbeiten, Richard«, stellte sie fest. »Das kann Stella übernehmen.«

»Klar. Bloß ein paar Mails schreiben, oder?«

»Aileen muss man eher anrufen als bloß eine Mail zu

schreiben«, entgegnete Dad. Aileen war die Managerin in Stift(en) gehen, Dads zweitgrößtem Laden.

»Du rufst Aileen jeden Tag an?«

Er schaute mich verblüfft an. »Natürlich.«

Nachdem ich mich erst einmal bei allen anderen Managern nach dem Stand der Dinge erkundigt und Aileens besorgte/neugierige Fragen zu meinen Eltern beantwortet hatte, war auch schon das Abendessen fertig. Ich haute mir eine ordentliche Portion von Omas Trostkohlehydraten rein und ließ mich dann schwerfällig auf mein Bett plumpsen. Als Edward anrief, schlief ich schon fast.

»Hast du die E-Mail von Mum gesehen?«, wollte er wissen.

»Nein. Ich hab eine Nachricht von Rose bekommen, sie schreibt, dass sie beide im Cottage in Wales sind.«

»Sie hat sich um das Problem mit Anthony gekümmert.«

»Oh, hurra!« Ich setzte mich auf. »Klang es, als wäre bei ihr alles in Ordnung?«

»Es war eine ziemlich komische Mail, um ehrlich zu sein. Sie meinte, sie würden morgen Bergsteigen gehen und hat ewig etwas von Klebestiften dahergefaselt. Wahrscheinlich hat sie einfach komplett den Verstand verloren, aber das hab ich jetzt noch nicht alles verarbeitet. Egal, sie hat es so arrangiert, dass Anthony als Manager zurückkommt. Das sind die guten Neuigkeiten.«

»Oh oh.«

»Die schlechten sind, dass er zwei Wochen Urlaub nimmt.«

»Was sagst du da, Edward?«

»Kannst du nicht einfach bleiben, bis er wieder zurückkommt? Bitte, bitte, Stell?«

»*Zwei* Wochen? Sicher könntest du doch auch mal kommen und –«

»Tut mir leid, aber ich kann hier nicht einfach alles stehen und liegen lassen. Und ich fürchte du schon. Ich habe Verantwortungen und du hast das Glück, die noch nicht zu haben. So ist es nun mal.«

»Das glaub ich jetzt nicht!« Ich war zu wütend, um zu weinen. »Wie kannst du so kaltherzig sein? Du warst schon seit Monaten nicht mehr hier und jetzt, wo wir die schlimmste Krise aller Zeiten haben, sagst du immer bloß, oh je, ich bin ein bisschen zu beschäftigt, um nach meinem Vater zu sehen, der gerade verlassen wurde.«

»Ich hab mich schon ausführlich mit ihm unterhalten. Und du und Oma seid ja jetzt da.«

»Ja! Ein paar von uns können sich nämlich nicht den Luxus leisten, einfach auszusteigen«, schrie ich. »Ich will auch zurück in mein Zuhause und zu meinem Job und zu meinem Freund.«

»Aber jemand muss für eine Weile auf Dad aufpassen. Und auf Mums Laden.« Edward verfiel in seine versöhnliche Stimmlage. »Du bist doch eine Superheldin, Stell. Du bist meine Heldin.«

Oh mein Gott, er brachte mich immer noch so zur Weißglut wie damals, als wir Kinder waren. »Hör auf mit dem Scheiß, Eduardo.« Ich schaltete mein Handy aus. Verdammter Edward. Und verdammte Mum! Gerade jetzt, da ich geglaubt hatte, endlich mein Leben in den Griff bekommen zu haben, kam sie daher und zog mir den Boden unter den Füßen weg.

7

STELLA

Die nächsten paar Tage vergingen ereignislos, wenn man so eine verwirrende, unerfreuliche und nervige Situation als ereignislos bezeichnen kann. Ich arbeitete im Laden, machte mir Sorgen um Dads psychischen Zustand und schaute Oma dabei zu, wie sie Mums Küche einmal komplett umräumte. Der Feuereifer, mit dem sie diese Aufgabe anging, warf bei mir die Frage auf, wie lange ihr das schon unter den Nägeln gebrannt haben musste, doch das Positive daran war, dass alles ordentlich war und es jeden Tag köstliches, selbstgekochtes Essen gab. Außerdem ein Lunch-Paket für mich, das ich mit in den Laden nehmen konnte, damit ich »keine Sandwiches hinunterzwingen muss, die von Leuten unter fragwürdigen Arbeitsbedingungen angefertigt werden, Liebes«.

Dad war abwesend, nahe am Wasser gebaut und da, aber irgendwie auch nicht da. Seltsamerweise begrüßte er die Neuigkeiten, dass Anthony – Mums angeblicher Liebhaber – zum Manager befördert worden war, mit mäßiger Überraschung. »Ich sollte mich lieber mal bei ihm entschuldigen, oder?«, meinte er.

»Ja!«, sagten Oma und ich im Chor, da wir beide gleichermaßen erleichtert waren, dass er zumindest in dieser Angelegenheit seine Sinne wieder beisammen zu haben schien.

Doch außer sich am Ende eines jeden Tages nach einem kurzen Ladenbericht zu erkundigen, sprach er nicht viel, verbrachte viel Zeit mit Schlafen oder zurückgezogen in seinem Zimmer.

Callie, das Mädchen, das Edward über eine Agentur angestellt hatte, bediente die Kunden effizient. Alles andere lag jedoch in meiner Verantwortung und das war sehr ermüdend. In den müden Telefongesprächen mit Theo vor dem Schlafengehen strengte ich mich jeden Abend an, mir irgendein spannenderes Thema als den Laden einfallen zu lassen. Doch ich konnte über nichts anderes reden. Er erschien mir sehr weit weg und war ebenfalls erschöpft, da er seine eigene Arbeit und die Gastro mit Gabby unter einen Hut bringen musste. Er hatte keine Zeit, mich zu besuchen, und ich war zu fertig, um zu ihm zu fahren. Sogar im Schlaf hatte ich kaum Erholung, weil ich Angstträume hatte, in denen es mir an nachbestellten Waren fehlte. War es Mum auch so gegangen? Schon nach ein paar Tagen fühlte ich mich vom Laden eingeengt. Wie es wohl war, das fünfundzwanzig Jahre lang zu machen?

An meinem vierten Tag in Königstintenblau verkaufte ich unseren teuersten Stift, einen goldenen Füllfederhalter von Cross, an einen Kunden, den Oma als einen »distinguierten arabischen Gentleman« beschreiben würde. Es war aufregend, Dads Anweisungen zur Öffnung des Safes auszugraben, wo die wertvollsten Stifte aufbewahrt wurden, wodurch ich auch auf einen Zettel mit der aktuellen Zahlenkombination in Mums Handschrift stieß. Angesichts dieses Beweisstücks der guten Zusammenarbeit meiner Eltern war es schwer, den Stich in meinem Inneren zu ignorieren. Behutsam nahm ich die Schachtel mit hinaus in den Laden und schloss den Stift an eine kleine Kette am Tresen an, die genau für diesen Zweck dort angebracht war, wegen eines Zwischenfalls vor einigen Jahren, bei dem ein Mann versucht hatte, einen Mont Blanc Stift zu stehlen. Das war eine von Dads Lieblingsgeschichten. »Dabei sah er wie eine echte Respektsperson aus!«, wunderte er sich immer noch. »Und ich Dummkopf habe den Stift in die Hände dieses Diebs gelegt!« Alles hatte in großer Aufregung geendet, nachdem ein paar Stammkunden den Bösewicht zu Boden gerungen und auf seinem Rücken gesessen hatten, bis die Polizei kam.

Der Kunde betrachtete die Schreibfeder mit den wunderschönen Gravuren. »Es geht doch nichts über Gold, nicht wahr?«, meinte er und drehte ihn in den Händen, sodass der Füller im Licht glänzte.

Als ich ihm den Preis nannte, zuckte er nicht mit der Wimper, obwohl Callie nach Luft schnappte. Nachdem er bezahlt hatte und weg war, klatschten wir beide ein. Mein erster Gedanke war, dass ich es nicht erwarten konnte, Mum davon zu erzählen, sie wäre so stolz. Doch dann überkam mich ein anderer Gedanke, nämlich dass es ihr wahrscheinlich egal war. Seit dieses ganze Chaos angefangen hatte, war das für mich der traurigste Moment.

Nach Feierabend schrieb ich Theo, dass ich ihn vermisste, und fragte, ob er mich nicht vielleicht heute Abend besuchen kommen könnte, egal, wie spät. Nachdem ich die Nachricht abgeschickt hatte, erschienen drei auf- und abhüpfende Punkte, die mir anzeigten, dass er gerade schrieb. Ich schaute den Punkten eine Minute lang zu, doch es kam nichts.

Ich schloss den Laden ab und fuhr zurück zu Dad. Oma reichte mir mein übliches Glas Brandy und ich zeigte ihr mein Handy, auf dem sich die kleinen Punkte immer noch verlockend bewegten. »Er schreibt mir gerade eine sehr lange Nachricht, das ist doch gut, oder?«

»Hmm«, machte Oma und schaute mich nachdenklich an. »Es wäre jetzt langsam an der Zeit, dich wieder aus der Gefangenschaft zu entlassen, oder?«

Ich schaute auf mein Handy. Theos Punkte waren verschwunden, doch da war keine Nachricht. Während ich das Handy anstarrte, vibrierte es in meiner Hand, aber das war Rose, die anrief, nicht Theo.

»Hey, Kleine«, begrüßte sie mich. »Ich rufe im Namen deiner verrückten Mutter an, die zu schüchtern ist, um das selbst zu tun.«

»Ach, Rose«, schniefte ich.

»Aber, aber. Sie würde dich wirklich gerne sehen. Sie vermisst dich sehr. Schaffst du es irgendwie, für ein paar Tage hochzukommen?«

»Ich kann nicht«, antwortete ich, obwohl ich Mum wirklich gerne sehen wollte. »Ich muss mich um den Laden kümmern.«

»Der Apfel fällt nicht weit vom Stamm, hm?«, meinte Rose. »Wie oft hab ich diesen Satz schon von deiner Mutter gehört!«

»Wenn ich mich da kurz einmischen dürfte?«, unterbrach Oma direkt neben meinem Ohr, das nicht ans Telefon gepresst war.

In meinem anderen Ohr hörte ich Rose lachen. »Ich kann deine gefürchtete Großmutter hören.«

»Bring mir morgen bei, wie man den Laden führt, und

fahr dann zu deiner Mutter«, schlug Oma vor. Und leiser fügte sie hinzu: »Und bring sie wieder ein bisschen zur Vernunft!«

»Wirklich, Oma?« Überrascht starrte ich sie an. »Aber du hast doch, ich meine, du hast doch gar nicht …« Was ich sagen wollte war: »Du warst doch immer ein bisschen versnobt, was den Laden angeht.« Allerdings fiel mir keine höflichere Formulierung dafür ein. Glücklicherweise nahm sie an, dass ich aus anderen Gründen zögerte.

»Ich lerne sehr schnell, das wirst du schon sehen.« Sie rümpfte die Nase.

»Na ja, dann gerne.« Dankbar lächelte ich Oma an. Jetzt war nicht der richtige Moment, um einem geschenkten Gaul ins Maul zu schauen. »Ich komme am Sonntag«, sagte ich zu Rose, woraufhin sie einen Jubelruf ausstieß.

»Kann's kaum erwarten, Kay Bescheid zu sagen!«

Nachdem ich aufgelegt hatte, fragte Oma: »Also immer noch keine Nachricht von Theo?«

Ich schüttelte den Kopf.

»Warum rufst du ihn nicht einfach an?«, fragte sie.

»Ich weiß nicht. Fühlt sich irgendwie komisch an …«, doch um zu vermeiden, dass Oma eine von ihren »Frauenrechtlerinnen sind dafür gestorben, dass du den Mann anrufen kannst, anstatt einfach bloß neben dem Telefon zu sitzen«-Reden hielt, drückte ich auf »anrufen«. Oma schlüpfte diskret aus der Tür und ich zählte, wie oft es klingelte, bis Theo ranging. Ich dachte schon, dass gleich die Mailbox anspringen würde, aber dann nahm er den Anruf doch noch an.

»Stella?« Er klang wie immer, wenn auch irgendwie weiter weg. Ich spürte, wie meine Schultern langsam ein bisschen von ihrer vorherigen, ganztägig hohen Position irgendwo über meinen Ohren herunterkamen.

»Theo! Hast du meine Nachricht bekommen? Kannst du heute Abend noch runterfahren?«

»Das geht nicht, tut mir leid, Schatz. Hier ist die Hölle los. Bei dir auch, wette ich. Du warst wahrscheinlich viel zu beschäftigt, um überhaupt an mich zu denken, oder?« Er lachte, was mir unpassend vorkam, da ich hier ja nicht direkt auf einer Vergnügungsreise war.

»Nein, tatsächlich vermisse ich dich sehr und denke viel an dich.« Ich hielt den Atem an und schloss die Finger fester um das Handy. Das Schweigen dehnte sich immer weiter aus.

Schließlich sagte er: »Ach, das ist ja süß.«

»Was hatte es mit der ewig langen Schreiberei vorher auf sich? Es sah so aus, als würde gleich ein ziemlich langer Text kommen, aber dann kam gar nichts.«

»Ach, ich hab bloß versucht zu erklären, warum ich nicht kommen kann, aber dann fand ich, dass es einfacher wäre, dir das am Telefon zu sagen. Hör zu, Stell, morgen muss ich wieder früh raus, bei Tagesanbruch müssen wir auf dem Bauernmarkt in Chelmsford sein, bis ich heute Abend also bei dir ankäme, müsste ich quasi auch schon wieder zurück. Stell? Tut mir leid, ich glaub nicht, dass ich so sicher fahren kann. Ich bin fix und fertig.«

»Schon in Ordnung.« Ich zwang ein Lächeln in meine Stimme. »Na ja, dann bis dann.«

Ich beendete das Gespräch, ohne ihm die Chance zu geben, noch etwas hinzuzufügen. In Kommunikation über große Entfernungen hinweg waren wir noch nie sonderlich gut gewesen und ich wusste, dass wir uns wahrscheinlich erst wieder annähern würden, wenn wir uns von Angesicht zu Angesicht gegenüberstanden. Nach dem Besuch bei Mum würde ich zu ihm fahren.

Am nächsten Tag brachte ich Oma bei, wie man den Laden schmiss. Sie lernte erstaunlich schnell und hatte Freude daran.

»Das war spitze«, erzählte Oma Dad nach dem Arbeitstag, als wir uns zu einem weiteren ihrer herzhaften Abendessen an den Tisch setzten. »Hättest mich mal sehen sollen, Richard. Mit hochgekrempelten Ärmeln und hochgesteckten Haaren. Natürlich bloß metaphorisch gesprochen, mein Lieber, nicht wörtlich.«

»Nun ja, Mum, ich bin beeindruckt.« Dad sah angesichts Omas verspätetem Aufblühen als Ladenverkäuferin etwas verdutzt aus. Einen Augenblick später räusperte er sich und sagte an mich gewandt: »Du fährst morgen also deine Mutter besuchen?«

»Ja, Daddy. Danke, dass du mir das Auto leihst. Ich werd Mum besuchen, ein paar Tage zu mir nach Hause fahren, und es dann wieder zurückbringen.«

Er nickte, streckte die Hand aus und legte sie auf meine.

»Du wirst Kay doch erzählen, dass im Laden alles in Ordnung ist, oder?«, fragte er. »Der wird ihr sicher fehlen.«

»Natürlich«, beruhigte ich ihn und vermied es, Oma anzusehen. Ich fragte mich, ob sie sich Mum ebenfalls dabei vorstellte, wie sie in Bryn Glas vor dem Kamin saß, alle ihre Geschäftsunterlagen anzündete und dabei gackernd lachte.

»Kannst du ihr vielleicht einen Brief mitbringen?«, wollte er wissen.

»Äh, klar.«

Er kramte in seiner Hosentasche herum und reichte mir

einen zerknitterten Umschlag. »Darin steht das, von dem ich wünschte, dass ich es ihr gesagt hätte«, erklärte Dad, »als sie fortgegangen ist.« Mit seinem wuchernden Bart, dem etwas muffligen Geruch und der verwirrten Ausstrahlung hatte Dad immer noch etwas von dem Penner an sich, den ich in der Bibliothek gesehen hatte. Er wischte sich über die Augen und stand auf. »Ich gehe ins Bett.«

»Ich werd morgen in der Früh losfahren, noch bevor du aufstehst, Dad«, sagte ich. Dank meiner Kindheitserinnerungen wusste ich noch, wie weit Bryn Glas weg war. Er zog mich in eine Umarmung, und obwohl sie weder so weich noch so wohlriechend war, wie diejenige, auf die ich mich von Mum freute, war sie doch sehr tröstlich.

»Fahr vorsichtig, Sternchen.« Er ging aus der Küche und wir hörten ihn mühsam die Treppe hochgehen. Sternchen war Mums Spitzname für mich.

»Nun ja, Stella«, brach Oma in meine Gedanken ein, »du sollst jetzt aber auch nicht mit einem Liebesbrief in der Hand einmal quer durch das Land gondeln und so tun, als wärst du im Film *Der Mittler*. Deine Mutter ist keine Julie Christie.«

»Hä?«

»Ich sage bloß, meine Liebe, dass es sicher nicht klug ist, ihm falsche Hoffnungen zu machen, richtig?« Oma schaute mich finster an, als ob diese Liebesbrief-Brieftauben-Sache meine Idee gewesen wäre. »Nicht, dass ich deine Mutter nicht so sehr zurückhaben will wie alle anderen auch.«

Ich fragte mich, wer alle anderen waren – vermutlich Leute, die meine Mutter hassten.

»Wenn es getan werden muss, werde ich ihr den Brief geben, Oma.«

Oma warf mir einen ihrer altmodischen Blicke zu. Na ja, sogar noch altmodischer als sonst.

»Ausweichend«, erwiderte sie kühl, »wie deine Mutter.«

*

Trotz dieses Wortwechsels war Oma früh auf, um mir Frühstück zu machen und sich von mir zu verabschieden. Es dauerte Stunden, bis ich ankam, doch der Anblick von Bryn Glas bescherte mir nostalgische Bauchschmerzen. Als ich noch kleiner war, hatten wir so viele schöne Urlaube hier verbracht. Ich stieg aus dem Auto aus und streckte meine steifen Gliedmaßen, um den Moment noch etwas vor mir herzuschieben. Obwohl es mich drängte, Mum unbedingt zu sehen, war ich mir auch bewusst, dass ich Angst davor hatte.

Schau deiner Angst direkt ins Auge, hatte Bettina gesagt. *Du kannst das schaffen.*

Ich kann das schaffen, sagte ich mir selbst, dann trat ich einen Schritt vor und klopfte fest an die Tür.

8

KAY

Als es an der Tür klopfte, schaute ich aus dem Fenster und sah, dass Richards Auto neben meinem parkte. Tja, da bekam ich wirklich fast einen Herzinfarkt. Das klärte dann wohl auch eindeutig, wie wenig ich ihn sehen wollte. Mein gesunder Menschenverstand sagte mir, dass Stella sich das Auto ausgeliehen haben musste, aber ich rannte trotzdem panisch aus dem Zimmer und stieß auf dem Treppenabsatz mit Rose zusammen.

»Was, wenn Richard auch mitgekommen ist?«, fragte ich und erschauderte auf eine gespielte, aber auch irgendwie echte Art und Weise.

»Ach du heiliger Bimbam!«, stieß Rose aus. »Haben wir eine Pistole?«

Trotz allem fing ich an zu lachen. »Nein, aber unten hängt ein Schürhaken.«

Ich riss die Tür auf und Stella fiel mir in die Arme. Gott sei Dank war von Richard weit und breit nichts zu sehen. Mein Mädchen hing an mir wie ein Sack Mehl, also blieb ich im Türrahmen stehen und hielt sie fest, ihre warme, feuchte Wange gegen meine gepresst, ihre Arme fest hinter meinem Rücken verschränkt.

»Es ist so schön, dich zu sehen, Sternchen«, flüsterte ich.

Schließlich löste sie sich und ich scheuchte sie ins Wohnzimmer.

»Danke, dass du auf alle meine Nachrichten geantwortet hast«, sagte sie beim Hinsetzen. Ihr scharfer Sarkasmus erinnerte mich mit einem Stich an ihre Teenager-Version.

»Das tut mir leid, Liebes. Mein Problem war, dass ich nicht wusste, was ich sagen soll. Wie war die Reise?«

»Lang.«

»So hätte ich sie auch eingeschätzt«, kommentierte Rose, die mit drei dampfenden Tassen hereinkam. Sie stellte sie auf dem Wohnzimmertisch ab und umarmte Stella fest. »Hallo, Liebes.«

»Hallo, Rose. Danke *dir*, dass du mich auf dem Laufenden gehalten hast.« Stella nahm eine der Tassen und fragte: »Kann ich hochgehen und mich waschen? Ich saß stundenlang in diesem stickigen Auto.«

»Natürlich, mein Schatz, es gibt genug …«. doch da ging sie schon raus. Ich beendete meinen Satz sinnloserweise trotzdem: »… warmes Wasser.«

Rose und ich schauten uns an und zogen beide die Augenbrauen hoch. »Sie wird noch eine Weile brauchen«, meinte sie. »Hab Geduld. Du hast gerade ihr Leben auf den Kopf gestellt.«

»Ich hab *mein* Leben auf den Kopf gestellt, Rose.«

»Stella und Edward sind zwar theoretisch gesehen erwachsen, aber wenn es um die eigenen Eltern geht, sind wir immer Kinder. Als du Richard verlassen hast, hast du ihnen praktisch mitgeteilt: ›Ach, wisst ihr, all die Jahre, in denen ihr dachtet, dass euer Dad und ich glücklich verliebt waren? Tja, Überraschung! Das war alles eine große Lüge!‹«

»Das war nicht *alles* eine Lüge, Rose …«

»Du musst geduldig und nachsichtig sein, wie damals, als sie noch Kleinkinder waren.«

»Du bist ja so weise. Ich werde nachsichtig sein, das versspreche ich.«

Sie setzte sich mir gegenüber hin, wobei der Stuhl einmal erschreckend knackte. »Oh nein, was hab ich gemacht?«

»Lass mich mal sehen.«

Vorsichtig stand sie auf. »Bin ich echt so fett, Kay? Das würdest du mir doch sagen, oder?«

»Du bist eine wahre Elfe. Schau, bloß eines der Beine muss wieder geradegerückt werden, das ist alles.«

»Ja, schon klar, ich nehm dich beim Wort. Ich vergesse immer, dass du praktisch ein Kerl bist, wenn es ums Heimwerken geht.«

Ich holte mein Schweizer Taschenmesser hervor – das hatte einen ausgezeichneten Schraubenzieher – und reparierte den kaputten Stuhl. Dann lud ich Rose ein, auf ihm Platz zu nehmen, und wir waren beide erfreut, dass er diesmal nicht mehr knackte.

»Du brauchst doch gar keinen Ehemann«, meinte Rose. »Du kannst kochen *und* Sachen reparieren. Du bist also praktisch ein Zwitter.«

»Oh je, danke vielmals.«

»Na ja, pass auf. Jetzt ist Stella da und in ein paar Tagen bist du schon auf dem Weg nach Down Under. Ich sollte mich also langsam mal wieder zur Zivilisation aufmachen.«

»Danke, dass du mir beim Flugbuchen geholfen hast, Rose.«

»Das hättest du auch ohne mich geschafft. Letztendlich. Bist du sicher, dass du Bear nicht anrufen willst, um sie vorzuwarnen, dass du kommst?«

»Das geht nicht«, antwortete ich. »Das war unser Deal. Wir haben immer gesagt, wir würden uns nur anrufen, wenn es ein weltbewegender Notfall wäre. Ursprünglich war das, weil es so viel gekostet hat, jemanden in Australien anzurufen. Unsere Eltern hätten uns umgebracht. Aber sogar als es dann günstiger wurde, haben wir nie telefoniert, in all den Jahren nicht. Briefe sind unser Ding.«

»Ist das denn jetzt kein Notfall?«

»Ich hoffe nicht. Egal, eine Mail hab ich ihr ja geschrieben. Wenn sie antworten will, wird sie das schon tun.«

»Aber du meintest doch, dass sie ihre E-Mails kaum kontrolliert.«

»Na ja, dieses Mal vielleicht ja schon.« Meinen dummen Aberglauben wollte ich Rose nicht anvertrauen: dass es Baer gut gehen würde, wenn ich nach Australien käme, es ihr aber schlecht gehen würde, wenn ich anrief. Ich musste mir die Mühe machen, damit es ihr gut ging. Der rationale Teil meines Gehirns wies mich darauf hin, dass das irgendwie irrational war, und der irrationale Teil meines Gehirns antwortete: »Na und?«

Die Züge zwischen Bangor und Crewe waren eine Katastrophe, weswegen ich Rose mein Auto lieh. Sie versprach mir, es für mich in Heathrow abzustellen. Sie war bereits seit Jahren bei mir mitversichert, seit der Zeit, in der ich bei ihr geblieben war, nachdem Tim sie verlassen und ihr gemeinsames Auto mitgenommen hatte, der Mistkerl. Ich wusste, dass mich Stella auf dem Rückweg Richtung Süden mitnehmen konnte, was mir auch die Gelegenheit verschaffen würde, mit ihr zu reden.

Nachdem Rose aus einer Wolke von Abgas und Kies davongefahren war, fühlte ich mich seltsam inspirationslos. Ich hatte solches Glück gehabt, dass sie mich durch diese ersten Tage nach der Trennung begleitet hatte. Sie hatte mich auf einen Berg hochgejagt, mich dazu gebracht, Flüge zu buchen, mir dabei geholfen, meine Gefühle zu ordnen, und mich mit Stift und Papier auf einen Stuhl gedrückt, um eine Liste zu schreiben, die letztendlich zu einem Plan für die nächsten paar Wochen und ja … Jahre wurde.

Ich schlich die Treppe hoch, um Stella zu sehen, doch die Tür zum Gästezimmer war geschlossen und ich wollte nicht aufdringlich sein – Rose' Gebot, ›nachsichtig zu sein‹, hallte mir noch in den Ohren wider. Also hantierte ich leise herum, räumte auf, kochte und putzte. Ich machte uns ein spätes Mittagessen, aber Stella tauchte erst nach vier Uhr nachmittags wieder auf, mit verschlafenen Augen.

»Ich bin eingeschlafen! Das wollte ich gar nicht.« Sie setzte sich hin und verschlang das Mittagessen, obwohl sich die Ecken des Sandwiches schon nach oben bogen.

»Na dann, also, was gibt's Neues von der Front?«, fragte ich, als ob der Soldaten-Jargon aus dem Ersten Weltkrieg die Frage irgendwie entschärfen würde. »Wie geht es dir? Wie läuft's im Laden?«

»Tolle Idee, Dad zu verlassen, wenn ihr doch beide so viel gemeinsam habt«, gab Stella mit ausdruckslosem Gesicht zurück. »Wie läuft's im Laden? Wie läuft's im Laden?«

»Entschuldige. Alte Gewohnheit.«

»Im Laden läuft's wenigstens gut. Danke, dass du Anthony davon überzeugt hast, wieder zurückzukommen. Bis es so weit ist, ist Oma eingesprungen.«

»Ernsthaft? Den Laden haben wir jetzt seit fünfundzwanzig Jahren und Alice hat bisher noch nicht einmal einen Fuß hinter den Tresen gesetzt. Ich würde liebend gerne mitansehen, wie sie mit schwierigen Kunden umgeht.«

»Sie jagt ihnen eine Todesangst ein. Wo wir schon von Kunden reden, rate mal, was ich verkauft hab!« Zum ersten Mal seit ihrer Ankunft lächelte Stella mich an. »Nur den goldenen Füllfederhalter von Cross, sonst nichts!«

»Nicht dein *Ernst*!« Ich ließ fast das Wasserglas fallen, das ich gerade in der Hand hielt. Wie viele Jahre hatte dieser Stift im Safe gelegen? Wie oft hatte ich ihn poliert, bereit für das unwahrscheinliche Ereignis, dass ein Kunde ihn vielleicht kaufen könnte? »Das ist ja wunderbar! Was hat Dad dazu gesagt?«

»Ach. Der meinte nur so: ›Gut gemacht.‹«

»Du liebe Güte, Sternchen, ich hätte gedacht, er wäre auf Wolke sieben. Du weißt doch, wie er immer sagt: ›Es gibt kein besseres Geschenk als einen schönen Füllfederhalter.‹«

»Weißt du, Mum, er ist nicht ganz bei sich im Moment.« Stella schüttelte den Kopf.

»Na ja, Schatz, bitte hab nicht das Gefühl, dass du dich jetzt um ihn kümmern musst. Lass dir nicht von deinem schlechten Gewissen einreden, wieder zu Hause einziehen zu müssen.«

»Willst du wissen, wie es Dad geht?«

»Ja, natürlich«, antwortete ich, weil ich wusste, dass es schrecklich wäre, »nicht wirklich« zu sagen. Ich stand auf und setzte den Kessel auf.

»Er ist in keiner guten Verfassung, Mum. Er hat viel geweint.«

»Aber er weint doch nie.« *Beeil dich, Kessel.*

»Na ja, weißt du«, kommentierte Stella, »er wurde vorher auch noch nie nach dreißig Jahren von seiner Ehefrau verlassen.«

»Neunundzwanzig Jahre.« Ich legte ihr die Hand auf den

Arm. »Liebes, ich erwarte nicht von dir, dass du das verstehst.«

»Da bin ich ja erleichtert, Mum, denn das tue ich auch nicht.« Stella sah aus, als würde sie gleich losheulen. »Ich dachte, ihr zwei liebt euch! Du hast immer einen guten Eindruck gemacht! Woher kommt das alles auf einmal?«

Jetzt widmete ich mich dem Abwasch von zwei Tassen. Wie sich herausstellte, kochte man nach einer Trennung genauso viele Heißgetränke wie nach einem Todesfall. Nach Mums Tod letztes Jahr hatte ich quasi schon Tränen aus Tee vergossen.

»Wir haben uns auseinandergelebt, nehme ich an. Das passiert manchmal, Liebes.«

»Daddy findet aber nicht, dass ihr euch auseinandergelebt habt!«, widersprach Stella. »Das ist doch irre, sich jetzt zu trennen, wo ihr mich endlich aus dem Haus habt und Zeit zu zweit verbringen könntet.«

Ich kämpfte erbittert gegen eine sarkastische Antwort an, doch es nützte nichts. »Genau diese Zeit zu zweit ist es, die mich umbringt.«

»Mum!«

»Entschuldige, Liebes. Witze sind unangebracht.« Ich goss kochendes Wasser über Teebeutel und Milch und war froh, dass Rose nicht mehr da war, um mich deswegen auszuschimpfen. »Ich wollte ihn ehrlich nicht verletzen.«

Trotz ihres langen Nickerchens sah Stella immer noch müde aus. »Das hast du aber, Mum. Und ich kann auch wirklich nicht verstehen warum, außer, du hast jemand anderen kennengelernt.«

Ich hatte in letzter Zeit wirklich nicht das Gefühl gehabt, moralisch über irgendetwas erhaben zu sein, darüber aber definitiv. »Grundgütiger!«, stieß ich hervor und stellte unsere Tassen auf dem Tisch ab. »Warum glauben alle, dass es da jemanden geben muss. Es ist nicht gerade sehr feministisch von dir anzunehmen, dass ich unfähig bin, mein Leben ohne einen Mann zu leben, an den ich mich anlehnen kann.«

»Es gibt also wirklich niemanden?«

»Gibt es wirklich nicht.«

Ich fing an, Stellas Geschirr vom Mittagessen wegzuräumen. Ich musste in Bewegung bleiben, weil ich etwas über sie und Theo sagen wollte, das sie sicher nicht gerne hören würde, deshalb war es wichtig, es beiläufig anzubringen.

»Sternchen, hab ich dir jemals erzählt, wie dein Vater und ich zusammengekommen sind?«

»Seltsames Thema, Mum, unter diesen Umständen.«

»Ich weiß, aber es ist entscheidend.« Ich füllte die große Schüssel zum Geschirrspülen mit warmem Seifenwasser. »Dein Dad und ich haben uns kennengelernt, als wir noch sehr jung waren. Da war ich noch nicht lange an der Universität, neunzehn, vielleicht zwanzig. Er war älter und studierte schon in höheren Semestern Betriebswirtschaft. Er kam mir damals uralt vor, dabei war er erst sechsundzwanzig.«

»Das hast du mir schon mal erzählt. Und ich finde es auch immer noch ein bisschen creepy, dass er dich als Erstsemester aufgegabelt hat. Uns hat man an der Uni vor so was gewarnt.«

»So war es gar nicht. Die Kunstfakultät hat immer diese jahrgangsübergreifenden Veranstaltungen abgehalten, Käse-und-Wein-Abende, so was kommt einem heute schrecklich antiquiert vor. Aber mir, aus dem hintersten Eck von Wirral, erschien das damals wie der Gipfel der Hochkultur.«

»Was, wenn man keinen Käse oder Wein mochte?«

»Dann hatte man eben Pech gehabt. Das lief in etwa so ab: Hier hast du ein Stück Cheddar und ein Glas Wein aus dem Pappkarton, und jetzt misch dich unter die Leute.«

»Klingt wild.«

»Tatsächlich waren das immer ziemlich erfolgreiche Veranstaltungen, weil es immer sehr viel mehr Wein als Käse gab. Ich bin mit Rose zu einer davon gegangen und dein Dad war auch dort.«

»Wirklich tolle Geschichte, Mum.«

»Ich bin ja noch nicht fertig.« Ich tauchte einen Teller in die Abwaschschüssel. »Wie auch immer, wir haben angefangen, miteinander auszugehen und für ein paar Monate hat sich alles gut entwickelt. Doch dann hab ich David getroffen, der mit einem Mädchen aus meinem Wohnheim befreundet war.« Es fühlte sich so seltsam an, Davids Namen vor einem meiner Kinder laut auszusprechen. Als bräche ich damit ein Tabu.

»Ach ja? David. Noch nie von dem gehört.«

»Er war im selben Alter wie ich und wahnsinnig gut aussehend.«

»Hast du ein Foto von ihm?«

»Ja, tatsächlich, zu Hau … im Haus. Ich habe ja Kunst und Fotografie studiert. Nach dem Abschluss hätte man mir sogar eine Ausbildung in einem Fotostudio angeboten.«

»Wow, echt? Das wusste ich ja gar nicht. Hast du sie absolviert?«

»Äh, nein. Ich hab meinen Abschluss dann gar nicht mehr gemacht, weißt du. Egal. Ich verstand mich wirklich sehr gut mit David, mochte ihn sehr. Eines Abends tranken wir dann ein paar Gläser im Studentenwerk …«

»Oh mein Gott!« Stella stellte ihre Tasse so schnell ab, dass Tee auf den Tisch spritzte. »Du erzählst mir jetzt aber nicht, dass David mein Vater ist, oder?«

Ich erschauderte, glaubte aber nicht, dass es ihr auffiel. »Nein«, antwortete ich nachdrücklicher als beabsichtigt. »Richard ist definitiv dein Vater. Hier hast du einen Lappen.«

»Danke. Puh.«

»Wie auch immer, David gestand mir, dass er mich schon seit einer Ewigkeit mochte, aber nichts hatte sagen wollen, weil ich einen festen Freund hatte.« Ich dachte an diesen Abend zurück, einen der schönsten meines Lebens, und die Erinnerung daran funkelte immer noch, von der Zeit unberührt. »Gleich am nächsten Tag machte ich also mit Richard Schluss –«

»Warte mal kurz, du und Dad habt euch getrennt? Jetzt bin ich verwirrt.«

Es war schon eine Weile her, dass ich diese Erzählung das letzte Mal laut vorgetragen hatte, deswegen musste ich kurz einen Moment überlegen. Was war als Nächstes passiert?

»Dann verbrachte ich ein paar himmlische Wochen mit David –«

»Bah, zu viel Info«, wehrte Stella ab.

»Und dann bin ich auf dem Weg zu einer Vorlesung in Ohnmacht gefallen und hab beim Arzt herausgefunden, dass ich schwanger war. Von Richard.«

»Ah, Baby-Edward betritt also die Bühne.« Stella verdrehte beim Gedanken an ihren Bruder die Augen. »Aber warte mal kurz – woher willst du wissen, dass das Baby von Dad war?«

»Ach, der Zeitpunkt. Ich war schon zu weit, als dass es

von David hätte sein können. Und überhaupt, wir …«, ich zögerte und überlegte, ob ich es damit nicht übertrieb, »David und ich hatten gerade erst damit angefangen, du weißt schon … wir gingen es langsam an.«

»Mum!« Stella hielt sich die Ohren zu. »Lalalala!«

»Entschuldige.«

»Ist dir denn nie die Idee gekommen, so zu tun, als wäre es von David?«

»Sicherlich nicht, Stella.« Ich rieb über einen nichtexistenten Fleck auf dem Tisch, damit ich sie nicht anschauen musste.

»Das kommt aber doch bestimmt unglaublich oft vor, oder?« Stella nahm einen Schluck von ihrem Tee. »Wenn man sich diese Statistiken über einen großen Anteil von Leuten anschaut, die in dem Glauben an den falschen Vater aufwachsen?«

Rasch fuhr ich fort: »Richard war begeistert, mich wieder zurückzuhaben. Er wusste, dass ich als Katholikin das Baby würde behalten wollen, du weißt ja noch, wie meine Mum so war.«

»Ich kann es trotzdem kaum erwarten, Eduardo zu erzählen, dass er fast eine Abtreibung geworden wäre.«

»Stella, das ist abscheulich, und das wäre er sicher nicht. Das habe ich nie in Betracht gezogen. Dein Dad hat mir einen Heiratsantrag gemacht und obwohl es langsam immer mehr akzeptiert wurde, als unverheiratetes Paar ein Baby zu bekommen, war es doch nicht so verbreitet. Also heirateten wir und meine Eltern waren hocherfreut. Für Richards Mutter sah das natürlich anders aus.«

»Aber jetzt mag dich Oma doch. Oder, na ja, hat dich zumindest gemocht, bevor du …«

»Ja, ich kann mir vorstellen, dass ich jetzt gerade nicht ihr Lieblingsmensch bin.«

»Und warum erzählst du mir das alles?« Stella schlug die Hände vor den Mund. »Oh Gott, das ist er, oder?«

»Wer?«

»Der andere Mann! Gleich wirst du mir sagen, dass David deine große Liebe war, weshalb du dich auf die Suche nach ihm machst, um all die verlorenen Jahre nachzuholen.«

»Bestimmt nicht, Stella. Du suchst nach einer ordentlichen Schwarz-weiß-Antwort in einer Situation, in der es keine gibt. Egal, darum geht es nicht, das ist nicht der Grund, warum ich dir das erzähle.« Ich setzte mich hin und legte ihr die Hand auf den Arm. »Ich mache mir Sorgen wegen dir und Theo.«

»Wieso geht es jetzt auf einmal um Theo? Warum machst du dir Sorgen?« Stella sah verwirrt aus. »Ich hab jetzt nicht unbedingt das Gefühl, Mum, dass das der dringendste Punkt auf unserer Tagesordnung ist.«

»Ist mir bloß so im Kopf rumgegangen, das ist alles. Ich hab ziemlich viel darüber nachgedacht, wie irrsinnig es ist, zu früh sesshaft zu werden. Du bist noch so jung, Sternchen. Ich weiß, dass ihr zwei über eine Verlobung geredet habt, aber aus meiner Perspektive ist dreiundzwanzig noch unglaublich jung, egal, wie man sich innerlich fühlt. Das Leben ist lang. Man muss auch mal die Flügel ausbreiten, verschiedene Sachen ausprobieren, andere Leute ausprobieren.«

»Ernsthaft jetzt, Mum! Reden wie hier über dich oder mich? Morgen werde ich wieder zu mir nach Hause fahren und herausfinden, ob Theo und ich das Zeug dazu haben, auf lange Sicht zusammenzubleiben, und ich werde mit dem Gastro-Unternehmen weitermachen, weil es mir Spaß macht und ich gut darin bin. Ich finde nicht, dass du mir sagen solltest, was ich zu tun habe! Ich bin nicht diejenige, die sich in einem alten Cottage mitten im Nirgendwo versteckt, weil ich mein Zuhause ohne einen Plan verlassen habe.«

Stella hatte immer schon gewusst, wie man eine Abgangsrede hinlegte. Sie verließ die Küche und ich hörte sie nach oben stampfen. Ich dachte an Rose, die mir geraten hatte, nachsichtig zu sein, und mir fiel auf, dass ich überhaupt nicht nachsichtig gewesen war. Ich folgte ihr nach oben, zögerte aber vor ihrer geschlossenen Tür, und beschloss, zumindest geduldig zu sein, was der andere Teil von Rose' Anweisung gewesen war. Also ging ich in mein Zimmer und setzte mich auf den grauen Stuhl.

Ich warf einen Blick auf mein Handy, um nachzusehen, ob Bear auf meine Mail geantwortet hatte. Aber da war nichts. Ich klickte auf Kontakte und mein Finger schwebte zögernd über ihrer Nummer. Doch dann legte ich das Handy wieder auf den Tisch. Wenn es ein weltbewegender Notfall war, musste ich hinfliegen.

Was hatte mich dazu gebracht fortzugehen? Das wollten alle wissen. Gab es da jemand anderen, war etwas passiert, was war der Auslöser? Wie ich schon versucht hatte, Rose zu erklären, gab es da viele Dinge, eine Anhäufung über viele Jahre hinweg. Aber wenn es einen *bestimmten* Augenblick gab, war es der Nachmittag vor ein paar Wochen, an einem dieser Tage, wenn man anfängt, nach etwas Bestimmtem zu suchen und sich schließlich in einem Wurmloch aus Erinnerungen verliert.

Unter meinem Bett hatte ich die Schuhschachteln hervorgezogen, in denen die letzten Briefe von Bear lagen, um nachzusehen, ob sie geradeheraus etwas gesagt hatte, das mir nicht aufgefallen war, oder etwas zwischen den Zeilen angedeutet hatte, das mir entgangen war. Ich kann unmöglich erklären, wie seltsam es sich anfühlte, dass sie nicht geschrieben hatte. Wir ließen nie einen Monat aus. Ein paarmal war es natürlich schon knapp geworden, doch sobald der Kalender sich dem 15. meines Monats näherte, schrillte eine Alarmglocke in meinem Kopf los, woraufhin ich mich dann hinsetzte und schrieb. Ich hatte immer angenommen, dass es für sie genauso war. Doch nun waren drei Monate gekommen und auch wieder gegangen, in denen sie dran gewesen wäre.

Stunden verstrichen, während derer ich Brief für Brief las, manchmal lachte ich über eine ihrer Antworten auf etwas von mir, manchmal kamen mir an traurigen Stellen die Tränen. Es gab nichts Offensichtliches, das ihr Schweigen erklärte.

Vom ersten Tag der Sekundarschule an waren Bear (ihr echter Name war Ursula, den hasste sie), Rose und ich ein unzertrennliches Dreiergespann gewesen. Allerbeste Freundinnen. Fünf Jahre lang machten wir alles zusammen. Ich konnte mich noch gut an den Schmerz erinnern, den ich an dem schrecklichen Tag spürte, als Bear uns sagte, dass ihre Familie nach Australien ziehen würde. Da waren wir fünfzehn, fast sechzehn. Wir hatten vorgehabt, danach alle zusammen auf dieselbe Fachoberschule zu gehen und Abitur zu machen. Ich weiß gar nicht, wer von uns am meisten geweint hat. Bear und ich schworen uns, dass wir uns jeden Monat schreiben würden. Im ersten Monat würde sie mir schreiben, im nächsten ich ihr, und so weiter. Das bedeutete,

dass ich jedes Jahr sechs blaue Luftpostumschläge bekam –
vollgekritzelt mit Bears zur Seite geneigter Handschrift und
in ihrem lustigen, ironischen Ton –, in denen sie mir, zuerst,
von den Schrecken ihres neuen Lebens erzählte und dass
Sydney nichts gegen Hoylake war, worüber wir danach viel
lachten. Später dann lebte sie sich aber natürlich ein, schloss
Freundschaften, begann eine Beziehung mit einem Freund
und liebte ihre Fächer an der Fachoberschule.

Und ich schrieb ihr lange und ausufernd von den Neuigkeiten aus meinem Leben: was Rose und ich so trieben; wie
sehr wir sie vermissten; was wir dachten, dass sie sagen
würde, wenn sie bei uns wäre; von den ganzen verrückten
Sachen in der Fachoberschule; später dann von der Universität, den Ehen, Babys, Berufen, Kindern ... Wenn ich jemals meine Memoiren schreiben sollte, wären diese Briefe
eine unschätzbare Quelle – angenommen, natürlich, sie
hatte sie aufgehoben. Sechs Briefe pro Jahr von mir an sie,
und sechs Briefe von ihr zurück an mich. Manche waren
kaum eine halbe Seite lang, wenn das Leben gerade sehr geschäftig war, in Eile hingekritzelt; andere waren vier, fünf
Seiten oder noch länger, voller Details, nach denen wir uns
beide sehnten. Sie endeten immer auf die gleiche Art, mit
unserem eigenen Gruß, dessen Ursprung sich in den langen
Jahren unserer Korrespondenz verloren hatte: »Bis zum
nächsten Mal. Du fehlst mir. Immer.«

Im Laufe der Jahre hatte ich Bear natürlich auch immer
mal wieder persönlich gesehen. Rose und ich kamen während unseres freien Jahres nach dem Abitur vor der Universität zu ihr: sechs wunderbare Wochen voller Sonnenschein,
in denen wir mit Bear durch Australien reisten. Am letzten
Abend, betrunken in einer Bar in Sydney, versprachen wir

uns, das noch mal zu machen, wenn wir alle mit der Uni fertig wären. Doch da hatte ich dann schon Edward bekommen und Rose flog allein hin. Danach kamen die Kinder, die Arbeit und das Leben dazwischen und seitdem war ich nicht mehr in Australien gewesen. Bear kam alle paar Jahre zurück nach England; das letzte Mal war vielleicht drei Jahre her. Doch diese Besuche waren immer flüchtig und unbefriedigend. Sie musste immer so viele Leute besuchen und versuchte oft, ganz Europa auf einmal in den Trip zu quetschen. Auf einem Blatt Papier war die Liebe zum jeweils anderen leichter auszudrücken. Und die Briefe kamen immer. Inzwischen mussten es mehr als zweihundert sein, die in Schachteln unter meinem Bett lagerten. Beide legten wir uns irgendwann natürlich eine E-Mail-Adresse zu, aber Bear machte sich nicht viel daraus und überhaupt, keine von uns beiden wollte die altmodischen Briefe aufgeben.

Als ich gerade die nächste Schachtel hervorziehen wollte, erwischte ich stattdessen eine, in die ich schon seit Jahren nicht mehr hineingeschaut hatte. Nach Mums Tod hatte ich ihre Wohnung ausgeräumt und gesehen, dass in ihrer Großbuchstabenhandschrift mein Name auf dem Deckel stand. Ich war immer noch nicht dazugekommen, sie aufzumachen, und als mir klar wurde, was darin war, musste ich lächeln: meine Jugend. Alte Andenken, an die ich mich kaum erinnerte, sie aufgehoben zu haben. Automatenfotos von Bear und mir, Programme für Kunstausstellungen, alte Geburtstagskarten von Freunden und festen Freunden, inklusive einer besonderen von meiner Mum, die mir die Tränen in die Augen trieb; Tickets für Konzerte, auf die ich in den 1980ern gegangen war, inklusive des letzten Konzerts von Soft Cell, na ja, ihr erstes letztes Konzert – ach, da kam ich mir vielleicht alt vor. Und ein paar meiner alten Fotos, die ich damals aufgenommen hatte, als ich noch davon geträumt hatte, die Fotografie zu meinem Beruf zu machen, hauptsächlich in Schwarz-Weiß, und die ich selbst an der Universität entwickelt hatte, inklusive einer atemberaubenden Aufnahme von David Endevane, unglaublich jung und schön, bestehend komplett aus Wangenknochen und hellem Haar, genau wie sein Namenspatron David Sylvian, dem Frontsänger von Japan. Wie immer, wenn ich an David dachte, überlegte ich, wie es wohl gewesen wäre, wenn alles anders gekommen wäre. Bear war außer Richard, David und mir der einzige Mensch auf der Welt, der wusste, was wirklich passiert war.

Auf dem Boden der Schachtel lag etwas, das ich so vollkommen vergessen hatte, als gehörte es jemand anderem. Ein gefalteter, vergilbter Zettel, auf den ich in meiner kindlichen Schrift, mit Herzchen als i-Punkte, die Überschrift geschrieben hatte: »Dinge, die ich vor meinem dreißigsten Geburtstag getan haben will.« Das hatte ich zweimal mit rotem Kugelschreiber unterstrichen. Das Datum: 5. Juni 1982.

In dem Jahr hatten Rose, Bear und ich unseren Abschluss gemacht und Rose und ich waren weiter auf die Fachoberschule gegangen. In dem Jahr wurden wir sechzehn. Und in dem Jahr wanderte Bear aus.

Mit fünfzehn muss mir dreißig unvorstellbar alt vorgekommen sein. Rückblickend war ich von dem Mädchen, das so weit in die Zukunft vorausblicken konnte, beeindruckt. Die Kay im Teenageralter hatte wohl angenommen, dass es besser wäre, mit dreißig am besten schon alles gemacht zu haben, denn jenseits davon würde sie nichts außer Senilität und das Grab erwarten.

Ich las mir die Liste durch, an dem Tag, an dem ich eigentlich bloß Hinweise zu Bear gesucht hatte, und eine Sache sprang mich direkt an: wie wenig Dinge von der Liste ich tatsächlich getan hatte. Nicht mit dreißig, und mit fünfzig genauso wenig. Aber komplett versagt hatte ich auch nicht. Den letzten Punkt hatte ich zumindest erfüllt. Der lautete »ein Baby bekommen.« Tatsächlich hatte ich ihn deutlich früher erfüllt, als die junge Kay vielleicht ins Auge gefasst oder gewollt hatte. Und »Bear in Australien besuchen« konnte ich auch abhaken, wenn ich das »jedes zweite Jahr« am Anfang des Satzes ignorierte.

Trotzdem blieben so viele Dinge, die ich nicht getan hatte.

In dem grauen Stuhl sitzend schaute ich mir nun die neue Liste in meinem Tagebuch an, bei der Rose mir geholfen hatte: »Dinge, die ich bis zu meinem sechzigsten Geburtstag getan haben will.« Den Snowdon besteigen, abgehakt. Bear in Australien besuchen, fast abgehakt. Es lief gut. Außerdem, nach Venedig und Lissabon reisen und eine Weile lang ausprobieren, wie es war, allein zu wohnen – etwas, das ich vorher noch nie getan hatte. Nachdem ich mit meinen Eltern zu Hause gewohnt hatte, war ich zu dem belebten Wohnheim an der Universität übergegangen, dann war ich direkt in mein erstes Zuhause mit Richard eingezogen, in dem uns schon ein paar Monate später Baby Edward Gesellschaft leistete.

Als ich wieder nach unten ging, war Stella in der Küche und schnitt Gemüse. In Pfannen köchelte es verlockend auf dem Herd. Ich liebte es, wenn sie kochte.

»Riecht köstlich«, sagte ich.

»Das ist bloß ein Gemüse-Curry.«

»Lecker.« Ich wollte sie umarmen, wagte es aber noch nicht. »Stella, ich hab dich wegen der Sache mit Theo genervt. Das tut mir wirklich leid.«

»Passt schon.« Sie schaute mich matt an. »Aber Mum, das ergibt immer noch alles keinen Sinn. Vermisst du denn gar nichts von zu Hause?«

Bei ihrem traurigen Anblick wurde mir das Herz schwer. *Sei nachsichtig.* »Natürlich, ich vermisse viele Dinge!« Ich setzte mich an den Tisch. »Ich vermisse meine Küche, meine Bettdecke, und das Gefühl, alle meine Sachen um mich zu haben. Dummerweise hab ich meine Lieblingskette vergessen, genau wie meinen schwarzen Rollkragenpullover und meine Kamera. Ich vermisse meine Yogastunden, die hatte ich sogar schon bis Juli bezahlt. Ich vermisse meine Freunde und die Heckenkirschen im Garten hinten, weil die zu dieser Jahreszeit am besten riechen. Ich vermisse es, die Straße runter zu unserem Laden am Eck zu gehen und ich vermisse sogar Königstintenblau.«

Ein aufgeladenes Schweigen entstand, also fuhr ich schnell fort: »Und natürlich vermisse ich auch viel von Dad. Ich vermisse unsere Samstagabende, mit einem Weinglas in der Hand, an denen wir uns über unsere Woche unterhalten haben. Ich vermisse es, mit ihm darüber zu reden, was du und Edward so treibt. Ich vermisse …« Wow, das war ganz schön schwierig. Was vermisste ich sonst noch an ihm?

Stella schob das Gemüse in eine Pfanne. »Hast du dich auch schon so gefühlt, als Edward und ich noch Kinder waren?«

»Was meinst du?«

Das Gemüse fing an zu brutzeln und mit einem hölzernen Kochlöffel wendete sie es gekonnt. Mit dem Rücken zu mir sagte sie: »Wolltest du da auch schon die ganze Zeit fort-gehen?«

»Ach, Liebling, natürlich nicht!« Ich hielt es nicht mehr aus, sie nicht zu umarmen. Ich ging zu ihr rüber, schlang von hinten die Arme um sie und sie lehnte sich an mich. »Natürlich nicht«, wiederholte ich. »Ich hatte so viele glückliche Jahre – glückliche Zeiten – mit euch. Euch zwei Kinder bekommen zu haben, war das Beste, was mir je passiert ist. Ich war erst in letzter Zeit …«, Vorsicht, Kay, keine Lügen mehr, »… erst seit einer relativ kurzen Zeit wirklich unglücklich.«

Jetzt endlich drehte Stella sich um und nahm meine Hand in die ihre. Sie war so warm und weich, dass mir die Tränen in die Augen stiegen. Es war Stellas jetzige und zugleich die Hand der kleinen Stella, welche die meine voller Vertrauen umfasste, während wir eine Straße überquerten.

»Warum hast du dann vorher nie was gesagt?«, fragte sie.

»Ich habe es nie wirklich eingestehen wollen, nicht ein-mal mir selbst gegenüber. Ich hatte einfach das Gefühl, na ja, als würde ich ein halbes Leben leben. Nicht wegen dir und Edward, niemals, sondern weil dein Vater und ich in einem Trott gefangen waren. In einem eintönigen Trott.«

»Ein Trott ist immer eintönig, Mum«, entgegnete Stella und ließ meine Hand los, damit sie die Hitze unter dem Gemüse etwas zurückdrehen konnte. »Leute sprechen eher selten von einem aufregenden Trott.«

Ich lachte. »Du munterst mich immer auf, Sternchen. Es tut mir leid. Ich wollte dich nie damit belasten, dass ich un-glücklich war, aber ich habe dich trotzdem belastet, indem ich Richard verlassen habe. Vielleicht hätte ich ihn letztend-lich doch nicht verlassen sollen.«

»Nein, Mum.« Stella sah ernst aus. Ich liebte ihren ernsthaften, erwachsenen Gesichtsausdruck. Wie die Wärme ihrer Hand überlagerte er das Kind, das sie einmal gewesen war, und als das sie mit einem alten Blazer von mir bekleidet Ins-Büro-gehen gespielt hatte, wobei die Ärmel viel länger als ihre Arme gewesen waren. »Wenn du wirklich unglücklich warst, war es die richtige Entscheidung, ihn zu verlassen. Frauen sollten ihre Männer verlassen können, und ich weiß, dass sie das in der Vergangenheit nicht immer konnten, wie in Omas Generation.«

»Danke, meine Süße. Ich verdiene es gar nicht, dass du mich so gut verstehst, aber ich bin wirklich dankbar dafür.«

Zusammen aßen wir ihr Curry und ich erzählte ihr von meinem Plan für Australien. Wie ich gehofft hatte, bot sie mir an, mich am nächsten Tag auf dem Rückweg nach Essex in Heathrow abzusetzen. Ich hoffte ebenfalls, dass uns die lange Reise die Gelegenheit geben würde, uns noch ehrlicher und verständnisvoller miteinander zu unterhalten.

Später ging ich hoch zum Packen. Es war nicht mehr ganz hell, aber auch noch nicht richtig dunkel. Ich saß in dem Stuhl unter dem Dachfenster und schaute hoch in den blaugrünen Himmel. Ich dachte an Bear, an Richard und an David. Ein Vogelschwarm kam flatternd in Sicht und mit ihnen ließ ich meine Sorgen hoch in den Himmel entfliegen.

Brief vom 27. Juni 2017

Liebste Bear,

danke für deine mitfühlende Karte. Ich kann immer noch nicht mit dem verdammten Weinen aufhören. Ich glaube nicht, dass ich Mum am Schluss gut behandelt habe, obwohl sie ehrlich gesagt keine Ahnung mehr hatte, was überhaupt los war. Ich hasse es, dass sie im Krankenhaus gestorben ist. Nicht, dass sie ihre Wohnung geliebt hätte, aber zumindest hatte sie all ihre Sachen dort. Aber ich war an ihrer Seite, als sie gegangen ist. Ich glaube, sie hat meine Hand noch ein letztes Mal gedrückt, auch wenn es bloß sehr schwach war, und einen Augenblick später sagte die Krankenschwester dann: »Sie ist von uns gegangen, meine Liebe.«
Wegen der Beerdigung gab es so viel zu tun. Einzelkind sein ist lausig. Wenn ich eines Tages nicht mehr bin, können E & S wenigstens darüber streiten, wer was macht. Das Merkwürdigste von allem war, die Sterbeurkunde abzuholen, sehr formell und befremdlich. Ich habe Richard nicht darum gebeten, mich zu begleiten, einer der Läden bekommt bald einen neuen Manager, deshalb musste er übernehmen. Rose ist mitgekommen, sie war ein absoluter Fels in der Brandung, und danach sind wir in einen Pub gegangen und haben jede drei Gläser Gin getrunken.

Nicht gerade der erfreulichste Brief, entschuldige, meine Liebe.
Bis zum nächsten Mal.
Du fehlst mir.

Immer, Kay

9

Stella

Die Taschen waren im Kofferraum verstaut, die Sicherungen abgeschaltet und der Kühlschrank leer, doch Mum arbeitete sich immer noch durch ihre Absperrroutine für das Cottage. Mit den Fingernägeln trommelte ich auf dem Lenkrad herum. Kurz tauchte Mum in der Tür auf und ich setzte mich aufrecht hin, aber dann verschwand sie wieder und ich sackte zurück in meinen Sitz. Nach diesen paar seltsamen Tagen, in denen sie abwesend gewesen war, fühlte es sich immer noch komisch an, sie jetzt jederzeit nach Belieben sehen zu können.

Ich öffnete das Handschuhfach, in der Hoffnung, eine Dose mit Süßigkeiten für unterwegs zu finden. Als ich noch klein war, hatte Dad immer welche gekauft. *Ja!* Da war tatsächlich eine Dose. Ich zog sie heraus und samt der Dose kam ein zerknitterter weißer Umschlag zum Vorschein: Dads Brief, den ich ganz vergessen hatte, ihr gestern zu geben. Ich legte ihn auf den Beifahrersitz, neugierig auf den Inhalt und wie Mum darauf reagieren würde. Dann öffnete ich die Dose, schloss sie aber gleich enttäuscht wieder – darin waren bloß ein paar Münzen und irgendwelche Schrauben.

Die Haustür knallte und Mum kam endlich heraus. Sie warf den Schlüssel in die Schlüsselbox an der Wand, kam zum Auto rüber und zögerte.

»Ich kann mich nicht mehr erinnern, ob ich das Fenster im Bad zugemacht hab«, sagte sie.

»Das hab ich zugemacht«, antwortete ich.

»Hast du es auch richtig zugemacht? Man muss nicht nur den unteren Teil des Fensters zumachen, sondern auch den Metallhaken vormachen.«

»Hab ich gemacht.«

»Ich schau lieber noch mal kurz nach. Sonst regnet es vielleicht rein. Oder es wird eingebrochen.«

»Du klingst wie eine Wahnsinnige, Mum. Mit dem Fenster ist alles in Ordnung. Komm schon, fahren wir.«

Langsam stieg sie ins Auto ein und schob den Brief weg, damit sie sich hinsetzen konnte.

»Der ist für dich«, sagte ich. »Von Dad.«

»Was?«

»Er hat mich gebeten, ihn dir zu geben.«

Ich fuhr rückwärts aus der Einfahrt hinaus und auf die Straße. Mum drehte den Umschlag in den Händen. »Weißt du, was drin steht?«

»Nein, natürlich nicht. Warum machst du ihn nicht auf?«

»Ich warte noch kurz.« Mum atmete einmal tief durch. »Du musst nicht schnell fahren, Schatz. Mein Flug geht erst morgen.«

Ich wurde etwas langsamer. »In Filmen finde ich das immer sehr frustrierend«, bemerkte ich, »wenn jemand einen Brief oder ein Geschenk bekommt und es ewig dauert, bis die aufgemacht werden.«

»Ich bereite mich nur darauf vor«, erklärte Mum.

»Er hat keine Ahnung, was los ist, weißt du. Er versteht nicht, warum du ihn verlassen hast.«

Ich spürte Mums Blick auf mir, während ich langsamer

durch einen Kreisverkehr fuhr. Ich wusste, dass sie sich fragte, warum ich weniger zugänglich war als gestern. Wie hatte Oma das genannt? *Ausweichend*, so hatte sie gesagt. Ich hatte die halbe Nacht wachgelegen und über unsere Unterhaltung nachgedacht. Nachdem sie mir erzählt hatte, dass sie unglücklich gewesen war, hatte ihr Verhalten einen Sinn ergeben; oder zumindest hatte es das gestern Abend. Aber heute Morgen waren da immer noch so viele unbeantwortete Fragen.

Sie atmete geräuschvoll aus. »Ich wünschte, ich könnte mich besser erklären.«

»Schau, Mum, es ist nicht so, dass ich finde, dass du hättest bleiben sollen, wenn du unglücklich warst.«

»Was ist es dann?«

»Na ja, es ist einfach unfair Dad gegenüber. Einfach wegzugehen und auf keine seiner E-Mails und hinterlassenen Nachrichten zu antworten, du schweigst dich aus und er interpretiert alle möglichen Dinge da hinein.«

»Damit hast du sicher recht.«

Ihr Handy pingte und sie lachte. »Wo wir gerade schon davon sprechen ...«

»Ist das Dad?«

»Nein, das ist Alice. Oma. Ihr hab ich auch noch nicht geantwortet.« Sie las die Nachricht. »Sie will, dass wir uns treffen, um ›ein wenig zu plaudern‹. Oh, wunderbar.«

»Das wäre vielleicht eine ganz gute Idee.«

»Das ist eine schreckliche Idee.«

»Aber Mum, wir tun uns alle schwer damit zu verstehen, warum du das gemacht hast, diesen gewaltigen Schritt. Vermutlich verstehe ich es jetzt etwas besser, aber ich glaube nicht, dass Dad irgendeine Vorstellung davon hat, dass du unglücklich warst. Er würde dich sofort wieder zurücknehmen.«

»Bist du dir da so sicher?« Mum nahm den Umschlag in die Hand und öffnete ihn. »Dann lass uns mal sehen.« Sie zog einen Briefbogen aus blauem Papier heraus und entfaltete ihn vorsichtig. »Briefpapier von Basildon Bond.« Sie atmete durch. »Okay. Los geht's.«

Stumm las sie ihn sich durch, während ich mich nur schwer davon abhalten konnte, sie aufzufordern, mir den Inhalt zu verraten. Ich konzentrierte mich auf die Straße vor mir, die schroffen Berge, die sich seitlich von uns erhoben, und auf die glänzenden schwarzen Schieferhaufen aus den Steinbrüchen, die im Sonnenlicht auf der anderen Seite aufblitzten. Ich konzentrierte mich auf die Tränen, die in meinen Augen schwammen und hinausgelassen werden wollten, und auf den harten Kloß in meinem Hals. Ich wusste nicht genau, warum ich so traurig war. Gestern hatte ich geglaubt, ein paar Antworten bekommen zu haben, doch heute waren die Dinge, die Mum gesagt hatte, irgendwie nicht mehr griffig. Wieder einmal schien mir der Boden unter den Füßen weggezogen worden zu sein und nichts fühlte sich richtig an. Alles war verwirrend, unklar. Ich konnte einzig und allein an den armen Dad denken, und an mich, ebenfalls arm, weil ich jetzt für ihn verantwortlich war.

Aber natürlich auch arme Mum, wenn sie wirklich unglücklich gewesen war. Aber war sie das wirklich? Oder war das bloß eine kluge Art, auf die sie der Unterhaltung einen Riegel vorschieben konnte? Kein Sohn und keine Tochter konnten zu einem Elternteil sagen: »Du solltest wieder zurückkommen«, wenn der Elternteil sagte: »Aber ich war unglücklich.« Unglücklich sein war ein Totschlag-argument. Aber nichts von dem, was Mum gesagt hatte, klang wirklich so schlimm. Dad war doch nett, oder? Und großzügig. Was gab es da, weswegen man unglücklich sein konnte?

Mum stieß ein sehr tränenersticktes Lachen aus und ließ den Brief sinken. Ich warf ihr einen Blick zu und sah, dass sie weinte.

»Er ist sehr süß.« Mum schnäuzte sich und fing an, laut vorzulesen. »›Liebe Kay, ich hoffe, es geht dir gut. Ich habe viel nachgedacht, seit du mich verlassen hast, und mir ist klar geworden, dass ich nicht immer so aufmerksam gewe-sen bin, wie ich es hätte sein können oder sollen. Fall du je-mals beschließen solltest, es noch mal mit mir versuchen zu wollen, werde ich da sein. Dieses Mal werde ich alles besser machen. Wir könnten vielleicht zu einer Beratung gehen.‹« Mum unterbrach sich hier, um zu sagen: »Als würde er das jemals tun!« Dann las sie weiter: »›Ich erinnere mich daran, dass du gesagt hast, du würdest nach Australien fliegen. Ich hoffe, dass du Bear wohlauf und glücklich antriffst. Und vielleicht reist du danach auch noch weiter – Venedig, Russ-land, ich weiß nicht mehr, was du sonst noch alles gesagt hast. Ich hoffe, du siehst viele interessante Orte und viel-leicht auch ein paar interessante Schreibwaren.‹ Es wäre keine Nachricht von deinem Vater, wenn er nicht mindes-tens einmal Schreibwaren erwähnen würde, oder?«

»Das ist sein Lebenswerk«, verteidigte ich ihn, da ich das Gefühl hatte, dass Mum nicht mehr das Recht hatte, Dad wegen des Ladens schlechtzureden.

»Das ist es allerdings. ›Lass es mich wissen, falls du mehr Geld benötigst. Ich habe etwas mehr auf unser Konto überwiesen, falls du darauf zurückgreifen möchtest. Mit viel Liebe‹, Liebe hat er dreimal unterstrichen, ›Dein Ehemann, Richard.‹«

»Das ist wirklich sehr süß«, befand ich.

»Er ist sehr versöhnlich, oder?«, meinte Mum. »Obwohl es eine Schande ist, dass ich ihn erst verlassen musste, damit ihm auffällt, dass er nicht sonderlich aufmerksam war.«

»Manchmal muss man die Dinge eben klar und deutlich aussprechen, Mum.«

»Sternchen, wo hätte ich da überhaupt anfangen sollen? Die meiste Zeit war ich einfach nur unglücklich.«

Mir fiel auf, dass sie es immer noch nicht genau benennen konnte. »Er ist auch sehr großzügig, was Geld angeht.«

»Ja, das ist er. Ich weiß. Ich habe Glück. Er könnte mir das alles extrem schwer machen.« Sie stieß den Atem aus, als ob sie eine Entscheidung träfe, und sagte dann: »Ich werde deiner Großmutter schreiben und einmal sehen, ob sie sich heute Abend mit mir treffen will, bevor ich nach Australien fliege.«

»Okay, das ist gut. Ich weiß, dass ihr zwei euch nicht immer gut verstanden habt, aber …«

»Ich bin mir ziemlich sicher, dass jetzt alles in Butter zwischen uns sein wird.«

»Nicht witzig, Mum.«

»Entschuldige.« Sie schickte Oma eine Antwort und legte ihr Handy weg.

»Wirst du Dad zurückschreiben?«

»Ja, ich werde ihm einen richtigen Brief aus Sydney schreiben.«

»Na ja, solange du nicht glaubst, dass du dann einfach wieder zurückkommen und da weitermachen kannst, wo du aufgehört hast, ja?« Das klang härter als beabsichtigt. Oder vielleicht auch nicht.

»Stella! Das ist ein bisschen … das werde ich natürlich nicht.«

»Stimmt das, was Dad in dem Brief gesagt hat, dass du planst, nach Australien noch mehr herumzureisen?«

»Vielleicht. Komm doch mit, Sternchen! Das wird toll.«

»Nein, danke, Mum. Ich hatte mein Jahr Auszeit schon.«

»Ich auch, aber ich spüre, dass ich noch eines brauche.«

In meinem Gehirn machte etwas klick und ich legte eine Vollbremsung an der Straßenseite hin.

»Das ist es also!« Ich schlug mit der Hand aufs Lenkrad.

»Meinst du wirklich, dass wir hier anhalten können, Stella? Diese Straße hier ist ziemlich eng.«

»Verdammt noch mal, Mum, mir ist gerade etwas klar geworden. Das ist *wirklich* dein Jahr Auszeit, dein freies Jahr als Erwachsene! Du meinst, du kannst herumreisen und mit unpassenden Leuten schlafen und –«

»Stella!«

»Und viele neue Erfahrungen machen und Drogen nehmen und dein Gepäck irgendwo in Kairo verlieren. Du bist wie eine große, alte Studentin. Gott verdammt!«

Mum sah mich ruhig an. »Für Kairo hatte ich noch nie was übrig. Zu laut. Also, jetzt sag du mir lieber mal, Liebes, was mit dir los ist?«

Ich schüttelte den Kopf und versuchte, noch mehr verdammte Tränen zurückzuhalten. »Ich nehme mal an, dass du ein supertolles Jahr haben wirst, das Leben von allen auf den Kopf stellst und dann meinst, einfach wieder nach Hause kommen zu können.«

»Mit einem Rucksack voller Schmutzwäsche und einer

leichten Harnwegsinfektion?« Ich konnte das Lächeln in Mums Stimme hören, als ob sie nicht auch so schon alles schlimm genug gemacht hätte.

»Ich weiß nicht, warum du das lustig findest, das ist es wirklich nicht.« Langsam zog ich wieder auf die Straße zurück und blinzelte wie verrückt. Zum Glück waren nur wenig andere Autos unterwegs, da ich gerade keine sonderlich gute Sicht hatte.

Ein paar Kilometer fuhren wir schweigend weiter, dann sagte Mum: »Weißt du noch, Leon?«

»Leon? Mein alter Freund? *What the f-,* was zur Hölle hat der denn jetzt damit zu tun?« Oh Gott! Einen Moment lang blieb mir fast das Herz stehen, weil ich dachte … oh Gott! Wenn Mum mir jetzt sagen würde, dass sie Dad für Leon verlassen hatte, diesen pickligen Idioten, der jung genug war, um ihr Sohn zu sein, würde ich einfach geradeaus in diesen Baum rasen und es uns ersparen, jemals diese Unterhaltung zu Ende führen zu müssen.

»Ach, das mit euch zwei war ganz schön intensiv, ihr habt euch ununterbrochen geschrieben, die erste große Liebe.«

»Mum! Verdammt noch mal!« Diese Reise brauchte eindeutig mein monatliches Pensum von »Verdammt-noch-Mals« auf. »Hast du etwa eine Affäre mit Leon?«

»Leon?!« Mum fing an zu lachen, erst leise, dann hysterisch. »Leon!«, stieß sie immer wieder hervor. »Leon!«

»Okay, beruhig dich.« Ich wartete darauf, dass sie sich wieder fing. »Das ist auch nicht dümmer als alles andere. Ich kann keinen anderen Grund erkennen, warum du Leon sonst erwähnen solltest, das ist einfach komplett unlogisch.«

»Zuerst Anthony, jetzt Leon. Anscheinend habe ich wirklich keinen Typ, wenn es um fiktive Liebhaber geht, was?«

Sie kam mir immer noch sehr erheitert vor, was mich so wütend machte, dass ich schreien wollte. »Also dann, los, was ist mit Leon?«

Mum streckte die Beine aus. »Na ja, ich wollte bloß sagen, dass das superintensiv war, weißt du noch, und dann war ungefähr nach sechs Monaten alles vorbei. Du hast dich mit dem armen, alten Kerl gelangweilt.«

»Da war ich erst sechzehn, da ist das doch normal.«

»Naja, meine Frage ist die, Stella: Findest du, dass zwei Menschen – ein Paar – zusammenbleiben sollten, wenn einer von beiden das nicht mehr möchte?«

»Nein, natürlich nicht, aber –«

»Denn der arme Leon war nämlich am Boden zerstört, als du ihn abserviert hast, oder?«

»Am Boden zerstört würde ich nicht sagen. Er war ein bisschen traurig.«

»Er hat sich wochenlang vor unserem Haus herumgetrieben.«

»Und dann hat er angefangen, mit Iola Gillespie auszugehen«, gab ich zurück, in dem Versuch, die Unterhaltung wieder ins Land der geistig Gesunden zu lenken, »und hat mich total vergessen.«

»Genau«, sagte Mum. »Der Punkt ist, dass wir das letzte Wort der Person überlassen sollten, die aussteigen will, wenn einer von zweien kein Paar mehr sein will, der andere aber schon noch. Moralisch gesehen, meine ich? Und tatsächlich auch praktisch gesehen, oder?«

»Ja, aber –«

»Sonst müsstest du jetzt nämlich immer noch mit Leon zusammen sein, stimmt's? Und trotz allem war es ziemlich richtig von dir, ihn gehen zu lassen. Er war eine lausige Partie für dich.«

»Verdammt noch mal, Mum! Vergleichst du jetzt ernsthaft meine sechs Monate lange Teenager-Beziehung, in der man sich zweimal in der Woche getroffen hat, mit deiner neunundzwanzigjährigen Ehe?«

»Ich weise dich bloß darauf hin, dass generelle Prinzipien doch sicher für alle gelten sollten. Ich sollte nicht noch länger mit deinem Dad zusammenbleiben müssen, nur weil er nicht will, dass ich gehe.«

»*Noch länger?*«

Das darauffolgende Schweigen dauerte an, bis wir zur Autobahn kamen.

Schließlich sagte Mum: »Es tut mir leid, Sternchen.«

»Dann tu es nicht, Mum. Du wirst alle traurig machen, eine Weile lang weg sein und dann sagen: ›Ach, jetzt wo ich mich ausgetobt hab, kann ich ja wieder heimkommen.‹ Tja, aber weißt du was?«, und meine Stimme zitterte ein wenig, als ich das sagte, »wir werden vielleicht nicht da sein und auf dich warten.«

»Ich wünschte, ich könnte dir klarmachen, wie fest ich die Tür hinter mir geschlossen habe«, entgegnete Mum. Sie war geduldiger, als ich erwartet hatte, vermutlich weil sie wusste, dass sie im Unrecht war. »Ich hab das Gitter runtergelassen, die Sicherheitskette vorgelegt und obendrein den rostigen Schlüssel im Schloss rumgedreht, und bevor du noch irgendetwas sagst, ich weiß, dass ich über ein Fenster und keine Tür rede, aber da gilt dasselbe Prinzip.«

»Na ja, egal, wie viel du über alle möglichen Prinzipien

redest«, ich holte tief Luft, »ich finde, dass du verdammt noch mal ziemlich egoistisch bist.«

»Stella!«, rief Mum. Endlich schien es, als ob ich etwas gefunden hätte, womit ich sie wütend machen konnte.

Doch auf einmal war ich noch viel wütender. »Du bist *wirklich* egoistisch! Es ist Dad gegenüber so unfair. Er ist ein lieber Mann. Du hast selbst gesagt, dass er sich großartig verhalten hat, als du schwanger wurdest, obwohl du ihn vorher hast sitzen lassen, und er war den Großteil der letzten dreißig, Entschuldigung, *neunundzwanzig* Jahre über auch großartig und jetzt hast du ihn wieder sitzen lassen. Aber anstatt an ihn zu denken, hast du irgendeinem anderen Typen hinterhergetrauert, den du kaum länger als fünf Minuten kanntest! Was war überhaupt so toll an diesem, wie hieß er noch gleich, David? Er hat nicht mal in Betracht gezogen, das Kind von einem anderen zu akzeptieren.«

»So war das nicht, er –«

»Was dachtest du, was passiert, wenn du fortgehst? Dass Dad sagen würde: ›Ach, übrigens Stella, deine Mum hat mich sitzenlassen, aber kein Grund zur Sorge, mir geht's gut.‹«

»Nein, natürlich nicht, ich –«

»An wen, dachtest du, würdest du jetzt die Verantwortung für Dad abgeben, wenn der einen Nervenzusammenbruch hat? Von wem, dachtest du, wird erwartet, alles stehen und liegen zu lassen und zu Hilfe zu eilen?«

»Ist Edward denn nicht –«

»Er ist nicht mal in unsere Nähe gekommen, wusstest du das gar nicht?«

»Aber seine Nachrichten klangen so, als ob –«

»Er hat sich nicht blicken lassen. Ich bin ganz allein. Oma und ich, die in ihrem Alter nicht auf ihren Sohn aufpassen sollte. Du hast ihn auf uns abgeladen und dich aus dem Staub gemacht, ohne einen weiteren Gedanken.«

»Stella! Das reicht jetzt! Es tut mir leid, dass ich dich so wütend gemacht habe und dass alle so traurig sind, aber ich liebe deinen Dad einfach nicht mehr, ich war unglücklich. Wenn das bedeutet, dass es egoistisch ist, so zu handeln, dann ist das eben so. Wenn ich vielleicht die letzten neunundzwanzig Jahre über ein bisschen egoistischer gewesen wäre, dann würde ich vielleicht jetzt nicht das Bedürfnis danach verspüren. Aber lass mich dir eine Frage stellen: War ich egoistisch, als ich einen Monat lang jede Nacht bei dir auf dem Boden geschlafen habe, als du Albträume hattest?«

»Was, als ich, wie alt war, acht?«

»War es egoistisch, dich in diesen Urlaub mit deinen Freunden fahren zu lassen, als du achtzehn warst, ohne ein Wort zu sagen, obwohl du versprochen hattest, mit mir zu fahren?«

»Wow, das hast du dir schön alles aufgehoben, was?«

»Als wir dich wieder aufgenommen haben, als du nach der Universität keine Arbeit gefunden hast, als ich dir bei deinen Bewerbungen geholfen habe, dich sogar jetzt noch finanziell unterstütze, damit du deine Miete bezahlen kannst?«

»Hör auf zu schreien, Mum.«

»Ich habe nie aufgehört, dir zu helfen, dich aufzubauen, dich zu bekräftigen, dich dazu zu drängen, ein interessanteres Leben als ich zu führen. Egoistisch! Du machst Witze, oder?«

»Niemand hat dich dazu gezwungen, ein uninteressantes Leben zu führen«, sagte ich und versuchte, nicht auch zu schreien. »Das war deine Wahl.«

»Gott verdammt, nein, das war es nicht!«, schrie Mum. »Ich bin versehentlich schwanger geworden und musste deinen Vater heiraten und deswegen *habe ich die Liebe meines Lebens verloren.*«

Oh. Mein. Gott.

Ich betete, dass ich niemanden überfahren hatte, denn ich hatte nämlich überhaupt nicht mehr auf die Straße geachtet. Keine von uns sagte für lange Zeit ein Wort. Stumm versuchte ich, meine Atmung wieder unter Kontrolle zu bekommen. Schließlich zwang ich mich, einen kurzen Blick rüber zu Mum zu werfen. Sie hatte das Gesicht abgewandt und starrte aus dem Fenster.

Weitere Kilometer flogen vorbei, dann sagte sie sehr leise: »Es tut mir leid.«

»Das sollte es auch.«

»Das hätte ich nicht sagen sollen. Ich fühle mich schrecklich.«

»Also, hör zu, Mum«, sagte ich so ruhig ich konnte, »wenn du doch wieder nach Hause kommst, selbst wenn Dad dich zurücknimmt, ich werde das nicht tun.«

»Ach, Sternchen!« Mum fuhr im Sitz herum. »Ich weiß, dass du stinksauer auf mich bist und das ist auch in Ordnung, aber –«

»Macht es dir was aus«, brachte ich durch zusammengebissene Zähne hervor, was aus irgendeinem Grund den Schmerz in meiner Brust linderte, »wenn wir nicht mehr miteinander reden?«

Mum ließ sich in den Sitz zurückfallen. »Warum lässt du

mich nicht am Bahnhof raus? Von da aus kann ich auch allein weiter.«

»Wir sind auf einer scheiß Autobahn. Ich werd dich nach Heathrow fahren, wie ausgemacht. Und dann bin ich hier fertig.«

In einem schweren, erdrückenden Schweigen fuhren wir weiter. Es hätte sich gut anfühlen sollen, das alles laut ausgesprochen zu haben, gesagt zu haben, wie ich mich fühlte. Dabei wollte ich jetzt nur noch allein sein und weinen. Bis ich die Ausfahrt nach Heathrow nahm und Mum mich zu ihrem Hotel lotste, sprachen wir nicht mehr miteinander. Ich fuhr in die Einfahrt und ließ den Motor laufen. Ich spürte, wie Mum mich anschaute, doch ich starrte stur geradeaus auf den Parkplatz, auf die Leute, die kamen und gingen, mit Rollkoffern und normalen Leben. Ich wollte nichts anderes, als dass sie endlich ging.

»Danke fürs Mitnehmen. Ich wünschte mir von ganzem Herzen, dass ich dich nicht verärgert hätte.« Sie lehnte sich über den Sitz hinweg und gab mir einen Kuss auf die Wange. »Richte deinem Vater Dank für den Brief aus.«

Ich hatte den Wunsch, etwas Nettes zu sagen, irgendetwas, das das alles wiedergutmachen würde, aber ich hatte das Gefühl, zu weit gegangen zu sein. Stattdessen sagte ich: »Hoffe, Bear geht's gut.« Das hätte ich vorher schon sagen sollen. Mum rechnete bestimmt mit dem Schlimmsten, dabei wusste ich doch, wie wichtig ihr die Freundschaft mit Bear war.

»Danke.« Sie legte die Hand auf den Türgriff und fügte dann noch hinzu: »Ich weiß, dass die Menschen einen manchmal herumschubsen. Lass dir den Scheiß von niemandem gefallen, Stella. Von *niemandem*.«

Ich lachte laut auf. »Nicht mal von dir?«

»Vor allem nicht von mir.« Sie lächelte. »Ich hab dich so lieb.«

Ich konnte nicht antworten. Ich wusste, dass ich weinen würde, wenn ich ihr sagte, dass ich sie auch lieb hatte, aber ich wollte erst weinen, wenn sie weg war. Einen Moment lang sah sie mich aufmerksam an, dann sagte sie: »Tschüss«, und stieg schnell aus. Ich beobachtete sie dabei, wie sie rasch ins Hotel ging – sie schaute nicht zurück –, dann wendete ich das Auto und machte mich auf den Weg zu mir nach Hause. Der Kloß in meinem Hals wollte sich einfach nicht lösen.

10

KAY

Meine Schwiegermutter war nicht zu verkennen – sie stach heraus, wo immer sie war. In dieser eintönigen Firmenhotellounge saßen einige Geschäftsmänner in Gruppen und ein paar angetrunkene Frauen ungefähr in meinem Alter zusammen, die so aussahen, als würden sie sich schon bald auf den Weg zu einem ausgelassenen Mädelswochenende machen. Und dort, mit dieser Art von anthropologisch unerschütterlichem Gesichtsausdruck, auf den die Queen seit ihrer Tour durch exotische Länder in den 1960ern das Patent hatte, war Alice Bright.

Wie sie dort so aufrecht in einem Sessel am Fenster saß, erfüllte sie alle klassischen Alice-Bright-Kriterien: marineblaues Kostüm im Chanel-Style – abgehakt. Perfekt frisiertes, aschblondes Haar, das eingefroren zu sein schien, so unbeweglich war es – abgehakt (und übrigens, glaubt nicht einmal für einen Augenblick, dass es eventuell ein wenig Grau verdecken könnte). Makelloses, dezentes Make-up – abgehakt. Marineblaue, zum Kostüm passende Pumps mit zweckmäßigem, aber schickem niedrigem Blockabsatz. Leicht gebräunte Nylonstrumpfhose. Selbstbewusster Gesichtsausdruck, welcher die klare Erwartung widerspiegelt, egal, welche Schlacht auf sie zukam, diese auch zu gewinnen. Abgehakt, abgehakt und abgehakt.

»Kay!«, rief Alice aus und erhob sich mit einer unglaublichen Agilität für eine achtundsiebzig Jahre alte Frau. »Ist dieses Etablissement nicht einfach abscheulich? So eine unrühmliche Umgebung für dein großes Abenteuer! Warum bist du nicht in ein schickeres Hotel gegangen? Das Connaught ist doch zum Beispiel immer eine gute Wahl.«

Ich gab ihr einen Kuss auf die pudrige Wange. »Hier gibt es ein Bett, in dem ich mich heute Abend schlafen legen kann, bevor ich nach Australien fliege, Alice, das ist alles, was ich brauche.«

»Ah ja, Australien und Neuseeland. Die Heimatländer von Verurteilten und Bösewichten seit Anbeginn der Zeit.«

Ich grinste. »Alice, alle die uns eventuell hören können, würden das für ziemlich rassistisch halten.«

»Ich bin ganz sicher keine Rassistin, Kay. Ich habe für bleiben gestimmt, wie du sehr genau weißt. Unsere kleine Insel wird ungemein von Menschen mit allen möglichen Hintergründen bereichert.« Sie nahm meine beiden Hände in ihre und musterte mich einmal von Kopf bis Fuß. »Ach, du siehst einfach furchtbar aus. Mutig zu sein ist ja *so* anstrengend.«

In einem dieser riesigen Spiegel, die immer in solchen Hotels hängen, vermutlich, um die Räume größer wirken zu lassen, konnte ich mein Spiegelbild sehen. Meine glatten, braunen Haare, die immer nur eine Stunde nach dem Waschen schön aussahen, hatte ich zu einem strähnigen Pferdeschwanz zusammengebunden, außerdem trug ich gemütliche Reisekleidung und kein Make-up. Neben dieser Jackie Kennedy hier sah ich aus wie eine Landstreicherin.

»Ich sehe vielleicht gerade nicht so toll aus, Alice, aber ich versichere dir, dass es mir innerlich gut geht.« Zumindest war das bis zu dem schrecklichen Streit mit Stella so gewesen. Den verdrängte ich nun aus meinen Gedanken. Darüber konnte ich ein andermal nachdenken. Er war noch zu frisch, zu roh, um irgendwie Sinn zu ergeben.

»Ach, mein liebes Mädchen.« Alice ließ mich los, um sich die Hände in einer Geste des Mitleids auf die Brust zu legen.

Ein Kellner kam herüber und fragte, ob wir etwas trinken wollten. »Wie nett von Ihnen«, hauchte Alice in Noblesse-oblige-Manier, als ob er uns die Getränke kostenlos angeboten hätte. Wir bestellten trockenen Weißwein und setzten uns; zwei alte Widersacherinnen, die sich nun gegenüberstanden. Im Laufe der Jahre hatten wir einen Weg gefunden, auf dem wir beide nebeneinander existieren konnten, doch es hatte sehr lange gedauert, um über unseren holprigen Start hinwegzukommen. Ich glaubte, dass sie auf einer gewissen Ebene immer noch dasselbe dachte wie vor dreißig Jahren, an dem Tag, an dem Richard mich mit zu ihr nach Hause brachte und ihr mitteilte, dass wir heiraten würden: Und zwar, dass ich absichtlich schwanger geworden war, um ihn in eine Falle zu locken. Die Wahrheit habe ich ihr nie erzählt, aber Gott weiß, dass ich mir manchmal nichts sehnlicher gewünscht habe. Wie auch immer, letztendlich haben wir es geschafft, eine Entente cordiale zu etablieren und um Alice gegenüber fair zu sein: Sie war immer eine ausgezeichnete Großmutter, vor allem für Stella.

Die Ironie war bloß, dass Alice während der ersten fünf oder zehn Jahre hocherfreut gewesen wäre, wenn ich Richard verlassen hätte. Eine Chance für ihren feinen Jungen, endlich die richtige Art von Mädchen zu heiraten – was für ein Glück! Doch nun erkannte ich, dass sie sich unter ihrer Schutzschicht aus Puder und Klasse ernsthaft Sorgen machte.

»Also, meine Liebe, danke, dass du dich mit mir triffst. Ich weiß, dass wir nicht immer auf Augenhöhe waren, aber ich bin einfach nur hier, um, na ja, sicherzugehen, dass du auch wirklich felsenfest von diesem deinem *gewagten Vorhaben* überzeugt bist.«

»Meinst du mein gewagtes Vorhaben, nach Australien zu reisen? Oder mein gewagtes Vorhaben, Richard zu verlassen?«

»Natürlich Letzteres, Kay.«

»Ich weiß nicht, ob ich das als gewagtes Vorhaben klassifizieren würde, aber in Ordnung. Ja, ich bin wirklich felsenfest davon überzeugt.«

»Würde es dir etwas ausmachen, mir, sozusagen als besondere Gefälligkeit, zu erklären, warum genau? Denn ich muss schon zugeben, ich bin ziemlich verblüfft. Es hat den leichten Anschein von Wahnsinn. Ach, danke.« Dieser letzte Kommentar war an den Kellner gerichtet, der unsere Getränke ohne jegliche Großtuerei vor uns abstellte – eine Tatsache, die Alice nicht entging und die daraufhin etwas darüber murmelte, wie einige Dinge im Connaught gehandhabt wurden.

Ich dachte an diese Listen, die immer mal wieder in den sozialen Medien die Runde machten und von unkonventionellen Verhaltensweisen handelten, wegen derer Frauen im achtzehnten Jahrhundert in Irrenanstalten eingesperrt wurden, wie zum Beispiel, einen Roman zu lesen. Es sah so aus, als wäre mein persönliches Äquivalent dazu, »meinen Ehemann nach langer, ereignisloser Ehe zu verlassen, ohne überhaupt Bedauern auszudrücken«.

Alice nippte an ihrem Wein und verzog das Gesicht. »Ob das die hauseigene Traube von Lidl ist, was meinst du?«, kommentierte sie und stellte ihr Glas ab. »Na ja, fahr bitte fort.«

Ich stürzte mich in meine inzwischen mir wohlvertraute Zusammenfassung. »Weder Richard noch ich hatten eine Affäre, haben uns gegenseitig geschlagen oder irgendeine andere dieser traditionellen Dinge getan, die eine Ehe beenden. Ich habe nicht den Verstand verloren und wenn das eine Midlife-Crisis ist, obwohl es dafür eigentlich schon ein bisschen zu spät ist, dann fühlt es sich immer noch so an, als würde ich genau das Richtige tun. Ach ja, und die Wechseljahre sind es auch nicht – ich scheine noch vor den Wechseljahren zu sein, falls das wichtig ist.«

»Mein liebes Mädchen! Du bist ja so gar nicht defensiv.«

Ich liebte es, wie Alice sogar Umgangssprache wie das Queen's English klingen lassen konnte. Sie fuhr fort: »Vermutlich haben alle versucht, dir Antworten zu entlocken. Nun gut. Ich werde nicht dasselbe tun. Ich bin einfach nur hier, um dich zu fragen, ob du es in Betracht ziehen könntest, nach deinem Ausflug in die südliche Hemisphäre wieder zurückzukommen, damit du und Richard ordentlich miteinander reden könnt und er versuchen kann zu verstehen, was los ist. Vielleicht könntet ihr außerdem so einen Mediator-Menschen hinzuziehen? Die sind doch momentan ziemlich en vogue, nicht? Hat Richard nicht wenigstens das verdient?«

Sie war sehr überzeugend, ihr Gesicht floss vor lauter Mitleid quasi über, doch ich hatte drei Jahrzehnte lang Zeit gehabt, um zu lernen, wie ich es vermied, mich von ihr breitschlagen zu lassen. Der Trick bestand darin, ihr nicht in die Augen zu sehen.

»Ich habe Richard bereits alles gesagt, was ich ihm sagen will«, erklärte ich.

»Na ja, aber was *hast* du ihm denn gesagt? Er versichert mir, dass er zutiefst verwirrt ist. Weshalb wir auch annehmen müssen, dass er den kleinen Anthony wie ein Kaninchen aus dem Hut gezaubert und ihn uns als den wahrscheinlichsten Bösewicht präsentiert hat.«

Bei dem Gedanken an Anthony, der von Richard aus einem Hut gezogen und an den Ohren hochgehalten wurde, musste ich mir das Lachen verkneifen. »Ich bin sicher, dass er inzwischen weiß, dass Anthony rein gar nichts damit zu tun hat.«

»In der Tat, obwohl er sich anfänglich ziemlich auf diese Idee versteift hat. Ich habe ihn darauf hingewiesen, dass er mit dem entsetzlichen Anthony ziemlich auf dem Holzweg ist. Da ich jetzt weiß, dass er nicht deine Priorität ist, kann ich ihn ja so nennen, wobei er auch bald mein, wie nennt man das, *Kollege* sein wird, guter Gott. Das lässt einen ja erschaudern. Wie auch immer, ich habe Richard gesagt, wenn Kay zu Hause Steak kriegen kann, warum sollte sie dann ausgehen, um einen billigen Hamburger zu essen?«

An dieser Stelle lachte ich dann wirklich, ich konnte nicht anders, es hatte sich einfach schon zu lange angebahnt.

»Wie wunderbar, dass du in dieser Situation trotzdem noch Humor bewahren kannst«, bemerkte Alice spitz. »Vermutlich hat das mit dem Tod deiner Mutter zu tun.«

»Dass ich lache?«

»Dass du alles auf diese leicht destruktive Art und Weise über den Haufen wirfst.«

»Warum sollte das etwas mit meiner Mum zu tun haben?«

»Meine Liebe, ich kann mich noch so gut daran erinnern, als mein Vater verstorben ist. Das ist jetzt mehr als zwanzig

Jahre her. Zweiundzwanzig. Stella war da gerade erst geboren. Du erinnerst dich doch sicher noch an ihn, oder?«

Ich nickte interessiert. Alice sprach nur selten über ihre Eltern.

»Meine Mutter ist bereits verstorben, als ich noch ein Kind war, wie du weißt. Nun ja, als dann auch mein Vater starb, war ich gänzlich verwaist und für eine Zeit lang hatte ich regelrecht den Kopf verloren. Es ist ziemlich destabilisierend, auf einmal die alte Generation zu sein, findest du nicht?«

»Ich bin aber erst einundfünfzig.«

»Ja, aber jetzt gibt es niemanden mehr, der zwischen dir und dem Grab steht.«

»Wunderbar!«

»Es bringt einen aus dem Konzept. Ich war selbst etwas neben der Spur, als Daddy gestorben ist.«

»Was hast du denn gemacht?« Ich versuchte mir vorzustellen, wie Alice' Midlife-Rebellion wohl ausgesehen haben könnte.

»Unter uns Mädchen ...«, Alice sah sich verstohlen im Raum um und flüsterte dann, »ich hab mir einen Liebhaber zugelegt.«

»Nicht wahr!«

Das war nicht gänzlich schockierend, da Alice' Mann – Richards Vater – schon vor langer Zeit gestorben war, damals war Richard noch ein Teenager. Zu dieser Zeit musste sie also sehr einsam gewesen sein. Ich versuchte, mich daran zu erinnern, wie Alice vor zweiundzwanzig Jahren mit Mitte fünfzig gewesen war. Natürlich war sie immer sehr glamourös gewesen, gepflegt, jedes Haar an seinem Platz.

»Einen jüngeren Mann«, flüsterte sie sogar noch leiser. »Verheiratet.«

»Du liebe Güte!«

Alice lächelte verträumt, vielleicht schwelgte sie in Erinnerungen an lange, faule Nachmittage voller Liebe. Dann, als ob sie aus einer Trance erwachte, kehrte ihr Gesicht wieder zu seinem gewöhnlichen Ausdruck einer Patrizierin zurück. »Allerdings bin ich schnell wieder zur Vernunft gekommen«, sagte sie und trank noch einen Schluck Wein, gefolgt von einem weiteren Klagelaut. »Das erzähle ich dir nur, um dir zu erklären, dass ich dich sehr wohl verstehe. Ich weiß, wie es sich anfühlt, auf einmal zu erkennen, dass das Leben endlich ist, dass wir nicht unbegrenzt Zeit haben, um alles zu tun, was wir gerne tun würden, und dass wir damit lieber mal weitermachen sollten.«

»Genau das ist es, Alice!« Ich hätte sie umarmen können, obwohl sie nie jemanden umarmte. Es war, als ob sie sich in meinen Kopf geschlichen und mich mir selbst erklärt hätte. »Das ist es! Wir haben nicht unbegrenzt Zeit!«

Wenn ich gedacht hatte, dass diese gemeinsame Erkenntnis sie auf meine Seite ziehen würde, hatte ich mich schrecklich getäuscht.

»Ja, meine Liebe«, bestätigte sie und tippte mir mit einem knochigen Finger aufs Knie. »Deshalb müssen wir unsere wertvolle Zeit sorgfältig nutzen. Wir müssen sie dafür nutzen, um uns um unsere Lieben zu kümmern, unsere Beziehungen zu nähren und unserer Gemeinschaft zu dienen. Und sie nicht in behämmerten Vorhaben vergeuden, um ziellos herumzureisen oder sichere Fundamente zu sprengen. Nutze deine Zeit weise – und nicht, um die Leute, die dich lieben, zu verletzen, sondern um bei ihnen zu sein! Liebe sie! Schätze sie!«

Ich spähte auf meine Armbanduhr. Plötzlich hatte ich genug. »Geht man bei Drogenabhängigen auch so vor? Mit einer solchen Intervention?«

»Ja«, sagte Alice und setzte sich noch aufrechter hin. »Ich will intervenieren. Du hast nichts von alledem ordentlich durchdacht. Du bist in keiner unglücklichen Ehe!«

»Du hast recht, Alice«, bestätigte ich und stand auf. »Das bin ich nicht mehr.«

Sie stand ebenfalls auf. »Meinst du nicht, dass du –«

»Nein, das meine ich nicht, Alice. Auf Wiedersehen. Danke für alles.« Ich drehte mich um und durchquerte die Bar, wobei ich spürte, wie sich ihr Blick in meinen Rücken bohrte. Ich bat den Rezeptionisten, die Getränke auf meine Rechnung zu schreiben, ging hoch auf mein Zimmer, dann sofort ins Bett und schlief wie ein Baby.

11

STELLA

Es dauerte lange, bis ich aus der Umgebung von Heathrow heraus war, und als ich dann endlich in Romford ankam, war es fast schon sieben Uhr abends. Ich fühlte mich immer noch platt wie eine Flunder wegen der scheußlichen Sachen, die Mum und ich zueinander gesagt hatten, und ich konnte es kaum erwarten, jetzt erst einmal an etwas anderes zu denken. Ich sperrte die Tür auf. Theo hatte ich nicht gesagt, dass ich heute zurückkommen würde. Mein Plan war, auszupacken, dann zu ihm zu fahren und ihn zu überraschen. Ich war schon halb die Treppe hinaufgegangen, da hörte ich Gabbys unverkennbares Lachen aus dem Wohnzimmer. Ich habe keine Ahnung warum, aber ich wusste einfach, dass da drinnen irgendetwas Sexuelles vor sich ging. Die Angst wegen Gabby und Theo, die ich schon die ganze Woche über gedanklich weggeschoben hatte, erwischte mich eiskalt. Also schlich ich wieder hinunter und ging hinüber zur Tür, die nur angelehnt war. Ich hörte, wie Gabby etwas flüsterte, dann einen Mann, aber so leise, dass ich nicht an der Stimme erkennen konnte, wer es war. Dann hörte ich noch ein anderes Geräusch: Zwei Leute, die sich gegenseitig umklammerten.

Mit angehaltenem Atem öffnete ich die Tür einen kleinen Spalt, gerade breit genug, um hindurchzuschlüpfen, und betrat geräuschlos den Raum. Da es hier drin dunkel und die

Vorhänge vorgezogen waren, brauchte ich nach dem hellen Licht im Flur erst einmal einen Moment, um etwas erkennen zu können. Doch dann konnte ich Umrisse auf dem Sofa ausmachen und es war klar, dass niemand mich hatte hereinkommen hören. Nachdem sich meine Augen an das dämmrige Licht gewöhnt hatten, sah ich, dass Gabby rittlings auf einem Mann saß und ihn küsste. Meine Augen drohten überzulaufen und wie so oft in letzter Zeit zwang ich die Tränen zurück. Niemals zuvor in meinem Leben war es wichtiger für mich gewesen, etwas sehen zu können. Das Gesicht des Mannes wurde von Gabbys Hinterkopf verdeckt. Konnte das Theo sein? Ich schaute mir die langen, nackten Beine des Mannes auf dem Sofa an und mit einem plötzlichen Glücksgefühl wurde mir klar, dass sie mir in keiner Weise bekannt vorkamen. Gott sei Dank! Leise ließ ich meinen Atem entweichen. Erst jetzt fiel mir auf, wie lange ich ihn schon angehalten hatte.

Ich drehte mich um und wollte gerade hinausschlüpfen, um wie geplant zu Theo zu fahren und ihm den Kuss seines Lebens zu geben. Doch dann wurde zu meiner Verblüffung die Tür weit aufgestoßen, sodass sie mich beinahe erwischte, ein Lichtstrahl vom Flur fiel herein, ein Mann trat ein und ging direkt an mir vorbei, ohne mich zu sehen. Er war komplett nackt und weil das alles so unerwartet kam, brauchte ich ein paar Sekunden, um zu kapieren, dass es diesmal *wirklich* Theo war.

Der Atem blieb mir im Hals stecken und ich glaubte, gleich in Ohnmacht zu fallen.

Theo ging hinüber zum Sofa: »Ihr habt ja schon ohne mich angefangen!«, beschwerte er sich.

Auch wenn es um mein Leben gegangen wäre, hätte ich

mich nicht rühren können, so starr vor Schreck war ich. Dank des Lichts aus dem Flur konnte ich jetzt erkennen, dass die anderen zwei Gabby und Piet waren.

»Das machen wir gleich wieder gut«, antwortete Gabby, woraufhin sie ihn auf das Sofa hinunterdrückte und anfing, ihn auf den Mund zu küssen, während Piet – oh Gott – etwas mit seinen Händen bei Theo machte und, was sogar noch schlimmer war – oder war das überhaupt schlimmer? –, Theo es ebenfalls bei Piet machte, während er außerdem gleichzeitig Gabbys Brüste streichelte.

Ich war mir nicht ganz sicher, ob ich das gerade wirklich sah oder ob ich schlief und den schlimmsten Albtraum meines Lebens hatte. Irgendwie schaffte ich es nach draußen in den Flur und blinzelte in dem grellen Licht. Was für ein Tag, was für ein scheiß entsetzlicher Tag. Ich konnte nur noch daran denken, verdammt noch mal hier rauszukommen, mich in mein sicheres Auto zu verdrücken und zurück zu Dad zu fahren, wo alles irgendwie komisch war, das schon, aber nicht *so* komisch. Da kam mir eine Stimme in den Sinn, und dieses eine Mal war es nicht die von Bettina, sondern die von Mum: »Lass dir den Scheiß von niemandem gefallen, Stella. Von *niemandem*.«

Sehnsüchtig schaute ich die Haustür an, doch dann drehte ich mich entschlossen um und ging in die Küche. Wieder einmal musste ich meine mentale Liste der Top-Ten-Dinge, die ich wünschte, nie gesehen zu haben, um etwas ergänzen. Ich füllte den Wasserkessel auf, drehte den Gasherd an und nahm vier Tassen aus dem Küchenschrank, wobei es mir egal war, ob ich Lärm machte. Ich ließ den Tränen jetzt freien Lauf, ohne sie aufhalten zu wollen. Arme Tränen, die machten in letzter Zeit ziemlich viele Überstunden.

Mir wurde klar, dass ich gar nicht Gabby oder Piet die Schuld gab. Aber wenn Theo sich mit anderen Leuten hätte treffen oder einen Dreier hätte ausprobieren wollen, hätte er mit mir darüber reden müssen. Ich hätte vielleicht keine Lust gehabt, mich dazuzugesellen – jetzt mal ehrlich, das hätte ich definitiv nicht gewollt –, aber wir hätten wie Erwachsene darüber reden können.

Ich dachte an die drei kleinen Punkte zurück, die letzte Woche nie zu einer Nachricht geworden waren. Vielleicht hatte er mir die Wahrheit sagen wollen, dann aber die Nerven verloren. Vielleicht hatten wir verlernt, miteinander zu reden. In den letzten Monaten nach der Universität, als wir uns außer an den Wochenenden nicht viel gesehen hatten, war er immer so mit seinem neuen Job beschäftigt gewesen, seinem gewaltigen Arbeitspensum. Und dann hatte er mir seine alte Freundin Gabby vorgestellt, die eine Partnerin in ihrem schnell wachsenden Gastro-Unternehmen gebraucht hatte. Also war ich hergezogen, erfreut, in seiner Nähe sein zu können, und wir hatten dort weitergemacht, wo wir aufgehört hatten. Oder zumindest hatte ich das geglaubt. Vielleicht war das, was ich für die Wahrheit über Theo und mich gehalten hatte, aber auch bloß die Geschichte, die ich mir selbst über unsere Beziehung erzählte. Wie die zwei komplett unterschiedlichen Versionen der Geschichte von Mums und Dads Beziehung. Mir wurde klar, dass ich gar nicht wusste, ob meine Version der Geschichte auch der von Theo entsprach.

Warum hatte ich eigentlich aufgehört zu weinen? Ich überlegte einen Augenblick. Bettina hatte mich oft dazu ermutigt, meine Gefühle zu benennen. *Wenn du das Gefühl benennen kannst, kannst du es auch verarbeiten, Stella.* Na ja, ich war traurig. Theo und ich waren lange zusammen gewesen. Wir hatten sogar über eine Verlobung gesprochen. Doch das Wummern in meiner Brust fühlte sich nicht wie Traurigkeit an.

Ich schaute in den Spiegel über der Spüle. Ich selbst hatte mich nie besonders hübsch gefunden – Edward war der Gutaussehende in unserer Familie –, doch gerade sah ich auch nicht schlecht aus. Meine Augen glitzerten von den Tränen und meine Wangen waren gerötet. Ich band mir mein glattes, braunes Haar, das ich von Mum geerbt hatte, zurück und drehte es zu einem Dutt ein. Perfekte Strähnchen fielen magisch rechts und links neben meinen Ohren heraus. Ich sah heiß aus.

Der Kessel fing an zu kochen, doch ich nahm ihn nicht vom Gas runter. Das Kreischen wurde lauter und lauter und ich stellte mir die drei im Zimmer nebenan vor, wie sie panisch wisperten: »Scheiße, jemand hat den Kessel aufgesetzt!«, »Ein Einbrecher?«, »Geh nachschauen.« Ich vermutete, dass Piet der Auserwählte sein würde, um nachzusehen, und tatsächlich kam er ein paar Augenblicke später nur mit einer erschreckend orangefarbenen Unterhose bekleidet herein und blinzelte gegen das Licht und das kreischende Crescendo des Kessels an.

»Hallo, Piet«, begrüßte ich ihn. Endlich hob ich den Kessel hoch und füllte Wasser in eine Tasse nach der anderen.

»Stella!«, antwortete er so laut, dass alle, die gerade zufällig zuhörten, gewarnt waren und die nötigen Maßnahmen ergreifen konnten. »Wann bist du denn reingekommen? Wie schön, dich zu sehen.«

»Ich hätte gedacht, dass du vielleicht eher überrascht wärst, mich zu sehen«, erwiderte ich. »Tee?«

155

»Äh, ja, danke.« Seine Augen huschten zur Tür. »Na, und, bist du schon länger da?«

»Lange genug«, entgegnete ich und schaute lieber die Tassen an als ihn, »um genug gesehen zu haben.«

Darauf folgte Schweigen. Das war mal etwas Neues, Piet verlegen zu sehen. Am liebsten hätte ich gelacht.

Benenne deine Gefühle, Stella. Bist du sauer?

Weißt du was, Bettina, ich glaube, ich bin richtig *sauer.*

»Setzen wir uns.« Ich reichte Piet eine Tasse.

»Ich sollte, äh, ich sollte mir was anziehen …«, wiegelte Piet ab und wich langsam zur Tür zurück.

»Setz dich HIN, Piet«, wiederholte ich. Das tat er dann auch abrupt.

»Es tut mir leid, Stella«, begann Piet. »Möchtest du darüber reden?«

»Lass uns das machen, ja«, erwiderte ich, »wenn die anderen kommen.« Ich stellte alle Tassen auf den Tisch und setzte mich ebenfalls hin.

Benenne dein jetziges Gefühl, Stella.

Ich fühle mich stark, Bettina.

Wann hast du dich zum letzten Mal so gefühlt, Stella?

Ich kann mich nicht daran erinnern, mich jemals so gefühlt zu haben, Bettina.

Ich lächelte Piet breit an und er lächelte freundlich, aber verwirrt zurück.

Ich wettete mit mir selbst, dass als Nächstes Gabby reinkommen würde, und so war es auch. Sie war angezogen und ihr Haar ordentlich. »Stella! Wie schön! Wie geht's deinem Dad?« Sie kam auf mich zugelaufen und gab mir ein Küsschen auf die Wange, Judas-Style.

»Ich hab euch Tee gemacht«, bemerkte ich.

»Ach, danke dir! Ja, ich hab den Kessel gehört und da bin ich runtergekommen.«

Ich ließ mir Zeit. »Du bist runtergekommen ... aus dem Wohnzimmer?«

Gabby setzte sich Piet gegenüber hin und ich bemerkte, wie er leicht den Kopf schüttelte. Gabby schaute ihn verwirrt und düster an. Das war ja wirklich ausgesprochen kurzweilig.

»Piet versucht dir mitzuteilen, dass ich es weiß, Gabby«, erklärte ich.

»Was ... weißt?«, fragte Gabby. Ihre Schauspielerei war furchtbar, doch sie wurde von der Eingangstür gerettet, die aufging und dann mit einem lauten Knall wieder zuflog.

»Ah«, stellte ich fest, »das wird Theo sein, der so tut, als würde er gerade zur Tür reinkommen, obwohl er gar keinen eigenen Schlüssel hat. ›Hallo, Schatz, bin zu Hause!‹«

»Oh Gott«, murmelte Gabby und starrte den Tisch an. »Müssen wir das tun?«

»Ja«, sagte Piet. »Stella hat recht damit. Wir haben es verdient.«

»Danke, Piet.«

»Nichts zu danken, Stella.«

Theo kam in seiner Jacke und mit seiner Tasche über der Schulter herein. »Hi, Leute! Oh, wow, Stella, wie cool! Ich hab mir schon gedacht, dass du heute vielleicht zurückkommst und bin einfach mal vorbeigekommen, nur für den Fall.«

Ich schaute ihn an, wobei ich ihn objektiv musterte. Es gab immer ein paar kleine Sachen, die man an seinem Freund nicht mochte. Gewöhnlich übersah man die, da andere Dinge eine höhere Priorität hatten. Leon, zum Beispiel, hatte schlimme Aknenarben auf beiden Wangen gehabt und jeden behutsamen Vorschlag, einmal mit einem Apotheker darüber zu sprechen, als Verletzung seiner Persönlichkeitsrechte aufgefasst.

Nun, wie Theo da so vor mir stand und mich mit seinem falschen Lächeln anstrahlte, fiel mir auf, dass er mit seinem schmalen Gesicht und dem ausweichenden Blick wie ein Wiesel aussah.

Theo schien Selbstbewusstsein daraus zu schöpfen, dass ich ihn schweigend betrachtete. »Äh, ja, also wie ist es denn jetzt so mit deinen Eltern?«, fragte er und schlüpfte aus der Jacke. »Sorry, dass ich es nicht geschafft habe runterzufahren, wow, wir waren so beschäftigt hier.«

»Das sehe ich«, gab ich zurück und sah Gabby und Piet dabei zu, wie sie vergeblich versuchten, Theos Blick aufzufangen. »Ich glaube allerdings nicht, dass das, was ich gemacht habe, so interessant ist, wie das, was ihr drei da so getrieben habt.«

»Äh, na ja, äh«, stammelte er und sah schon etwas weniger entspannt aus.

»Wobei, du weißt ja, wie man so schön sagt«, fuhr ich fort und nahm einen Schluck von meinem Tee, »drei sind einer zu viel.«

»Ja, gut …«, stotterte er und warf den anderen einen Blick zu, schien aber immer noch nicht zu kapieren, dass bei Weitem nicht alles gut war. Dann wohl also ein Wiesel und ein Idiot.

»Da muss es ganz schön eng gewesen sein«, fuhr ich fort, »auf diesem Sofa.«

Theos Augen weiteten sich wie die von einer Zeichentrickfigur. »Was meinst du?«

»Jetzt hör schon auf, du Idiot«, fuhr Gabby ihn an. »Sie weiß es.«

»Scheiße, Scheiße, Scheiße«, fluchte Theo. »Stell, das war nicht meine Idee –«

»Du Arschloch!«, beschimpfte ihn Gabby.

»Das ist uns nur blöderweise im Suff passiert! Hör zu, können wir nicht zu zweit darüber reden?«

Ich lachte. »Was, hast du auf einmal Angst vor größeren Gruppen, Theo?«

»Werde ich hier noch gebraucht?« Gabby stand auf. »Denn wenn nicht, gehe ich nämlich hoch. Dieses schreckliche Gemetzel will ich mir sicher nicht mit anschauen.«

»Nein, das ist schon in Ordnung«, erwiderte ich. »Wenn du gehen willst, bitte, nur zu.«

Gabby verdrehte die Augen. »*Leck* mich.«

»Nein danke«, erwiderte ich. »Ich bin froh, die einzige Person hier zu sein, die das vermutlich nicht tut.«

Gabby knallte die Tür hinter sich zu. Ich fühlte mich toll. Mir war schon klar, dass ich mich zwar bald weniger toll fühlen würde, wenn ich darüber nachdachte, wie nachhaltig mein Leben auf den Kopf gestellt worden war, doch in diesem Augenblick hatte ich das Gefühl, es mit der ganzen Welt aufnehmen zu können.

Großartig, Bettina. Ich fühle mich großartig.

»Trink deinen Tee«, befahl ich Theo, der mich mit offenem Mund anstarrte.

»Was?« Verwirrt schaute er auf die Tasse vor sich, nahm sie in die Hand und trank einen großen Schluck. Dann spuckte er plötzlich alles über den Tisch. »Was zur Hölle?« Er sprang auf, rannte zur Spüle, ließ sich ein Glas Wasser einlaufen und stürzte es dann theatralisch in einem Zug hinunter. »Hast du mich …? Hast du mich …?« Er taumelte zurück an den Tisch und ließ sich schwer auf einen Stuhl fallen. »Piet, sie hat mich vergiftet.«

Piet fing an zu lachen.

»Das ist kein Gift, du Idiot«, erklärte ich. »Ich hab bloß ein paar Gewürze reingetan, damit es so richtig reinhaut. Kümmel, Koriander und Paprika.«

Piet hob seine Tasse hoch und roch daran. »Mein Tee scheint aber gut zu sein«, stellte er fest.

»In deinen hab ich auch nichts reingetan, Piet.«

»Das ist sehr großzügig von dir, Stella.«

»Na ja, bis du mit meinem Freund gevögelt hast, warst du immer sehr nett zu mir, Piet.«

»Wenn wir es ganz genau nehmen wollen«, erklärte Piet, »habe ich deinen Freund gar nicht gevögelt. So weit waren wir noch nicht, als wir den Kessel gehört haben.«

»Du erwartest also von mir zu glauben, dass das euer erstes Mal war?«

Piet schielte rüber zu Theo. »Das werde ich Theo erklären lassen«, sagte er, »aber ja, bei meiner Ehre, das war das erste Mal, dass wir uns alle drei zusammengetan haben, um sexuell etwas Neues auszuprobieren. Ich glaube allerdings nicht, dass ich es in nächster Zeit noch mal mit einem Dreier versuchen werde. Ich lasse euch jetzt ein bisschen Privatsphäre.« Er stand auf. »Und, ach ja, Stella, ich wollte dir noch sagen, dass ich heute einen interessanten Aushang in der Bibliothek gesehen habe.«

»Ist das jetzt wirklich der richtige Zeitpunkt?«, fragte Theo durch zusammengebissene Zähne.

»Es ging mir gerade durch den Kopf, deswegen würde ich es ihr gerne jetzt sagen. Der war von einer Selbsthilfegruppe,

Stella, für erwachsene Scheidungskinder, so wie dich und mich. Die findet immer am Mittwochabend statt. Ich habe vor, dort hinzugehen, und ich würde dich auch begleiten, wenn du das willst.«

»Klingt interessant, danke, Piet.«

»Wenn du dann immer noch da bist, natürlich. Ich werde da sein, obwohl ich befürchte, dass es für Gabby und mich früher oder später ungemütlich werden wird, unter demselben Dach zu wohnen. Sie ist eine Frau mit sehr wankelmütigen Gefühlen.«

Damit ging er hinaus und Theo und ich schauten uns an.

»Und dann waren es nur noch zwei«, sagte ich.

»Süße, es tut mir leid.«

»Nenn mich nicht ›Süße‹. Es tut dir leid, dass du mich betrogen hast oder angelogen hast oder dass ich euch erwischt habe?«

»Alles davon.«

»Ich schätze mal, dass Piets kryptischer Kommentar bedeutet, dass du vorher schon mit Gabby geschlafen hast«

Theo schüttelte den Kopf, sagte jedoch: »Ja.«

»Sie ist wirklich eine …«, fing ich an, aber dann wurde mir klar, dass Gabby mir nie irgendetwas versprochen hatte. »Aber im Gegensatz zu gewissen anderen Leuten, die hier sitzen, hat sie nie so getan, als wäre sie eine gute Freundin, oder mir versichert, dass sie mir niemals wehtun würde.«

»Sie schläft auch mit Piet«, wehrte sich Theo.

»Das dachte ich mir schon.«

Er starrte den Tisch an. »Es tut mir leid«, wiederholte er. »Falls du mir noch eine Chance gibst, verspreche ich, dass ich nicht mehr mit ihr oder sonst jemandem schlafen werde.«

»Es ist verdammt schade«, erwiderte ich. »Weil ich dich

geliebt habe und ich dachte, dass du auch dasselbe für mich empfinden würdest.«

»Habe ich auch!« Er schaute auf und da schwammen Tränen in seinen Augen. »Tue ich auch!«

Ich stand auf und nahm meinen Mantel. »In dieser letzten Woche hab ich dich gebraucht, Theo. Wirklich gebraucht. Das war die schwierigste Woche meines Lebens, aber du hast mich einfach geghostet. Du hast mich angelogen, was deine Aktivitäten angeht, und auch generell hast du mich schon seit wer weiß wie lange angelogen.«

»Nicht lange!«

»Das muss ich nicht wissen. Bis dann.«

Er sprang auf und stellte sich vor die Tür. »Wo gehst du hin?«

»Für heute Nacht zurück zu meinem Dad. Ich muss darüber nachdenken, was ich wegen der WG und der Arbeit mit Gabby unternehmen will.«

»Bitte, Stella, geh nicht. Ich hab alles so sehr verkackt.«

»Mir den Weg zur Tür zu versperren macht es sicher nicht besser.«

»Lass uns noch weiterreden. Gib mir noch eine Chance.«

»Kannst du bitte aus dem Weg gehen, Theo? Ich will nicht mit dir ringen müssen.«

»Bitte, Stella!« Sein Gesicht war knallrot. »Bitte setz dich hin und lass es mich erklären.«

Ich versuchte, an ihm vorbeizukommen, doch er bewegte sich keinen Millimeter. Für einen kurzen Moment entstand ein seltsames Gerangel und die Worte meiner Mum kamen mir wieder in den Sinn.

Ich weiß, dass die Menschen einen manchmal herumschubsen.

»Gehst. Du. Jetzt. Endlich. Aus. Dem. WEG. VER-DAMMT!«, schrie ich, was uns beide zusammenfahren ließ.

Daraufhin trat Theo unvermittelt zur Seite.

Ich stürmte an ihm vorbei, riss die Tür auf und rannte aus dem Haus. Zehn Minuten lang fuhr ich ziellos durch die Gegend, dann hielt ich am Straßenrand an und rief Oma an, die, im Gegensatz zu Dad, ein Handy besaß.

»Hallo, Stella Liebes, ist alles in Ordnung? Ich habe mich gerade mit deiner Mutter in einem ziemlich schäbigen Hotel im Großraum von London getroffen.« Niemand konnte »Großraum von London« so abschätzig klingen lassen wie meine Großmutter. Ich konnte es kaum erwarten, sie zu sehen und einen von diesen mitfühlenden Schulterklopfern zu bekommen.

»Mir geht's gut, Oma. Wir sehen uns später bei Dad zu Hause für ein kurzes Update.«

»Darauf freue ich mich, mein Mädchen. Küsschen!«

»Küsschen, Oma.« Ich legte auf und gab Vollgas. Manchmal – und vielleicht wusste Mum das auch – fühlte sich Weglaufen einfach sehr, sehr gut an.

12

KAY

Ich wartete, bis ich meinen Kaffee vor mir stehen hatte, dann rief ich die Nummer auf, die ich noch nie zuvor gewählt hatte, und drückte auf den grünen Knopf auf meinem Handy. Mein Herz hüpfte auf und ab wie ein Känguru. Ich legte wohl direkt los mit den australischen Redewendungen. Es klingelte viermal, dann ging sie ran.

»Guter Gott! Kay!« Ihre Stimme klang seltsam.

»Hey, Bear!« Ich wollte einen beiläufigen Ton anschlagen, doch meine Stimmlage war höher als sonst.

»Mein Gott, Kay, was ist denn los? Gibt es einen weltbewegenden Notfall?«

Trotz der Aufregung musste ich lächeln, als sie den Satz aus unserer Kindheit wiederholte. »Nein ...«

»Geht's dir gut? Du bist aber nicht krank, oder? Die Kinder? Richard?«

»Uns geht's allen gut. Hör zu, Bear. Ich hab mir bloß ein bisschen Sorgen um dich gemacht, weil du schon seit Längerem nicht mehr geschrieben hast.«

Darauf folgte eine Pause. Dann antwortete sie: »Das tut mir so, so leid. Mir ist einfach die Zeit davongelaufen. Du weißt ja, wie das so ist! Dauerbeschäftigt! Ich hab deine Briefe bekommen, keine Angst, und ich werde nächsten Monat auch wieder zurückschreiben. Entschuldige bitte, Liebes, ich wollte nicht, dass du dir Sorgen machst.«

Oh je. Was würde sie erst denken, wie viele Sorgen ich mir gemacht hatte, wenn ich ihr verriet, von wo aus ich anrief? Sie plapperte weiter und gab mir keine Gelegenheit, zu Wort zu kommen. »Sag, wie geht's dir, Kay? Hier ist alles in Ordnung, hab ein bisschen die Schnauze voll wegen dem Wetter, diese verdammte Sonne hört nie auf zu scheinen, haha, aber das sollte ich vor einer Engländerin lieber nicht sagen, oder?«

Da ich schon seit mehr als dreißig Jahren nicht mehr mit ihr telefoniert hatte, wusste ich nicht, ob sie immer so war, oder ob es sie bloß nervös machte, von mir zu hören.

»Na ja, eine Neuigkeit gibt es schon, Bear.«

»Ich wusste es. Muss etwas ziemlich Gewaltiges sein, wenn du mich anrufst, meine Liebe. Das sagst du mir lieber gleich. Ich glaube nämlich nicht, dass ich den nächsten Brief noch abwarten kann.«

»Na ja, du musst auch gar nicht abwarten, weil …« Jetzt, wo es so weit war, die Katze aus dem Sack zu lassen, zitterte meine Hand, die das Handy umklammerte, vor lauter Aufregung. Ich kam mir dumm vor. Bear klang gut. Sie war einfach zu beschäftigt gewesen, um zu schreiben. Alle meine schlimmen Vorstellungen, was mit ihr los sein könnte, kamen mir jetzt lächerlich vor. Es gab nichts, um diese absurde Reise zu rechtfertigen. Jetzt erschien sie mir übertrieben und melodramatisch.

Und doch …

Sie schrieb sonst immer.

Ich atmete tief durch und sagte: »Du musst nicht abwarten, weil ich nämlich hier bin!«

»Wo bist du, Liebes?«

»Hier! In Sydney!« Für den Fall, dass sie dachte, ich

meinte Sydney in Hertfordshire oder so, fügte ich noch hinzu: »Sydney, Australien!«, mit diesem blöden Akzent des Comedians Dame Edna, den wir früher immer benutzt hatten, nachdem sie herausgefunden hatte, dass sie dort hinziehen würde.

Darauf folgte ein weiteres langes Schweigen. *Dräng sie nicht*, redete ich mir selbst gut zu. *Grübel nicht darüber nach, was sie vielleicht sagen könnte. Versuch, nicht ihre Gedanken lesen zu wollen.* Doch das Schweigen hielt so lange an – vermutlich nicht länger als zehn Sekunden, eine Ewigkeit also –, dass ich schon dachte, sie wäre in Ohnmacht gefallen.

Schließlich, als ich es nicht mehr aushielt, fragte ich: »Bear? Bist du noch da?«

Da ertönte ihre Stimme wieder, allerdings weniger erfreut als zuvor. »Ja, Liebes, ich bin noch da. Und du anscheinend auch. Scheiße! Wo bist du? Hast du ein Hotel gebucht? Wenn du mir eine Stunde Zeit gibst, komm ich zu dir. Kay, das ist so verrückt! Hast du geschrieben und mir gesagt, dass du kommen würdest? Hab ich das überlesen? Bist du wegen der Arbeit hier?«

»Bear, ich bin im …« Ich warf einen Blick auf die Speisekarte auf meinem Tisch. »Jacked Up Coffee Shop.«

Lange und geräuschvoll stieß sie den Atem aus und flüsterte: »Sche-e-e-i-i-i-ße.«

»Gleich um die Ecke von-«

»Ich weiß, wo Jacked Up ist, Kay.«

»Ich bin nicht wegen der Arbeit hier, Bear. Ich bin hier, um dich zu besuchen.«

»Ja, das kapiere ich auch grad. Okay. Das ist cool. Sehr cool. Lass mich mal überlegen. Scheiße. Okay. Ich bin nicht angezogen. Gib mir dreißig Minuten und wir treffen uns dort. Ich kann's nicht glauben, ich kann's einfach nicht glauben, dass du da bist.«

»Ich kann zu dir nach Hause kommen, wenn das einfacher ist«, bot ich an.

»Nein! Bleib dort. Das passt schon. Wir sehen uns in einer halben Stunde.« Bear legte auf und für einen Moment schloss ich die Augen. Alles schien irgendwie etwas länger zu dauern, als es sollte. Bears Antwort; ich, wie ich Bears Antwort verarbeitete; der weite Bogen des Wassers, das wie in Zeitlupe in die Luft und auf den Tisch spritzte, weil ich falsch eingeschätzt hatte, wie weit das Wasserglas von meiner Hand weg stand …

»Kein Problem!« Die Kellnerin kam beinahe noch, bevor ich das Wasser überhaupt verschüttet hatte, wischte es auf und holte mir in null Komma nichts ein frisches Glas.

»Sorry, das tut mir leid. Glaube, ich hab einen Jetlag.«

»Ach ja«, entgegnete sie, wobei sie schon wieder am Weggehen war und ungefähr sechs Leute gleichzeitig bediente, »das nimmt einen ganz schön mit.«

*

Ich war schon viel zu lange nicht mehr an einen so weit entfernten Ort gereist und hatte auch noch nie einen Flug mit einem Zwischenstopp gehabt. Alles kam mir so unwirklich vor. Ich hatte gedacht, auf dem zweiten Flug vielleicht schlafen zu können, aber ich war viel zu aufgeregt gewesen, deshalb hatte ich stattdessen zwei Gläser Wein zu einer Zeit getrunken, die vielleicht später Abend, jedoch genauso gut auch früher Morgen hätte sein können. Nachdem ich in den

Fliegern so wenig geschlafen hatte, wurde das Gefühl, außerhalb meiner Normalität zu sein, wo alles neu und komisch war, noch von der gut aussehenden Frau verstärkt, neben der ich auf meinem Flug von Singapur saß und die nonchalant über ihre Arbeit als exotische Tänzerin plauderte.

Außerdem hatte ich viel Zeit, um über die letzten paar Tage nachzudenken. Viel zu viel Zeit. Ich dachte über das nach, was Stella zu mir gesagt hatte, über Edwards kontinuierliche Abwesenheit. Ich konnte es einfach nicht glauben, dass er noch nicht nach Hause gekommen war, um Richard zu besuchen. Irgendetwas stimmte da ganz und gar nicht. Hätte er denn irgendwie … aber nein, wie auch? Richard hatte ein lebenslanges Versprechen geleistet und ich konnte mir nicht vorstellen, dass er sein Wort brechen würde. Andererseits hatte ich natürlich auch ein lebenslanges Versprechen geleistet – bis dass der Tod uns scheidet – und das hatte ich ja auch gerade erst gebrochen. Was Versprechen anging, war also vielleicht gar nichts mehr sicher.

Ich schüttelte den Kopf. Es war zu viel auf einmal, um sich auf alles zu konzentrieren. Die Sache mit Edward würde ich für den Moment auf sich beruhen lassen, doch der schlimme Streit mit Stella dröhnte mir immer noch in den Ohren. Ein traumatisiertes Kind nach dem anderen. Ich beschloss, sie möglichst nach meiner Rückkehr aus Australien zu besuchen und mich bei ihr auf eine Art und Weise zu entschuldigen, die sie akzeptieren würde.

Mein Flieger landete um kurz vor sieben Uhr morgens. Ich fuhr direkt in mein Hotel, duschte, zog mich um und rief mir ein Taxi. Vor lauter Nervosität, Erschöpfung und Aufregung war ich ganz benommen. Ich wusste nicht, um wie viel Uhr Bear zur Arbeit ging, aber ich nahm an, dass um acht Uhr herum früh genug wäre, um sie zu erwischen. Ich konnte es kaum erwarten, ihr Gesicht zu sehen, sobald ich an die Tür klopfte.

Doch als mich das Taxi dann vor ihrem Haus abgesetzt hatte, verpufften meine vom Chardonnay benebelten Exotische-Tänzerinnen-Sinne. Ich wartete, bis das Taxi verschwunden war, dann überquerte ich die Straße und stellte mich auf der anderen Seite hin, um Bears Haus zu betrachten. Nummer 192. So lange Zeit war es einfach nur eine Adresse gewesen, die ich jeden Monat auf einen Umschlag schrieb, aber in der Realität war es ein langes, zweistöckiges Haus mit einem Ziegeldach und einer cremefarbenen Front aus Holzbrettern. Die Fenster lagen hinter gestreiften Baumwollmarkisen verborgen, weshalb es unmöglich war zu sagen, ob jemand zu Hause war, doch in der Einfahrt stand ein großer schwarzer Jeep.

Bear und Murray hatten sich vor ein paar Jahren scheiden lassen. Sie hatten einen Sohn, Charlie, der jetzt im Teenageralter war. Halb hatte ich erwartet, ihn aus der Haustür stürzen zu sehen, auf dem Weg zur Schule, doch das Haus lag still da, ohne jegliches Lebenszeichen. Vielleicht war er schon weg oder wohnte bei seinem Dad.

Trotz der frühen Stunde brannte die australische Sonne bereits stark vom Himmel und ich nahm den schwachen Geruch aus meinen Achselhöhlen wahr.

Los jetzt!, ermutigte ich mich. Ich musste bloß die Straße überqueren und an die Tür klopfen. Aber meine Beine bewegten sich nicht. Ich hatte zehntausend Meilen zurückgelegt, um hier sein zu können, und das nur aus einem einzigen Grund. *Was ist jetzt also los mit mir?*, fragte ich mich selbst mit Nachdruck.

Meine nervösen Gedanken antworteten mir: *Bear wird nicht erfreut darüber sein, wenn du einfach so unangekündigt auftauchst.* Vielleicht würde ihr das sogar einen Herzinfarkt verpassen. Es war sehr viel besser, sie erst anzurufen, vielleicht aus dem nett aussehenden Café gleich um die Ecke, das mir im Taxi aufgefallen war.

Ich sah Bear, noch bevor sie mich sah, in der Sekunde, in der sie die Tür des Cafés aufstieß. Das letzte Mal hatte ich sie vor drei, vier Jahren gesehen. Vielleicht war es aber auch schon länger her. Das war während einer ihrer flüchtigen Europareisen gewesen, mit einem winzigen Zeitfenster für jedes Land und einem noch winzigeren Zeitfenster für ihre Freunde. Trotzdem hatten Rose und ich es geschafft sie zu treffen und einen wundervollen Abend zusammen in London verbracht. Tatsächlich musste das jetzt eher schon fünf Jahre her sein, fiel mir auf. Bear war damals frisch geschieden gewesen und hatte die Strapazen des Daseins einer alleinerziehenden Mutter zu spüren bekommen. Charlie hatte sie bei einem Cousin in England gelassen und für ein paar Stunden war die alte Gang, waren die drei Amigos, wieder vereint.

Bears Gesicht wirkte angestrengt. Vielleicht war ich es, mit meinem unerwarteten Auftauchen, die diese Anstrengung hervorgerufen hatte. Sie sah älter aus, aber wer von uns tat das nicht? Ihr kupferfarbenes Haar war kurz geschnitten und von ein paar grauen Strähnen durchzogen und ihr Gesicht hatte mehr Falten, als ich vom letzten Mal in Erinnerung hatte. Ich stand auf und sie kam rüber, wobei sie mich – zu meiner enormen Erleichterung – mit einem echten, breiten Lächeln begrüßte.

»Kay!« Sie umarmte mich stürmisch und drückte mich fest. »Ich kann's nicht glauben, dass du da bist. Du bist ja komplett irre.«

Ich umarmte sie genauso fest und blinzelte ein paar vereinzelte Tränen weg. Mit Anfang fünfzig war ich so weinerlich geworden – ich, die sich als junge Frau immer damit gerühmt hatte, nie zu weinen. Wir lösten uns voneinander und sie setzte sich hin, wobei sie der Kellnerin winkte: »Dasselbe wie immer.«

»Das ist wahrscheinlich dein Stammcafé«, bemerkte ich.

»Ja, und es ist so seltsam, dich darin zu sehen! Du passt hier so gar nicht rein.«

»Ich fühle mich auch generell ein bisschen unpassend. Vorgestern war ich noch in England.«

»Also.« Bear lehnte sich in ihrem Stuhl zurück und musterte mich. »Was zur Hölle ist los?« Nach all den Jahren in Australien war fast nichts mehr von ihrem Liverpooler Akzent übrig.

»Ich wollte dich sehen«, sagte ich.

»Hat dir irgendwer gesagt, dass du kommen sollst?«

Eine komische Frage. »Nein. Warum? Wer hätte mir das sagen sollen?«

»Murray, vielleicht?«

»Guter Gott, mit dem hab ich doch keinen Kontakt!«

»Dann vielleicht jemand anderes?« Als Reaktion auf meinen verwirrten Gesichtsausdruck fügte sie dann hinzu: »Nein, vielleicht … ach, nichts. Was rede ich denn da. Dich zu sehen bringt mich so durcheinander! Du siehst ja noch genauso aus wie das letzte Mal, als ich dich gesehen habe! Was ist dein Geheimnis?«

»Keine Ahnung, ich schätze mal, dass es für mich einfach

funktioniert, mein Aussehen, seit ich Anfang zwanzig war, nicht mehr zu ändern. Mir gefallen deine Haare, die sehen wirklich hübsch aus.« Tatsächlich taten sie das nicht. Seit ich sie kannte, hatte sie doch immer so schöne, schulterlange Haare gehabt.

Bear hob eine Hand an den Kopf. »Ich lass das Grau ein bisschen durchschimmern.«

»Ich bin noch nicht bereit für Grau«, erwiderte ich, »aber dir steht es.«

Die Kellnerin brachte Bears Kaffee und sie grinsten sich an. »Kannst du das glauben, Marla?«, fragte Bear. »Meine älteste Freundin aus England ist hier einfach so aufgetaucht, ohne Vorwarnung, nichts!«

»Wow!« Marla grinste breit. »Das ist ziemlich cool.«

»Das ist es wirklich«, bestätigte Bear und wandte sich wieder mir zu, als Marla hinter den Tresen zurückkehrte. »Es ist cool, ganz zu schweigen von mutig, einmal um die Welt zu fliegen. Das ist doch normalerweise nicht so dein Stil. Also dann mal los. Was bringt dich hierher?«

»Du hast mir schon seit sechs Monaten nicht mehr geschrieben«, stellte ich fest. »Mir fehlen drei Briefe hintereinander von dir.«

Bear nickte. »Das tut mir leid. Es ist nur, na ja, das klingt jetzt ziemlich blöd, aber ich werde dir nichts vormachen. Vermutlich hatte es für mich einfach keine Priorität mehr.«

»Ich verstehe«, log ich, wobei ich hoffentlich nicht zeigte, wie sehr mich das verletzte. Bear zu schreiben war für mich immer eine absolute Priorität gewesen. Ich hatte ihr aus dem Wochenbett der gynäkologischen Abteilung nach Stellas Geburt geschrieben; von hinter dem Tresen in Königstintenblau zwischen zwei Kunden; nachdem Mum gestorben war; aus dem Urlaub; an Wochenenden; in so vielen wertvollen, freien Momenten.

Sie griff nach meiner Hand. »Es tut mir so leid, dass dich meine Gedankenlosigkeit ein teures Flugticket und ohne Zweifel viel Traurigkeit zu Hause gekostet hat. Wie lange bleibst du?«

»Am Dienstag fliege ich wieder zurück. Aber hör zu, falls du beschäftigt bist, macht das nichts, ich erwarte nicht von dir, dass du Zeit mit mir verbringst, ich werde mir einfach alle Sehenswürdigkeiten und vielleicht eine Oper anschauen und ...«

»Sei nicht so beknackt! Das ist zwar eine unerwartete, aber trotzdem wunderbare Überraschung. Natürlich will ich Zeit mit dir verbringen. Das wird super. Ich würde dich ja zu mir einladen, aber zu Hause ist es gerade nicht ganz so einfach ... aber ich will dich natürlich trotzdem viel sehen, solange du hier bist.«

»Bist du dir sicher?« Die Info »zu Hause ist es gerade nicht ganz so einfach« schob ich für eine spätere Befragung bei ein paar Drinks beiseite.

»Absolut!« Bear schenkte mir ihr breitestes Lächeln, das Fältchen um ihre Augen warf. »Jetzt, wo ich den Schock erst mal überwunden habe, kann ich mir nichts Schöneres vorstellen! Aber sag, wie um alles in der Welt hast du das geschaukelt? Wie kann Richard bloß auf dich verzichten? Normalerweise schaffst du doch noch nicht einmal einen Tagesausflug nach Bournemouth, ohne ein Logistikteam einzuschalten.«

Jetzt, wo es so weit war, wusste ich nicht genau, wie ich es sagen sollte. »Ach, es ist alles in Ordnung.«

»Versuch nicht, mich zu vergackeiern!«, warnte mich

Bear mit lauter Stimme. »Dir steht Riesendrama einmal quer übers Gesicht geschrieben. Du machst doch sonst nie was Verrücktes. Zumindest seit der Uni nicht mehr.«

Gut. *Jetzt sag's ihr schon, um Himmels willen.* »Ich hab ihn verlassen.«

»Wie bitte?«

»Ich habe Richard verlassen. Ich hatte genug vom Verheiratetsein und bin gegangen.«

Ich lehnte mich zurück und trank einen Schluck von meinem Kaffee, mir Bears auf mir ruhendem Blick überdeutlich bewusst. Trotzig schaute ich auf.

»Na ja, das ist schön für dich, Liebes.«

»Wirklich?«

»Ja.« Sie nahm meine Hand wieder. »Wirklich. Das hast du gut gemacht.«

»Hab ich das? Fast alle anderen sagen mir nämlich, was für eine schreckliche Idee das war.«

»Lass dich gernhaben von denen. Du bist jetzt dreißig Jahre lang auf demselben Fahrrad gefahren.«

»Neunundzwanzig.« Ich grinste. »Bedeutet das, dass ich mir ein neues Fahrrad kaufen muss?«

»Du kannst auch ein schickeres Fortbewegungsmittel wählen, wenn du willst. Ehrlich mal, Kay. Ich weiß, dass Richard ein guter, solider Ehemann war. Aber das Leben ist verdammt kurz, weißt du. Ich habe mich immer gefragt, ob er dir nicht ein bisschen den Wind aus den Segeln genommen hat. Du bist da in einen Trott geraten, mit den Kindern und der Arbeit. Vielleicht ist es an der Zeit, gut und solide gegen etwas anderes einzutauschen.«

»Ich will aber gar niemand Neuen kennenlernen.«

»Nein, das meine ich damit gar nicht. Gott, das kenne ich

nur zu gut! Das war das Letzte, woran ich gedacht habe, als Murray mich verlassen hat. Mein alles in den Schatten stellender Gedanke war, dass diese Trennung vielleicht wirklich schmerzvoll werden und zweifelsohne einen schlechten Einfluss auf Charlie haben würde, aber dass ich wenigstens keinen Sex mehr haben muss.«

Ich lachte. »Scheiße, das ist schlimm. Den Sex mit Richard mag ich aber eigentlich schon noch.«

»*Mochte*, meine Liebe, in der Vergangenheitsform, wenn du ihn verlassen hast.«

»Stimmt. Ich meine bloß, dass ich nicht mehr den Wunsch habe, in einer Paarbeziehung zu sein.«

»Der könnte aber wieder kommen. Es ist ja alles noch so frisch. Ich bin jetzt schon seit fast sechs Jahren in keiner Beziehung mehr und ich fürchte, dass ich dir berichten muss, dass das auch viele Nachteile hat.«

»Ja, ich bin noch ein Neuling, was das angeht. Vielleicht kannst du mir ja ein paar Tipps geben.«

Bear nippte an ihrem Kaffee. »Je älter ich werde, Kay, desto klarer wird mir, dass ich absolut gar nichts darüber weiß, was es mit dieser ganzen verrückten Karussellfahrt überhaupt auf sich haben soll.«

»Erzähl mal von dir, Bear.« Ich lehnte mich nach vorne. »Was ist los bei dir?«

»Ach, nicht viel. Charlie ist ein bisschen schwierig momentan. Aber die Schule hält ihn ein wenig von mir fern.«

Bear war Sportlehrerin – sie war immer schon ein Energiebündel und sportlich gewesen. »Ziehen dich die Wechseljahre noch nicht runter?«

»Ach, wenn das meine Sorgen wären!« Sie lachte. »Wie ist dein Jetlag so, wo wir schon von Müdigkeit sprechen?«

»Gerade bin ich ziemlich erledigt. Ich sehe schon langsam Ränder um alles. Ich hab nur noch dank Adrenalin funktioniert, bevor ich dich gesehen hab.«

»Na ja, pass auf.« Sie legte etwas Geld auf den Tisch und wedelte meinen Zahlversuch mit der Hand weg. »Warum gehst du nicht erst mal zurück in dein Hotel und schläfst ein bisschen? Ich muss jetzt los zur Arbeit, aber heute Abend führ ich dich zum Abendessen in mein Lieblingsrestaurant aus, das Purple Kangaroo. Neunzehn Uhr. Lass dich von dem blöden Namen nicht abschrecken, das ist das beste vietnamesische Restaurant der Stadt.«

»Klingt super.« Ich versuchte, ein Gähnen zu unterdrücken, doch es war zu übermächtig, um es zu ersticken. »Ach, entschuldige.«

Bear grinste. »Jetzt überkommt er dich, ich erkenne die Zeichen. Marla! Können wir dieser jungen Dame hier ein Taxi bestellen?«

Marla nickte und wählte bereits eine Nummer. »Wohin, Ursula?«

»Zum Park Royal«, antwortete ich ihr. Dann zu Bear: »Ursula?«

Als Teenager hatte sie diesen Namen gehasst und jeden mit Blicken getötet, der ihn benutzt hatte, sodass sich sogar unsere Lehrer angewöhnt hatten, sie mit Bear anzusprechen. Ursula bedeutete nämlich »kleine Bärin«, eine Tatsache, an der sie schon als sehr kleines Mädchen Gefallen gefunden hatte, noch bevor Rose und ich sie überhaupt kannten.

»Ja, ich weiß. In letzter Zeit bin ich irgendwie wieder darauf zurückgekommen«, erklärte sie, »aber auf Bear höre ich auch immer noch. Aber als Dad vor ein paar Jahren gestorben ist, habe ich herausgefunden, dass er den Namen ausgesucht hat. Das wusste ich nicht und habe ein bisschen Ahnenforschung betrieben. Na ja, Charlie hat das für mich gemacht, die Kinder und ihre technischen Zauberkräfte heutzutage, was? Und dabei habe ich herausgefunden, dass Dad eine Schwester hatte, die gestorben ist, als sie noch ganz klein war, vor ihrem ersten Geburtstag – plötzlicher Kindstod –, und die hieß Ursula.«

»Ach, wie traurig.«

»Schon, oder? Wenn er mir das nur mal erzählt hätte, hätte ich den Namen vielleicht mit Stolz getragen.«

»Dein Dad war ein lieber Mann«, erinnerte ich mich.

»Das war er, und deine Mum war eine Topffrau. Es tut mir so leid, dass ich es nicht zur Beerdigung geschafft habe.«

»Ach, Bear, Ursula, meine ich, ich habe doch gar nicht von dir erwartet, dass du kommst. Seltsam, nicht, wie das so ist. Denn irgendwie hat es auch mit Mums Tod zu tun, dass ich jetzt hier bin.«

»Wie denn?«

»Ich hab ihre Wohnung ausgeräumt …«

»Keine schöne Aufgabe, was?«

»Schrecklich. Aber ich hab ein paar von meinen alten Sachen gefunden. Inklusive etwas Interessantem aus unserer Schulzeit, aus diesem letzten Jahr, in dem du noch da warst, weißt du noch?«

»Als wäre es gestern gewesen.«

»Eine Liste mit all den Dingen, die ich vor meinem dreißigsten Geburtstag gemacht haben wollte. Und von denen ich kaum etwas gemacht hab, obwohl ich ja jetzt schon ein bisschen über die dreißig bin. Eins hat also zum anderen geführt und letztendlich hat mich diese Liste hierhergebracht.

Ich habe sie überarbeitet und werde jetzt die Dinge darauf tun. Lieber spät als nie.«

»Wow«, sagte Bear lächelnd. »Es gibt da etwas, an das du dich nicht mehr erinnerst.«

»Was denn?«

»Bring die Liste heut Abend mit, dann verrat ich's dir.«

Draußen hupte ein Auto und Bear stand auf. »Dein Taxi ist da.«

Ich stand ebenfalls auf und als mich die Schwere nun wie eine Steinlawine überrollte, wurde mir bewusst, wie erschöpft ich war. »Es war so schön, dich zu sehen, Ursula.«

»Finde ich auch, Liebes. Du Irre! Jetzt, wo ich den Schock überwunden habe, bin ich wirklich froh, dass du da bist. Wir sehen uns heute Abend.«

Sie begleitete mich noch zur Tür und brachte mich zum Taxi. Ich winkte ihr nach, bis sie außer Sicht war, dann schloss ich die Augen. Die zwanzigminütige Fahrt musste ich verschlafen haben, denn es kam mir vor, als wäre keine Zeit vergangen, da hielten wir schon vor meinem Hotel. Ich schaffte es noch, den Taxifahrer zu bezahlen, auf mein Zimmer zu gehen, meine Schuhe auszuziehen und meinen Wecker auf achtzehn Uhr zu stellen, aber mehr auch nicht mehr. Als ob jemand einen Schalter umgelegt hätte, fiel ich aufs Bett.

Ich verschlief den ganzen Tag und tauchte erst wieder aus den Tiefen des Schlafs auf, als der Wecker klingelte. Ich fühlte mich immer noch komisch, doch nachdem ich geduscht und Zähne geputzt hatte, ging es schon besser. Ich zog ein sauberes Kleid an, rief ein Taxi und in letzter Sekunde fiel mir noch ein, die »To-do-Liste« in meine Tasche zu stecken.

Es stellte sich heraus, dass das Purple Kangaroo beschämend nah an meinem Hotel lag. In einer Viertelstunde hätte ich zu Fuß hinlaufen können. Ich war zu früh dran, doch Bear war schon da und saß an einem Tisch am Fenster. Wir begrüßten uns mit einem Küsschen und ich kicherte los, als wären wir immer noch fünfzehn.

»Ich kann's nicht glauben, dass ich wirklich hier bin, und dass das wirklich du bist!«

»Ich kann's auch nicht glauben, dass du hier bist!« Bear schaute mich an und schüttelte den Kopf. »Du siehst ausgeruhter aus.«

»Ich war für mehrere Stunden einfach komplett ausgeknockt. Heute Abend werde ich bestimmt nicht mehr schlafen können. Seit ich von zu Hause weggegangen bin, hab ich übrigens wunderbar geschlafen, so gut wie seit Jahren nicht mehr.«

»Das ist doch ein gutes Zeichen, oder?«

»Ich glaube schon.« Ich las mir die Speisekarte durch. »Ich hab noch nie vietnamesisch gegessen.«

»Soll ich einfach ein paar gute Sachen bestellen und wir teilen sie uns?«

»Verdammt gute Idee, ja.« Erleichtert klappte ich die Speisekarte wieder zu und Bear ratterte eine ganze Liste für die Kellnerin herunter.

»Ausgezeichnete Wahl«, bemerkte die junge Frau, »das wird Ihnen richtig gut schmecken!«

Nachdem sie weg war, wollte ich gerade sagen: »Alle hier sind so –«

Aber Bear unterbrach mich. »Freundlich? Ja, ich weiß. Das geht mir dermaßen auf den Sack.«

»Dir fehlt also der gute, alte englische Service, ja?« Ich

machte eine waschechte Kellnerin aus Liverpool nach, die vor einem den Teller auf den Tisch knallte. »Hier, für Sie!«

»Seltsamerweise vermiss ich den wirklich irgendwie. Also. Zeig mir mal deine Liste.«

Ich reichte ihr das abgegriffene, oft gefaltete Stück Papier. Bear setzte sich eine Lesebrille auf und begutachtete es. »Haha, eine berühmte Fotografin werden. Dein Ehrgeiz war wirklich beeindruckend. Ja, ja, daran kann ich mich noch gut erinnern.«

»Was meinst du? Kannst du dich denn noch daran erinnern, wie ich das geschrieben hab?«

»Natürlich.« Sie schaute mich über ihre Brillengläser hinweg an. »Wir haben beide gleichzeitig eine Liste geschrieben.« Sie kramte in ihrer Tasche herum und holte ihr eigenes gefaltetes Stück Papier hervor. »Hast du das etwa vergessen?«

»Komplett! Gott! Was sind noch mal die ersten Anzeichen von Alzheimer?«

»Die haben wir ein paar Wochen, bevor meine Familie umgezogen ist, geschrieben. Wir beide haben total die Teenager raushängen lassen und hingen ganz melancholisch in deinem Zimmer rum. Du saßt auf dem Bett und ich auf deinem blauen Sitzsack.«

»Wow, Bear, du hast ja ein Wahnsinnsgedächtnis. An diesen Sitzsack hab ich schon ewig nicht mehr gedacht. Das ist so lange her.«

»Fünfunddreißig Jahre. Nein, sechsunddreißig.«

»Wo war Rose da?«

»Ich fürchte, so weit reicht meine Erinnerung nicht mehr zurück. Ich weiß nur noch, dass sie an dem Tag nicht dabei war. Wir waren traurig, weil ich wegziehen würde. Ich glaube, das war an demselben Tag, an dem wir uns geschworen haben, dass wir uns jeden Monat schreiben würden.«

»Ach! Na ja, daran erinnere ich mich noch.«

»Und dann haben wir beide eine Liste mit Sachen geschrieben, die wir vor unserem dreißigsten Geburtstag gemacht haben wollten. Siehst du?« Sie deutete auf die Listen. »Dein erster Punkt lautet, mich jedes zweite Jahr zu besuchen, und mein erster Punkt lautet, *dich* jedes zweite Jahr zu besuchen.«

»Gott, Bear, das hast du so viel besser hingekriegt als ich.«

Die Kellnerin brachte uns dampfende Schüsseln voller Essen und wir unterbrachen unsere Unterhaltung, während sie diese vor uns hinstellte. Dies verschaffte ihr unglücklicherweise die Gelegenheit, einen fröhlichen Monolog über jede einzelne davon zu halten.

»Danke«, sagte Bear mitten während einer Lobrede über die deftigen Pfannkuchen mit Schweinefleisch nachdrücklich und die Kellnerin verstand den Wink.

»Dann lasse ich die Damen mal alleine!«

»Tun Sie das«, antwortete Bear. Dann sagte sie zu mir: »Also, fang mit ein bisschen Reis an und dann probierst du dich durch alles durch. Musst du auf irgendeine von diesen neumodischen Essensgeschichten achten: vegetarisch, glutenintolerant, keine Kohlenhydrate? Das hätte ich dich vermutlich vor der Bestellung fragen sollen.«

»Nein, ich esse alles.« Die Gerichte rochen köstlich und ich fing an, meinen Teller zu füllen.

»Gut für dich.«

»Stehen da noch mehr Sachen auf der Liste, die wir gemeinsam hatten?«

»Ja schon, wir wollten beide ein Baby. Aber darin hast du mich offensichtlich mit einem zeitlichen Abstand von über dreizehn Jahren geschlagen.«

»Ich war so unfassbar jung. Jünger als Stella jetzt ist. Und wo wir schon über Kinder reden ... Gott, ist das lecker.«

»Einfach klasse, nicht? Ja, was ist mit Kindern?«

»Du meintest doch heute Morgen, dass es zu Hause etwas heikel ist. Hat das mit Charlie zu tun?»

»Ach so ... ja, er ist in diesem schwierigen Alter. Nicht gerade toll, wenn er neue Leute um sich hat.«

»Edward war genauso.«

Während ich noch eine gewaltige Gabel voller köstlichem Essen in mich hineinschob, fiel mir auf, dass Bear im Gegensatz dazu nur ab und zu winzige Bissen aß. Auf ihrem Teller war ungefähr bloß ein Viertel von dem, was auf meinem lag. Über die Jahre hinweg hatte sie immer wieder mit ihrem Gewicht gehadert – vollkommen unnötig, sie war immer schon dünn gewesen – und mit Anfang zwanzig hatte sie ein paar Phasen durchgemacht, die man heute vermutlich als Bulimie bezeichnen würde. Schlagartig wurde mir klar, dass das in den drei oder vier Jahren nach ihrer Auswanderung gewesen sein musste. Dieser Umzug musste eine verdammt große Aufregung für sie gewesen sein. Als typisch selbstsüchtige Teenagerin hatte ich aber natürlich immer bloß darüber nachgedacht, was ihre Abreise mit mir machte.

»Außerdem«, fuhr Bear fort, »wollten wir beide nach Venedig reisen. Du wolltest am Canale Grande ein Eis essen und ich wollte eine Gondelfahrt machen.«

»Ha, dein Punkt ist viel touristischer als meiner.«

»Ansonsten, warte mal ... wir wollten beide auf irgendeine Art und Weise berühmt werden, ich in Leichtathletik und du in Fotografie. Ach ja. Wie viel hast du davon geschafft?«

»Nichts, außer dem Baby. Deshalb hab ich sie auch überarbeitet.« Ich schlug mein Tagebuch auf und zeigte ihr meine neue Liste. »Dich besuchen ist der erste Punkt. Und schau, Venedig steht auch immer noch drauf.«

»Ich glaub's einfach nicht, dass du es nie nach Venedig geschafft hast, dabei bist du doch ungefähr bloß eine Minute davon entfernt.«

»Ich dachte immer, dass ich mit Richard dorthin reisen würde. Kein Ort, an den man allein fliegt. Aber wie kommt's, dass du trotz deiner vielen Europareisen auch noch nicht dort warst, Bear?«

»Ich glaube, Murray hatte nie so viel Lust darauf. ›Keine LKWs? Bloß Boote? So ein Scheiß.‹ Aber weißt du«, sagte sie und zeigte auf mein Tagebuch, »auf deiner neuen Liste steht noch gar nichts dazu, was du machen willst, also arbeitsmäßig, meine ich, jetzt, wo du nicht mehr im Laden bist.«

»Weil ich es noch nicht weiß«, antwortete ich. »Ich mache mir ein bisschen Sorgen deswegen. Mit einundfünfzig ist es irgendwie schon ein bisschen spät, eine neue Karriere anzufangen. Ich schätze mal, ich werde einfach abwarten und sehen müssen, wo ich letztendlich wohne, und dann versuchen, irgendwo einen Job als Verkäuferin zu bekommen.«

»Bei der Vorstellung klingst du ja schon richtig aufgeregt.«

»Ach, für Einzelhandel kann ich mich nicht mehr so wirklich begeistern. Aber etwas anderes kann ich nicht.«

Ich riss eine unbeschriebene Seite aus meinem Tagebuch und gab sie samt einem Stift Bear. »Du solltest auch eine überarbeitete Liste machen.«

»Die muss ja nicht lang sein, oder?«, fragte Bear. »Ich weiß nämlich nicht, ob mir viel einfällt.«

»So lang oder kurz, wie du willst.« Ich aß und beobachtete sie heimlich dabei, wie sie Notizen machte. Sie sah wirklich älter aus als Rose und ich. Der Oma-Haarschnitt machte es auch nicht besser. Und vielleicht hatte die australische Sonne ihre Haut in Mitleidenschaft gezogen.

»Hier!«, sagte sie und legte den Stift weg. »Vier Punkte. Nach Venedig reisen; am West Kirby Beach Tee trinken; am Strand in der Nähe meines Hauses hier Wein trinken, wovon ich schon seit zehn Jahren rede; und ein Fotoalbum von meinem Leben für Charlie machen.«

»Das sind tolle Punkte«, entgegnete ich. »Total machbar. Ich werde mitkommen, wenn du mal wieder nach Hoylake kommst. Ich war nämlich auch schon seit einer Ewigkeit nicht mehr am Kirby Beach. Weißt du …« Und da kam mir die Idee auf einmal so schnell, dass es mir schien, als hätte ich tagelang unterbewusst über nichts anderes nachgedacht. »Ich könnte von hier aus direkt nach Venedig weiterreisen.«

»Wow, du Glückspilz. Wobei, nein, kein Glückspilz.« Bear aß einen weiteren winzigen Bissen von ihrem Essen und legte dann ihre Gabel entschlossen zur Seite, als ob sie fertig gegessen hätte. »Du schmiedest dir dein Glück selbst. Du hast dich von den Ketten befreit und zum ersten Mal seit einer Ewigkeit tust du das, was du wirklich willst.«

»Dann komm mit.«

»Was?«

»Warum kommst du nicht mit nach Venedig, Bear? Von dort aus können wir beide weiter nach West Kirby und dann hast du auf einen Streich schon deine halbe Liste fertig.«

Bear schaute mich an und zog die Augenbrauen hoch. »Wow, da schau dich mal einer an, Fräulein ›ich habe gerade Flugreisen entdeckt‹. Nette Idee, aber ich kann nicht.«

»Warum nicht? Natürlich kannst du! Ist es wegen der Arbeit? Kannst du denn keinen Urlaub nehmen?«

»Genau. ›Sorry, Schüler und Kollegen, ich hau jetzt nach Europa ab, bis demnächst.‹«

»Aber du arbeitest doch schon seit einer Ewigkeit dort, die würden dir doch sicher ein paar freie Tage genehmigen. Wir müssen ja nicht so lange bleiben. Und würde Murray Charlie nicht solange zu sich nehmen?«

»Doch, das würde er schon. Tatsächlich ist er auch gerade bei ihm. Aber egal, die Vorstellung zu reisen ist momentan etwas schwierig für mich. Die ganze Logistik, ich glaube, ich bin zu festgefahren in meinen Gewohnheiten.«

Wenn Charlie bei Murray war, warum konnte ich dann nicht bei ihr zu Hause unterkommen? Ich beschloss, das vorübergehend hintenanzustellen. »Ich kann mich um die Logistik kümmern, Buchungen und so weiter.«

»Es tut mir leid, Kay, aber ich kann nicht.«

Jetzt, da ich die Idee gehabt hatte, war ich enttäuscht, dass sie sie abtat, ohne überhaupt darüber nachzudenken. Ich sah uns zwei schon vor mir, wie wir mit einem Eis in der Hand am Canale Grande entlangspazierten, uns für einen Cappuccino in ein Straßencafé setzten, uns in einer Gondel zurücklehnten … jetzt, da ich mir das mit Bear an meiner Seite einmal ausgemalt hatte, wurde ich die Vorstellung nicht mehr los. Bestimmt konnte ich sie noch dazu überreden. Ich ließ ein paar Augenblicke verstreichen, indem ich noch etwas von den köstlichen Speisen aß und überlegte, was mich an Bears Stelle überzeugt hätte mitzukommen. Was hatte mich vor zehn Tagen denn *tatsächlich* überzeugt, meinen Hintern hochzubekommen?

»Weißt du, Ursula«, sagte ich beiläufig. »Wer weiß, wie lange wir noch Zeit zum Reisen haben, solange wir noch gesund genug dazu sind? Ich will ja nicht makaber klingen, aber wir haben jetzt die Gelegenheit und wir wissen nicht, wie lange uns diese Tür noch offen stehen wird.«

Mir fiel auf, dass ich leicht lallte. Der Wein plus der Jetlag waren mir wohl zu Kopf gestiegen. Ich schien auch die Einzige zu sein, die es mit der Flasche aufnahm. Bears erstes Glas sah immer noch unberührt aus, während ich schon bereit war für das dritte. Ich beschloss, es mir noch nicht einzuschenken, sondern in Maßen zu genießen.

»Keiner von uns weiß, wie lange wir noch haben, Kay.«

»Genau!« Ich haute mit der Gabel auf den Tisch, um das zu unterstreichen. »Deshalb finde ich, dass wir es einfach tun sollten. All die Jahre habe ich darauf gewartet, dass Richard mit mir nach Venedig fährt, aber jetzt will ich mit dir dorthin, Bear.«

»Ist das so ein spätes Lesben-Ding, über das ich im ›That's Life!‹-Magazin was gelesen hab?«

»Bear, ich liebe dich zwar, aber nicht so.«

»Apropos Liebe, wie wär's damit?« Bear hielt unsere alten Listen hoch. »Wir haben beide aufgeschrieben: ›Uns in einen schönen Mann verlieben.‹ Wie hat das bei uns so geklappt, hm?«

»Ich habe mich wirklich in einen schönen Mann verliebt«, sagte ich, wobei mir die Röte ins Gesicht schoss.

»David Endevane. Meine erste Liebe. Viellicht auch meine einzig wahre Liebe.«

»Du sentimentaler alter Trottel. Er sah zwar sehr gut aus, aber nach allem, was du mir über ihn geschrieben hast, kann ich mich nicht daran erinnern, dass er sonderlich nett zu dir gewesen wäre.«

Wir schauten uns an und das Geheimnis flackerte kurz zwischen uns auf.

»Hast du jemals …?«, fing Bear an.

»Nein. Darüber wollte ich mit dir sprechen. Über …« Ich zögerte. »Ob es ein Fehler war, es für mich zu behalten.«

Sie nickte. »Na ja, wir haben ja viel Zeit, das zu diskutieren.«

»Und auch über Venedig zu diskutieren? Carpe diem und so weiter.«

Sie lachte. »Ich werde darüber nachdenken, okay? Mir gefällt deine verrückte Seite. Mir gefällt es, dass du hier einfach auftauchst, total durchgedreht und so lebendig.« Sie schob ihren vollen Teller von sich weg. »Ich bin voll. Und sollte lieber mal aufbrechen. Morgen ist wieder Schule. Aber wir könnten uns am Nachmittag treffen, so um vier, und ein paar Touristensachen machen.«

»Das wäre toll. Soll ich dich abholen kommen?«

»Nee, ich komm lieber zu dir. Lass uns morgen mit der Manly Ferry fahren, das ist ein schöner kleiner Ausflug.«

Sie bestand darauf, für unser Abendessen zu zahlen – »du bist doch den ganzen Weg hierhergekommen, um mich zu sehen!« – , obwohl ich dreimal so viel gegessen hatte wie sie. Draußen rief sie sich ein Taxi, während ich zu Fuß zum Hotel zurückging und mich darüber freute, diesmal zu wissen, wohin ich unterwegs war.

Danach lag ich noch auf dem Bett und schrieb den Kindern eine Nachricht, obwohl Stella sauer auf mich war und Edward sich in Schweigen hüllte. *Ich werde nie und nimmer schlafen, nicht nach diesem langen Nickerchen vorher*, war der letzte Gedanke, an den ich mich von diesem Abend noch erinnerte. Meine Ehe hinter mir zu lassen schien meinen Schlaf definitiv verbessert zu haben. Was genau das bedeutete, wusste ich allerdings auch nicht.

Brief vom 29. September 2002

Liebste Bear,

*das ist aber ein wunderschönes Baby. Glückwunsch, mein
Liebling. Ich liebe den Namen Charlie. So was Schönes
hab ich ja noch nie gesehen – und das hast du gemacht!
Was hält Murray von seinem wunderbaren kleinen Sohn?
Das Foto, das du mitgeschickt hast, hab ich an den Kühl-
schrank gehängt und Stella, die gerade wie besessen von
Babys ist, wirft ihm jedes Mal im Vorbeigehen eine Kuss-
hand zu.*

*Ich hoffe, deine Wehen waren nicht allzu schlimm. Jetzt
können wir unsere Kriegserfahrungen miteinander vergleichen. Erzähl mir so viel du willst. Ich weiß noch, damals,
als ich Edward bekommen habe, kannte ich niemanden,
der schon ein Baby hatte, und da gab es viele Dinge, die
ich ziemlich erschreckend fand.*

*Hier ist ziemlich viel los. Jetzt, wo Edward alt genug ist,
um Stella auf seinem Heimweg von der Schule abzuholen,
arbeite ich Vollzeit im Laden. Richard hat jetzt mit zwei
weiteren Läden alle Hände voll zu tun. Manchmal wünsche ich mir, er wäre ein Buchhalter oder ein Beamter,
jemand, der jeden Abend um achtzehn Uhr nach Hause
kommt und an den Wochenenden frei hat. Rose gegenüber
würde ich das niemals sagen, aber manchmal habe ich*

auch das Gefühl, alleinerziehend zu sein. Ich weiß, dass
das nicht dasselbe ist, weil sie das 24/7 mit ihren Kindern
durchmachen muss und sie auch noch viel jünger sind als
meine. Außerdem führt sich Tim wegen ihrem Haus-
verkauf immer noch wie der letzte Arsch auf. Und Richard
ist natürlich ab und zu da. Vermutlich bin ich manchmal
einfach nur einsam, Bear.
Aber du willst dir bestimmt nicht mein Gejammere an-
hören, wo doch gerade der süße Charlie (hoffentlich
schlafend!) in deinem Arm liegt.
Ich hoffe, du hast auch immer mal wieder kleine Pausen
von ihm. Ich kann dir keinen wirklichen Rat geben, außer
so viel du nur kannst zu schlafen, egal zu welcher Tages-
zeit. Schlaf kommt vor einem sauberen Haus, vor einer
Dusche, einfach vor allem, außer vor dem Überleben des
Babys, verdammt. Drück ihn einmal ganz fest von mir.
Jetzt, wo meine älter sind, fehlt mir die Zeit, als sie noch
ganz klein waren. Dieser himmlische Geruch. Jetzt riecht
Edward immer nach Deo von Lynx.
Bis zum nächsten Mal.
Du fehlst mir.

Immer, Kay

13

KAY

Ich verbrachte ein paar nette Tage damit, durch Sydney zu laufen, wobei ich mich dermaßen aus meinem normalen Leben entrückt fühlte, dass ich mir wie ein ganz anderer Mensch vorkam. Der Fährenausflug am Freitag war toll gewesen. In der Abenddämmerung am Manly anzukommen und die funkelnden Lichter über dem Hafen zu sehen war unvergesslich. Ich freute mich darauf, das Wochenende mit Bear zu verbringen, aber leider war sie damit beschäftigt, einen schulübergreifenden Sportwettkampf zu organisieren, was den Großteil ihrer Zeit einnahm. Ich verfiel in eine Routine mit einem gemütlichen Frühstück allein in einem der vielen Cafés in der Nähe meines Hotels, erkundete dann selbst die Stadt und sog alles in mich auf, während Bear arbeitete: das Museum of Contemporary Art, eine Backstage-Tour im Opera House und einen organisierten Spaziergang durch das Viertel The Rocks. Was für eine atemberaubende Stadt und was für ein wunderbares Land.

Jeden Tag so gegen sechzehn Uhr schrieb Bear mir dann eine Nachricht und wir trafen uns. Wir klapperten alles ab und schauten uns die berühmten Sehenswürdigkeiten an, die auch aus gutem Grund berühmt waren, doch am liebsten waren mir die unbesungenen, normalen Orte, die Bear kannte. Etwas, das sich seit unserer Jugend nicht verändert hatte, war, dass Bear Secondhandläden liebte, die man laut ihr in Australien »Op-Shops« nannte. Am Samstagnachmittag fuhr sie mit mir zu einem tollen Laden im Warehouse-Style, wo ich meine magere Fluchtgarderobe mit ein paar hübschen, neuen Sachen aufpeppte. Ich fand eine Jeans, zwei Kleider und ein paar Oberteile für kaum mehr als ein paar Pennys.

Ich nahm sie mit zum Verkaufstresen und war ganz Feuer und Flamme. »Bester Shoppingtrip überhaupt!«

»Aber echt«, stimmte Bear mir zu. »Ich komme oft hierher.«

Vor uns stand ein Mann, der eine Schallplatten-Single kaufte. Ich spähte ihm über die Schulter: ›Ace of Spades‹ von Motörhead. Das erschien mir eine unwahrscheinliche Wahl für den Kerl, der wie ein Buchhalter aussah.

»Das macht fünfundsiebzig Cent«, sagte die Frau hinter dem Verkaufstisch.

»Machen wir fünfzig draus«, feilschte der Mann.

»Ich fürchte, dass der Preis fünfundsiebzig ist«, widersprach die Frau.

»Das ist die doch gar nicht wert«, hielt der Mann weiterhin dagegen.

Nach einem Tag in der warmen australischen Sonne und einem Nachmittag, an dem ich lauter hübsche Kleidung anprobiert hatte, fühlte ich mich seltsam übermütig. Ich tippte ihm auf die Schulter und er fuhr herum.

»Ja?«

»Glauben Sie wirklich, dass Lemmy wegen fünfundzwanzig Cent einen Aufstand gemacht hätte?«, fragte ich. »Möge er in Frieden ruhen.« Ich spürte, dass Bear, die neben mir gestanden hatte, peinlich berührt zurückgewichen war.

»Wer?«, fragte der Mann und schaute verwirrt.

»Lemmy! Der Leadsänger von Motörhead, Sie Spießer.«

Der Mann grinste. Dann fiel sein Blick hinter mich und sein Lächeln verschwand. »Ursula!«

Ich drehte mich um. Bear stand im Schatten der Umkleidekabinen. »Ach, hallo, Frank.«

»Gott, Ursula, ich hab von Murray erfahren, dass –«

Bear schüttelte den Kopf. Bloß einmal, eine winzig kleine Bewegung, doch es bedeutete »halt sofort die Klappe« und er verstummte umgehend. Nach einer kleinen Pause wandte er sich wieder mir zu.

»Sie haben recht, meine Dame«, sagte er. »Es ist wirklich abfällig, wegen fünfundzwanzig Cent herumzustreiten. Tatsächlich«, er reichte der Verkäuferin Geld, »gebe ich Ihnen sogar einen Dollar dafür.« Er nahm seine Schallplatte und verabschiedete sich: »Tschüss, Ursula, schön, dich gesehen zu haben.« Und damit ging er hinaus.

Die Verkäuferin fing an, meine neue Kleidung zusammenzulegen.

»Wer war das denn?«, fragte ich.

»Ach, so ein nerviger Freund von Murray. Tratscht immer über alles, wie ein altes Waschweib.« Bear knallte ihre Kreditkarte auf den Tresen. »Lass mich dir die kaufen.«

»Nein, Bear.«

»Ich lad dich ein. Ich will. Es ist so aufregend, dich hier zu haben und dich mit richtigen Aussie-Klamotten einzudecken. Steck dein Geld weg, das bringt dir hier eh nichts.«

»Na ja, das ist sehr lieb von dir.«

»Zieh das grüne Kleid an heute Abend, wir gehen tanzen.«

»Wirklich?«

»Nee, aber ich kenne einen süßen kleinen Blues-Club.«

Der Club namens The Basement war einfach toll und am nächsten Nachmittag schauten wir uns den atemberaubenden Botanischen Garten an. Am Montag, meinem letzten Tag, entdeckte ich einen riesigen Schreibwarenladen in Darling Harbour und fand einen Multifunktionsstift von Ohto mit zwei verschiedenfarbigen Kugelschreiberspitzen und außerdem einem Druckbleistift. Ohto-Stifte waren in England kaum zu finden. Richards Gesicht bei dem Anblick sah ich regelrecht vor mir. Ich machte ein Foto von dem Stift, aber natürlich hatte er kein Handy, an das ich es hätte schicken können. Und wenn ich Stella das Foto schickte, um es ihm zu zeigen, würde sie es vielleicht löschen.

Wenn du doch wieder nach Hause kommst, selbst wenn Dad dich zurücknimmt, ich werde das nicht tun.

Der Stift kostete sechzig Dollar, aber ich kaufte ihn trotzdem. Wann würde mir so einer schon noch mal über den Weg laufen? Zum Mittagessen aß ich ein Sandwich in einem Café, verpackte den Stift in braunem Papier und schrieb eine kleine Karte dazu. Die Frau in dem Café beschrieb mir den Weg zur nächsten Poststelle und ich fühlte mich seltsam beschwingt, als ich es mit der Hilfe des Kassierers geschafft hatte, ihn aufzugeben. Zum ersten Mal in meinem Leben hatte ich etwas Komplizierteres als eine Postkarte aus dem Ausland verschickt. Ich stellte mir Richards strahlendes Gesicht vor, wenn er das Päckchen öffnen würde.

Als ich Richtung Stadt zurücklief, kam ich an einem riesigen Schulgebäude vorbei und mir fiel auf, dass es dasjenige war, in dem Bear arbeitete. Es war schon fast drei Uhr nachmittags, deshalb fand ich, dass es ja ganz nett wäre, sie auch einmal abzuholen. Ich drückte auf die Gegensprechanlage und erklärte der freundlich klingenden Empfangsdame, was ich wollte, wobei ich mich auch daran erinnerte, Bear bei ihrem richtigen Namen zu nennen. Es entstand eine Pause, dann sagte die Empfangsdame: »Einen Moment bitte.«

Ich wartete ein paar Minuten und fragte mich dann schon, ob sie mich vergessen hatte, da ertönte ihre Stimme wieder aus dem Lautsprecher. »Es tut mir leid, aber Ursula ist gerade nicht da.«

»Ach so!« Ich wusste nicht, wo sie sonst sein sollte. »Ist sie in einem Meeting?«

»Nein«, antwortete die Empfangsdame, »momentan ist sie gar nicht auf dem Schulgelände.«

Verwirrt bedankte ich mich bei ihr und ging zurück zum Hotel. Vielleicht war sie ja bei einem Meeting außerhalb der Schule oder schon früher zu Hause. Doch die Textnachricht, die ich ein bisschen später bekam, deutete auf nichts Ungewöhnliches hin: *Puh, gerade erst fertig geworden. Jetzt hab ich noch ein paar Sachen zu tun. Purple Kangaroo um 19 Uhr?*

Ich lag auf dem Bett und starrte den Fernseher an, obwohl der gar nicht an war. Ich fragte mich, was bei ihr los war, was sie mir vorenthielt, und was es mit diesen Schwingungen auf sich hatte, die sie aussandte und die es mir unmöglich machten, sie danach zu fragen. Bis zu unserem Treffen musste ich noch zwei Stunden totschlagen. Würde so meine Zukunft aussehen? Einsame Mahlzeiten, einsame Reisen, einsame Hotelzimmer. Richard war zwar nicht direkt eine konstante Begleitung gewesen, aber zumindest konnte ich normalerweise zur Abendessenszeit mit ihm reden.

»Ich bin gerne für mich allein«, sagte ich laut zu mir

selbst. Dann antwortete ich mir selbst, ebenfalls laut: »Ja, aber nicht die ganze Zeit, verdammt.« Toll. Jetzt fing ich schon an, Selbstgespräche zu führen.

»Es gibt Schlimmeres als einsam zu sein«, hatte meine Mum immer zu mir gesagt, als sie krank war und noch in ihrem Apartment in einem ziemlich unfreundlichen Block für betreutes Wohnen lebte, »allerdings fällt mir gerade nicht ein, was.«

Reiß dich zusammen, sagte ich mir, diesmal stumm. *Pobacken zusammenkneifen, Kay! Morgen fliegst du wieder zurück nach England.* Venedig würde ich mir für ein andermal aufheben.

Ich rechnete aus, dass es in England jetzt acht Uhr morgens war, aber Imogen war sowieso ein früher Vogel, deshalb beschloss ich, es mit einem Anruf zu wagen. Da seht her, ganz vom andern Ende der Welt aus Australien rief ich an, und dabei war es noch nicht mal ein weltbewegender Notfall!

»Hallo, Imo, Liebes«, sagte ich. »Das hübsche Bryn Glas ist vermutlich nicht gerade frei, oder …?«

»Kay, meine Liebe! So früh schon frisch und munter! Warst du denn nicht erst dort?«

»Doch und es war wundervoll, wie immer! Ich bin gerade im Ausland, komme aber morgen zurück. Ich hab mich gefragt, ob ich das Cottage noch mal haben könnte, diesmal vielleicht für einen etwas längeren Zeitraum?«

»Es tut mir so leid, *Chérie*«, antwortete Imo. Sie klang traurig. »Meine Söhne bestehen darauf, dass wir uns einen Langzeitmieter suchen. Sie geben es in die Hände einer Agentur, ist das nicht unglaublich? Da ich mich weigere zu verkaufen, ist das der ›Kompromiss‹. Nächste Woche kommen Dekorateure, anscheinend muss es erst noch ein biss-chen ›aufgehübscht‹ werden, bevor sie eine Agentur damit betrauen wollen. Die Tapete hat dich aber doch nie gestört, oder? Es ist schrecklich, dass du jetzt nicht hinkannst. Ir-gendwie hatte ich immer das Gefühl, dass der Ort wie für dich geschaffen war.«

»Wie viel?«, stieß ich hervor.

»Wie bitte, meine Liebe?«

»Für wie viel wollen sie es vermieten?«

»Du liebe Güte, eine irrsinnige Summe. Ich bin sehr ver-ärgert darüber, aber sie sagen, dass ich ein regelmäßiges Einkommen brauche! Anscheinend bin ich wohl bald nicht mehr flüssig! Ist das nicht lächerlich!«

»Es ist nämlich so, ich, äh, bin auf der Suche nach einer eigenen Wohnung.«

»Ach wirklich, *Chérie*?« Es entstand ein kurzes Schwei-gen, doch Imogen war zu wohlerzogen, als dass sie nach dem Grund gefragt hätte. »Bleib kurz dran, meine Süße, ich hab den dummen Mietbetrag hier irgendwo notiert.« Im Hintergrund hörte ich Papier rascheln. »Da steht es ja. Ja, das wirst du mir nie und nimmer glauben, aber der Makler sagt, dass ich achthundert Pfund im Monat dafür verlangen kann.«

Ich schluckte und antwortete: »Wenn du mir ein Vorrecht darauf einräumen lassen kannst, Imo, werde ich zusehen, dass ich den Betrag aufbringen kann.« Über das Wie würde ich mir ein andermal Sorgen machen.

»Ich werd's versuchen, meine Liebe, aber anscheinend habe ich in der Angelegenheit im Moment nicht viel zu sa-gen.« Ihre Stimme, die sonst immer so stark war, klang brü-chig und unsicher.

Ich sagte noch ein paar Nettigkeiten, keine Ahnung was, legte dann auf und fühlte mich, als hätte mir jemand den Boden unter den Füßen weggezogen. Ich fürchtete mich vor der Vorstellung, dass mir Bryn Glas durch die Lappen gehen könnte und dachte auch immer noch darüber nach, als ich mich im Purple Kangaroo auf eine Sitzbank neben Bear gleiten ließ.

»Anstrengender Tag heute?«, fragte ich sie. Sie sah ziemlich müde aus.

»Auch nicht schlimmer als sonst.«

Ich wollte unseren letzten Abend nicht mit Fragen dazu ruinieren, warum sie am Nachmittag nicht an der Schule gewesen war. Wenn sie es mir nicht erzählen wollte, wollte ich sie auch nicht bedrängen. Erneut ratterte sie der Kellnerin unsere Bestellung herunter, die es inzwischen besser wusste und nicht mehr versuchte, unsere neue beste Freundin zu werden.

Bear sagte: »An unserem ersten Abend hier meintest du, dass du über Ihn-dessen-Name-nicht-genannt-werden-darf reden wolltest, oder ist das Voldemort? Du weißt schon, wen ich meine.«

»Der-dessen-Name-ich-nie-mehr-aussprechen-werde«, korrigierte ich. Mein Herz vollführte diesen komischen Salto, den es immer machte, wenn ich unvermittelt an David dachte, ohne mich erst darauf vorzubereiten. »Mit dieser Unterhaltung warte ich vielleicht lieber noch, bis ich ein Glas in der Hand halte.« Ich sah mich um, und da kam die Kellnerin bereits mit unserer Flasche Wein herüber. Nachdem sie mir ein Glas eingeschenkt hatte, nahm ich einen Schluck und fing an: »Ich habe immer gedacht, dass es absolut keinen Grund gibt, warum Edward davon wissen sollte.«

»Du warst ziemlich hartnäckig deswegen, wenn ich mich recht erinnere.«

»Schließlich musste ich auf Richards Gefühle Rücksicht nehmen. Und seitdem haben wir auch nicht mehr über ihn gesprochen. Das haben wir uns geschworen. Aber dann, als ich Rich verlassen habe, war er auf einmal fest davon überzeugt, dass ich mit ihm durchbrenne.«

»Ich kann's einfach nicht glauben, dass er David nach all den Jahren wieder erwähnt hat.«

»Es war so seltsam. Und er wollte auch irgendwas über Edward sagen, keine Ahnung was. Und seitdem frage ich mich, ob es falsch war, nie darüber zu reden.«

»Na ja, David hat unmissverständlich klargemacht, dass er kein Interesse daran hatte, ein Teil von Edwards Leben zu sein.«

Ich nahm einen großen Schluck. »Ja. Aber das ist lange her. Wir waren damals ja noch Kinder. Ich habe überlegt, ob ich ihnen die Chance geben sollte, sich gegenseitig kennenzulernen.«

Bear schaute mich komisch an. Ihren Gesichtsausdruck konnte ich nicht deuten. »Hmm.«

»Was, hmm?«

»Solange es deine Hoffnung ist, dass Edward einen Draht zu David findet, und nicht du selbst.«

»Was meinst du damit?«

»Du bist gerade erst frisch vom Trennungsdampfer herunter, meine Dame. Eine gute Gelegenheit, um dem ›Mein Leben wäre ganz anders verlaufen, wenn ich mit meiner ersten großen Liebe zusammengeblieben wäre‹-Märchen auf den Leim zu gehen.«

»Das wäre es aber wahrscheinlich.« Ich nahm noch einen

großen Schluck Wein. Immer wenn ich daran dachte, was für einen großen Batzen Wahrheit ich Edward schuldig war, schwirrten schmerzvolle Gefühle in meinem Bauch herum. Und ich musste sagen, dafür, dass sie der einzige Mensch war, mit dem ich darüber reden konnte, war sie nicht gerade eine große Hilfe.

»Ich bin so traurig, dass es schon mein letzter Tag hier ist«, seufzte ich und wechselte das Thema. »Ich werd dich so vermissen, Ursula.«

»Ich dich auch. Es war toll, dass wir uns wiedergesehen und unterhalten haben.«

Unsere Gerichte kamen und wir fingen an zu essen, eine von uns allerdings mit mehr Begeisterung als die andere. Eine Weile schwiegen wir, mit unseren eigenen Gedanken beschäftigt. Dann legte Bear ihre Hand auf meine und ich sah überrascht zu ihr auf.

»Hör zu, Kay, ich hab viel über das nachgedacht, was du gesagt hast.«

Was *hatte* ich denn gesagt?

»Glauben Sie wirklich, dass Lemmy wegen fünfundzwanzig Cent einen Aufstand gemacht hätte?« Ich lachte. »Was meinst du?«

»Venedig. Wenn du immer noch dabei bist, bin ich auch dabei.«

»Wirklich? Echt jetzt?« Ich legte mir die Hand auf die Brust, in dem Versuch, ruhig zu bleiben. »Meinst du das ernst?«

Ein kurzes Schweigen folgte und ich dachte schon, dass sie gleich zu lachen anfangen und sagen würde, dass das natürlich nur ein Scherz gewesen war. Aber dann sagte sie: »Ich mein's todernst.«

14

STELLA

Ich schlief so lange, dass Oma schon das Mittagessen zubereitete, als ich endlich nach unten ging. Sie schaute mich an
und zog eine Augenbraue hoch, während sie weiterhin erstaunlich schnell vor sich hin schnippelte. »Guten Morgen!
Oder sollte ich lieber sagen guten Nachmittag?«

»Entschuldige, Oma. Ich war komplett ausgelaugt, ich
weiß auch nicht warum.«

»Ich mach dir rasch zwei Toasts, was meinst du?« Ohne
eine Antwort abzuwarten, steckte sie zwei in den Toaster,
nahm dann wieder ihr Messer zur Hand und fuhr damit
fort, das Gemüse zu massakrieren. »Also, wirst du mich er-
leuchten, mein Herz?«

»Worüber denn?«

»Warum du gestern Nacht wieder hierher zurückgekommen bist, anstatt in deine Wohnung nach Essex zu fahren?
Nicht, dass es nicht schön wäre, dich zu sehen, natürlich.«

»Ach so, na ja, ich wollte wissen, wie es im Laden so
läuft. Und wie es dir und Dad geht.«

»Uns geht's gut, Liebes, du brauchst nicht mehr länger
hierzubleiben. Wir wollen beide, dass du mit deinem Leben
fortfahren kannst, genau wie deine missratene Mutter, da
bin ich mir sicher.« Sie legte ihr Messer hin. »Weißt du was,
ich glaube, ich habe meine Berufung im Leben verfehlt, die
Arbeit im Laden macht mir schon fast *zu* viel Spaß!«

»Ist das denn jetzt was Langfristiges, Oma?«

»In meinem Alter ist nichts mehr langfristig, Stella. Aber für den Moment macht es mir sehr viel Spaß, die Königin von Königstintenblau zu sein. Außerdem bedeutet das, dass dein Vater sich keine Sorgen mehr machen muss. Du weißt doch, wie er mit diesen Läden so ist. Die sind für ihn wie das Windmill.«

»Das Windmill?« Ich hatte das Gefühl, einfach von der Unterhaltung mitgeschleift zu werden und mich kaum an den Rockzipfeln von Bedeutung festhalten zu können.

»Das Windmill Theatre, das berühmte Varieté in London«, erklärte Oma. »Dessen Motto war doch ›We Never Close.‹« Sie schob das kleingeschnittene Gemüse auf ihrem Schneidebrett in eine Pfanne und lächelte angesichts des befriedigenden Brutzelns, das sofort einsetzte. »Aber das ist jetzt egal. Ich will wissen, warum du hier und nicht bei Theo bist. Junge Liebe, so etwas Schönes, wahrlich, wahrlich.« Bei diesen Worten verfiel sie in einen erschreckend sentimentalen Singsang.

»Okay.« Ich holte tief Luft. »Wir haben Schluss gemacht.«

Falls ich mir ein bisschen Mitleid erhofft hatte, wurde ich allerdings enttäuscht. Oma nickte und sagte bloß: »Das überrascht mich nicht.«

»Wie bitte?«

»Hab ihn nie gemocht. Ausweichender Blick.«

Das entsprach so genau meinem jetzigen Empfinden von Theos Blick, dass ich mich fragte, warum ich das nicht schon früher bemerkt hatte. »Gott, Oma, warum hast du nie was gesagt?«

»Na ja, *dir* hat er ja gefallen. Ich wollte nicht unhöflich sein.«

Ich lachte. »Seit wann macht es dir denn etwas aus, unhöflich zu sein?«

Oma wendete das Gemüse in der Pfanne mit einem hölzernen Kochlöffel und drehte dann die Hitze zurück. »Nicht zu Menschen, die ich lieb habe, mein Kind.« Sie nahm meine Hand. »Geht es dir gut?«

»Ja«, antwortete ich, von dem seltenen Körperkontakt überrascht. »Es geht mir wirklich gut.«

Sie ließ mich los und bestrich meine Toasts mit Butter. »Wenn der richtige Zeitpunkt gekommen ist, wirst du jemand Netten kennenlernen. Jemanden, der deiner würdig ist.«

»Ich plane jetzt erst mal, eine Zeit lang Single zu sein.«

»Wunderbare Idee. Hat mir nicht im Geringsten geschadet.«

So lange Single wie Oma wollte ich dann aber vielleicht auch wieder nicht sein: vierzig Jahre, ohne ein Ende in Sicht. Ich nahm meine Toasts mit nach oben und suchte Dad. Zu meiner Überraschung saß er in seinem Arbeitszimmer und arbeitete an einem Dokument auf dem Bildschirm, als ob alles ganz normal wäre.

»Ah, du bist wieder da!« Er drehte sich in seinem Stuhl um. »Warum bist du denn noch mal zurückgekommen?«

Ich erzählte ihm von meiner Trennung von Theo und er umarmte mich fest. »Wie fühlst du dich, Sternchen?«

»Gut. Stark. Widerstandsfähig.«

»Ich sollte mir mal eine Scheibe von dir abschneiden. Ich muss mich meiner Wikingerabstammung wieder besinnen.«

»Unsere Trennungen unterscheiden sich aber leicht voneinander, Daddy. Übrigens, ich hab Mum deinen Brief gegeben.«

»Danke. Was hat sie gesagt?«

»Sie hat geweint.«

»Wirklich?«

»Sie meinte, sie würde dir aus Australien schreiben.« Ich wünschte, ich könnte Dad anvertrauen, wie wütend ich auf Mum gewesen war, und mir so vielleicht ein paar der schrecklichen Dinge, die ich zu ihr gesagt hatte, von der Seele reden. Aber ich wollte Dad nicht noch trauriger machen als er sowieso schon war.

»Für mich ist es so seltsam, dass sie diese bedeutsame Reise macht und ich absolut nichts damit zu tun habe. Sie hat mich nicht einmal darum gebeten, ihr ein bisschen Geld zu wechseln. Ach ja.« Er ließ mich los und fragte: »Was wirst du jetzt wegen deiner WG und dem Unternehmen machen?«

»Ich weiß nicht genau. Werde ich hier denn wirklich nicht mehr gebraucht?«

Er schaute mich liebevoll an. »Versteh das nicht falsch, Stella, aber nein, wirst du nicht. Du warst großartig, aber du musst dein eigenes Leben weiterleben. Oma ist im Laden ein richtiger Wirbelwind und ich glaube, ich bin auch wieder bereit, in den Sattel zu steigen.«

»Bist du dir da sicher?«

»Das bin ich. Ich muss irgendetwas tun. Ich sag dir was. Gestern hat mich deine Oma davon überzeugt, den Laden schon um vier zuzusperren, weil sie irgendwohin musste, nach Westlondon, hat sie glaube ich gesagt, und Callie hatte einen Arzttermin. Oma hat es mir nachdrücklich verboten, für sie zu übernehmen. Diese paar Stunden, in denen wir das ›Geschlossen‹-Schild in der Tür bei Königstintenblau hängen hatten, waren ein echter Weckruf.«

»Ach Dad, es tut mir leid, dass ich nicht da war, um einzuspringen.«

»Das meinte ich damit nicht.« Er wandte sich wieder dem Computer zu. »Der Laden war zu und niemandem ist es wirklich aufgefallen. Vielleicht hatte deine Mutter in dem Punkt doch recht. Vielleicht war ich ein bisschen besessen.«

»Was zur Hölle, Dad!« Dieses Eingeständnis aus seinem Mund zu hören, darauf hatte die ganze Familie jahrelang vergebens gewartet. »Das ist ja eine Riesensache.«

»Von jetzt an werde ich vernünftiger sein, etwas ausgeglichener«, verkündete Dad, wobei seine Worte ein wenig davon entkräftet wurden, dass er gleichzeitig auf irgendwelche Spalten klickte, während er sprach. »Sollte deine Mutter dann wirklich wieder zurückkommen, wird sie sehen, dass ich mich durchaus gebessert habe.«

»Das ist wunderbar«, sagte ich und versuchte, nicht zu weinen.

Da Gabby seit der Dreier-Katastrophe gestern in ominöses Schweigen verfallen war, musste ich mir darüber Gedanken machen, ob es überhaupt noch ein Unternehmen gab, zu dem ich zurückkehren konnte, und ob sie und Theo immer noch … na ja. Der einzige Weg, um das herauszufinden, war, noch einmal hinzufahren. Wenn Dad schon gewillt war, sich langsam der Realität zu stellen, sollte ich das sicherlich erst recht tun. Also nahm ich am nächsten Nachmittag den Zug nach Romford und sperrte mit meinem Schlüssel auf. Sofort atmete ich den Currygeruch ein, der mir im Flur entgegenwaberte und, nachdem ich meinen Blick vom Tatort des Schreckens alias dem Wohnzimmer abgewandt hatte, öffnete ich die Tür zur Küche. Gabby rührte gerade in etwas auf dem Herd.

Sie fuhr herum und ihre Hand schnellte zur Brust. »Gott, hast du mich erschreckt.«

»Sorry«, sagte ich. »Wie läuft's so?«

»Gut.« Gabby schien nervös zu sein. »Äh, wie geht's dir?«

»Gut, danke.« *Ich fühle mich ziemlich selbstbewusst, Bettina.* »Also, was steht so an? Haben wir dieses Wochenende nicht ein Catering auf einer Party?«

»Echt jetzt?« Weiter hoch konnte Gabby ihre Augenbrauen sicher nicht mehr ziehen. »Du willst weitermachen?«

»Gabby, wenn du nicht mehr mit mir arbeiten willst, dann sag's mir einfach. Das kannst du auch einfacher haben als mit meinem Freund zu vögeln, weißt du.«

»Sehr witzig.« Gabby drehte die Hitze unter der Pfanne kleiner und setzte sich hin. »Hör zu, es tut mir leid.«

»Es tut dir leid, dass du mit Theo geschlafen hast, oder dass ich es herausgefunden habe?«, wiederholte ich die Worte, die ich an dem schicksalhaften Abend auch zu Theo gesagt hatte.

»Beides vermutlich. Oh Gott, Stella. Ich wünschte, ich könnte die Zeit zurückdrehen. Theo war da, du nicht, wir waren beide etwas angetrunken. Da ist einfach eins zum anderen gekommen.«

Irgendwie sagten die Leute das immer, gerade so, als ob sie keine Kontrolle über eine Situation hätten. Eins führte zum anderen. Aber *wie*?

»Na ja«, sagte ich, da mir klar wurde, dass ich an den blutrünstigen Details gar nicht interessiert war, »lass uns einfach weitermachen.«

»Okay. Tatsächlich bin ich ziemlich erleichtert.« Gabby fuhr sich mit den Fingern durch die Haare. »Theos Kochkünste sind jetzt nicht so berauschend.«

Es fiel mir ein bisschen schwer, Gabby so beiläufig über ihn reden zu hören. Aber das würde ich ihr nicht zeigen. »Dafür schmeckt sein grünes Thai Curry wahnsinnig gut. Lass uns jetzt aber einfach nach vorne schauen. Wir beide haben eine Arbeitsbeziehung und ich werde mein Bestes geben, um sie erfolgreich zu gestalten. Wir müssen keine Freundinnen sein, aber ich erwarte schon von dir, dass du mich in Zukunft nicht mehr hintergehst.« Während ich sprach, stellte ich mir vor, wie mir Mum Beifall klatschte.

»Hintergehen?« Gabby schnaubte. »Ganz schön großes Wort für ein paarmal vögeln.«

»Lass uns einfach zusammenarbeiten und professionell bleiben. Wenn du dich weiterhin mit Theo treffen willst, sei bitte diskret.«

Piet kam in die Küche und Gabby bat ihn: »Piet, kannst du das Essen verteilen? Ich bin gleich wieder da.« Auf dem Weg zur Tür sagte sie über die Schulter hinweg: »Das war nichts Ernstes, weißt du, Theo will nämlich immer noch mit dir zusammen sein.«

»Nein, danke«, rief ich ihr nach, »ich steh nicht so auf Aufgewärmtes.« Ich dachte kurz nach. »Wobei, eigentlich ja sogar Reste, oder? Ungeliebte Reste!«

»Hallo, Stella!« Piet ging mit ein paar Schüsseln in der Hand zum Herd hinüber. »Was hat es mit ungeliebten Resten auf sich, eine neue Rezeptidee?«

»So was in der Art. Hi, Piet.«

»Stella, ich gehe später zu dem Treffen für erwachsene Scheidungskinder. Kommst du mit?«

»Ach, ich weiß nicht, Piet. Ich glaub, ich bin nicht so in der –«

»Okay. Um achtzehn Uhr geht's los. Wenn du mir Gesellschaft leisten würdest, wäre ich dir sehr dankbar.« Er hielt eine Schüssel hoch. »Willst du was von Gabbys Curry?«

Mir fiel auf, dass ich am Verhungern war. »Ja, bitte.«

Beide hatten wir unsere Schüsseln schon fast halb leer gegessen, als Gabby wieder reinkam.

»Das schmeckt echt super, Gabby«, sagte ich. Charakterlich war sie vielleicht ein bisschen scheiße, aber sie war eine gute Köchin. »Was ist das?«

»Das ist Hühnchen – ›Kukul mas kariya‹. Die Marinade besteht aus Cashewkernen und Kokosnuss.« Sie nahm sich auch eine Schüssel und setzte sich. »Ich hab überlegt, ob wir das nicht auch am Samstag für die Party zum 30. Geburtstag vorbereiten sollen. Sie wollen drei Currys: Fleisch, Fisch und vegetarisch.«

»Für das Fleisch-Curry würde das sicherlich gut passen«, stimmte ich zu.

»Ich muss schon sagen«, meldete sich Piet zu Wort, während er eine riesige Gabel voll Curry und Reis zu seinem Mund führte, »dass du dich extrem professionell verhältst, Stella. Oder, Gabby? Indem sie persönliche Angelegenheiten beiseitelässt, um sich auf eure Arbeit zu konzentrieren – dafür bewundere ich dich sehr.«

»Mhm«, machte Gabby.

»Danke, Piet«, sagte ich, ehrlich berührt und wie immer amüsiert von Piets Bereitwilligkeit, den Elefanten im Raum anzusprechen. Ihn nicht bloß anzusprechen, sondern schnurstracks zu uns herüber an den Tisch zu führen und ihn auf eine Schüssel Curry mit uns einzuladen. Darüber hinaus schaute Gabby auch noch erfreulich zerknirscht drein.

»Das können wir bestimmt alles hinter uns lassen«, entgegnete ich und schaufelte noch mehr Curry auf meine Gabel. Ich war seltsam zufrieden. Mir gefiel dieses ungewohnte Gefühl, dass jemand anderes etwas vergeigt hatte, und außerdem war das Curry auch wirklich gut.

Da klopfte es an der Tür und Gabby sprang auf, um aufzumachen. Augenblicke später kam sie wieder herein, mit einem kleinlauten Theo im Schlepptau.

»Hallo, Stella«, sagte er.

»Was zur Hölle?«, stieß ich hervor und schaute von ihm zu Gabby.

»Du hast auf keine von meinen Nachrichten geantwortet«, erklärte Theo.

»Nein«, erwiderte ich und gedanklich fügte ich hinzu: *Da du jemand anderen gevögelt hast, hab ich irgendwie das Interesse daran verloren.* Mir wurde klar, dass Gabby ihm vorher, als sie aus der Küche geschlüpft war, geschrieben haben musste, dass ich wieder da war. Ich schaute sie finster an und fragte mich, wie es sein konnte, dass er sie so in der Hand hatte.

»Was?« Sie zuckte mit den Schultern. »Ich wusste doch, dass er schon die ganze Zeit mit dir reden will.«

»Hallo Theo, mein alter *Bum-Boy*!«, begrüßte Piet ihn fröhlich.

»Verdammt noch mal, Piet«, erwiderte Theo und lief puterrot an.

»Was denn?«, fragte Piet verdutzt. »Ist das denn kein gängiger Ausdruck?«

»Was meinst du denn, was es bedeutet?«, fragte ich, wobei mir diese ganze Sache langsam Spaß machte.

»Kann ich mich setzen?«, fragte Theo.

»Klar, setz dich auf deinen *bum, boy*«, sagte Gabby mit einem dreckigen Grinsen.

»Verpiss dich, Gabby«, gab Theo zurück.

»Ist das denn kein männlicher Freund, mit dem man manchmal Analverkehr hat?«, erkundigte sich Piet sachlich.

»Okay, dann benutzt du den Ausdruck in diesem Fall korrekt«, bestätigte ich ihm und versuchte, nicht zu lachen.

»Wir hatten aber doch gar keinen Anal, äh, na ja, was du gesagt hast«, erwiderte Theo. »Ich bin nicht schwul, Stella! Zwischen Piet und mir ist nichts passiert, das schwöre ich! Ich steh nicht auf Männer! Ich hab überhaupt bloß zugestimmt, das auszuprobieren, weil …« Er verstummte, weil ihm vermutlich klar wurde, dass seine folgende Verteidigungsrede ihm nicht gerade zugutekommen würde.

»Weil Gabby, mit der du allerdings schon Sex gehabt hast, es vorgeschlagen hat«, beendete ich seinen Satz. »Ach so, ja, dann passt ja alles.« Ich konnte ihn jetzt gar nicht mehr ansehen, ohne sein wieselartiges Gesicht, seinen ausweichenden Blick wahrzunehmen. Eigentlich hätte mein Herz gebrochen sein sollen, dabei konnte ich bloß darüber nachgrübeln, warum ich so viel Zeit und Energie auf ihn verschwendet hatte.

»Heilige Scheiße«, murmelte Gabby. Sie stand auf und fing an, die Spülmaschine einzuräumen.

»Äh, Stella, können wir reden?«, fragte Theo.

»Tut mir leid«, antwortete ich und überlegte mir schnell etwas, »ich wollte jetzt gleich mit Piet zu einem Treffen gehen.«

»Ja«, bestätigte Piet, der meinen Plan verlässlich schnell erfasste, »das fängt bald an, deshalb sollten wir besser mal los.«

»Wann kommst du denn wieder zurück?«

»Spät«, sagte ich.

»Ich warte auf dich«, meinte Theo.

Ein Schweigen entstand, währenddessen wir alle Gabby anschauten, die mit dem Rücken zu uns stand, doch als sie unsere Blicke auf sich spürte, drehte sie sich um und wiederholte: »Heilige Scheiße.«

»Wobei, wenn ich's mir recht überlege, ich komme später noch mal«, wiegelte Theo ab. »So um zehn?«

»Lass uns das auf einen anderen Tag verschieben«, entgegnete ich.

»Ich muss aber wirklich dringend mit dir reden«, beharrte Theo weiterhin darauf, »deshalb komm ich später noch mal.«

»Falls er vor mir wieder da sein sollte«, sagte ich zu Gabby, »versuch bitte, nicht mit ihm zu vögeln.«

Theo drehte sich um und ging, gleich danach hörten wir die Haustür ins Schloss fallen.

»Oh ja, Piet, richtig scheiß professionell ist sie.« Gabby knallte die Spülmaschine zu, woraufhin das ganze Geschirr darin klirrte. »Hör zu, Stella, das wird nicht funktionieren, wenn du es bei jeder Gelegenheit immer wieder erwähnst.«

»Ich weiß«, antwortete ich, »aber du hast gerade schon wieder etwas hinter meinem Rücken getan, indem du Theo geschrieben hast, dass ich da bin, buchstäblich Sekunden, nachdem ich dich darum gebeten hatte, mich nicht mehr zu hintergehen.«

»Da ist es wieder, dieses Wort. Du benutzt das wirklich zu oft.«

»Ja, weil du mich wirklich zu oft hintergehst.«

Eine kurze Pause entstand, dann sagte Gabby: »Okay. Sorry, dass ich ihm geschrieben hab.«

Mir fiel auf, dass sie sich nicht dafür entschuldigte, mit ihm geschlafen zu haben, aber ich war diejenige, die weitermachen wollte, also nickte ich und biss die Zähne zusammen.

»Mir tut's auch leid, dass ich weiterhin darauf herumgeritten bin.« Es fühlte sich ein bisschen bekloppt an, dass ich jetzt diejenige war, die sich entschuldigte, aber ich war es dem Unternehmen schuldig, ihm noch eine Chance zu geben, und das bedeutete, dass ich mit Gabby klarkommen musste. »Tatsächlich hast du mir sogar einen Gefallen damit getan«, fügte ich hinzu.

»Wie bitte?«

»Na ja, wenn Theo nicht der treue Typ ist, dann war es wohl besser, das jetzt herauszufinden, bevor wir uns verlobt haben, oder?«

»Äh, ja, vermutlich schon.«

Die Unsicherheit auf Gabbys normalerweise selbstbewusstem Gesicht brachte mich zum Lächeln. »Also, danke Gabby. Das weiß ich sehr zu schätzen.«

Piet grinste mich an. »Los, dann machen wir uns jetzt auf den Weg zu dem Treffen, Stella.«

»Ach, Piet. Das hab ich doch bloß gesagt, um Theo loszuwerden. Ich muss mit Gabby darüber reden, wie es jetzt im Unternehmen weitergehen soll.«

Doch Piet ließ nicht locker. »Ich finde, du solltest mitkommen. Wenn du Theo dann danach wiedersiehst, wird es authentischer sein, und außerdem hätte ich wirklich gerne jemanden dabei.«

»Geh ruhig«, meinte Gabby, »wir können auch morgen darüber reden. Ich hab genug geredet für heute. Ich mache jetzt noch zwei Fisch-Currys, die kannst du dann morgen früh probieren.«

Eigentlich hatte ich keine Lust auf diese komische Selbsthilfegruppe. Doch obwohl Theo mich angelogen hatte, hatte ich ihn noch nie angelogen und wollte jetzt auch nicht damit anfangen – auch wenn es zwischen uns aus war. Piet hatte recht, es wäre authentischer, sich danach wiederzutreffen. Und außerdem sammelte man gutes Karma, wenn man die Wahrheit sagte. Nicht, dass das gute Karma mir momentan viel brachte, aber trotzdem.

15

STELLA

Piet und ich schlenderten freundschaftlich bis in die Stadt. Ich musste daran denken, wie er Theo seinen »*Bum-Boy*« genannt hatte und prustete vor Lachen los. Er lächelte auf mich hinunter.

»Schön, dich lachen zu sehen«, sagte er und fügte mit seiner für gewöhnlich beeindruckenden, aber auch etwas durcheinandergeratenen Kenntnis von englischen Redewendungen hinzu: »Du wurdest wirklich einmal durch die Mangel und wieder zurückgedreht.«

»Danke, Piet. Meinen Anteil an herausfordernden Lebensereignissen habe ich anscheinend wirklich in letzter Zeit alle auf einmal abbekommen.«

»Ja, und für die Rolle, die ich in der jüngsten davon gespielt habe, möchte ich mich aufrichtig entschuldigen.«

»Ich gebe dir gar keine Schuld, Piet, nicht einmal Gabby. Ihr beide wart mir nichts schuldig.«

Piet blieb stehen und legte mir die Hand auf die Schulter. »Das ist schrecklich, Stella, natürlich waren wir dir etwas schuldig. Und zwar unsere Freundschaft, und wir haben dich enttäuscht.«

»Das ist sehr süß von dir.«

»Ich werde es wiedergutmachen, auf die eine oder andere Art.«

»Schon in Ordnung, das ist nicht nötig.«

Wir kamen an dem Veranstaltungsort an, einem unauffälligen Pub im Stadtzentrum, der an derselben Straße lag wie die Bibliothek. Piet kaufte uns beiden ein Bier, das wir mit nach oben nahmen. Inzwischen fragte ich mich, warum ich doch mitgekommen war. Ich war nicht bereit dazu, einem Haufen Fremder meine Seele auszuschütten: »Hallo, ich bin Stella, und es ist jetzt neun Tage her, dass sich meine Eltern getrennt haben.« Würde das in etwa so ablaufen?

Ich folgte Piet durch die Tür am oberen Ende der Treppe in einen schmuddeligen Raum mit einem auffälligen orange-pinken Teppich, der Blessuren von allen Bieren und Zigaretten davongetragen hatte, die schon in ihn hineingetreten worden waren. In der Mitte des Raumes war ein Stuhlkreis aufgestellt worden und der sah irgendwie bedrohlicher aus, als es Stühle eigentlich so an sich haben sollten. Acht, neun Leute verschiedener Altersgruppen waren anwesend und die meisten von ihnen sahen peinlich berührt oder erschöpft aus. Außer Piet, natürlich, der immer entspannt und derselbe war, egal, wo er hinging und was er tat.

Ich konnte nicht umhin zu bemerken, dass es einen gut aussehenden Jungen gab, der unsicher in einer Ecke stand und sich an seinem Bierglas festklammerte. Irgendetwas an ihm kam mir bekannt vor.

Eine lächelnde Frau, eindeutig die Organisatorin, kam zu uns herüber. »Willkommen! Ich bin Martine und werde die Sitzung heute leiten.«

Ich war mir nicht ganz sicher, was ich von Martine halten sollte, die anscheinend genau denselben Ballonrock aus den 1980ern trug, den Mum auf lächerlichen Fotos aus ihren Tagen an der Universität anhatte und – hoffentlich ironischerweise – sich für blauen Lidschatten aus derselben Ära entschieden hatte. Piet strahlte Martine jedoch herzlich an und hielt ihr die Hand hin, weshalb ich beschloss, mehr so wie Piet zu sein. Ich befahl meinen Schultern, sich zu entspannen, und in dem Versuch, den Vorgang etwas zu beschleunigen, stürzte ich mein halbes Glas Bier in einem Zug hinunter.

Auf Martines Bekräftigungen hin nahmen wir alle einen Platz in dem Stuhlkreis ein und lächelten uns peinlich berührt an; außer Piet, der lächelte alle nicht peinlich berührt an. Dem heißen Typen gegenüber von mir nickte ich schüchtern zu, woraufhin er mich anstrahlte. Ausgezeichnet. Dann machte er überraschenderweise diese Ruf-mich-an-Geste mit der Hand und zeigte auf mich. Ich schaute über meine Schulter, um nachzusehen, ob die Geste jemand anderem gegolten hatte, aber da war niemand. Verwirrt deutete ich auf mich selbst, woraufhin er nickte und mich nochmals auf seinem Möchtegern-Handy anrief. Klar, ich würde ihn gerne anrufen, er war einfach toll! Aber erstens hatte ich seine Nummer nicht, zweitens hatte ich keine Ahnung, wer er war, und drittens hatte ich vielleicht das Interesse an ihm schon wieder verloren, weil das so seltsam war.

»Herzlich willkommen allerseits zu unserem ersten Treffen der Romford ESK«, begann Martine, woraufhin Handy-Junge seine Hand herunternahm und ein Lass-uns-später-reden-Gesicht aufsetzte, worauf ich mit einem Klar-du-gut-aussehender-Typ-Gesichtsausdruck antwortete.

»Finden wir erst mal heraus, wer heute so da ist«, fuhr Martine fort. »Ich mache den Anfang. Ich bin Martine, ihr kennt mich schon, und meine Eltern haben sich vor fünf Jahren getrennt. Lasst uns so herum weitermachen.«

Obwohl das eine ausgezeichnete Gelegenheit war, um

den Namen von Handy-Junge herauszufinden, hasste ich es, mich in Gruppen wie diesen vorzustellen. Allen anderen schien das allerdings nichts auszumachen. Die erste Frau, Carol, stürzte sich in eine lange, ausschweifende Erklärung der schrecklichen Scheidung ihrer Eltern.

»Sehr gut«, unterbrach Martine sie, sobald sie die Chance hatte, zu Wort zu kommen. »Für den Moment sollte das eher eine kurze Vorstellungsrunde werden, wenn das in Ordnung ist?« Daraufhin ging es bei einem Mann mittleren Alters weiter, der neben Handy-Junge saß. Der Mann stellte sich sehr kurz und bündig vor – »Ich bin Michael« – und gab dann in einem Satz eine verblüffende Zusammenfassung ab: »Meine Eltern waren Fick-Freunde, die niemals miteinander ein Kind hätten bekommen sollen.«

Ich rang immer noch mit diesem Satz und seiner Bedeutung, als mir verspätet auffiel, dass Martine zu Handy-Junge übergegangen war, bevor ich bereit gewesen war. Es klang, als ob er gesagt hätte »Ich bin hier auf Neuland«, aber so was sagte man doch nicht, oder? Allerdings musste das wirklich sein Name gewesen sein, weil Martine ihn einfach anlächelte und »Willkommen« sagte. Ich hatte keine Zeit, dem Rätsel auf den Grund zu gehen, da ich bald selbst an der Reihe war. Eine angestrengt aussehende Frau, die ihr Haar in zwei Knoten auf dem Kopf trug, teilte uns mit, dass sie »Dreda« hieße, was mir auch nicht wie ein echter Name vorkam, und dass sich ihre Eltern vor zwei Jahren getrennt, beide aber nach sechs Monaten erneut geheiratet hätten. Angesichts dessen pfiff Piet einmal laut durch die Zähne.

Martine lächelte mich an. Ich nuschelte: »Ich bin Stella. Meine Eltern haben sich gerade erst getrennt. Vor ungefähr einer Woche. Ich glaube, das muss ich erst noch verarbeiten.«

»Wir alle müssen die Trennung unserer Eltern erst noch verarbeiten, Stella, aber das ist wirklich wahnsinnig früh und es tut mir sehr leid, dass du diese Erfahrung machen musst«, erwiderte Martine. Alle nickten und setzten mitleidige Gesichter auf.

»Ich bin Piet und mein Vater hatte eine Affäre mit meiner Tante, weswegen meine Mutter ausgezogen ist«, erklärte Piet. »Das ist sechs Jahre her.«

»Wow, das ist hart«, meinte Martine. »Geht es deiner Mutter inzwischen wieder gut?«

»Nein, ich fürchte, sie ist tot«, erwiderte Piet.

Ich fuhr so heftig auf meinem Stuhl herum, dass es in meinem Nacken knackte. »Sie ist tot?«

Piet nickte. »Na ja, das kam nicht überraschend«, meinte er gefasst. »Sie wurde von mehr als bloß einer Krankheit geplagt.«

Mein Gott, Piet war schon ein seltsamer Zeitgenosse, ohne Frage. Ich lehnte mich zurück und mir fiel auf, dass Martine schon mit den letzten beiden Leuten gesprochen hatte und ich ihre Namen verpasst hatte. Sie ordnete ein paar Zettel auf ihrem Schoß neu, räusperte sich und sagte dann: »ESK steht für Erwachsene Scheidungskinder und wir sind eine Gruppe von Leuten, die leider oft übersehen werden. Meistens berücksichtigen Wissenschaftler, die den Einfluss von Scheidungen untersuchen, bloß junge Kinder und natürlich leiden diese sehr. Aber wir ebenso, auch wenn wir zu dem Zeitpunkt schon erwachsen waren. Was haben denn die Leute so zu euch gesagt, als ihr erzählt habt, dass sich eure Eltern getrennt haben?«

Alle außer mir gingen sofort darauf ein und redeten in ihrem Übereifer, sich mitzuteilen, wirr durcheinander.

»Besser, als wenn du noch ein Kind gewesen wärst.«

»Gut, dass sie damit gewartet haben, bis du erwachsen warst, damit es dir weniger ausmacht.«

»Wie schön für sie, noch mal neu anfangen zu können, bevor es zu spät ist.«

Martine nickte nach jedem Kommentar heftig. »Ja, genau!«, bestätigte sie.

»Ich hab auch noch was«, kam Piet zu Wort und lehnte sich nach vorne zu Martine. »Die Leute haben gesagt, dass ich so wenigstens wüsste, dass es nicht meine Schuld war, weil ich da schon nicht mehr zu Hause gewohnt habe.«

»Das haben die Leute zu dir gesagt?«, fragte ich und schaute Piet an. Er nickte feierlich.

»Ein Freund von mir hat mich gefragt, ob ich jetzt ein Zimmer in den Wohnungen von beiden Elternteilen hätte«, sagte Handy-Junge, »und hat angefangen zu lachen, als wäre das witzig.«

»Ja«, antwortete Martine, »manchmal scheinen die Leute das ziemlich witzig zu finden. Warum, meint ihr, ist das so?«

»Es ist ja auch ein bisschen komisch, nehme ich an«, warf ein älterer Mann neben Piet ein. »Als ob sich ein Mann jetzt der Illusion hingäbe, mit einer jungen Freundin und einem roten Sportwagen noch mal so richtig durchzustarten, anstatt es sich mit seiner Pfeife und in Hausschuhen gemütlich zu machen.«

»Es sind zwar nicht nur Männer, die aktiv verlassen«, sagte Martine, »aber ja, danke, Adrian, das spielt da auch mit rein, nicht wahr? Unsere Erwartungen daran, wie eine ältere Ehe aussieht.«

»Außerdem«, meldete sich Carol zu Wort, die ungefähr

in Mums Alter war, »wissen alle, dass eine Scheidung für kleine Kinder schlimm ist, aber wenn das bei Eltern von Erwachsenen passiert, weiß niemand, was man sagen soll. Also machen sie Witze darüber.«

»Das ist so wahr«, stimmte Martine zu und nickte heftig.

»Es wird von einem erwartet, damit klarzukommen, weil man kein Kind mehr ist«, meinte Adrian, »dabei bleibt man doch immer das Kind seiner Eltern, oder nicht?«

Andere in der Gruppe murmelten zustimmend und fingen an, abscheuliche Details ihrer Erfahrungen zu erzählen, allerdings erschien mir keines davon sehr relevant für mich. Bestimmt war niemand von ihnen im Familienunternehmen eingesprungen und hatte gleich als Nächstes herausgefunden, dass sein Partner untreu gewesen war.

Ich lehnte mich in meinem Stuhl zurück und musterte verstohlen Handy-Junge alias Neuland. Dunkle Haare, kurz geschnitten, aber nicht zu kurz, schöne, braune Augen. T-Shirt und eine gute Jeans, das richtige Blau und der richtige Sitz rund um die, äh, Beckengegend. Ich driftete in eine hübsche, kleine Tagträumerei ab, in der Handy-Junge niemals untreu wäre und darüber, wie gut er aussehen würde, wenn er sich ohne sein Shirt in meinem Bett aufsetzte, mich anlächelte und diese Ruf-mich-an-Geste machte ...

Ich ließ meinen Blick wieder nach oben zu seinem hübschen Gesicht wandern, nur um festzustellen, oh Gott, dass er mich direkt anschaute, mit einem leichten Lächeln auf den Lippen. Hatte er meinen ausgiebigen und langsam an seinem Körper hinuntergleitenden Laserblick mitbekommen? Ich riss meine Augen von ihm los. *Woher* kam er mir bloß so bekannt vor?

»... aber wisst ihr, für eure Eltern kann es genauso vernichtend sein, sich zu trennen, wenn ihr erwachsen seid, als wenn ihr noch Kinder gewesen wärt.« Martines Stimme drang in meine Gedanken ein. Ich schaute mich um und bemerkte, dass alle nickten. Carol weinte leise, wobei ihr Tränen über das Gesicht liefen.

»Für manche Leute«, fuhr Martine fort, »kann die Erkenntnis beinahe unüberwindbar sein, dass ein Elternteil, um selbst erst für eine Trennung bereit zu sein, damit gewartet haben könnte, bis sie erwachsen und ausgezogen waren.«

Ich hatte das Gefühl, als hätte Martine einen Eimer kaltes Wasser über mir ausgeschüttet. Bis jetzt war es mir noch nicht in den Sinn gekommen, dass Mum Dad vielleicht schon früher verlassen hätte, wenn ich nach der Universität nicht noch mal zurück nach Hause gekommen wäre.

Piet stupste mich an und reichte mir einen Papierstapel.

»Nehmt einen Zettel und gebt den Rest dann weiter«, sagte Martine.

Ich schaute das Handout an. Es erinnerte mich leicht an einen Schulabschlussfragebogen, mit kleinen, umrahmten Abschnitten und schlechten Clipart-Bildchen. Alle anderen füllten bereits ihre Zettel aus, aber ich hatte noch nicht mal einen Stift. Hoffnungsvoll drehte ich mich zu Piet, doch der hatte den Kopf tief über seinen Zettel gebeugt und arbeitete fleißig an der ersten Frage. Da drückte mir auf einmal jemand einen Stift in die Hand. Ich schaute auf und direkt in die freundlichen braunen Augen von Handy-Junge.

»Danke«, flüsterte ich, denn im Raum war es so still wie in einem Prüfungssaal, da alle ihre Arbeitsblätter ausfüllten. Ich atmete eine Welle seines Geruchs – zitronig und sauber – ein, dann grinste er und setzte sich wieder auf seinen Stuhl.

Es war ein blauer Uniball-Kuli, mit mittelbreiter Schreibspitze. Einmal die Tochter eines Schreibwarenhändlers, immer die Tochter eines Schreibwarenhändlers. Eine gute Wahl für einen Stift: klassisch, verlässlich, gutes Schriftbild.

Ich starrte den Zettel an. Die Anfangsfrage lautete: »Wie hast du zum ersten Mal davon erfahren, dass sich deine Eltern trennen?« Ich hatte absichtlich nicht allzu viel an diesen schlimmen Telefonanruf gedacht. Aber jetzt, mit der direkten Frage schwarz auf weiß vor mir, kam die Erinnerung mit aller Macht zurück. Mich überkam wieder dieselbe Angst, die ich gespürt hatte, als ich die Münzen in die Telefonzelle gedrückt hatte. Wie ich kurz den Atem angehalten hatte, bevor Dad rangegangen war, und die schlimmsten Sachen einmal durchgespielt hatte, die hätten passieren können; das schiere Entsetzen, das meine Eingeweide erstarren ließ, als ich ihn weinen hörte; wie er wutentbrannt schrie, dass sein Leben jetzt vorbei wäre, außer Kontrolle, ins Chaos gestürzt, nach allem, was er für Mum, für die Familie getan hätte, und wofür; wofür hätte er das alles getan, es wäre doch so sinnlos gewesen; jetzt hätte es keinen Sinn mehr, mit irgendetwas weiterzumachen. Und schließlich, meine eigenen bedauerlichen Worte, mit denen ich ihm sagte, dass Mum eindeutig übergeschnappt war, dass ich ihr sagen, darauf bestehen würde, sie solle zurückkommen. An dieses Versprechen erinnerte ich mich noch. Aber das hatte ich nicht einhalten können, oder? Stattdessen hatte ich Mum abgefertigt, sie beschimpft, ihr vorgeworfen, ein Jahr Auszeit zu nehmen, sie egoistisch genannt, sie von mir gestoßen. Vor lauter Tränen verschwamm meine Sicht, sodass ich kaum mehr meine eigene Schrift sehen konnte.

Als Piet schließlich lautstark zu heulen anfing, kam es

mir erst wie eine Manifestation meines eigenen inneren Zustands vor. Doch Sekunden später wurde mir klar, dass er zusammengekrümmt dasaß, als hätte er unerträgliche Schmerzen, den Kopf gegen die Knie gepresst. Sein ganzer Körper war auf dem Stuhl in sich zusammengesackt und er stieß dieses schreckliche Geräusch aus. Wie die Sirene eines Fliegeralarms, dachte ich entrückt, da mich das Geräusch an Kriegsfilme, die ich mit Dad angeschaut hatte, erinnerte. Alle starrten Piet an, ihre eigenen Probleme kurzzeitig vergessen.

»Wah-wah-wah-wah-wah!«, heulte Piet, das Gesicht in den Händen vergraben. Er fing an, sich vor- und zurückzuwiegen.

Ich legte Piet zum Trost die Hand auf die Schulter, aber das schien nichts zu nützen. Martine kam herüber und umarmte ihn, keine einfache Aufgabe, da er wie ein Irrer vor- und zurückschaukelte, doch nach ungefähr einer Minute beruhigte er sich langsam wieder. Martine hielt ihn weiter fest, bis er sich von ihr löste und sich aufsetzte. Sein Gesicht war tränenüberströmt.

»Das tut so – so – weh«, stieß er hervor.

»Ich weiß, Piet. Ich weiß«, beruhigte ihn Martine. Sie hatte selbst Tränen in den Augen. »Wir verstehen das alle. Ich und alle deine Freunde hier.«

Ich war mir zwar nicht ganz sicher, ob ich das wirklich verstand, aber als er mich anschaute, nickte ich heftig.

»Danke«, flüsterte Piet. »Ich fühle mich schon viel besser, bereit weiterzumachen.«

»Bist du sicher?« Martine stand wieder auf.

»Ganz sicher, Martine, danke dir vielmals!« Er schenkte ihr sein strahlendstes Lächeln und wenn man ihn nicht noch

vor einer Minute weinen gesehen hätte, hätte man nie erraten, dass ihn auch nur eine winzige Unannehmlichkeit
bedrückte.

Alle widmeten ihre Aufmerksamkeit wieder ihren Arbeits-
blättern, ich war allerdings nachhaltig verunsichert. Wenn
Piet, der alles ohne große Mühe wegsteckte, die Trennung
seiner Eltern so fertigmachte, würde ich dann in ein paar
Monaten oder Jahren irgendeine Art von Zusammenbruch
erleiden?

Ich wandte mich wieder den Fragen zu. »Wie hast du
zum ersten Mal davon erfahren, dass sich deine Eltern trennen?« Ich schrieb: »Dad hat mich angerufen, aber mein
Handy-Akku war leer«, dabei fiel mir auf, beinahe als
würde ich es bei jemand anderem beobachten, dass Tränen
auf das Papier tropften.

Piet flüsterte mir zu: »Geht's *dir* gut?«

»Ja«, antwortete ich kichernd, da ich eindeutig in Tränen
aufgelöst war und es mir offensichtlich nicht gut ging.

Ich ließ den Tränen freien Lauf, während ich weiterhin
zittrig schrieb. Ich schrieb von der Panik, eine Telefonzelle
zu finden … und dann wurde mir schlagartig klar, woher
ich Handy-Junge kannte, und meine Tränen versiegten, als
hätte man einen Wasserhahn zugedreht. Er war der nette
Bibliothekar, derjenige, der mich an dem schlimmen Tag an
das Münztelefon verwiesen hatte. *Deshalb* hatte er also die
Telefon-Geste gemacht – er wollte mich an unser Aufeinan-
dertreffen erinnern. Dumm nur, dass er eine Handy-Geste
gemacht hatte. Ich hätte es viel schneller kapiert, wenn er
das Wählen auf einem Münztelefon pantomimisch darge-
stellt hätte. Bei Scharade wäre er also ein lausiger Partner.
Ich schnäuzte mich und ging zur nächsten Frage über, die

lautete: »Wünschst du dir, dass deine Eltern immer noch zusammen wären?« Ich zögerte. Noch vor ein paar Tagen hätte ich so fest Ja angekreuzt, dass ich das Papier zerrissen hätte, aber jetzt … ich dachte an Mums Gesicht, während sie überlegte, was sie an Dad vermisste, dass sie gesagt hatte, sie wäre unglücklich gewesen. Einen Augenblick später kreuzte ich »weiß nicht genau« an.

Die nächste Frage schien explizit für mich geschrieben worden zu sein: »Oft passieren uns als Erwachsenen nach der Trennung der Eltern seltsame Dinge. Ist dir irgendetwas Seltsames oder Unerwartetes passiert?« Ich schrieb immer noch an einem Text, der sich als ziemlich lange Liste entpuppte, als Martine vorschlug, dass alle, die noch nicht fertig waren – beim Umsehen fiel mir auf, dass bloß ich zu dieser Kategorie gehörte –, den Zettel vielleicht zu Hause fertig ausfüllen könnten.

Martine brachte uns ein paar Meditationsübungen für überwältigende Situationen bei und gab dann das Datum für das nächste Treffen in einem Monat bekannt. Alle bedankten sich bei ihr und standen auf. Ich schoss einmal quer durch den Raum auf Handy-Bibliothekar-Neuland-Junge zu – ich würde mir wenigstens einen leichteren Namen für ihn zulegen müssen –, doch mir wurde der Weg von Carol versperrt, die sich vor mir aufbaute. Ich lächelte sie ausweichend an und hoffte, dass sie mich vorbeigehen lassen würde, doch sie ergriff meine Hände und hielt sie fest.

»Geht es dir gut?«, erkundigte sie sich und schaute zwischen Piet und mir hin und her. »Für dich ist es ja immer noch so frisch. Ich hab dich weinen sehen. Du und dein Mann, ihr wart da gerade echt auf einer Wellenlänge mit euren Gefühlen, was?«

»Ach, er ist nicht mein, äh …«

»Es wird leider nicht leichter«, redete Carol weiter. »Meine Eltern haben sich 1995 getrennt und seitdem war ich nicht mehr dieselbe. Ich war am Boden zerstört.«

»Oh je …« Ich sah, dass sich Bib-Handy-Neuland-Junge seine Lederjacke anzog, was ziemlich süß war, sehr Der-Bibliothekar-versucht-cool-zu-sein. Ich versuchte, mich Carols Griff zu entwinden, doch sie hielt mich weiter fest.

»*Am Boden zerstört*«, wiederholte sie bedeutungsschwanger, als ob ›am Boden zerstört sein‹ etwas wäre, das wir gemeinsam hätten.

»Ich glaube nicht, dass ich wirklich … na ja, vermutlich muss man es einfach von Tag zu Tag angehen, oder?«, entgegnete ich und betete, dass eine schlichte Floskel mich da wieder herausholen würde, Carols neue beste Freundin zu werden.

Verdammt, BHJ war auf dem Weg zur Tür. Ich drehte den Kopf, meine Hände immer noch in Carols Klammergriff, und er fing meinen Blick auf, gerade als sie unnötig laut sagte: »Trotzdem, du hast Glück, dass du so einen gut aussehenden und unterstützenden Mann hast«, und nickte zu Piet rüber, der sich seinen langen, roten Schal mit solcher Extravaganz um den Hals wickelte, dass es sogar der weltberühmte Pavarotti übertrieben gefunden hätte. BHJ warf mir ein kurzes, bedauerndes Lächeln zu und verließ dann den Raum.

CAROL!, wollte ich schreien. *Du hast mir gerade die Partie bei dem heißesten Mann in Essex vermasselt und nachdem Theo mein Ego zerstört hat, hätte ich wirklich wissen müssen, ob ich den heißesten Mann in Essex hätte bezirzen können. Ich verlange ja nicht gleich, dass er mein neuer Freund wird oder so. Ich will bloß ein bisschen flirten, ist das denn zu viel verlangt?*

Ich zog meine Hände weg, die mit einem schlüpfrigen Geräusch aus Carols feuchtem Griff glitten. »Piet ist nicht mein Mann«, stellte ich richtig.

»Dann eben Freund, sorry!«, zwitscherte Carol. »Ich bin ja so altmodisch.«

»Er ist auch nicht mein Freund!«

Aber es war schon zu spät, BHJ war weg und Piet ragte über mir auf und sagte: »Ach, Stella, schön wär's, was?«, woraufhin Carol gekünstelt lächelte und das Ende seines Schals streichelte. Jetzt kam auch noch Adrian rüber, um sich in die frohe Runde einzuklinken, und ich wollte einfach nur noch schreien.

Ich zog Piet am Ärmel. »Komm«, forderte ich ihn auf, »ich will ins Bett.«

»Ist das etwa die Einladung, auf die ich schon die ganze Zeit gewartet habe?«, fragte Piet galant. Carol lachte.

»Nein, Piet. Ich habe ein Auge auf wen anders geworfen«, erklärte ich. Ich hakte mich bei ihm unter und so polterten wir die knarzende Treppe hinunter und hinaus auf die Straße. Vielleicht gab es ja doch einen Gott, denn BHJ stand draußen an die Pubwand gelehnt und schaute auf sein Handy. Als wir herauskamen, schaute er auf und ich sah, wie er registrierte, dass ich bei Piet untergehakt war. Er steckte sein Handy in die Hosentasche und wandte sich zum Weggehen. Ich machte mich von Piet los und rief: »Entschuldige bitte!«

Der Junge drehte sich um und Piet trat auf ihn zu. *Nicht jetzt, Piet,* dachte ich. *Du musst jetzt wirklich woanders hingehen, irgendwo komplett anders. Bitte geh einfach!*

Doch als uns der gut aussehende Junge fragend anschaute, sagte Piet zu ihm: »Bitte, Kumpel, meine Freundin will mit dir reden.«

Es klang so lustig, wie Piet »Kumpel« sagte, dass ich lachen musste. Der Junge fing ebenfalls an zu lachen.

»Das will sie also, ja?«, fragte er.

»Ja, das will ich«, bestätigte ich. Wir standen da und starrten uns an. Seine Augen hatten genau dieselbe Farbe wie ein Tigeraugen-Anhänger, dunkelbraun mit goldenen Sprenkeln.

»Ich bin hier, glaube ich, überflüssig«, stellte Piet fest.

Carol tippte ihm auf die Schulter. »Ich werd dir Gesellschaft leisten«, bot sie an.

»Das ist sehr nett von dir«, entgegnete Piet, womit er ihr erlaubte, ihn wegzuführen. Guter, alter Piet, der sich das für mich antat! Ich musste daran denken, wie er vorher zu mir gesagt hatte: »Ich werde es wiedergutmachen, auf die eine oder andere Art.«

»Dann ist er also nicht dein Mann?«, erkundigte sich der Junge.

»Er ist mein Mitbewohner. Ich habe keinen Mann.« Ich beschloss, dass ich auch von vornherein gleich reinen Tisch machen konnte. »Oder einen Freund. Ich bin total Single.«

»Eine nützliche Information«, meinte der Junge grinsend. »Ich weiß, dass du Stella heißt. Ich bin Newland.«

»Ah ja, ich hab's in der Gruppe gehört.« *Neuland.* »Ungewöhnlicher Name.«

»Literarische Eltern. Sie haben mich nach Newland Archer benannt aus ...«

»*Zeit der Unschuld.*« Niemals zuvor in meinem Leben

war ich so dankbar für den Englischlehrplan in der Schule gewesen.

»Ahhhh!« Newland sah höchst erfreut aus. »Du bist der erste Mensch, der das jemals wusste.«

»Ich hab meine Abiturprüfung über den Roman abgelegt.« *Halt verdammt noch mal die Klappe, Stella!*

»Es ist ein gutes Buch. Als Name allerdings ein bisschen eine Bürde. Meistens nennen mich meine Freunde Lan, das ist wenigstens kürzer. Kannst du dich noch aus der Bibliothek an mich erinnern?«

»Ja, du warst sehr nett und hast mich das Münztelefon benutzen lassen.«

Ich glaube, dass uns beiden sehr wohl bewusst war, dass wir in verschlüsselten Nachrichten miteinander kommunizierten. »Kannst du dich noch an mich erinnern?« bedeutete eindeutig »gefalle ich dir?«, und »du warst sehr nett« bedeutete »du warst verdammt heiß«. Mich durchzuckte ein Geistesblitz, der mir bewusst machte, dass ich die geplante Konfrontation mit Theo zu Hause vermeiden könnte, wenn ich mit Newland noch lange draußen blieb – wenn ich zum Beispiel mit zu ihm ginge.

»Wohin bist du jetzt unterwegs?«, fragte ich.

»Nirgends. Wie sieht's bei dir aus?«

»Ebenso.«

»Dann, Stella« – dabei hielt er mir seine Hand hin – »sollen wir zusammen nirgends hingehen?«

16

KAY

»Umwerfend.«

»Mehr als umwerfend. Außergewöhnlich.«

»Brillant.«

»Beeindruckend.«

»Exquisit«

»Unvergleichlich.«

Ich trank einen Schluck von meinem Cappuccino, schloss kurz die Augen und als ich sie wieder öffnete, wurde ich erneut von dem Ausblick erschüttert. »Verdammt fantastisch!«

Bear lachte. »Du bist ja so poetisch.«

Es war bereits unser dritter Tag in Venedig, aber zum ersten Mal taten wir das, wovon ich schon immer geträumt hatte – zusammen in einem Café am Rande des Canale Grande sitzen.

»Ich kann's immer noch nicht glauben, dass wir wirklich hier sind«, sagte ich.

»Ich auch nicht«, erwiderte Bear. »Wie sich herausgestellt hat, braucht es bloß eine herrische Freundin und einen Arsch voll Geld, um sich einen lang ersehnten Lebenstraum zu erfüllen.«

»Wer hätte das gedacht?«

Wir widmeten uns wieder unserem neuen Lieblingszeitvertreib: auf den Canale Grande blicken und dabei scheitern, das richtige Adjektiv zu finden, um seinen Zauber zu beschreiben.

»Es ist wie ein Filmset«, meinte ich.

»Bloß besser, weil wir mit drin sind«, entgegnete Bear.

»Wie ein Gemälde.«

»Bloß besser, weil wir mit drin sind.«

»Findest du wirklich, dass wir etwas zu dieser zeitlosen Schönheit der Szenerie beitragen, Ursula?«

»Ja, das finde ich. Wir sind selbst zeitlose Schönheiten.«

Das Wasser glitzerte unter der niedrig stehenden, strahlenden Sonne und nur ein paar Meter von unserem Sitzplatz entfernt lagen Gondeln an der Mauer vertäut, die leicht auf- und abschaukelten. Uns gegenüber, auf der kleinen Insel im Kanal, welche den Turm von San Giorgio Maggiore beherbergte, heiratete jemand. Wir waren zu weit weg, um die Gesichter zu erkennen, doch die Braut posierte gerade für ein paar Fotos allein an der Wasserkante und ihr langer Schleier lag ausgebreitet auf dem Boden hinter ihr. Ich vermisste meine Kamera. Mich juckte es regelrecht in den Fingern, sie ebenfalls zu fotografieren.

»Man schaut sich immer alle Filme an, die in Venedig spielen«, meinte Bear.

»Wie ›Wenn die Gondeln Trauer tragen‹.«

»Stimmt, ein sehr guter Film. Aber irgendwie glaubt man nie, dass es ein echter Ort ist, bis man da ist.«

»Nicht mal dann.« Ich trank meinen Kaffee aus und lehnte mich in meinem Stuhl zurück.

Bear legte ihre Hand auf meine, was mich überraschte.

»Danke«, sagte sie. »Danke, dass du mich dazu gebracht hast hierherzukommen.«

»Ich hab dich doch gar nicht dazu gebracht, oder?«

»Na ja, du hast mich nicht dazu *gezwungen*. Du hast mich dazu gebracht, mitkommen zu wollen. Das ist so eine schöne Art, Zeit zu verbringen. Mit dir. Hier.«

Ich hatte es noch nicht gewagt, Bear danach zu fragen, was sie dazu gebracht hatte, es sich noch einmal zu überlegen. Ich wollte die Stimmung nicht kaputt machen, die wie immer fröhlich war, doch von der ich das Gefühl hatte, dass sie von meinem bedächtigen Verhalten abhing. Es gab eine Übereinkunft zwischen uns – eine unausgesprochene, jedoch so laute und deutliche Übereinkunft, als hätte man sie aus einem Megafon gebrüllt –, alles unbeschwert zu halten.

*

Ich war diejenige, die diese Last-Minute-, unbezahlte-Überstunden-exorbitant-teure Reise gebucht hatte. Bear hatte genug damit zu tun gehabt, spontan eine Woche Urlaub vom Unterricht an der Schule zu nehmen. Rose wäre stolz auf mich, wenn sie hörte, wie ich die ganze komplizierte Logistik gemeistert hatte. Es hatte mich schon eine Stange Geld gekostet – verdammt, mehrere Stangen Geld –, meinen Rückflug ohne Vorankündigung umzubuchen. Und nachdem Bear gesagt hatte, dass sie auch mitkommen wollte, hatte sie mir die Webseite eines unglaublich schönen, unglaublich teuren Palazzos gezeigt. Ich meinte, dass eine einfache Airbnb-Wohnung eher meine Kragenweite wäre, doch Bear bestand darauf und bot an, für alles zu zahlen. Das konnte ich natürlich nicht annehmen und argumentierte, dass es ja bloß fünf Nächte wären und wann würden wir so einen Trip schon noch mal unternehmen? Ich sagte mir selbst, auch an das Vermögen zu denken, das ich mit all den anderen Urlauben angespart hatte, die ich in den letzten neunundzwanzig Jahren nie gemacht hatte.

Unser Apartment lag in einem dreistöckigen Palazzo mit außen vergoldeten Wänden am Rande des Castello-Viertels und war einfach nur atemberaubend. Wir hatten zwei Stockwerke für uns allein, inklusive eines riesigen Schlaf- und Badezimmers für jede von uns, eines ausladenden Wohnzimmers und einer Küche. Mein Badezimmer allein war größer als mein Schlafzimmer zu Hause. In dem Haus, das ich mit Richard geteilt hatte, meine ich. Das *Zimmer*, das ich immer mit Richard geteilt hatte. *Gott.*

Ich fand gerade heraus, dass mich Langstreckenflüge manisch hellwach machten, doch Bear hatte fast den ganzen Flug über durchgeschlafen. Als wir endlich in Italien landeten, war sie irgendwie immer noch müde. Nachdem uns die Haushälterin durch den Palazzo geführt hatte und wir unsere Kinnladen wieder vom Boden aufgehoben hatten, legte Bear sich erst einmal hin. Trotz der Schönheit des Apartments konnte ich es nicht erwarten, nach draußen zu gehen. Das Wassertaxi vom Flughafen hatte mir bereits Einblicke in eine Stadt gewährt, die noch viel aufregender war, als ich sie mir vorgestellt hatte.

Dieser erste Nachmittag in Venedig, an dem ich allein und willkürlich durch die helle Spätnachmittagssonne schlenderte, während mein Schatten beim Gehen vor mir immer länger wurde, war einer der glorreichsten Tage meines Lebens. Ich war ganz allein im Ausland, komplett frei. Niemand wusste genau, wo ich war. Mich eingeschlossen. Ich verlief mich sofort, aber es war mir egal. Ich huschte in seltsame kleine Gässchen und wieder hinaus, blieb stehen, um mir ein Schaufenster anzusehen oder machte oberhalb einer der vielen kleinen Treppen einer Brücke Halt, welche die kleinen Kanäle überquerten, um den Ausblick in mich aufzunehmen. Ich tat so, als lebte ich hier, als wäre ich eine Dame aus Venedig. *Ich gehe immer in dieses Café*, dachte ich tief in mir drin, *für meinen Espresso. Und auf diesen Markt für meinen Fisch und meine Blumen.* Als ich in Sydney allein umhergewandert war, hatte ich geglaubt, dass mein Leben als Single einsam sein würde, doch heute empfand ich das nicht so; nicht im Geringsten.

Auf dem Rückweg musste ich mehrere Leute nach dem Weg fragen. Obwohl sie sich meistens als Touristen entpuppten, waren sie alle sehr freundlich und hilfsbereit. Ich ging in den goldenen Palazzo, wo ich Bear auf der Fensterbank sitzend antraf, wie sie auf den Kanal hinausschaute. Sie fragte mich, was ich gesehen hatte, wo ich gewesen war. Trotz der epischen Menge an Schlaf war sie blass und sah ziemlich mitgenommen aus. Sie schob es auf den Jetlag und schien nicht gewillt rauszugehen. Ich hatte mich zwar auf ein Abendessen am Canale Grande gefreut, doch ich bot an, etwas im Apartment zu kochen.

Die Küche war voll ausgestattet, weil es ein Apartment für extrem reiche Leute war, die vermutlich keinen Bock darauf hatten, ihren eigenen Einkauf zu machen. Ach was, vermutlich hätten die direkt ihren eigenen Koch mitgebracht. Bear hatte bloß mich. Ich kochte ein einfaches Pastagericht – andere Länder, andere Sitten – mit einer cremigen Soße, die Alice mir beigebracht hatte, und machte einen Salat aus köstlichen Tomaten, der tatsächlich nach etwas schmeckte. Es gab einen Extrakühlschrank voller Wein, also köpfte ich eine Flasche und Bear und ich setzten uns an den riesigen Küchentisch unter einem Kronleuchter aus Murano-Glas, prosteten uns zu und spähten immer mal wieder verstohlen aus dem Fenster, um sicherzugehen, dass der Ausblick auch immer noch da war.

»Ich werd aufräumen«, bot Bear eine Weile später an. Sie hatte kaum etwas gegessen oder getrunken.

»Du solltest dich ausruhen«, entgegnete ich. »Du willst doch morgen fit genug sein, um Sehenswürdigkeiten anzuschauen.« Ich stand auf, um ihre Schüssel abzuräumen, doch sie legte schützend die Hand darum.

»Liebes, ich weiß, dass du nicht viel Appetit hast, das ist schon in Ordnung. Das musst du nicht vor mir verbergen.«

Sie lächelte mich mit zusammengepressten Lippen an. »Okay. Danke. Keine Ahnung, wo der hin ist. Verdammte Wechseljahre. Morgen geht's mir bestimmt besser.« Sie stand auf. »Macht es dir was aus, wenn ich hochgehe?«

»Natürlich nicht!« Mir fiel ein, dass sie in Sydney behauptet hatte, die Wechseljahre wären ihr geringstes Problem.

Ich blieb in der Küche und trank meinen Wein, bis es dunkel wurde. Es war der letzte Tag im Mai und die Tage waren lang. Als ich meine Augen dann auch nicht mehr offen halten konnte, ging ich ins Bett. Ich hoffte, dass Bear am Morgen eine etwas bessere Reisebegleitung wäre.

Doch das war sie nicht. Ich frühstückte allein und überlegte, ob der Geruch von Kaffee sie vielleicht aus ihrem Zimmer locken würde. Aber sie tauchte nicht auf. Ich badete in dem riesigen Badezimmer und zog mich nur langsam an, um ihr Zeit zum Auftauchen zu geben, doch letztendlich gab ich es auf und ging erneut allein hinaus. Zuerst war ich ein bisschen niedergeschlagen, doch schon bald wirkte die Magie Venedigs und ich verfiel wieder in meine Fantasie-vorstellung, dass ich hier lebte und diese Sehenswürdigkeiten jeden Tag sah. Ich ließ mich treiben, ahnungslos, was die Richtung betraf, in die ich ging, bis die Rialto-Brücke in Sicht kam. Sie war voller Menschen, weshalb ich keinen Versuch startete, sie zu überqueren. Stattdessen schlenderte ich durch eine Gasse in der Nähe und entdeckte an ihrem Ende einen winzigen Schreibwarenladen, dessen Schaufenster voller Glasfüller und winziger Tintenfässchen in allen Farben war. So wunderschöne Sachen, so anders als die Schreibwaren bei uns zu Hause. Richard wäre im Himmel gewesen. Ich ging hinein und verbrachte eine reizende Viertelstunde damit, durch eine Auslage von Schreibblöcken mit weichem Velours-Einband zu stöbern. Sogar die kleinsten kosteten zehn Euro, doch sie waren etwas Erlesenes. Ich entschied mich für einen salbeigrünen, der klein genug für meine Hosentasche war, und außerdem für ein paar Bögen von dickem, cremefarbenem Briefpapier mit marmorierten Kanten.

Zum Mittagessen aß ich ein Panino und besuchte die Accademia-Galerie. Um ungefähr sechzehn Uhr bekam ich eine Nachricht von Bear, in der sie sich dafür entschuldigte, den ganzen Tag verschlafen zu haben. Ich hastete zurück zum Apartment und dachte, dass sie jetzt bereit zum Rausgehen wäre, doch sie lag auf einem Sofa herum und las ein Buch über Venedig. Ich verbiss mir einen Kommentar dazu, warum sie etwas darüber las, wenn das echte Venedig doch direkt draußen vor ihrer Haustür lag. Stattdessen sagte ich: »Du siehst besser aus.«

»Keine Ahnung, warum der Jetlag dieses Mal so schlimm ist. Sorry, dass ich eine Kackfreundin bin.«

»Überhaupt nicht«, antwortete ich und hoffte, überzeugend zu klingen.

Am Abend hatte sie immer noch keine Lust rauszugehen, aber ich sagte mir selbst, dass wir zumindest in einem Palast waren, wenn wir schon drinnen festsaßen. Ich ging noch mal raus, kaufte auf dem Markt, den ich gestern entdeckt hatte, Sardinen und grillte sie dann mit Brot und noch mehr Tomaten. Bear aß tatsächlich mehr als am Vorabend und danach hatten ihre Wangen auch ein bisschen mehr Farbe.

»Also, Kay«, begann sie zaghaft, während sie einen Schluck von ihrem Wein nahm. »Hast du schon entschieden, was du wegen Edward tun wirst?«

»Ja.« All das war mir die letzten Tage über durch den Kopf gegangen und nun war ich zu einer klaren Entscheidung gekommen. »Ich werde Kontakt zu David aufnehmen und –«

»Kontakt aufnehmen also? Wie modern.«

»Und ihm die Gelegenheit bieten, Edward kennenzulernen.«

»Was, wenn er nein sagt?«

»Dann werde ich Edward trotzdem die Wahrheit sagen.«

»Es ist das Richtige«, meinte Bear. »Edward sollte die Chance bekommen, entscheiden zu können, was er tun will.«

»Aber ich habe Angst, Bear«, gab ich zu. »Was, wenn Edward mich hasst, weil ich ihn die ganze Zeit über angelogen habe? Was, wenn er wirklich sauer ist?« Ich versuchte zu lächeln, als ob ich das gar nicht so meinte. Aber immer, wenn ich darüber nachdachte, es ihm zu sagen, konnte ich mir bloß vorstellen, wie er wütend reagierte. Wie er über mir aufragte, sein Gesicht vor Wut verzerrt, schreiend, mit dem Finger auf mich deutend, wie er mir sagte, dass ich weggehen sollte und weder ihn noch die Zwillinge jemals wiedersehen würde.

»Er wird es bestimmt verstehen«, entgegnete Bear und scheiterte damit komplett, meine Angst nachzuvollziehen. Sie streckte die Arme und gähnte. »Gott, tut mir leid, ich glaube, ich muss schlafen.«

Ich konnte nicht anders, als auf meine Armbanduhr zu schielen. Es war noch nicht einmal neun Uhr abends. »Schon wieder?«, fragte ich und bereute die Worte, sobald sie meinen Mund verlassen hatten.

Sie schaute mich einen Augenblick lang an, dann sagte sie gute Nacht und ging in ihr Zimmer.

Ich schickte ein paar Handy-Fotos von Venedig an Stella und Edward, die keiner von beiden beachtete, und dann an Rose, die sie beachtete. Ich erzählte ihr davon, wie fix und fertig Bear war.

Ist sie krank?

Rose' direkte Frage fasste die Möglichkeit in Worte, die mir schon seit einiger Zeit im Kopf herumspukte.

Vielleicht, aber wenn ja, ist sie ziemlich versessen darauf, mir nichts davon zu sagen.

Du solltest sie fragen. Schließlich ist sie mit dir mit-gekommen. Sie wartet vielleicht darauf, dass du sie fragst.

Ich fasste den Entschluss, das am nächsten Tag zu tun, der anfänglich eine Kopie der beiden ersten Tage war: Früh-

stück allein und Solo-Sehenswürdigkeiten-Trip. Am Nachmittag kehrte ich in den Palazzo zurück, doch diesmal wartete Bear auf mich, Feuer und Flamme, um für einen Kaffee
rauszugehen, und sie sah so viel besser aus, dass mir eine
Frage nach ihrer Gesundheit aufdringlich und taktlos vorkam.

Und hier saßen wir nun, tranken Kaffee am Kanal und
versuchten uns an Superlativen, um den Ausblick zu beschreiben, während langsam die Dämmerung über uns her-
einbrach.

»Reizend.«

»Prächtig.«

»Ergötzlich.«

»Eine kurze prosaische Zwischenfrage«, warf ich ein,
»soll ich noch mal Fisch für heute Abend kaufen?« Die Sardinen vom Vorabend schienen gut angekommen zu sein,
besser als die Pasta, die sie vielleicht ein bisschen schwer gefunden hatte.

»Ich finde, wir sollten ausgehen.«

»Oh, super! Zu Hause im Palazzo liegt ein Buch, das ein
paar Restaurants empfiehlt.«

»Ich würde gerne in den Club del Doge gehen«, sagte
Bear ohne zu zögern.

»Wohin?«

»Das ist das Restaurant des Gritti Palasts –«

»Hast du dir heute Nachmittag etwa Reiseführer durchgelesen, Fräulein Ursula?«

»Dort wollte ich immer schon hin. Da gibt es diese Terrasse über dem Kanal.«

»Das trifft doch irgendwie auf alle Restaurants hier zu.«

»Die ist aber besonders. Schau.« Bear holte ihr Handy heraus und zeigte mir Fotos von einem atemberaubenden Restaurant. »Als Murray und ich unsere Flitterwochen in Venedig geplant haben, wollten wir eigentlich im Gritti wohnen.«

»Ach! Ich wusste gar nicht mehr, dass ihr in den Flitterwochen hier wart.«

»Waren wir auch nicht.« Bears Gesicht verdunkelte sich. »Nachdem er erst einmal ausgerechnet hatte, wie viel das kosten würde, hat er mich dazu überredet, das Geld stattdessen für eine Anzahlung für unser erstes Haus zu sparen.«

»Na ja, das war vermutlich praktisch.«

»Ja, genau das, was sich ein Mädel von ihrem neuen Ehemann erhofft: extreme Knauserigkeit. Ist das überhaupt ein Wort? Geiz. Sparsamkeit. Da hätte ich mich schon über alle Berge davonmachen sollen. Das war ein Warnsignal.«

»Erinnere mich bitte noch mal daran, wo ihr dann letztendlich wart.«

»Perth.« Bear schnaubte. »Seine Mutter hatte ein Ferienhaus dort. Hör zu, ich hab das Beste draus gemacht, aber irgendwo, weiß Gott wo, gibt es eine andere Ursula, die in ihren Flitterwochen nach Venedig gereist ist und glücklich und zufrieden bis an ihr Lebensende lebt.«

Ich wusste genau, was sie meinte. Irgendwo gab es eine andere Kay, die in Venedig lebte und sich ihren Lebensunterhalt mit ihrer weltberühmten Fotografie verdiente. »Ach, das ist traurig.«

»Ja, jetzt, wo ich also dein Herz erweicht habe, lass uns ins Gritti gehen.«

»Ehrlich, das würde ich sehr gerne, es sieht wunderschön aus und ich will kein Murray sein, aber ich mache mir leichte Sorgen um meine Zahlungsfähigkeit. Ich habe schon das Fünffache meines gesamten Venedig-Budgets für den Flug und unser Apartment ausgegeben.«

»Ach, darüber musst du dir gar nicht den Kopf zerbrechen, Kay, heute Abend lade ich dich ein.«

»Ursula, das geht nicht.«

»Doch, das geht. Und ich will es. Tatsächlich bestehe ich darauf. Es wäre mir eine absolute Freude. Erstens warst du super geduldig mit mir, als ich nicht ganz auf der Höhe war, und hast dich nicht einmal darüber beschwert, dass du dir die ganzen Sehenswürdigkeiten allein anschauen musstest. Zweitens hast du an zwei Abenden hintereinander für mich gekocht. Und drittens – hör zu, Kay –, wärst du nicht gewesen, wäre ich jetzt nicht hier. Und wenn ich jetzt nicht hier wäre, hätte ich Venedig vielleicht nie gesehen.«

Ihr Gesicht leuchtete vor lauter Freude darüber, hier zu sein. Darum ging es doch schließlich, oder? Dinge zu tun, die wir immer schon hatten tun wollen. Ich schob die eventuelle Bedeutung ihres letzten Satzes weit weg an einen dunklen Ort und stimmte zu: »Dann lass uns das machen, Bear.«

»Juhu! Kann's kaum erwarten!«

»Soll ich dort anrufen?« Ich holte mein Handy heraus.

»Nicht nötig.«

»Wirklich? Das sieht mir aber nicht nach dieser Art Restaurant aus, wo man einfach so aufschlagen kann.«

»Ach«, meinte Bear, »jetzt muss ich dir mitteilen, dass ich so frei war und gestern schon dort reserviert habe.«

»Du kleines Schlitzohr!«, lachte ich. »Was, wenn ich nein gesagt hätte?«

»Ich wusste, dass du das nicht tun würdest. Außerdem

hätte ich die Reservierung auch wieder stornieren können, wenn sich herausgestellt hätte, dass du so ein Spielverderber wie Murray bist.«

Ich hatte das Gefühl, irgendeine Art von Test bestanden zu haben, wodurch mir leicht unbehaglich zumute wurde. Aber was sollte es, verdammt. Nach all den Jahren mit dem kleinlichen Murray hatte sie es sich vielleicht zur Gewohnheit gemacht, Pläne im Verborgenen zu schmieden.

Ich lächelte sie an. »Sollen wir so tun, als wären das deine Flitterwochen?«

»Bietest du etwa an, dich als Mann zu verkleiden?«

»Vielleicht lieber nicht. Ich würde einen lausigen Mann abgeben. Lass uns einfach zwei alte Freundinnen sein, die eine wunderbare Zeit miteinander verbringen.«

»Ja, genau das will ich.«

Ich sah, dass ihr Tränen in den Augen standen. Ich legte ihr den Arm um die Schultern.

»Geht's dir gut, Liebes?«

»Alles gut. Bloß ein bisschen emo. Kann's nicht glauben, dass wir hier sind und ich es endlich nach draußen geschafft habe.« Sie drückte meine Hand und wandte ihr Gesicht wieder dem Ausblick zu. »Ich meine, schau dir das doch mal an, scheiße noch mal. Glorreich.«

»Herausragend.«

»Spektakulär.«

»Sensationell.«

*

Nachdem wir uns beide in Schale geschmissen hatten, wurden wir im Club del Doge zu unserem Tisch geleitet. Wir hatten uns keine Adjektive für dieses besondere Ambiente aufgehoben, aber das wäre sowieso sinnlos gewesen, da es jenseits aller Worte war. Wir aßen draußen auf der Terrasse, genau über dem Kanal. Der Effekt des Zusammenspiels aus der gedämpften Restaurantbeleuchtung, des dunklen, tintenschwarzen Wassers, des leisen Plätscherns des Kanals unter unseren Füßen und dem sanften Vorbeigleiten einer gelegentlichen Gondel ließ uns für ein paar Minuten verstummen, in denen wir alles in uns aufnahmen. Es war immer noch warm genug, sodass wir die Strickjacken nicht brauchten, die wir ganz im Stil von Frauen mittleren Alters mitgenommen hatten. Auf der Terrasse saßen noch andere Abendgäste, doch die Tische standen weit auseinander und überhaupt waren auch alle ganz leise. Die Unterhaltungen wurden mit gedämpfter Stimme geführt, um die Ruhe nicht zu stören.

»Wow, Bear«, flüsterte ich und vergaß vor lauter Staunen, sie bei ihrem richtigen Namen zu nennen, aber das schien ihr gar nicht aufzufallen.

»Ich bin hier«, flüsterte sie zurück, wobei sie sowohl zu mir als auch genauso zu sich selbst sprach. »Ich bin wirklich hier.«

Der Kellner, der sich so diskret näherte, dass er beinahe lautlos war, und uns deshalb ein wenig erschreckte, tauchte neben mir mit Brot, Wasser und den Speisekarten auf. Trotz der Kerzen, die auf jedem Tisch flackerten, war es ziemlich dunkel, und meine Lesebrille hatte ich auch nicht auf, aber ich konnte trotzdem erkennen, dass die Preise einer anderen Klasse entstammten.

»Ursula, bist du dir sicher, dass ...«

Sie hielt eine Hand hoch. »Kein weiteres Wort. Lass uns

richtig loslegen. Drei Gänge, Champagner, mit allem Drum und Dran.«

Bei dem Wort Champagner, egal, wie leise es auch ausgesprochen war, materialisierte sich der Kellner wieder neben uns. Ursula sprach Italienisch mit ihm – ich erinnerte mich, dass sie in Sprachen immer gut gewesen war –, woraufhin er lächelte und verschwand.

»Was hast du bestellt?«, fragte ich.

»Ich wusste, dass sie einen Billecart-Salmon Champagner haben, also habe ich um den gebeten.«

»Ist der teuer?«, erkundigte ich mich sinnloserweise. Ich hatte schon gesehen, dass eine der Vorspeisen fünfunddreißig Euro kostete, wir befanden uns also nicht in der Kragenweite meines gewöhnlichen Neun-Pfund-Proseccos von Sainsbury.

»Vernichtend teuer«, bestätigte sie und prostete mir mit ihrem leeren Glas zu. Ihr Lächeln bei diesen Worten hatte etwas so Draufgängerisches, so Vergängliches an sich, dass ich dazu gezwungen war, sie diese eine Sache zu fragen, von der ich mir von ganzem Herzen wünschte, sie ignorieren zu können.

»Ursula, das fällt mir sehr schwer … kann ich dich etwas fragen …?«

»Noch nicht, Liebes. Frag mich noch nichts.« Sie wandte sich mir zu und ihre Augen wurden von dem Kerzenlicht erleuchtet, sodass eine winzige Flamme in der Mitte ihrer Pupillen tanzte. Die schreckliche Antwort auf meine Frage stand ihr ins Gesicht geschrieben, so deutlich sichtbar wie ein Muttermal. »Lass uns das wundervollste Abendessen zusammen genießen. Was wollen wir essen?«

Ich zwang mich, auf die Speisekarte zu schauen, doch die

gedruckten Wörter, sowieso schon winzig, verschwammen vor meinen Augen. Mein Herz schlug heftig. Ich wählte beinahe blind, mehr oder weniger das Erstbeste, was ich sah, und schloss die Karte, um mich besser auf Bear konzentrieren zu können. Doch sie wollte nicht, dass ich mich auf sie konzentrierte. Als der Champagner kam, warf sie einen Blick auf das Etikett und grinste.

»Einmal habe ich den getrunken«, sagte sie, »und er ist das Beste, was ich je probiert habe.«

»Ich hoffe, dass er deiner Erinnerung gerecht wird«, erwiderte ich und tat mein Bestes, um mich ihrem Ton anzupassen. Eine leichte Brise wehte mir durchs Haar, die mich frösteln ließ, deshalb legte ich mir meine Strickjacke um die Schultern.

Der Kellner zog den Korken mit dem perfekten Maß an Theatralik heraus. Nachdem er uns eingeschenkt hatte, stießen Bear und ich mit unseren perlenden Gläsern an.

»Auf uns«, sagte Bear, »und auf unsere lang anhaltende Freundschaft.«

»Auf uns«, wiederholte ich und trank von meinem Champagner. Er schmeckte atemberaubend, wie geschmolzenes Eis, aber so viel, wie mich das gerade kümmerte, hätte es auch Limonade sein können.

»Schmeckt er dir?«, fragte Bear.

»Hervorragend.« Ich schaffte es, mein Gesicht dem Gefühl anzupassen. »Wann hast du ihn zum ersten Mal getrunken?«

»Ach, das war vor vielen Jahren, als Murray mich mit nach Hause genommen hat, damit ich nach unserer Verlobung seine Eltern kennenlernte. Sein Dad war damals im Weinhandel tätig und fand wohl eindeutig, dass Murray mit mir eine gute Partie gemacht hatte, da er diese kleine Schönheit hier geköpft hat. Ich hab zu viel getrunken und mit seiner Mum herumgekichert. Ich vermisse sie. An so was denkt man bei einer Scheidung gar nicht, dass man die Schwiegereltern vermissen könnte. Sie waren immer wahnsinnig süß zu mir.«

»Sind sie denn nach der Scheidung mit dir in Kontakt geblieben?«

»Sie haben es versucht. Aber es ist schwer, sie wohnen in der Nähe von Perth, sehr weit weg. Und inzwischen sind sie auch schon recht alt. Murray fährt mit Charlie zweimal im Jahr zu Besuch zu ihnen.«

»Ich hätte nichts dagegen, meine Schwiegermutter auch mal zu vermissen. Weißt du schon, dass sie bei Richard eingezogen ist und meinen Laden übernommen hat?«

»Wow, sie ist schon eine Persönlichkeit für sich, was? Na ja, Liebling. Wo wir schon von Scheidungen sprechen, wie stehst du denn jetzt so zu Richard?«

Darüber wollte ich eigentlich nicht reden, auf einmal kam mir das total irrelevant vor, doch sie gab hier den Ton an. So gut ich konnte, ordnete ich meine Gedanken. *Wie stand ich eigentlich zu ihm?*

»Na ja, vermutlich bin ich ihm gegenüber jetzt ein bisschen wohlwollender als zuvor. Ich weiß nicht, ob das bloß so ist, weil wir eine Zeit lang voneinander getrennt waren. Ich war so wütend auf ihn, als ich ihn verlassen habe, und felsenfest davon überzeugt, dass es das Ende unseres gemeinsamen Lieds war.«

»Und jetzt?«

»Ach, ich bin mir immer noch sicher, dass es das Ende vom Lied ist. Aber ich kann an ihn denken, ohne in diesen

Strudel aus negativen Gefühlen zu fallen wie sonst immer. Als ich ihm in Sydney diesen Stift gekauft hab – ich weiß das klingt blöd –, aber den für ihn auszusuchen und ihm zu schicken und mir dabei sein Gesicht auszumalen, wenn er das Päckchen aufmacht, hat mir zum ersten Mal nach langer Zeit wieder das Gefühl gegeben, ihm näher zu sein.«

Bear nahm einen großen Schluck von ihrem Champagner, woraufhin lautlos ein Kellner auftauchte, um ihr nachzuschenken. Sie wartete, bis er wieder weg war, dann sagte sie: »Das tut mir leid.«

»Es tut dir leid, dass ich mich ihm wieder näher gefühlt habe? Na ja, ich weiß, was du meinst, aber keine Sorge, ich zaudere hier gar nicht herum, ich –«

»Nein, Kay. Es tut mir leid, dass du immer noch glaubst, dass es das Ende vom Lied ist.«

»Ach so.« Ich lehnte mich in meinem Stuhl zurück. »Wie meinst du das genau?«

»Allein sein ist scheiße.«

»Na ja, das kann es sein …«

»Es *ist* scheiße, Kay. Na ja, am Anfang ist alles toll. Schöne Freiheiten, aufregende Unabhängigkeit. Aber dann, während dein Leben weitergeht und Dinge passieren, Scheiße passiert, wird es stetig immer weniger toll, bis es dann auf einmal überhaupt nicht mehr toll ist, scheiße noch mal.«

»Bear …« Ich wollte ihre Hand nehmen, doch sie zog sie weg und umklammerte damit fest ihr Glas.

»Mir geht's toll«, behauptete sie. Ironischerweise schien sie »toll« nicht absichtlich wiederholt zu haben.

»Das ist nicht wahr. Rede mit mir.«

Der Kellner stellte zwei ausgezeichnet aussehende Gerichte vor uns ab, zumindest, soweit ich das erkennen konnte, da es jetzt beinahe komplett dunkel war.

»Lecker!«, kommentierte Bear und fing sofort an zu essen.

»Liebes, bitte rede mit mir.«

»Nein, danke«, erwiderte Bear. »Ich will mein Abendessen essen, meinen Champagner trinken, den Ausblick genießen und ich werd dir sagen, was ich nicht will, ganz und gar nicht, und zwar noch viel mehr als ich all diese anderen Dinge zusammen will, will ich dein Scheißmitleid nicht, okay?«

Stumme Tränen liefen mir übers Gesicht. Gott sei Dank war es dunkel. Ich stopfte mir ein bisschen was von dem Essen in den Mund. Ich hätte nicht sagen können, wonach es schmeckte. Nach Scheißmitleid vermutlich.

»Nun ja«, nahm Bear nach einer langen Pause den Faden wieder auf, »alles, was ich sagen will, ist, dass ich dir nach meiner langen Erfahrung, was Scheidung und Trennung angeht, und mit meiner momentanen Perspektive auf das Leben rate, dass du dir das sehr genau überlegen solltest, bevor du etwas wegschmeißt, was grundsätzlich eine positive und solide Beziehung ist.«

Ich schluckte das Essen, was auch immer es war, hinunter, da es mir den Mund verstopfte und sprach langsam und bedacht, in dem Versuch, meine zittrige, von Tränen erstickte Stimme zu vertuschen.

»Das ist aber eine ziemlich andere Antwort als die, die du mir gegeben hast, als ich dir zum ersten Mal erzählt habe, dass ich Richard verlassen habe. Deine anfängliche Reaktion war großartig.«

»Ja, ich weiß. Versteh mich nicht falsch, eine lange Beziehung zu beenden hat auch seine guten Seiten. Und du bist so weit gereist, nur um mir das zu erzählen. Ich wollte unterstützend sein.«

»Und jetzt?«

»Jetzt will ich ehrlich sein.«

»Deine Ehrlichkeit habe ich immer sehr bewundert, Bear.«

Sie lachte. »Wie ironisch, wo ich dir gegenüber doch so unehrlich war die letzte Zeit über. Aber gut, hier kriegst du ein bisschen Ehrlichkeit. Obwohl dir das vielleicht nicht gefallen wird. Weißt du noch, als du mir vor all den Jahren geschrieben hast, dass du mit Edward schwanger warst?«

»Der alles verändernde Moment in meinem Leben – natürlich weiß ich das noch! Gott, ich war in so einem schlimmen Zustand. Hast du meine Briefe von damals noch?«

»Ja – hättest du sie gerne?«

»Ach, nein. Nur, wenn du sie nicht mehr brauchst.« Gleich nachdem ich das gesagt hatte, biss ich mir auf die Lippen. Du verdammter Idiot, Kay. Doch sie reagierte gar nicht.

»Na ja, sogar damals schon hab ich mich gefragt, warum du die Sache so gehandhabt hast, wie du es getan hast. Warum du nicht abgetrieben hast. Ich weiß, dass jetzt im Nachhinein darüber nachzudenken komisch und unmöglich ist, natürlich würdest du niemals ohne Edward sein wollen. Aber damals, warum hast du es nicht getan?«

Über diesen Teil hatte ich schon lange nicht mehr nachgedacht. Mir wollte keine richtige Antwort einfallen. »Ich weiß nicht genau. Vermutlich hab ich mir wegen Mums Reaktion Sorgen gemacht … eine Abtreibung war eine Riesensache, darüber haben wir nicht gesprochen …«

»Wir zwei aber schon. Rose und ich haben beide abgetrieben, bevor du schwanger wurdest.«

»Gott, mir war nicht klar, dass alle coolen Mädels das so gemacht haben.«

»Falls du dich nicht mehr daran erinnerst, da ging unterbewusst irgendein komischer Scheiß ab. Als ich abgetrieben habe, war ich seit drei Jahren in Australien. Ich hab dir in einem Brief davon erzählt.«

»Doch, ich erinnere mich.« Ich kramte etwas aus den rostigen Aktenschränken in meinem Gehirn heraus. »Hast du nicht die Pille genommen und sie hat nicht gewirkt?«

»Ja, ich hatte eine Magenverstimmung.«

»Du hattest Pech.«

»Rose auch. Sie hat ungefähr zur selben Zeit abgetrieben, in ihrem ersten Jahr an der Universität.«

»Stimmt.« Ich war diejenige gewesen, die danach Rose' Hand gehalten hatte – nicht, dass sie groß Trost gebraucht hätte. Sie wusste, dass sie das Richtige getan hatte. Ein One-Night-Stand, ein gerissenes Kondom. Schon seit Jahren hatte ich nicht mehr daran gedacht.

»Damals gab es die Pille danach noch nicht«, sagte ich. »Was für ein Segen die gewesen wäre.«

»Oder wenn du schon nicht abgetrieben hast, warum hast du dann das Baby nicht allein bekommen?«, wollte Bear wissen.

»Gott, das wäre so schwierig gewesen …«

»Schwierig, aber nicht unmöglich. Viele Mädchen haben das so gemacht, sogar in den dunklen Tagen der 1980er.« Bear stützte ihr Kinn auf den Händen ab und schaute mich an. »Willst du wissen, was ich glaube?«

Wollte ich eigentlich nicht, aber ich nickte trotzdem.

»Ich weise dich darauf hin, dass es ein Fehler ist, David als deine einzig wahre Liebe zu sehen.«

»Das *war* er aber, Bear.«

»Dafür hast du ihn aber ziemlich leicht davonkommen lassen. Bist zu Richard zurückgelaufen. Hast dir zur Erklärung die nette Hintergrundgeschichte überlegt, dass du und Richard heiraten musstet und dir David deswegen durch die Lappen gegangen ist. Ich glaube, dass du inzwischen an dein eigenes Märchen glaubst.«

»Abtreibung war eine Riesensache, Bear, egal, wie du das in Erinnerung hast. Und alleinerziehende Mutter zu sein auch. Meine Familie war katholisch.«

»Meine auch. Und die von Rose auch. Schau, Kay, du bist doch jetzt ein großes Mädchen. Ich frage doch nur, ob du nicht vielleicht diese ganze David-und-ich-wurden-vom-Schicksal-getrennt-Geschichte dazu benutzt, um zu erklären, warum es mit dir und Richard schiefgelaufen ist.«

»Nein, ich …«

»Weil es tatsächlich ziemlich lange gedauert hat, bis es schiefgelaufen ist, oder etwa nicht? Neunundzwanzig Jahre, woran du mich immer wieder erinnerst. Und wer weiß schon, wie es mit David gewesen wäre? Er war nicht immer sehr nett zu dir, weißt du noch? Er hätte sich als Langweiler oder Gewalttäter entpuppen können. Du warst nicht lange genug mit ihm zusammen, um viel mehr als seinen goldenen Schimmer zu sehen. Indem du ihn verlassen hast, bevor du ihn wirklich kennengelernt hast, konntest du Richard immer nur als den Zweitbesten ansehen.«

»Wow, das ist ziemlich heftig, Bear.« Ich zwang mich zu einem Lächeln und versuchte, ihr nicht zu zeigen, wie sehr mich ihre Worte verletzten.

»Ehrlich, Kay. Ich bin ehrlich. Ja, das Leben ist kurz. Ist es also eine gute Idee, eine gute Beziehung wegzuwerfen? Eine, die auf solideren Grundfesten steht als ein hübscher Junge, der dich vor einem Drittel Jahrhundert enttäuscht hat? Meine ehrliche Meinung ist, dass du sichergehen solltest – *wirklich* sicher –, dass es das Richtige ist, bevor du die Tür hinter dir und Richard endgültig zumachst.«

Sie klang wie Alice. Ich schluckte das, was ich sagen wollte, hinunter und brachte ein »Danke, ich werde deine Worte sorgfältig überdenken« heraus.

»Eine Scheißantwort«, erwiderte Bear umgehend, »aber in Ordnung. Lassen wir das. Erzähl mir mehr von Rose' neuem Mann.«

Beim ersten Treffen von Bear und mir in Sydney hatte ich ihr von Graham erzählt. Ich wusste nicht genau, wie sehr Bear das interessierte, da sie und Rose sich nicht mehr so nahestanden und eigentlich nur noch über Weihnachtskarten kommunizierten. Doch nun schien Bear anzudeuten, dass Rose die Aufmerksamkeit wert war, da sie zumindest den Wert einer Partnerschaft anerkannte. Was Rose gegenüber auf jede erdenkliche Weise unfair war. Es war nicht sie gewesen, die sich hatte scheiden lassen wollen, doch sie hatte verdammt hart dafür gearbeitet, sich in ihrem Singleleben gut einzurichten und sich Zeit damit gelassen, jemanden zu finden, der ihr wichtig war.

Wie gut kannte ich Bear wirklich? Nicht die Bear, die ich als Jugendliche gekannt hatte, oder die aus den Briefen, sondern die echte Bear, Ursula, die erwachsene Frau vor mir. Kein Wunder, dass sie aufgehört hatte zu schreiben. Jetzt, da es endlich etwas Großes gab, worüber man reden konnte, hatte sie sich einen Maulkorb verpasst.

Ich schaffte es, ein paar Bemerkungen über Rose und Graham fallen zu lassen und Bear wirkte interessiert. Dann sagte sie: »Weißt du noch, als du und Rose nach Australien gekommen seid, vor der Universität, und du ein Foto von uns dreien gemacht hast? Alle zusammen, mit deinem Selbstauslöser?«

Ich hatte es immer geliebt, auf diese Weise Fotos zu schießen. Die jungen Leute mit ihren Selfies heute kannten diese Freude beim Abdrücken und Verpassen des Selbstauslösers eines echten Fotoapparats gar nicht mehr. »Keine Ahnung, wo das Foto abgeblieben ist. Ich hab da so eine Ahnung, dass Rose es vielleicht haben könnte.«

»Wenn sie es findet«, meinte Bear und fuhr sich mit einem Finger unter den Augen entlang, »würde ich mich über einen Abzug davon freuen. Für Charlie.«

»Klar«, erwiderte ich und fuhr mir ebenfalls mit dem Finger unter den Augen entlang.

Der Kellner räumte unsere Teller ab, was mir die Gelegenheit verschaffte, mich zusammenzureißen. Diskret wischte ich mir das Gesicht mit der Serviette ab und beobachtete Bear dabei, wie sie das zweite oder dritte Glas Champagner hinunterkippte. Ich fragte mich, was für eine Wirkung das wohl auf sie haben mochte, auf diese Frau, die seit Tagen kaum mehr etwas gegessen oder getrunken hatte.

»Geht's dir gut?«, flüsterte ich, als der Kellner wieder weg war. »Kommst du mit dem Alkohol klar?«

Um ihr Gesicht richtig sehen zu können, war es jetzt zu dunkel. Mir kam der Gedanke, dass der Schutz der Dunkelheit vielleicht einer der Gründe war, warum sie hierher hatte kommen wollen.

»Ich kann mich nicht daran erinnern, bei meiner Bestellung Scheißmitleid aufgegeben zu haben«, entgegnete Bear.

»Das ist auch gar –«

»Ah, sehr gut!« Bear wandte ihre Aufmerksamkeit dem herannahenden Kellner zu, einem anderen, glaube ich, obwohl sie in dem schummrigen Licht alle gleich aussahen. Er brachte uns unsere Hauptgerichte und wir fingen an zu essen.

»Das Hühnchen ist wahnsinnig lecker«, meinte Bear. »Willst du was davon probieren?«

»Nein, danke. Mein Gericht ist auch lecker.« Ich war mir ziemlich sicher, dass ich Fisch bestellt hatte, und es schmeckte auch nach Fisch, das war also in Ordnung. Aber ich fühlte mich hohl; auf eine Art und Weise hohl, die keine Menge an Essen oder Trinken oder schönen Ausblicken füllen konnte.

»Was wirst du wegen Stella und Edward unternehmen?«, fragte Bear.

»Keine Ahnung. Wir standen uns immer nahe. Es fühlt sich schrecklich an, dass wir nicht miteinander sprechen. Ich denke mal, ich muss einfach abwarten, dass sie wieder zu sich kommen.«

»Das ist eine Herausforderung, oder, für euch alle?«, meinte Bear. »Wobei es mich aber trotzdem überrascht, dass der bodenständige Eddie sich dir gegenüber ausschweigt. Ich stelle ihn mir immer vor, wie er sich auf seinem disziplinierten Karrierepfad abschuftet. Der wurde doch mit einer Aktentasche unterm Arm geboren.«

Ich wusste nicht genau, ob mir das gefiel, dass sich Bear so ihre Urteile über meine Familie bildete. Der Kellner schenkte uns erneut nach und stellte die Flasche im Kühler kopfüber ab, was im Kellner-Jargon hieß: »Ihr müsst noch eine bestellen.«

Ich beschloss, den Berg von den Ausmaßen des Snowdon zwischen uns nochmals anzugreifen. »Das hier ist keine Frage von Mitleid«, stellte ich klar.

Bear lachte freudlos auf. »Das lass mal schön mich beurteilen.«

»Du musst dich mit ganz schön vielen Leuten herumgeschlagen haben, die das Falsche zu dir gesagt haben«, bemerkte ich, »wenn du so viel Schlechtes in allem findest, was ich sage.«

»Ist das deine Frage?«

»Nein, meine Frage ist, ob es irgendetwas gibt, das ich tun kann?«

Bear legte ihr Besteck weg. »Das ist sehr lieb von dir.«

»Ich meine es auch so.«

»Ich weiß. Danke. Da gibt es *tatsächlich* etwas. Kann ich dir das morgen sagen?« Ihre Stimme klang anders, weniger verschlossen.

Egal, ob sie das jetzt hassen würde oder nicht, es schien keinen Sinn mehr zu haben, über meine Gefühle hinwegtäuschen zu wollen. »Natürlich«, sagte ich und schob meinen Teller von mir weg. »Es ist zauberhaft hier, das schönste Restaurant, das ich je gesehen habe, an dem schönsten Ort, den ich je besucht habe, aber es macht mich einfach nur traurig, mit dir hier so zu sitzen.«

»Das tut mir leid, Liebes«, entschuldigte sich Bear. »Ich glaube, dass ich momentan die Traurigkeit in Person bin. Und wie sich herausstellt, ist die ansteckend.«

Für einen Augenblick saßen wir einfach so da, doch dann, als ob es abgesprochen gewesen wäre, griffen wir beide nach der Hand der anderen. Beide starrten wir stur geradeaus, in die Schwärze des Wassers.

»Ziemlich scheiße, was?«, meinte Bear. Ich konnte hören, dass sie weinte, und sie konnte mich vermutlich auch weinen hören.

»Ja, allerdings«, brachte ich heraus.

Ein Kellner kam herbeigeflitzt, verschwand dann jedoch diskret wieder. Es dauerte zehn Minuten, vielleicht länger, bevor wir im Stande waren, bloß Kaffee und die Rechnung von ihm zu verlangen. Beim Kaffee unterhielten wir uns über belanglose Sachen – ihr Haus, meine Enkelkinder, Charlies Prüfungsergebnisse.

Als wir zum Gehen aufstanden, sagte Bear: »Oh je.«

»Was ist los, Liebes?«

Sie ging weiter, durch die Tür in das hell erleuchtete Restaurant, doch als sie sich umdrehte, um mich anzusehen und in dem ungewohnten Licht blinzelte, konnte ich die enorme Anstrengung in ihrem Gesicht sehen.

»Ich glaube, ich bin zu müde, um zurückzulaufen. Wie dumm von mir!« Sie ließ sich auf einen Stuhl an einem nahegelegenen Tisch sinken. Ein paar besorgt aussehende Kellner blieben in der Nähe stehen.

In meinem bemitleidenswerten Italienisch schaffte ich es, mich nach der nächsten Vaporetto-Haltestelle zu erkundigen. Die lag bloß fünf Minuten entfernt, aber Bear sah so aus, als ob sie nicht einmal das schaffen würde.

Eine junge Kellnerin mit aufmerksamem, besorgtem Blick wies uns darauf hin, dass sich direkt vor dem Restaurant eine Gondelhaltestelle befand.

»Klar«, sagte Bear, als ich ihr das mitteilte, »das schaff ich.«

Ich wollte sie am Arm fassen, doch sie schüttelte mich ab.

»Ich hab bloß wenig Kraft, das ist alles. Ich bin keine Invalidin.«

Wir verließen das Restaurant und Gott sei Dank lagen die Gondeln gleich davor, einige sogar so nahe, dass sie am Geländer des Restaurants festgemacht waren.

Bei unserer Ankunft hatte ich beschlossen, mir eine Gondelfahrt zu sparen, nachdem ich herausgefunden hatte, dass die mehr als hundert Euro kostete. Nun kam mir sogar der doppelte Preis billig vor, um Bear sicher zurück zu unserem Apartment bringen zu können. Der Gondoliere nahm ihre Hand und half ihr beim Einsteigen, woraufhin sie sich in die Kissen fallen ließ und komplett ausgelaugt aussah. Ich erlaubte dem Gondoliere ebenfalls, mir beim Einsteigen zu helfen, und dann stieß er das Boot mit den effizienten Bewegungen eines Mannes von der Mauer weg, der das schon tausendmal gemacht hatte. Wir glitten auf dem Hauptkanal dahin, der vollkommen still dalag, bis auf das sanfte Rauschen des schwarzen Wassers neben uns.

»Man kann die Sterne sehen«, flüsterte Bear. Sie lag auf dem Rücken ausgestreckt auf den Kissen. Ich ließ mich herunterrutschen und tat es ihr nach, aus der Waagrechten in den Nachthimmel zu schauen. »Ist das nicht schön?«

»Das ist es«, gab ich ihr recht. Ein Gefühl von Frieden überkam mich, als ob ich in dem grauen Sessel unter dem Dachfenster in Bryn Glas säße, von wo aus ich Wolken und Vögel beobachtete.

»Die ganze Welt ist so schön«, meinte Bear. »Ich wünschte nur, dass ich das früher erkannt hätte.«

Geschickt bogen wir in einen engen Seitenkanal ein, wo es sogar noch dunkler war, und so still, dass ich Bears sanfte Atemzüge neben mir hören konnte.

»Wir absolvieren das volle Venedig-Programm, was?«, meinte ich. »Wohnen in einem Palazzo, essen in einem Restaurant über dem Canale Grande, fahren mit einer Gondel …«

»Das kam mir immer alles so klischeehaft vor«, entgegnete sie, »aber in der Nacht ist das tatsächlich wunderbar. So friedlich, beinahe meditativ.«

Sie hatte recht. Tagsüber hatte ich viele Touristen in Gondeln sitzen sehen, die ihre Handys zum Filmen der vorbeiziehenden Sehenswürdigkeiten hochhielten, wobei der Kanal eher einer vielbefahrenen Schnellstraße ähnelte, auf dem sich die Gondolieri wie in einem Autoscooter an anderen Booten vorbeischlängelten. Bei Nacht war alles ganz anders.

Wir bogen in einen weiteren Seitenkanal ab und konnten in weiter Ferne die Stimme einer Frau hören, die Oper sang. Sie war sehr schwach, wurde jedoch beim Weiterfahren lauter. Ich drehte mich um, um unseren Gondoliere hinter uns zu fragen, ob er wusste, woher sie kam. Doch der schaute auf sein Handy, lenkte mit einer Hand faul die Ruderstange im Wasser und war immun gegen den Zauber venezianischer Nächte.

»Ich kenne diese Musik«, wisperte Bear. »Das ist Verdi.«

Keine von uns sagte ein weiteres Wort, um den Zauber nicht zu brechen. *Wenn ich jetzt sterben müsste*, dachte ich, *wäre das ein perfekter Augenblick, um zu gehen.* Aus dem Augenwinkel sah ich Bear an und fragte mich, ob sie wohl dasselbe dachte.

Gerade als wir uns der Quelle des Gesangs zu nähern schienen, vielleicht einem Opernhaus oder einem Proberaum, bogen wir in einen anderen Seitenkanal ab und er wurde langsam leiser. Ich atmete aus und Bear legte ihren Kopf auf meine Schulter.

»Das war eine der perfektesten Minuten meines Lebens«, sagte sie.

Bald – viel zu bald – kamen wir bei unserem Palazzo an. Der Gondoliere half uns die Stufen ins Trockene hinauf und Bear bezahlte, wobei sie meine Versuche, mit dem Notfall-Fünfzig-Euro-Schein in meiner Handyhülle etwas dazu bei-zutragen, wegwedelte. Sie sah jetzt wieder kräftiger aus als im Restaurant und ging die Treppe zu unserem Apartment, wenn schon nicht lebhaft, dann zumindest nicht wie eine ältere Dame hoch.

»Fühlst du dich etwas weniger ausgeknockt?«, fragte ich sie, als wir die atemberaubende Küche betraten.

»Ein bisschen. Ich hab zu viel gegessen oder vielleicht zu viel Champagner getrunken. Ich muss langsamer machen. Darf es nicht übertreiben.«

Wir standen in der Mitte des Raumes und schauten uns gegenseitig an.

»Ursula …«, sagte ich.

»Liebes, ich fühle mich zwar besser, bin aber immer noch supermüde. Ich gehe ins Bett. Danke für den wundervollen Abend und diese tolle Reise nach Venedig.«

»Aber wir haben doch noch zwei Tage!«, erinnerte ich sie.

Sie legte die Arme um mich und zog mich in eine feste Umarmung. Zum ersten Mal, seit wir uns in Sydney getrof-fen hatten, hielt sie mich wieder so fest und ich konnte spü-ren, wie dünn sie war, wie viele Schichten sie tragen musste, um immer noch gesund auszusehen.

»Gute Nacht, Liebes«, sagte sie und ging hinaus.

Ich blieb noch eine Weile in der Küche sitzen und dachte nach, dann machte ich das Licht aus und ging ins Bett. Bear hatte das Schlafzimmer im Erdgeschoss und meines lag im Stockwerk darüber, am Ende einer herrlichen, aber unpraktischen Wendeltreppe. Nachdem ich es endlich hoch geschafft hatte, hatte ich selbst schon nur noch wenig Kraft. Als ich ins Bett ging, war mein letzter Gedanke, dass ich aufpassen musste, dass Bear es am nächsten Tag nicht übertrieb. Wir würden wie geplant zum Markusplatz gehen, aber danach würde ich sie dazu ermutigen, zum Ausruhen wieder nach Hause zurückzukehren. Meine Lider waren so schwer, dass ich mir nicht erlaubte, jetzt über irgendetwas Schwieriges nachzudenken. Ich verbannte alles aus meinen Gedanken und konzentrierte mich auf den dunklen, vorbeigleitenden, mit Sternen übersäten Himmel, der in der Gondel unser Baldachin gewesen war. Augenblicke später war ich eingeschlafen.

Brief vom 23. Mai 1996

Liebste Bear,

*ich schreibe dir als Gefangene auf einem Tag Freigang, aus
einem wunderbaren, kleinen Cottage in den Bergen von
Nordwales. Ich bin auf glückselige und ekstatische Weise
allein. Keiner läuft mir hinterher, wenn ich auf die Toilette
muss, keiner singt den verdammten ›Old MacDonald‹
um fünf Uhr morgens, ich muss keine Windeln wechseln
und Essen kochen, außer mein eigenes.*

*Du weißt doch, dass Alice mich eigentlich schon immer
gehasst hat, oder? Ich kann dir also nicht sagen, warum,
aber gestern, als ich alle Hände voll mit den schreienden
Kindern zu tun hatte, ist sie vorbeigekommen und hat aus-
geholfen. Sie hatte überraschend viel Erfolg damit, Stella
dazu zu bringen, ihr Mittagessen zu essen. Als Richard
dann nach Hause kam, hat sie ihm eine gute, alte Stand-
pauke gehalten, in der sie ihm mitteilte, dass ich erschöpft
wäre und wie es sein könne, dass er das nicht bemerkt
hatte. Natürlich hatte er das nicht, da er selbst ziemlich
erschöpft war wegen der Läden (er hat ja jetzt zwei, hab
ich dir das schon erzählt?) und außerdem ist er nicht
gerade der aufmerksamste Ehemann der Welt. Sie meinte,
sie hätte noch nie so tiefe Augenringe gesehen und dass
ich aussähe wie ungefähr hundertzwei. Danke, Alice.*

Sie meinte, dass sie fünf Tage lang auf die Kinder auf-
passen und ich so lange in dieses Cottage fahren würde,
das einer Freundin von ihr gehört. Sie hat mir die Adresse
aufgeschrieben, mir einen Code für die Schlüsselbox gege-
ben und mich mehr oder weniger zur Tür rausgeschoben.
Nach meiner Ankunft hier habe ich das Bett bezogen, bin
hineingefallen und habe zwölf Stunden lang durchgeschla-
fen. Ich bin jetzt seit sieben Jahren Mutter und einfach nur
fix und fertig, Bear.
Ich liebe es hier. Die Kinder würden mir natürlich früher
oder später fehlen, aber mir würde es auch nichts aus-
machen, etwas länger hierzubleiben. Vielleicht ein oder
zwei Jahre. Morgen muss ich wohl oder übel wieder
zurückfahren, aber ich fühle mich tatsächlich zum ersten
Mal seit Edwards Geburt wieder richtig ausgeruht.
Es war so schön, von deinem Erfolg beim Marathon zu
hören. In meinen Augen bist du eine Olympionikin. Vor
allem, wenn manchmal schon das Treppensteigen die
größte Anstrengung ist, die ich bewältigen kann, ohne
mich hinsetzen zu müssen.

Bis zum nächsten Mal.
Du fehlst mir.

Immer, Kay

17

KAY

Als ich aufwachte, wusste ich es sofort. Seltsam, oder, wie man instinktiv weiß, dass man allein im Haus ist. Oder im Luxus-Palazzo, in diesem Fall. Ich fühlte mich leer. Um den unvermeidbaren Augenblick hinauszuzögern, in dem ich runtergehen und mich dem, was auch immer passiert war, stellen musste, schaute ich auf meine Armbanduhr. Schon nach zehn. Wann hatte ich jemals so lange geschlafen?

Ich versuchte mich ein bisschen an der Abwechselnd-durch-ein-Nasenloch-Yoga-Atemtechnik, anscheinend meine einzige Konstante in Krisenmomenten. Dann tapste ich barfuß die Treppe hinunter und wandte den Blick von Bears Schlafzimmertür ab. Als ich die Tür zur Küche aufmachte, betete ich, dass sie am Tisch sitzen und Kaffee trinken würde. Doch der Raum war leer. Auf dem Tisch lagen mehrere linierte DIN-A-4-Blätter, aus einem Block herausgerissen, und außerdem ein paar Seiten von dem schicken, cremefarbenen marmorierten Papier, das ich gestern gekauft hatte. Auf der obersten Seite stand in Bears vertrauter Handschrift mein Name. Aus der Länge schloss ich, dass das keine kurze Mitteilung, sondern eher ein Manifest war.

Ich atmete noch ein paarmal einseitig durch die Nase, dann setzte ich mich und faltete die linierten Zettel auf.

»Liebste Kay, dies ist mein letzter Brief an dich«, begann er und ich fing an zu weinen.

3. Juni 2018

Liebste Kay,

dies ist mein letzter Brief an dich. Gestern Abend konnte
ich sehen, dass du es wusstest. Vergib mir, dass ich vor dir
weglaufe. Erstens will ich einfach nicht darüber reden.
Nicht mit dir und auch mit sonst niemandem. Murray
sagt, dass ich es nach wie vor nicht wahrhaben will, aber
wen interessiert schon, was er sagt? Er ist gestresst, weil er
jetzt die Verantwortung übernehmen und Charlies einziger
Elternteil sein muss. Aber vielleicht will ich es auch einfach
wirklich nicht wahrhaben. Gestern Abend musste ich
lachen, als du gesagt hast, du hättest meine Ehrlichkeit
immer bewundert. Ich habe herausgefunden, dass Ehrlichkeit für mich nicht funktioniert, was diese Scheißkrankheit
angeht.
Zweitens kann ich dir nicht begreiflich machen, wie
erschöpft ich bin, bis ins Mark. Die Chemo letztes Jahr
hat mich komplett fertiggemacht, aber sogar jetzt, da ich
nichts Stärkeres als Schmerztabletten und Steroide nehme,
habe ich immer extrem wenig Kraft. Treppen finde ich besonders anstrengend, deswegen wäre ich auch fast ausgeflippt, als wir zum ersten Mal hier hereingekommen sind
und ich diese Wendeltreppe gesehen habe, danke also, dass
du das Schlafzimmer oben genommen hast. Zu Hause

*wurde alles, was ich brauche, nach unten gebracht. Mein
Schlafzimmer ist jetzt im Wohnzimmer und der Einzige,
der jetzt noch hochgeht, ist Charlie. Nach allem, was
ich weiß, könnte er dort oben auch eine Crack-Höhle
haben.*

*Vielleicht fragst du dich, wie ich es geschafft habe, heute
Morgen hier rauszukommen. Zuerst einmal habe ich gute
und schlechte Tage. Oder zunehmend schlechte und erträgliche Tage. Heute ist erträglich. Zweitens bin ich wirklich früh aufgewacht, noch vor vier. In der Nacht schlafe
ich nicht mehr wirklich gut. Wie du gesehen hast, stehe ich
ziemlich auf Nickerchen tagsüber. Und drittens sind diese
Steroide einfach nur Wahnsinn, wie ein großer, kurzer
Schuss Kokain. Ich nehme sie zwar nicht sehr oft wegen
der Scheißnebenwirkungen, aber sie wirken gut, wenn ich
mal einen Energieschub brauche.*

*Ich dachte, ich könnte diese Reise ohne sie schaffen, dass
mich das Adrenalin schon durchbringen würde, aber ich
muss jetzt zu Hause sein, wo alles auf mich ausgelegt ist.
Ich habe ganz viel Hilfe dort, von Leuten, die wissen, dass
ich nicht darüber reden will. Und ich kann schlafen, wann
immer ich will, ohne erklären zu müssen warum. Das soll
kein Vorwurf an dich sein. Es ist allen gegenüber schwierig
zu erklären. Ich habe mich wirklich damit herumgequält,
wie viel ich Charlie erzählen soll. Er weiß, dass ich krank
bin, aber nicht wie krank.*

*Es tut mir leid, dass ich aufgehört habe zu schreiben, Kay.
Ich habe damit aufgehört, weil ich nichts zu erzählen
hatte. Über meine Krankheit wollte ich nicht reden, weil
ich von dir oder sonst wem nicht anders behandelt werden
wollte. Das Mitleid, die schiefen Blicke – bei solchen*

Sachen wird mir wirklich körperlich schlecht. Über meine
Krankheit wollte ich wie gesagt nicht sprechen, und sonst
war auch nichts los. Ich arbeite schon seit einem Jahr nicht
mehr – entschuldige, dass ich dich deswegen angelogen
habe, aber vermutlich hast du dir das sowieso zusammen-
gereimt. Als ich gesagt habe, dass ich dich am Wochenende
wegen eines Schulsportwettkampfes nicht treffen kann,
habe ich in Wirklichkeit die meiste Zeit über geschlafen.
Im letzten Jahr habe ich nicht viel gemacht, außer zu
schlafen, meine Blutwerte überwachen zu lassen und ins
Fitnessstudio zu gehen, um Hockersport zu machen. Mein
Leben ist zusammengeschrumpft, bis auf diese verrückte
Reise nach Italien mit dir, danke dir also dafür.
Als du in Australien aufgetaucht bist, konnte ich es nicht
glauben. Ich war stinksauer auf Murray, weil ich dachte,
dass er es dir erzählt haben musste. Als ich dann herausge-
funden habe, dass er das gar nicht getan hat, sondern dass
du einfach aufgetaucht warst, weil du dir Sorgen gemacht
hast, weil ich dir nicht mehr geschrieben habe (und, Hand
aufs Herz – ich weiß, wie sehr du meine Ehrlichkeit
liebst! – weil du Richard verlassen hattest und auf der
Suche nach einer Mission warst), dachte ich, dass du in
null Komma nichts draufkommen würdest. Und das wollte
ich nicht. Also habe ich eine gute Show abgezogen, wie ich
finde. Nach unserem ersten gemeinsamen Abend, an dem
ich kaum etwas essen konnte, habe ich mich so krank ge-
fühlt, dass ich ein paar Tage lang gar nicht vor Nachmittag
aus dem Bett gekommen bin. Ich dachte, jetzt geht es zu
Ende. Aber dann habe ich mich wieder besser gefühlt und
mir ist dieser Gedanke gekommen, dass jetzt das letzte
Mal sein wird, dass ich irgendetwas Verrücktes tun kann.

Hoylake werde ich nicht mehr mit dir besuchen können.
Ich habe bloß noch Kraft für einen Flug übrig, also nutze
ich ihn, um nach Hause zu kommen. Gerade bin ich voller
Energie, falscher Energie von Medikamenten, aber nichts-
destotrotz Energie. Es tut mir leid, dass ich sie damit ver-
schwende, um zum Flughafen zu kommen. Aber ich muss
zu Hause sein. Das heißt nicht, dass ich es bereue, mit-
gekommen zu sein, das war das Schönste, was in diesem
letzten lausigen Scheißjahr passiert ist. Dieses wunderbare
Abendessen in diesem wunderbaren Restaurant einzu-
nehmen war eine Erfahrung, von der ich gedacht hätte,
sie nie mehr machen zu können, aber jetzt kann ich sie
von meiner Liste streichen. Das ist eine Riesensache und
du solltest stolz auf dich sein – dafür, dass du zur richtigen
Zeit da warst.

Hier war ihr das DIN-A-4-Papier ausgegangen und Bear
hatte auf dem cremefarbenen marmorierten Papier weiter-
geschrieben. Ich legte auch eine Pause ein, um Kaffee zu
machen und mich zu sammeln. Während die Maschine auf-
heizte, nahm ich weitere tiefe Atemzüge. Ein, zwei, drei,
vier. Aus, zwei, drei, vier. Ich setzte mich wieder an den
Tisch und nahm einen Schluck Kaffee. *Okay. Weiter geht's.*
Ich nahm die nächste Seite in die Hand.

Du hast mich gefragt, ob es irgendetwas gibt, das du für
mich tun kannst. Ja. Vier Dinge. Noch eine Liste. Aber
mach dich auf was gefasst, sie ist ziemlich herrisch.
Erstens, etwas, das du zu deiner Liste hinzufügen musst:
Bitte mach etwas mit deiner Fotografie. Ich bin mir zwar
ziemlich sicher, dass du jetzt keine berühmte Fotografin

mehr wirst, wie du mit fünfzehn geglaubt hast. Aber mir würde der Gedanke gefallen, dass du etwas mit deiner lang unterdrückten kreativen Seite angefangen hast. Du hast Talent und ich weiß noch, wie gerne du immer Fotos gemacht hast.

Zweitens, geh absolut auf Nummer sicher, dass du wegen Richard das Richtige tust. Ich weiß, dass du glaubst, das schon zu tun, aber bitte überdenke es noch mal. Offensichtlich habe ich in letzter Zeit viel darüber nachgedacht, »Wo gehen wir hin, wo kommen wir her?«, ha ha. Ich will, dass du sichergehst, dass es wirklich das Richtige ist, deine Ehe zu beenden und dass du das nicht bloß aus Langeweile tust. Entschuldige meine Direktheit. Eine Scheidung ist brutal. Ich glaube, ich habe mich nie davon erholt, dass Murray mich verlassen hat. Ich hätte alles dafür gegeben, dieses letzte Jahr nicht allein durchstehen zu müssen.

Drittens, sag Edward die Wahrheit über seinen Dad. Er hat es verdient, darüber Bescheid zu wissen, und vielleicht hat David auch eine zweite Chance verdient, um seinen Sohn kennenzulernen. Auch, wenn er sich damals nicht gut verhalten hat. Schau mich an, ich rede bloß noch von Vergebung. Bah.

Und zu guter Letzt: Mir würde es gefallen, wenn ein kleiner Teil von mir für immer in Hoylake bliebe. Im Wasser beim Strand von West Kirby. Ich werde Murray damit beauftragen, einen Teil der Asche zu dir zu schicken – wegen der Beerdigung musst du nicht bis nach Australien kommen, sie wird sowieso nur für Familienangehörige sein. Wirst du das für mich tun? Vielleicht zusammen mit Rose? Puh, ich hatte nicht gedacht, dass es so lange dauern würde, das aufzuschreiben. Mehr als zwei Stunden! Mir

tut ja schon die Hand weh. Jetzt ist es fast sechs Uhr mor-
gens und die Sonne geht über dem Kanal auf. Es ist so
wunderschön hier.
Du fehlst mir.

Immer, Bear

Unseren gewöhnlichen Abschiedsgruß ohne das »bis zum
nächsten Mal« zu lesen gab mir den Rest. Für zehn Minuten oder länger konnte ich nichts anderes tun als zu weinen.
Erstickte, atemlose, unkontrollierte Schluchzer, wie ich
schon seit Mums Tod nicht mehr geschluchzt hatte und davor noch nie. Auch wenn jemand mit einer Pistole hereingekommen wäre und mir befohlen hätte, entweder mit dem
Weinen aufzuhören oder Todesqualen zu erleiden, hätte ich
es nicht tun können. Danach war ich komplett platt. Ausgelaugt.

Ich wischte mir übers Gesicht und ging in Bears Zimmer.
Es war leer, geradeso als ob sie nie da gewesen wäre, mit ge-
öffneten Fensterläden, das Bett ordentlich gemacht.

Erstaunlich, dass sie es geschafft hatte, hinauszugehen
und ein Wassertaxi zu finden, um zum Flughafen zu kommen. *Schlechte Tage und erträgliche Tage.* Ich überlegte, ob
ich vielleicht zum Flughafen fahren sollte, um zu sehen, ob
sie noch da war. Aber nein. Das würde ich für mich und
nicht für sie tun. Sie hatte nur noch begrenzt Zeit übrig und
sie nutzte sie, so wie sie es wollte. Wer war ich, um mich
dem in den Weg zu stellen?

Mich traurig und allein in fremden Ländern aufzuhalten
wurde ja langsam schon zu einer Gewohnheit. Ich stand an
Bears Fenster und schaute, vielleicht wie sie heute Morgen,

bevor sie gegangen war, auf den Canale Grande, der in der Sonne glitzerte. In dem Wissen, dass sie ihn nie mehr sehen würde, brannte sich mir der Anblick ins Gedächtnis ein. Ich dachte an all die Jahre, die es den Kanal hier schon gab, an die Schmerzen und Glücksmomente, die er gesehen haben musste. Dieser Moment ist vergänglich, sagte ich mir. Wie hieß noch mal dieses Album von George Harrison, das ich als Jugendliche gehört hatte? *All Things Must Pass.*

Anders gesagt, *Arschbacken zusammenkneifen, Kay!*

Ich duschte, zog mich an und ging raus, in das Café, in dem Bear und ich gestern gesessen hatten. Ich bestellte einen Cappuccino und holte meinen Stift und die letzte Seite des cremefarbenen Briefpapiers heraus. Mein Brief an Bear war so kurz wie ihrer lang.

3. Juni 2018

Liebste Bear,

*danke für deinen Brief. Ich verspreche dir, alles auf deiner
Liste zu tun. Gehe in Frieden, mein Liebling.
Bis zum nächsten Mal.
Du fehlst mir. Wirklich.*

Immer, Kay

Ich steckte ihn in einen Umschlag und widmete dann meine
Aufmerksamkeit der Aussicht. Für fünf Minuten, sagte ich
mir, werde ich bloß hier sitzen und an nichts außer das Pa-
norama, die Sonne auf meinen Schultern und den Geruch
meines Kaffees denken. Ich bin am Leben und ich bin hier.
Ich beobachtete die winzigen Punkte von Menschen auf der
winzigen Insel San Giorgio Maggiore gegenüber und ver-
folgte den Weg von mehreren kleinen Booten und Wasser-
taxis. Auf diese Weise schaffte ich es, für eine kurze, über-
glückliche Zeit, an nichts Trauriges zu denken.

Nachdem ich meinen Kaffee ausgetrunken hatte, holte
ich meinen Venedig-Reiseführer heraus. Verleugnung und
Ablenkung lauteten meine Pläne für heute. Ich ging überall
hin, lief zu Fuß, bis ich nicht mehr konnte, nahm dann ein
Vaporetto und lief dann noch mal ein Stück. Es gab kein

Gemälde von Tintoretto, das ich nicht gesehen hatte. Ich besuchte den Lido und die Insel Burano und ging in dem ursprünglich jüdischen Ghetto spazieren, wo ich zum Mittagessen eine Pause einlegte und Lebergeschnetzeltes auf Roggenbrot aß. Ich flanierte durch das Guggenheim Museum und vier Kirchen und zündete in jeder eine Kerze an. Ich bahnte mir meinen Weg durch ein paar extravagante Einkaufsviertel und in einem Designerladen kaufte ich Stella eine schöne Handtasche aus butterweichem, braunem Leder. Ich durchstöberte den Markt unter der Rialto-Brücke und suchte ein Paar blaue, mit Fell gefütterte Handschuhe für Rose aus.

Den ganzen Tag dachte ich über Richard nach. Das war leichter als über Bear nachzudenken, obwohl gelegentlich Bruchstücke vom Vorabend oder ihrem Brief unfreiwillig vor meinem geistigen Auge auftauchten. Vor allem der Teil, in dem Bear sagte, wie schrecklich sie sich gefühlt habe, als Murray sie verlassen hatte. Das traf wirklich einen wunden Punkt. Ich hatte gedacht, Richard würde das nicht so schlimm spüren, da wir eigentlich schon ziemlich getrennt nebeneinanderher gelebt hatten. Doch Bear hatte mir diese Sicherheit genommen und nun konnte ich mich nur noch auf den Schmerz konzentrieren, den er fühlen musste, den Schmerz, den ich ihm zugefügt hatte. Ich fühlte mich so roh, dass es mir vorkam, als hätte ich eine Schicht Haut verloren, denn wann immer ich darüber nachdachte, wie Richard sich wohl gerade fühlte, zuckte ich selbst vor Schmerz zusammen.

Ich dachte an Alice, die mich zerstörerisch genannt hatte; an Bear, die darauf bestand, dass ich wirklich auf Nummer sicher ging; an Edward, der mich weiterhin ignorierte; an

Stella, traurig und wütend, die mich egoistisch nannte. Vielleicht hatte ich es *wirklich* verkackt. In die Gefühle, die ich beim Weggehen in mir gespürt hatte, konnte ich mich jetzt nicht mehr so klar wieder hineinversetzen. Ich war mir so sicher gewesen. Aber jetzt, bloß ein paar kurze Wochen später, kam mir alles nicht mehr so eindeutig vor. *Wieso* konnte ich nicht verheiratet bleiben und trotzdem die Dinge tun, die ich tun wollte, so wie es mir alle sagten? Hatte ich recht damit gehabt, die Leben so vieler Menschen auf den Kopf zu stellen, Richard so schlimm zu verletzen, für irgendeine Illusion von Freiheit?

Das Leben war kurz. Bear war der Beweis dafür. Wollte ich meine wie auch immer geartete restliche Zeit in einem Zustand von Aufruhr verbringen, in der ich allein lebte, nicht mehr wirklich Teil von etwas war? Hatte ich einen Riesenfehler begangen? Bears Worte hallten mir im Kopf wider. Gerade erschienen mir meine Gründe, Richard verlassen zu haben, weit weg. Er war doch ein guter Ehemann gewesen, oder? War ich es ihm, mir selbst – verdammt, allen – da nicht schuldig sicherzugehen, dass ich auch das Richtige tat?

Ich bemerkte eine Frau, die mich komisch ansah, und mir fiel auf, dass ich keine Ahnung hatte, wie lange ich schon hier, in einem schicken Bekleidungsgeschäft, stand und eine Hose hielt, von der ich nicht mehr wusste, sie überhaupt in die Hand genommen zu haben. Sie war aus weichem Samt, rötlich-bronzefarben und ich umklammerte sie mit dem Griff einer Irren. Tatsächlich aber war der Grund für den seltsamen Blick vermutlich eher die Tatsache, dass mir Tränen übers Gesicht liefen. Hastig legte ich die Hose weg und eilte aus dem Laden. Ich ging zurück zum Palazzo, setzte mich auf mein Bett und schaute lange Zeit auf mein Handy, bevor ich Richards Nummer wählte.

Das war natürlich nicht nur seine Nummer. Sie war in meinem Handy eingespeichert, unter »Zuhause«, aber niemals würde ich jetzt danach suchen. Die Symbolik dessen würde mir den Rest geben. Es war unsere Festnetznummer, weil Richard nie ein Handy besessen hatte. Aus unbestimmten Gründen war er auch der Tatsache, dass ich mir ein Handy zulegen wollte, ziemlich abgeneigt gewesen, und letztendlich hatte ich Edward Geld gegeben und ihn gebeten, eines für mich zu kaufen, damit ich es Richard gegenüber als Geschenk rechtfertigen konnte. Das Grübeln über alles, diese Ausflüchte, die Sorgen vor dem, was er sagen würde, die darauffolgenden Streitereien, ließen mich innehalten. Aber irgendwie hatte ich bereits auf den Anrufknopf gedrückt, hatte eine Verbindung hergestellt und nun klingelte das Telefon an seinem Ende, in unserem Haus. *Seinem* Haus.

Ich betete, dass nicht Alice rangehen würde, aber dann nahm er ab: »Hallo?«

Beim Klang seiner Stimme zog sich mein Magen zusammen, sie war mir so vertraut wie meine eigene, aber jetzt auch exotisch und unergründlich. Klang er ängstlich? Verärgert? Genervt?

Genau wie Mobiltelefonen widersetzte er sich auch neumodischem Festnetzzubehör wie Rufnummernerkennung, solange ich nichts sagte, würde er also nicht wissen, dass ich es war. Ich könnte auflegen und noch mal besser darüber nachdenken. Doch dann sagte ich: »Hi, Richard.«

»Gott! Kay!«

»Entschuldige, wenn, äh, wenn das gerade …«

»Wie schön, von dir zu hören!«

»Ach ja?« Das hatte ich nicht erwartet.

»Ja! Wo bist du denn gerade? Du klingst weit weg. Ich hoffe, das kostet dich kein Vermögen.«

Ich lachte. Es klang so hinreißend nach Richard, dass meine Telefonrechnung seine größte Sorge war.

»Schon in Ordnung. Ein Tropfen auf dem heißen Stein im Vergleich dazu, wie viel hier sonst alles kostet. Ich bin in Venedig.«

»Wow, Venedig! Ist es schön?«

»Absolut atemberaubend. Wie läuft es bei dir so, Richard?«

»Gut. In den Läden läuft alles wie gehabt. Anthony ist zum Glück wieder da, er ist jetzt auch Manager von Königstintenblau und hat Mum als Assistentin. Die zwei sind eine richtige Naturgewalt.«

»Das ist ja toll.« Ein vertrauter, dumpfer Anflug von Langeweile überkam mich und ich schüttelte den Kopf, um ihn zu vertreiben. War das ein schrecklicher Fehler? Ihn anzurufen und zu überlegen, ob ich es noch mal mit ihm versuchen sollte – damit hatte Bear doch sicher unrecht.

»Mum genießt es, bei mir zu sein und mich zu bekochen. Es tut ihr gut, sich um jemanden zu kümmern, du weißt ja, wie sie ist.«

Und wie ich das wusste. Wie sehr sie es lieben würde, das Kommando in meiner Küche zu übernehmen, alle Gewürze alphabetisch zu sortieren, all die Geräte wegzuräumen, die sie mir gegenüber so oft als Platzverschwendung bezeichnet hatte. »Eine leere Arbeitsfläche ist der erste Schritt, um eine gute Köchin zu werden, Kay.« Alice war ständig daran verzweifelt, dass ich niemals auch nur diesen ersten Schritt unternommen hatte.

»Tut mir leid wegen der ganzen Geschichte mit Anthony, Kay«, entschuldigte sich Richard unvermittelt.

»Ach Gott, das ist doch …«

»Ich glaube, dass ich da ein bisschen den Verstand verloren hatte! Das ist mir jetzt schrecklich peinlich. Gott sei Dank hat er mir verzeihen können.«

»Ja, das ist wirklich wichtig …«

»Aber geht's *dir* denn gut, Kay? Genießt du deine Reisen? Bist du glücklicher?«

»Da bin ich mir nicht sicher, Richard. Deswegen rufe ich dich auch an, weißt du …« Ich atmete einmal tief durch. Ich hatte damit angefangen, also musste ich es jetzt auch zu Ende bringen. Fehler oder nicht, jetzt stand ich schon mittendrin. Ich würde ihm sagen, dass seine ursprüngliche Idee, mir ein paar Wochen Auszeit zu nehmen und es danach noch mal mit uns zu versuchen, gut war. Vielleicht zöge er ja eine Paartherapie in Betracht. Doch bevor ich überhaupt etwas sagen konnte, fing er wieder zu sprechen an und da fiel mir wieder ein, dass er noch nie besonders gut im Zuhören gewesen war.

»Ich hoffe nämlich, du bist *wirklich* glücklich, Kay, weil ich dir sagen wollte, dass es mir sehr, sehr leidtut, dass ich es dir so schwer gemacht habe, mich zu verlassen.«

»Na ja, das ist ja alles …«

»Ich stand nämlich unter Schock, weißt du.«

»Aber natürlich. Ich …«

»Aber du hattest vollkommen recht.«

»Ach ja? Aber ich …«

»Wir waren festgefahren. Unsere Ehe, meine ich. Und ich habe es nicht mal erkannt. Du warst so weise, Kay. Und ich hätte das auch nie erkannt, wenn du nichts gesagt hättest.«

»Ach! Sehr schön, dass du dich deswegen jetzt besser fühlst ...«

»Mehr als besser. Dank dir bin ich jetzt ein neuer Mann. Du hattest recht! Das Pflaster schnell mit einem Ruck abziehen. Autsch, superschmerzhaft, aber dann wird einem klar, hey, so schlimm ist es ja gar nicht. Ich heile jeden Tag ein Stück mehr.«

Was war das denn? *Heilen?* Das war nicht der Mann, den ich kannte.

»Du klingst, als ginge es dir recht gut, Richard«, stellte ich fest. »Das ist super. Was mich angeht ...«

»Mir geht es sogar fantastisch. Kay, ich hoffe, es macht dir nichts aus, wenn ich dir sage, dass ich jemanden kennengelernt habe. Natürlich ist es noch sehr früh, wir sind erst ein paarmal miteinander ausgegangen, aber das hat mich an die Zeit erinnert, in der wir uns zum Ausgehen getroffen haben, an dich und mich vor den Kindern, an dieses schöne Gefühl, jede Sekunde des Tages mit jemandem verbringen zu wollen. Ach, hör mich bloß an, ich plappere ja dummes Zeug.«

Auf einmal wurde es schwieriger zu verstehen, was er sagte. Irgendetwas von wegen welch ein Geschenk ich ihm doch gemacht habe ... seine Freiheit ... wer hätte schon gedacht, dass er mit knapp sechzig noch so etwas finden würde ... es passe so gut ... ob ich denn meine Sachen aus dem Haus abholen wolle ... die brauche ich doch ... bereit, Platz zu schaffen und weiterzumachen ... sie habe ihn dazu überredet, sich ein Handy zuzulegen ... er werde mir die Nummer geben müssen ... sie sei die ganze Zeit genau vor seiner Nase gewesen, das hätte er aber nie gemerkt, wenn ich nicht ... sie tue ihm so gut ... sie habe ihn dazu ge-

bracht, eine Woche freizunehmen, um nach Paris zu fliegen.

Die Erwähnung von Paris brachte mich schließlich zur
Besinnung.

»Tut mir leid Richard, anscheinend ist die Verbindung
weg, ich kann dich nicht mehr hören. Ich werde jetzt auflegen und es später noch mal versuchen.« Ich drückte auf
»Beenden« und schaltete das Handy aus.

*

Eine Zeit lang saß ich nur so da, dem Fenster zugewandt.
Der Palazzo hatte luxuriöse, lange, weiße Vorhänge aus
Spitze, die Art von Vorhängen, die in Werbungen für teure
Parfüms vorkommen. Eine leichte Brise blähte sie kurz auf,
wodurch sie einen löchrigen Schatten auf den Boden war-
fen. Ich fühlte mich so substanzlos, so vergänglich wie diese
Schatten. Um zu überprüfen, dass ich immer noch da war,
drückte ich mir die Daumen in die Stirn. Nur zur Sicherheit.

Er hatte doch gesagt *Falls du jemals beschließen solltest,
es noch mal mit mir versuchen zu wollen, werde ich da sein.*
Aber dieses Versprechen war nicht einmal das Basildon-
Bond-Papier wert, auf dem es geschrieben stand.

Die Zeit verging und die Schatten wurden länger, bis sie
nicht mehr löchrig waren, und schließlich gab es gar keine
Schatten mehr. Ich stand auf und ging hinaus ins Dunkel,
lief zum Gritti und fragte nach einem Tisch für eine Person.
Ich habe keine Ahnung, was ich gemacht hätte, wenn sie
ausgebucht gewesen wären, vielleicht irgendeine Art Aufstand gemacht, aber glücklicherweise hatten sie noch einen
Platz für mich, ein paar Tische entfernt von dort, wo Bear

und ich gestern Abend gesessen hatten. Ich bestellte Essen und denselben Champagner, den wir getrunken hatten, starrte hinaus auf das Wasser des Canale Grande und fühlte mich … ich weiß nicht, wie ich mich fühlte. Ich wusste nicht mal, ob ich *überhaupt* etwas fühlte oder eher gar nichts.

Aber wenn ich schon nichts fühlen konnte, konnte ich wenigstens denken. Ich konnte darüber nachdenken, wie nahe ich dran gewesen war, wieder zurückzukehren. Wenn Richard gesagt hätte *Wie schön von dir zu hören, du fehlst mir, sollen wir es noch mal versuchen?* – ich hätte ja gesagt. Ich wusste nicht, wie ich dahinterkommen sollte, was ich wirklich wollte. Als ich ihn verlassen hatte, hatte ich auch gedacht, dass ich das wirklich wollte. Wollte war ein viel zu schwacher Ausdruck dafür; ich hatte *das Bedürfnis gehabt* fortzugehen, einen Sprung ins Ungewisse zu wagen, ein eigenständiger Mensch zu sein. Aber heute hatte ich geglaubt, dass ich vielleicht schon genug Freiheit gehabt hatte. Ich glaube, dass Bear mir dieses Gefühl gegeben hat. Ihre Worte und auch ihre Traurigkeit darüber, am Ende ihres Lebens allein zu sein. Ohne jegliche Wurzeln im Ausland herumzudümpeln war vermutlich auch nicht hilfreich. Ich hatte erwartet, dass die Tür zu meinem alten Leben immer noch offen stehen würde, aber Überraschung! Das tat sie nicht. Ich hatte geglaubt, Richard würde auf der Stelle treten, auf mich warten, aber er war nicht einmal einen Monat lang auf der Stelle getreten. Das war doch sicher unmöglich schnell, um jemanden kennengelernt und sich von dem Schatten einer langen Ehe befreit zu haben. Ich schaltete mein Handy wieder ein, ignorierte seine verpassten Anrufe und schrieb die Nachricht, die ich schon vor Tagen hätte schreiben sollen.

Sternchen, es tut mir leid, dass ich so eine Idiotin war.
Ich hab dich lieb.

Normalerweise konnte Stella gut kommunizieren und antwortete immer sofort auf Textnachrichten und Mitteilungen auf dem Handy. Aber natürlich war es zwischen uns nicht normal und auf meine letzten paar Reiseberichtnachrichten hatte sie nicht geantwortet, deshalb erwartete ich auch gar nichts. Ich trank den Champagner, der sogar noch besser war als der gestern Abend – als würde man weichen, cremigen Samt trinken.

Als mein Handy dann tatsächlich vibrierte, erschrak ich.

Mir tut es auch leid, Mum, und ich hab dich auch lieb.

Das war die beste Textnachricht, die mir je jemand geschrieben hatte. Meine Stimmung hob sich sofort. Auf einmal konnte ich es nicht mehr erwarten, zurück nach England zu fliegen und die Sache mit Stella wieder geradezurücken. Ich schaltete das Handy aus und aß meine Vorspeise auf. Mein Mund war erfüllt von den köstlichen Aromen von Schalotten, Knoblauch, Wein und Salz. Auf einmal kam es mir vor, als könnte ich absolut alles schmecken.

Also was jetzt?

Man ging durchs Leben, traf Entscheidungen, die zu anderen Entscheidungen führten, und bevor man sich's versah, war man an einem Punkt angelangt, an dem man nicht unbedingt hätte landen wollen. Es war an der Zeit, neue Entscheidungen zu treffen und die Geschichte zu ändern.

Mein Hauptgericht wurde aufgetragen, also konzentrierte ich mich darauf, und es war ausgezeichnet. Nachdem ich genug gegessen hatte, schenkte ich mir das dritte Glas Champagner ein und brachte einen stummen Trinkspruch auf Bear aus. Sie war vermutlich immer noch in der Luft, irgendwo über Indien vielleicht, auf dem Weg zu ihrem Umstieg in Singapur. Und zweifelsohne machte sie gerade ein Nickerchen.

Auf Bear, sagte ich in Gedanken, *auf dass du den Rest deines Lebens ohne Reue verbringen kannst.* Ich nahm noch einen Schluck. *Auf Mum. Du fehlst mir.* Wie immer, wenn ich an Mum dachte, erlaubte ich mir, eine Träne zu verdrücken. Und dann schließlich noch *Auf Richard. Danke, dass du mich in die Freiheit entlassen hast.*

Ich ließ die halb leere Champagnerflasche stehen, vielleicht weil das die un-Richard-hafteste Geste war, die mir in den Sinn kam. Soll die Belegschaft sie doch genießen. Ich bezahlte die enorme Rechnung ohne Herumgejammer und gab außerdem ein großzügiges Trinkgeld.

Keine Gondel heute Abend. Ich lief zu Fuß durch die dunkle, fremde Stadt zurück und fühlte mich hier und in meiner Haut zum ersten Mal seit langer Zeit wieder richtig wohl. Morgen würde ich Pläne schmieden müssen, was ich mit dem Rest meines Lebens anfangen wollte.

18

STELLA

Es war eine ziemlich nette Feier mit lauter Lichterketten und flackernden Teelichtern in Gläsern. Obwohl Claire, das Geburtstagskind, nicht so viele Gäste hatte – wahrscheinlich nicht mehr als fünfundzwanzig –, kam mir ihre kleine, ordentliche Wohnung geschäftig und überfüllt vor. Ich wäre lieber einer der Gäste gewesen, aber stattdessen standen Gabby und ich, mit gleichen Schürzen und gleicher schlechter Laune, am anderen Ende des Wohnzimmers hinter zwei Klapptischen und riesigen Töpfen voller Curry. Aus einiger Entfernung betrachtet hätte man glauben können, wir wären ein eingeschweißtes Team, doch aus der Nähe sah man, wie steif und formal wir miteinander umgingen.

»Du machst das vegetarische Curry und den Reis, ich mach die andern zwei«, sagte Gabby nun schon zum dritten Mal. Es fiel uns schwer, uns neuen Gesprächsstoff für eine Unterhaltung einfallen zu lassen. Ich glaube aber, dass ich das alles insgesamt etwas weniger peinlich fand als Gabby. Wie Newland letzten Abend festgestellt hatte, war es einfacher für den verletzten Teil als für den Verletzenden, sich wieder zu erholen. Man merkte, dass er vor seinem Studium der englischen Literatur ein Jahr lang Jura studiert hatte.

Dass es aber auch viel leichter war, die Dreier-Katastrophe hinter mir zu lassen, da ich jetzt doch so einen tollen

Kerl kennengelernt hatte, hätte er allerdings nicht einmal im Traum gesagt – dafür war er viel zu bescheiden. Nicht dass etwas zwischen uns passiert wäre, natürlich. Nach Theo war es noch viel zu früh für eine neue Beziehung oder auch nur einen One-Night-Stand. Nach dem Treffen der ESK war ich mit Newland zu ihm nach Hause gegangen und hatte ihm die ganze Geschichte erzählt. Als ich ihm beichtete, dass ich nicht nach Hause wollte, damit ich Theo aus dem Weg gehen konnte, bot er mir freundlicherweise sein Bett an und er schlief auf dem Sofa.

Am nächsten Morgen fand ich nach dem Aufwachen viele wütende Nachrichten von Theo vor. Da es in mir rebellierte, antwortete ich, dass ich die Nacht mit jemand anderem verbracht hatte. Na ja, das stimmte theoretisch ja auch. Daraufhin hatte Theo doch tatsächlich die Nerven, mich in seiner Antwort als Nutte zu bezeichnen, woraufhin ich seine Nummer blockierte. Es war schwierig, ihn nicht die ganze Zeit unvorteilhaft mit Newland zu vergleichen, der so lieb und nett war, und diese Augen …

»Hast du das gehört?«, fragte Gabby und unterbrach meine Tagträumerei. »Sie haben angekündigt, dass das Essen bereitsteht.«

»Stimmt. Also dann mal los«, erwiderte ich und stellte mich aufrechter hin. Jemand drehte die Musik leiser und die Partygäste kamen langsam zu uns herüber. Fünfundzwanzig Leute kamen einem dann doch viel vor, wenn sie alle auf einmal auf einen zukamen, aber ich konzentrierte mich einfach darauf, sie rasch und ordentlich zu bedienen, erinnerte mich daran zu lächeln und Smalltalk zu machen und klar auf Nachfragen nach Zutaten zu antworten.

Wir hatten bereits ungefähr drei Viertel der Gäste bedient, als mir auffiel, dass Gabby eine Auseinandersetzung mit einer Frau hatte, die sich bereits Essen geholt hatte.

»Das schmeckt überhaupt nicht nach grünem Curry mit Garnelen«, bemängelte die Frau gerade. »Da ist zum Beispiel nicht einmal Kokosmilch drin.«

»Aber Sie kennen sich mit Essen aus Sri Lanka aus, ja?«, gab Gabby in streitlustigem Ton zurück, der mir dumm vorkam, da ich mir ziemlich sicher war, dass die Frau aus Sri Lanka kam.

»Ich habe dort bloß die ersten zwanzig Jahre meines Lebens verbracht«, entgegnete die Frau. »Wisst ihr, ihr solltet euer Essen nicht als sri-lankisch ausgeben, wenn ihr bloß in Kochbüchern etwas darüber gelesen habt. Das ist kulturelle Aneignung.«

»Tatsächlich«, antwortete Gabby und wurde lauter, »habe ich eine angeheiratete Tante, die aus Sri Lanka kommt und mir alles beigebracht hat, was sie weiß.«

»Ach wirklich?«, gab die Frau zurück, wobei sie so aussah, als glaubte sie ihr kein Wort.

»Ja, wirklich.« Gabby verschränkte die Arme vor der Brust.

Die Frau warf einen Blick zu mir hinüber und ich schaute peinlich berührt weg, weil ich wusste, dass Gabbys komplettes Wissen über sri-lankische Kulinarik aus einer Woche Urlaub vor ein paar Jahren dort stammte.

»Alles in Ordnung, Hinni?«, fragte Claire, die Gastgeberin, und kam mit besorgtem Blick zu uns herüber.

»Ja, danke«, antwortete die Frau höflich.

Claire schaute Gabby unsicher an, die immer noch ziemlich aggressiv aussah.

»Ihre Freundin hat sich nach dem Essen erkundigt«, erklärte Gabby.

»Ach, schmeckt es dir?«, fragte Claire an Hinni gewandt. »Ich habe nämlich an dich denken müssen, als ich Lecker Schmecker gebucht hab. Der Geschmack deiner Heimat!«

»Sehr lieb von dir, Claire«, sagte Hinni. Offensichtlich wollte niemand die Gastgeberin verärgern.

Claire lächelte und ging wieder. Daraufhin schüttelte Hinni den Kopf und Gabby grinste sie dreckig an, bis auch sie wegging.

Wir bedienten alle fertig und fingen dann mit Aufräumen an. Gerade, als ich meine Schultern vor lauter Fremdschämen nicht mehr länger krampfig hochzog, die Worte »kulturelle Aneignung« noch in den Ohren, zischte Gabby mir zu: »Da hättest du mir gerade schon ein bisschen unter die Arme greifen können.«

»Du hast mir doch selbst gesagt, dass du die Kokosmilch vergessen hast.«

»Du bist ein Teil von diesem Unternehmen, Stella. Du kannst dich nicht im Hintergrund halten, wenn es mal schwierig wird.«

»Aber meinst du denn nicht, dass sie recht hatte?«, fragte ich. »Wir wissen doch gar nicht, wie das Essen wirklich authentisch ist.«

»Das weiß doch kaum einer, wie das schmecken soll. Das war bloß Pech. Und ich bin eine verdammt gute Köchin.«

»Davon rede ich jetzt gar nicht. Deine imaginäre Tante kann kein echtes Wissen ersetzen.«

»Ach, verpiss dich doch.«

»Nein«, sagte ich und band den Knoten meiner Schürze auf. »Verpiss *du* dich doch.« Ich hatte nicht vorgehabt, das zu sagen, aber Gott, fühlte sich das gut an.

»Was?«

»Ich bin hier fertig. Das war's.« Ich knüllte die Schürze zusammen und warf sie auf den Boden. »Ich habe keine Ahnung, wieso ich geglaubt habe, weiterhin mit dir arbeiten zu können, wenn ich mich nicht auf dich verlassen kann. Ich kann mich nicht darauf verlassen, dass du bei den Rezepten Acht gibst. Ich kann mich nicht darauf verlassen, dass du die Kunden nicht wegen deiner falschen Referenzen anlügst. Ich kann mich nicht mal darauf verlassen, dass du nicht mit meinem Freund vögelst.«

»Gut!« Gabby hob meine Schürze auf und warf sie über den Tisch, wo sie zu Füßen einer Gruppe von Gästen landete, die uns verwirrt anschaute. »Verdammt gut, dass ich dich endlich los bin. Ich war ja so ein Idiot, dass ich mich von Theo dazu hab überreden lassen, dich einzustellen. Er meinte schon, du wärst ein hoffnungsloser Fall, was die Jobsuche und das Ausziehen bei Mami zu Hause angeht. Hätte mich auf mein Bauchgefühl verlassen sollen. Als ich dich gesehen hab, hab ich gleich gewusst, dass du reine Zeitverschwendung bist.«

Ohne einen Blick zurückzuwerfen, ging ich davon, bahnte mir meinen Weg durch Grüppchen von Leuten, die sich unterhielten und tanzten.

»Dann werd ich wohl hier alleine zusammenpacken, was?«, schrie Gabby mir hinterher.

Vor dem Haus blieb ich einen Augenblick in der Dunkelheit stehen und versuchte, wieder zu Atem zu kommen. Ich wusste nicht genau, wo ich war. Gabby war mit dem Van hergefahren. Ich ging bis zum Ende der Straße und sah eine Bushaltestelle. Dort setzte ich mich hin und rief Newland an. Obwohl ich ihn erst seit drei Tagen kannte, war er bereits der Mensch, mit dem ich am meisten reden wollte.

Er ging sofort ran. »Hey, geht's dir gut?«

»Ich hab mich mit Gabby gestritten und das Unternehmen verlassen«, sagte ich so gefasst ich konnte. »Ich werde jetzt nach Hause fahren, zusammenpacken und zurück zu meinem Dad gehen, bis ich mir überlegt habe, wie es jetzt weitergeht.«

»Wow, also ich hab mich heute bloß zwischen einem Schinken- oder Käsesandwich entscheiden müssen.«

Eine Frau, die ein Stückchen weiter weg auf der Bank saß, schnalzte mitleidig mit der Zunge. Ich umfasste das Handy fester mit beiden Händen und flüsterte. »Tut mir leid. Du hast mich gerade erst kennengelernt, ich will dich gar nicht mit in mein Drama hineinziehen.«

»Das muss dir nicht leidtun«, entgegnete Newland. »Damit hast du eine gute Entscheidung für dich getroffen.«

»Ach ja?«

»Natürlich kenne ich Gabby nicht, aber nach dem, was du so erzählt hast, hält sie dich total unten. Ich hab sowieso nicht verstanden, warum du weiter mit ihr gearbeitet hast, nachdem sie doch so schlimm zu dir war.«

»Ach, Lan. Ich weiß auch schon gar nicht mehr warum. Ich wollte ihr nicht das Gefühl geben, mich geschlagen zu haben oder so. Aber das war Theos Schuld, um ehrlich zu sein, und nicht ihre.«

»Das ist die Schuld von beiden. Wo bist du? Ich komme dich abholen.«

»Alles gut, ich sitze an irgendeiner Bushaltestelle.«

»Zu dieser nachtschlafenden Zeit kommt der aber nur alle vierzig Minuten, Liebes«, sagte die Frau, die mit der

Zunge geschnalzt hatte, »und wir haben gerade erst einen verpasst.«

Ich wandte mich ihr zu. »Wo sind wir denn genau?«

»Hutton Road, Shenfield.«

Das wiederholte ich für Lan und er fragte: »In der Nähe von Brentwood? Die kenne ich.«

»Sag ihm, dass wir gegenüber von der Bibliothek sind«, meinte die Frau.

Das tat ich und er lachte. »Ich weiß genau, wo das ist, da war ich erst letzte Woche zum Treffen der jungen Bibliothekare aus Essex. In zwanzig Minuten bin ich da. Halt nach einem pinken Auto Ausschau.«

»Warum ist dein Auto pink?«

»Erzähl ich dir später.«

»Lan, ich …« So emotional wie ich war, hätte ich beinahe gesagt »Ich liebe dich!«, dabei hatten wir uns noch nicht mal geküsst! Ich sagte schnell tschüss und legte auf.

»Der scheint mir ein netter Kerl zu sein«, kommentierte die Zungen-schnalz-Frau.

»Ist er auch«, bestätigte ich.

Bis Lan mit seinem verrückten kleinen Spielzeugauto auftauchte, waren die Zunge schnalzende Linda und ich Freundinnen. Ich hatte ihr versprochen, dass Lan sie bei ihr zu Hause in Harold Wood absetzen würde. Das nahm er gelassen hin und die ganze Fahrt über unterhielten wir uns angeregt, über Lindas Arbeit als Krankenpflegerin in einem Krankenhaus, über meine abrupte Kündigung bei Gabbys Unternehmen und darüber, wie jung man sein musste, um für eine Mitgliedschaft bei den jungen Bibliothekaren aus Essex in Frage zu kommen (unglaublicherweise unter vierzig). Außerdem enthüllten wir die Wahrheit über das pinke

Auto: Es hatte Lans Cousine gehört und als die dann auf Reisen gegangen war, hatte sie es ihm zu einem Preis angeboten, der zu gut war, als dass ihn die Farbe groß gekümmert hätte.

»Ich hab überlegt, es vielleicht umzulackieren«, sagte er, »aber irgendwie ist mir die Farbe ziemlich ans Herz gewachsen.«

»Mir gefallen Jungs, die in ihrer Männlichkeit selbstbewusst sind«, meinte Linda anerkennend.

Lan fuhr sie bis vor die Haustür und beim Aussteigen schüttelte sie ihm die Hand. »Du bist ein Gentleman der alten Schule, aber wie«, sagte sie. Dann fügte sie in einem filmreifen Flüstern und mit einem Zwinkern zu mir hinzu: »Den solltest du definitiv behalten.«

Nachdem Linda dann vom Rücksitz verschwunden war, fühlte ich mich ein bisschen weniger entspannt, allerdings nicht auf eine schlechte Art. Etwas zwischen uns hatte sich definitiv verändert. Als der witzige kleine pinke Nissan an der Bushaltestelle angekommen war und ich gesehen hatte, wie sich Lan nach mir umgeschaut hatte, muss ich ehrlich sagen, dass mir klar wurde, dass ich ihn wirklich liebte, obwohl es natürlich viel zu früh war, um das zu wissen, geschweige denn es auszusprechen.

»Das war so nett von dir, Lan, alle heimatlosen Streunerinnen von Shenfield zu retten. Du bist echt ein Star.«

»Du auch, Stella. Dein Name bedeutet nämlich ›Stern‹. Das hab ich gestern mal nachgeschaut, als ich gerade nichts zu tun hatte.«

»Wirklich? Das ist ja süß.« Ich dachte an Gabby und erschauderte. »Bist du dir denn sicher, dass ich keine Zeitverschwendung bin?«

»Was bist du?«

»Ach nichts. Bloß dummes Zeug. Egal, ich bin dir echt dankbar.«

»Wofür denn? Es ist nicht schwierig, nett zu dir zu sein. Du bist ein Star und ich bin anscheinend jemand, den man behalten sollte.«

Vor der WG war weit und breit nichts von Gabby zu sehen und ich betete, dass wir auch vor ihrer Rückkehr schon wieder weg sein würden. Ich sperrte uns auf und blieb vor dem Wohnzimmer stehen. An dem Abend, an dem ich zurückgekommen war und stumm an genau demselben Fleck gestanden hatte – in dem alles verändernden Augenblick –, hatte ich das Gefühl, dass ich hier nicht mehr länger hingehörte. Diesem Instinkt hätte ich vertrauen sollen. Jetzt war ich einfach nur baff, dass ich noch vor ein paar Tagen geglaubt hatte, weitermachen zu können, als wäre nichts geschehen.

Wir gingen in die Küche, um ein paar meiner Sachen zu holen. Piet am Tisch sitzen zu sehen war eine Überraschung.

»Hi, Piet. Ich dachte, du arbeitest heute Abend.« Er hatte viele komische Nebenjobs, darunter auch einen als Barkeeper.

»Hallo, Stella und Newland. Letztendlich haben sie mich doch nicht gebraucht, fürchte ich.«

»Ach, das tut mir leid.«

»Ich bin selbst schuld, ich bin zu spät gekommen. Aber ich muss zugeben, dass ich mir langsam ein bisschen Sorgen wegen dem Geld mache.« Er stand auf und füllte den Wasserkessel auf. »Was ist mit dir? Ist die Party schon zu Ende?«

»Ich bin schon früher gegangen. Tatsächlich hab ich das Unternehmen verlassen.«

»Das ist eine vernünftige Entscheidung.«

»Ach ja?«

»Gabby ist nicht so gut im Teamwork.«

Newland lachte. »Das kannst du aber laut sagen.«

»Was hast du jetzt vor?«, fragte Piet. »Tee?«

»Ja, dann mach. Aber schnell. Ich ziehe jetzt aus. Meine Miete ist bis zum Ende des Monats bezahlt. Ich werde erst mal eine Weile bei meinem Dad bleiben, glaub ich. Dann sehen wir weiter.« Ich wusste, dass ich von hier wegmusste, doch der Gedanke daran, schon wieder nach Hause zurückzukehren, ohne Arbeit und ohne Geld, erfüllte mich mit Angst. Es konnte nicht wieder wie vorher werden. Das durfte es nicht.

Piet klapperte mit den Tassen und der Milch herum. »Ich fühl mich aber auch nicht so wohl, hier mit Gabby allein zu wohnen. Sie ist zu unvorhersehbar. Gestern Morgen war sie ziemlich unfreundlich zu Carol.«

»Carol? Vom ESK-Treffen?« Ich blinzelte überrascht.

»Wir beide haben eine Nacht mit höchst kurzweiligem, unverbindlichem Sex verbracht. Danach hat sich Gabby Carol gegenüber, die sicher *nicht* alt genug ist, um meine Mutter zu sein, extrem unerfreulich verhalten.«

»Ach … okay«, meinte ich und vermied es entschieden, Lan anzuschauen, obwohl ich sehen konnte, dass er breit grinste. Ich war mir sicher, dass Carol mindestens fünfundzwanzig Jahre älter war als Piet. Seinen Appetit auf willkürliche sexuelle Abenteuer musste man aber einfach bewundern. Er war so ungeniert, verhielt sich so *europäisch*, was Sex anging. Das war irgendwie erfrischend.

»Wenn dir irgendeine Arbeit oder Wohngelegenheit ein-fällt, halte mich bitte im Lauf.«

»*Auf dem Laufenden*. Das werde ich, Piet.«

»Denn ich vermute«, dabei lächelte er Lan an, »dass du wieder zurück in diese Gegend ziehen wollen wirst und mir würde es auch gefallen hierzubleiben. Ich muss nämlich sa-gen, dass ich gerne mit dir in einer WG wohne.«

Lan und ich nahmen unseren Tee mit nach oben. Dabei fiel mir auf, dass ich lächelte. Was hatte Piet bloß an sich? Er schaffte es immer, dass ich mich besser fühlte. Ich ver-sprach mir selbst, wieder in diese Stadt zurückzukehren. Sie gefiel mir wirklich gut und außerdem hatte ich hier einen potentiellen Mitbewohner. Nach Hause zu Dad zu gehen wäre dieses Mal bloß ein Zwischenstopp, das nahm ich mir fest vor. Ich spürte, wie ich Gabbys Worte, ich wäre eine Zeitverschwendung, langsam abschüttelte und dass sie sich mir nicht ins Gedächtnis gruben, wie sie es noch letztes Jahr getan hätten, als ich so wenig Selbstvertrauen gehabt hatte.

Wie fühlst du dich?

Überraschend gut, danke, Bettina.

Da Lan mir half, meine ganzen Sachen in Müllsäcke zu packen, ging alles recht schnell – so viel Zeug hatte ich dann auch wieder nicht –, aber trotzdem waren wir noch nicht ganz fertig, als ich Gabby reinkommen hörte. Es folgte viel Türengeknalle und Gefluche und zehn Minuten später hörte ich Piet in sein Zimmer hochrennen, vermutlich, um vor Gabby zu fliehen, die auf hundertachtzig war.

Als wir mit meinen Sachen nach unten schlichen, klopfte es an der Tür. Ich machte auf und dort stand Theo.

»Oh«, sagte er.

»Allerdings oh«, gab ich zurück. »Vermutlich bist du hier, um die arme Gabby zu trösten?«

»Äh … sorry. Ich wusste nicht, dass du da bist.« Er warf einen Blick auf Newland. Vermutlich war es oberflächlich von mir, aber mir fiel auf, dass der erfreulicherweise größer und besser aussehend war als Theo, aber was zur Hölle. Diesen Moment hatte ich mir verdient.

»Newland, das ist Theo.«

»Hallo, Theo«, sagte Newland mit undurchdringlichem Gesichtsausdruck. »Ich hab schon viel von dir gehört.«

»Oh«, wiederholte Theo. Er hatte gerade seine Hand ausstrecken wollen, überlegte es sich aber dann doch anders. Hinter uns wurde die Küchentür aufgerissen.

»Komm verdammt noch mal endlich rein, Theo«, ertönte bedrohlich Gabbys Stimme vom anderen Ende des Flurs.

»Na ja, ich werde dann mal lieber …«

»Viel Glück, Theo.« Ich machte ihm Platz, damit er eintreten konnte, und er hastete den Flur entlang. Leise fügte ich hinzu: »Das wirst du auch brauchen.«

*

Am liebsten wäre ich für immer auf dem gemütlichen Beifahrersitz von Lans pinkem Auto sitzen geblieben und hätte mit ihm darüber geredet, wie seltsam dieser Tag war, und mir angehört, wie erholsam normal seiner war. Doch in weniger als einer Stunde waren wir schon vor Dads Haus angekommen.

»Ich werd dir helfen, die Tüten reinzutragen«, sagte er.

»Danke dir. Es ist schon so spät, da ist bestimmt keiner

mehr wach. Tatsächlich ist es schon *so* spät, dass du über Nacht bleiben solltest.«

»Ich kann aber auch leicht wieder nach Hause fahren.«

»Lan, es ist ein Uhr morgens. Wie auch immer, ich will, dass du bleibst. Du kannst meinen Dad und meine Oma kennenlernen.«

Mir wurde klar, dass das Sachen waren, die man zu einem echten festen Freund sagte und ich lief rot an. Zum Glück war es so dunkel, dass er das nicht sehen konnte. Und außerdem sagte er glücklicherweise auch: »Das wäre toll.«

Leise schloss ich die Tür auf, aber zu meiner Verwunderung erschien Dad im Flur und zog mich in eine Umarmung. »Stella! Was für eine schöne Überraschung!«

Dads Auftauchen war auch eine schöne Überraschung – er hatte sich rasiert, seine Haare gewaschen und war schick angezogen. »Tut mir leid, dass es so spät ist, Dad. Warum bist du noch auf?«

»Ich, äh, war aus«, antwortete Dad und schaute spitzbübisch drein.

»Echt jetzt? Wo denn?«

»Ach, nirgendwo Besonderes, wirklich.« Er ließ mich los und schaute hinter mich zu Newland, der in einer respektvollen Entfernung stehen geblieben war. »Muss ich den Fahrer bezahlen?«

»Nein, Dad, das ist Newfriend. Newland, meine ich, mein, äh, neuer Freund.«

»Erfreut, Ihre Bekanntschaft zu machen, Mr Bright.« Er und Dad schüttelten sich höflich die Hand.

»Ja, allerdings, ja.« Dad schaute mich belustigt an. »Hast du Stella hergefahren? Sehr nett. Ich wollte mir gerade noch einen Absacker genehmigen. Habt ihr auch Lust auf einen?

Newland? Kann es sein, dass dein Name von Edith Wharton inspiriert ist?« Er legte Newland einen Arm um die Schultern und führte ihn in die Küche, wobei ich hinter den beiden zurückblieb und in mich hineingrinste.

19

KAY

Mein letzter Tag in Venedig begann etwas holprig, mit
einem Telefonanruf von Imogen. Sie teilte mir mit, dass ihre
Söhne von einem wohlhabenden Elternteil ein Angebot für
das Cottage erhalten hatten, der es für seine Tochter und
eine ihrer Freundinnen wollte, beides Studentinnen. Er war
gewillt, 900 Pfund im Monat dafür zu zahlen.

»Meine Söhne denken darüber nach, *Chérie*. Obwohl sie
eigentlich keine Studienanfänger als Mieter haben wollen,
ist das Geld anscheinend zu gut, um es abzulehnen.« Imogens Stimme zitterte. »Meine Söhne kennen den Preis von
allem, und den Wert von nichts.«

»Ich verstehe, Imo«, sagte ich.

»Wenn du meinst, dieselbe Summe zahlen zu können,
Liebes, bin ich mir sicher, dass ich sie dazu überreden
könnte, es stattdessen dir zu überlassen.«

Ich wusste, dass ich das nicht zahlen, geschweige denn
den Betrag überbieten konnte. In Wahrheit konnte ich mir
nicht einmal die ursprüngliche Miete leisten, die sie genannt
hatte. Meine Ersparnisse wären in kürzester Zeit aufgebraucht. Mit viel Bedauern verabschiedete ich mich also
von Bryn Glas.

In letzter Zeit verabschiedete ich mich recht oft: von Bear,
Richard, Bryn Glas. Da ich die heutige Enttäuschung damit
also schon hinter mir hatte, durchstreifte ich wie immer

Venedig, ohne bestimmtes Ziel vor Augen, und machte Fotos mit meinem Handy. Die meisten waren total klischeehaft, aber ich wollte einfach sehen, ob ich meinen Fotoblick immer noch draufhatte. Wieder einmal vermisste ich meine richtige Kamera. Warum zur Hölle hatte ich sie zurückgelassen, als wäre sie auch nicht wichtiger als irgendein alter Pulli?

Am Nachmittag fand ich mich – keine Ahnung wie – bei dem Schreibwarenladen wieder, wo ich mein salbeigrünes Wildledernotizheft gekauft hatte. Ich ging hinein und suchte ein größeres, teureres für Richard aus, in einem zarten Silbergrau und noch einen Stapel von dem cremefarbenen Briefpapier. Ich trug meine Beute in das Café, bestellte einen Cappuccino und nahm die Kappe meines Lieblingsfüllers von Waterman ab.

Lieber Richard,

ich hoffe, dieses Notizheft gefällt dir. Der Schreibwarenladen hier ist voll von solchen Büchlein, und ich wünschte, ich könnte hundert mit nach Hause nehmen. Für die meisten Läden sind sie zu schick, aber für Etepetinte könnten sie vielleicht passen.
Ich bin so froh, dass du glücklich bist. Wie wunderbar, dass wir beide nach vorne schauen und uns füreinander freuen können. Ich will mich bei dir dafür bedanken, dass du mir genug Respekt entgegenbringst, um mich beim Wort zu nehmen. Mir war nicht bewusst, wie ernst das mit uns war, wegen unserer Trennung, bis ich es von dir gehört habe.
Ich werde dich wirklich vermissen. Neunundzwanzig Jahre sind ein Triumph und keine Niederlage. Wir können viele

großartige Dinge aus dieser Zeit mitnehmen, nicht zuletzt
unsere wundervollen Kinder. Wie lautet noch gleich dieser
Spruch? Weine nicht, weil es vorbei ist, sondern lächle,
weil es passiert ist. Vielleicht Quatsch, aber momentan
fühle ich mich so.

Ich hörte auf zu schreiben, weil mir auffiel, dass jemand neben meinem Ellbogen stand. Ich wollte mich gerade umdrehen und »*No, grazie*« zu dem Kellner sagen, da ich annahm, dass er mir gleich noch einen weiteren Kaffee anbieten wollte, doch es war gar kein Kellner. Es war ein hochgewachsener Mann mit dunklen Haaren, ungefähr in meinem Alter, vielleicht ein bisschen jünger, in einem hellgrauen Anzug und einem blauen Schal. Er sagte etwas auf Italienisch und ich sah ihn verwirrt an.

»Englisch?«, fragte er.

»Ja.«

Er lächelte. »Sie haben das hier fallen lassen.« Er reichte mir die Kappe meines Füllers.

»Ach! Danke Ihnen.« Das hatte ich gar nicht gemerkt, sie musste vom Tisch gerollt sein. Ich wandte mich wieder meinem Brief zu, doch der Mann ging nicht weg. Daher schaute ich wieder zu ihm auf, die Frage »was?« auf dem Gesicht.

»Heutzutage sieht man bloß noch selten jemanden mit einem Füllfederhalter schreiben«, meinte er. »Sie sehen aus wie eine Frau aus einem Roman von Henry James.«

»Äh, danke«, erwiderte ich. War das überhaupt ein Kompliment? Ich konnte mich nicht mehr erinnern, ob Henry James derjenige mit den altbackenen, zugeknöpften Frauen war, oder ob das Thomas Hardy war.

»Ich sitze auch alleine an einem Tisch«, fuhr der Mann

fort, »und habe mich gefragt, ob ich Ihnen wohl Gesellschaft leisten dürfte.«

Eine Anmache! Meine erste seit einer Weile. Seit Jahrzehnten, vermutlich.

»Nein, danke«, entgegnete ich und lächelte, um nicht zu barsch zu wirken. Ich deutete auf meinen Brief. »Ich bin beschäftigt.«

»Dann werde ich mich wieder verabschieden. Ich wollte Ihnen bloß sagen, dass ich gestern Abend mit meinem Vater im Gritti zu Abend gegessen habe, und da sind Sie mir aufgefallen, alleine und im perfekten Einklang mit sich selbst. Manchmal haben Sie vor sich hingelächelt und davon war ich sehr angetan. Mein Vater riet mir, Sie anzusprechen, doch ich fürchte, dass ich zu schüchtern war. Wie auch immer. Ich wünsche Ihnen noch einen schönen Aufenthalt in Venedig.« Damit schlenderte er davon.

In perfektem Einklang mit mir selbst? Angetan? Schüchtern?

»Wenn ich es mir recht überlege«, sagte ich, »setzen Sie sich doch für einen Moment.«

»Danke«, erwiderte er und kam meiner Bitte nach.

Na ja, es wäre ja auch nicht Venedig ohne einen kleinen romantischen Anreiz, oder? Ich brauchte etwas, das ich Rose nach meiner Rückkehr erzählen konnte. Etwas, das nichts mit der unheilbaren Krankheit unserer Freundin oder meinem Fast-aber-doch-nicht-ganz-Versuch, zu Richard zurückzukehren, zu tun hatte.

»Ich heiße Kay«, stellte ich mich vor.

»K wie der englische Buchstabe?«

»K-a-y, eine Abkürzung für Kathleen.«

»Kathleen ist ein schöner Name. Ich bin Luca.«

»Ihr Englisch ist ausgezeichnet, Luca«, antwortete ich.

Der Kellner brachte seinen Kaffee und er bedankte sich.

»Ich habe in Oxford studiert.«

»Äh, auf welches College sind Sie denn gegangen?«
Meine Flirtkenntnisse waren extrem eingerostet.

»Keble.«

Er hob die Tasse an die Lippen und ich musterte ihn
verstohlen. Mitte bis Ende vierzig? Der Anzug war teuer.
Weißes Hemd, keine Krawatte, ein Knopf am Hals offen,
Kaschmirschal. Ein bisschen zu Sacha-Distel-mäßig, was
die Bräune und das zurückgekämmte Haar anging, jedoch
ohne Zweifel gut aussehend.

»Wenn ich fragen darf, wem schreiben Sie da?«

Ich schaute hinunter auf den Brief. Hoffentlich stand die
Schrift für ihn zu sehr auf dem Kopf, sodass er nichts lesen
konnte. »Meinem Mann«, antwortete ich.

»Ah, verstehe. Ein glücklicher Mann.«

»Meinem Exmann. Wir leben getrennt«, fügte ich hinzu.
Es laut auszusprechen fühlte sich okay an. Gut, tatsächlich.

»Dann bin ja vielleicht ich der glückliche Mann.«

Ich lachte. »Ihre Sprüche sind ganz schön frech, Luca.
Haben Sie die denn seit Ihrer Zeit in Oxford gar nicht mehr
aufpoliert?«

Er lächelte. Verdammt, das war vielleicht ein schönes Lächeln. »Nein, Sie haben schon recht. Ich stecke immer noch
in den Neunzigerjahren fest, fürchte ich. Aber ich habe tatsächlich das Gefühl, Glück zu haben, hier mit einer schönen
Dame zu sitzen und zu plaudern, die Briefe mit einem Füller
schreibt und für sich ganz allein Champagner bestellt.«

»Normalerweise mache ich das nicht«, erklärte ich. »Das

mit dem Champagner, meine ich. Aber einen Füller benutze ich natürlich immer.«

»Natürlich.«

Wir lächelten uns an. »Wie lange bleiben Sie noch in Venedig?«

»Morgen fliege ich wieder nach Hause.« Natürlich hatte ich gar kein Zuhause mehr, aber das war jetzt zu kompliziert zu erklären.

»Zu Ihrem Mann?«

»Nein, aber zurück nach England. Um herauszufinden, was ich als Nächstes tun will.«

»Dann haben Sie bestimmt schon einen Plan für Ihren letzten Abend in Venedig?«

Ich schaute ihm in die Augen, die kleine Fältchen an der Seite zierten. Augenfältchen mochte ich ziemlich gern. »Ja«, antwortete ich zu unser beider Überraschung, »ich werde mit Ihnen zu Abend essen.«

Amüsiert schaute er mich an. »Das höre ich doch gerne.« Er rief den Kellner zu sich und bezahlte unsere Kaffees, wobei er mein Bargeld ignorierte. Wir verabredeten uns um zwanzig Uhr vor dem Gritti, doch er meinte, er würde mich woandershin ausführen, an einen Ort, »wo Venezianer hingehen«. Ich hätte ernsthaft erwartet, dass er sich beim Aufstehen mit einem Handkuss von mir verabschieden würde, doch das war selbst für ihn eindeutig ein Klischee zu viel, stattdessen sagte er einfach: »*Arrivederci*, Kathleen. Bis heute Abend.«

Nachdem er weg war, schrieb ich Rose, wobei sich meine ungeschickten Finger mehrmals verschrieben, bis ich die richtigen Buchstaben fand.

Henry-James-Heldin – gut oder schlecht?

Sie musste bereits auf ihr Handy geschaut haben, denn die Antwort kam unmittelbar:

Venedig hat eindeutig einen schönen literarischen Effekt auf dich. Generell gut. Geistreich, belesen, komplex, unabhängig. Warum? Schreibst du an einem Essay?

Haha nein. Apropos literarisch, wie läuft's so mit Graham?

Ich achtete stets darauf, regelmäßig nach ihm zu fragen.

Gut, danke. Wunderbar. Sind heute bis 10 Uhr im Bett geblieben. Ich bin zu spät zur Arbeit gekommen!

Zu viel Info, wie Stella sagen würde.

Aber schön für Rose. Sex mit jemand Neuem zu haben – das musste seltsam sein. Aber Sex mit jemand Neuem, jemand Gutaussehendem, jemandem mit einem schönen Lächeln könnte auch ziemlich schön sein. *Mit jemand Heißem*, noch so ein Spruch von Stella. Jemandem ohne Verpflichtungen, in einem fremden Land, das man sowieso bald wieder verließe … na ja. Ich wünschte, ich hätte meinen Fächer nicht im Apartment liegen gelassen, denn auf einmal war mir ziemlich warm.

Ich schrieb meinen Brief an Richard zu Ende, allerdings etwas hastiger, als ich es ohne die Unterbrechung getan hätte. Dann schlenderte ich zum Palazzo zurück, machte kurz bei einer kleinen Castello-Postfiliale Halt, um den Brief und das silbergraue Notizbuch für Richard und den letzten Brief an Bear aufzugeben.

Zurück im Apartment nahm ich ein Bad und machte all die Frauen-gehen-auf-Dates-Dinge, die ich schon seit Jahren nicht mehr gemacht hatte. Na ja, gemacht hatte ich sie schon, aber nicht alle auf einmal und gedanklich war ich dabei auch auf keinem Date gewesen. Ich wusch mir die Haare, rasierte mir die Beine und Achseln und brachte den guten alten Damengarten etwas in Schuss – nicht, dass ich plante, mit ihm zu schlafen, natürlich nicht, er war eindeutig ein Café-Schürzenjäger, aber nur für den Fall …

Für welchen Fall?, hörte ich Rose' Stimme. *Für den Fall, dass es einen verrückten Unfall gibt, bei dem dir deine Unterhose in der Öffentlichkeit herunterrutscht?*

Okay, Rose, sagte ich zu mir selbst, *für den Fall, dass ich mich wirklich dazu entschließen sollte, mit ihm zu schlafen.*

Es ist nichts Verwerfliches an Gelegenheitssex, antwortete Rose. *Solange du …*

Oh Gott, natürlich hatte ich kein Kondom. Warum auch? Ich war seit hundert Jahren verheiratet. Richard und ich benutzten ein Diaphragma zur Verhütung und witzigerweise hatte ich das natürlich nicht in meinen Rucksack gepackt. Wie auch immer, ein Diaphragma würde bei einem fremden Mann sowieso nicht ausreichen, da musste man schon ein Kondom benutzen, um sich selbst vor allen möglichen Krankheiten zu schützen, die er vielleicht haben könnte. Uff, vielleicht würde ich also doch nicht mit ihm schlafen. In meinen Gedanken verwandelte er sich schon langsam zu einem protzigen Goldkettchentyp mit Brustbehaarung. Ging ich wirklich auf ein Date mit einem Mann, den ich nicht kannte, nur weil der gesagt hatte, ich sähe aus wie eine Frau aus Henry James?

Anscheinend schon, da ich meinen unvernünftigen BH anzog und meinen bis dato unbenutzten schicken Lippenstift auftrug. Ich vermutete, dass der zwar zu rot für mich war, aber zur Hölle damit. Mein schönstes Kleid war das aus dem »Op-Shop« in Sydney, das ich schon an den letzten beiden Abenden im Gritti angehabt hatte. Ich roch daran, aber es kam mir noch frisch genug vor, deshalb besprühte ich es bloß mit ein bisschen Parfüm und zog es an.

Auf dem Weg zum Gritti redete ich mir ein, dass er vermutlich gar nicht auftauchen würde, dabei wusste ich ganz genau, dass er da sein würde. Ich war früh dran, doch er war auch schon da, also grinsten wir uns beide breit an und begrüßten uns mit einem Küsschen auf beiden Wangen.

»Du siehst bezaubernd aus«, sagte er. »Ich habe schon gedacht, du kommst vielleicht nicht.«

Er brachte mich zu einem Restaurant, das ich allein nie gefunden hätte. Es lag eine Straße hinauf und eine andere wieder hinunter und eine seitlich und Gott weiß wo. Aber auch wenn ich es gefunden hätte, wäre ich nicht reingegangen, da es von außen total unscheinbar aussah. Doch es war überfüllt mit lebenslustigen, lauten Italienern aller Altersgruppen und es herrschte ein fröhliches Stimmengewirr. Wie sehr es sich von der gediegenen Ruhe, den flüsternden Pärchen im Gritti unterschied. Hier lachten und schrien alle und die meisten Leute klangen so, als würden sie wild miteinander flirten, doch angesichts meiner mangelnden Italienischkenntnisse hätten sie auch genauso gut über Finanzen diskutieren können.

Luca und ich quetschten uns an einen kleinen Tisch hinten im Lokal und unterhielten uns ununterbrochen. Er erzählte aus seinem Leben. Untypischerweise für jemanden, der in Venedig wohnte, war er auch hier aufgewachsen. Er und seine Freunde hatten während der Schulferien immer etwas Geld damit verdient, Touristen, die sich verirrt hatten, mit ihrem Rückweg zu helfen. Er hatte in England und vielen anderen Ländern in Europa gelebt, war zweimal verheiratet gewesen und hatte eine erwachsene Tochter in Kanada. Er arbeitete bei einer Non-Profit-Organisation, die etwas mit Energie und der Umwelt zu tun hatte, doch er hatte gerade sechs Monate Langzeiturlaub, um sich um seinen kranken Vater zu kümmern. In dieser Zeit musste er einen Platz in einem Pflegeheim für ihn finden, von denen es in Venedig nicht viele gab. Deshalb wollte er mit ihm nach Mailand ziehen, doch sein Vater wehrte sich dagegen.

Ich erzählte ihm von meinen Kindern und entspannte mich so sehr, dass ich ihm sogar von meinen Enkelkindern erzählte. Er konnte es gar nicht glauben, dass ich Großmutter war, und sah ehrlich erstaunt aus. »Ich war eine Kinderbraut«, erklärte ich ihm, aber mir fiel auf, dass er versuchte, mein Alter abzuschätzen; für eine direkte Frage war er zu höflich. Doch ich registrierte, dass es mir egal war, ob ihn das störte oder nicht. Ich war in einer ziemlichen »Ich-bin-wie-ich-bin, friss-oder-stirb«-Laune. Außerdem erzählte ich ihm von meinen unverwirklichten Fotografieplänen – Gott weiß, wie wir darauf kamen.

»Du hättest also in einem Fotostudio gearbeitet?«

»Ja, in einem schönen mitten in London. Dort fotografierten sie Hochzeiten, aber auch ein bisschen Promis und Fashion Week. Eine einzigartige Gelegenheit.«

»Aber dann bist du schwanger geworden?«

Ich nickte. »Hab dir doch gesagt, dass ich jung war. Nachdem mich der Storch gebissen hat, hab ich das Studium abgebrochen und nie einen Abschluss oder eine Ausbildung gemacht. Stattdessen hab ich geheiratet.«

»Auch wenn das ein neuer Ausdruck für mich ist, kann ich mir schon denken, was ›vom Storch gebissen worden sein‹ heißt«, meinte er. »Das Leben ist eine seltsame und komplizierte Reise, die keinem geraden Weg folgt.«

»Wie tiefgründig, Luca!«

»Was hast du dann stattdessen gemacht? Welche besonderen Fähigkeiten hast du?«

»Gott, keine Ahnung, ob ich überhaupt welche habe. Ich habe fünfundzwanzig Jahre lang in einem Laden gearbeitet. Daher denke ich mal, dass ich gut darin bin, Freude bei der Arbeit mit Kunden auszustrahlen. Ist das eine Fähigkeit?«

»Alle im Dienstleistungssektor besitzen die bestimmt nicht.«

»Stimmt. Ach ja, und ich bin ziemlich gut im Heimwerken.« Luca sah verwirrt aus, deshalb fuhr ich fort: »Ich war diejenige, die im Haus immer alles repariert hat. Regale aufhängen, Klempner- und Elektriker-Sachen erledigen, du weißt schon.«

»Nicht dein Mann?«

»Na ja, der war nicht viel zu Hause. Und ich bin geschickter. Du solltest mich mal mit einem Schraubenzieher in der Hand sehen.«

»Das würde mir gefallen«, sagte Luca in so einer sexy Stimme, dass ich mein erhitztes Gesicht in meinem Glas verbarg und einen großen Schluck Wein trank.

»Und woher kommt dein Akzent, Kathleen? Die ganze Zeit versuche ich schon dahinterzukommen.«

»Ich komme aus Hoylake, in der Nähe von Liverpool.«

»Ach, ein Beatles-Akzent also!«

»Na ja, im Gegensatz zu denen ist meiner da schon ein bisschen stärker. Tatsächlich war John Lennons erste Frau, Cynthia, die berühmteste Persönlichkeit aus Hoylake. Sie war das Einzige, was an ihm je vornehm war. Meine Mum kannte ihre Cousine ziemlich gut.«

»Ich bin also in der Gegenwart einer Berühmtheit.«

»Allerdings, nur drei Ecken trennen mich von John Lennon.«

»Die Beatles habe ich immer geliebt.«

»Alle lieben sie.«

Als Rose und ich an der Universität waren, hat man uns Abendessen ausgegeben, nur weil wir aus Liverpool kamen. Rose legte sich sogar eine überzeugende, kleine Geschichte zurecht, dass sie das heimliche Kind aus der Liebesbeziehung von Paul und seiner ersten festen Freundin Dot wäre. Der Gedanke daran brachte mich zum Lächeln, woraufhin Luca sein Glas hob und mir zuprostete.

»Auf Cynthia Lennon und Kathleen – die schönen Frauen aus Hoylake.« Die Art, wie er das sagte, klang irgendwie sexy.

Über einem Teller köstlicher hausgemachter Pasta unterhielten wir uns über unsere Ehen. Ich erzählte ihm ein bisschen von Richard und mir und davon, wie ermüdend es war, nach der Trennung die ganze Zeit zwischen den zwei Extremen hin- und herzuspringen, dass alles gut war, dann aber doch wieder das Gefühl zu haben, verloren und ängstlich zu sein.

»Eine Scheidung ist wie ein Todesfall«, sagte Luca und schenkte uns Wein nach. »Man muss ähnlich trauern.«

Da er das schon zweimal durchgemacht hatte, nahm ich an, dass er wusste, wovon er sprach.

Danach verspeisten wir das beste Schokoladentörtchen, das ich je gegessen hatte, tranken noch mehr Wein und schließlich Kaffee. Als dann die Rechnung kam, legte er die Hand darauf, damit ich den Betrag nicht sehen konnte.

»Ich würde gerne zahlen.«

»Es wäre mir peinlich, dass du dann sehen würdest, wie wenig es kostet«, meinte er, »und außerdem habe ich dich zum Abendessen eingeladen, also muss ich auch bezahlen.«

»Eigentlich habe ich dich ja gefragt, falls du dich noch erinnerst.«

Er gab dem Kellner seine Karte und antwortete: »Ich erinnere mich nicht mehr.«

»Hör zu, Luca«, sagte ich, wobei ich leicht undeutlich sprach. »Ich werde keinen Sex mit dir haben, nur weil du für mein Abendessen bezahlt hast.«

»Das denke ich auch gar nicht«, antwortete er, »nach so einem billigen Abendessen.«

Wir lachten beide und ich dachte *Wobei, vielleicht schlafe ich ja doch mit dir ...,* doch so sehr mich der Gedanke auch erregte, machte er mir auch Angst.

Er ließ mich das Trinkgeld geben und danach machten wir uns auf in die kühle, dunkle Nacht. Er legte mir den Arm um die Schultern, was sich sehr natürlich anfühlte, und wir spazierten ein bisschen umher. Wer wusste in Venedig schon, wohin man ging? Es war auch nicht wichtig.

»Was würdest du jetzt gerne tun?«, fragte er.

»Vermutlich am Canale Grande entlang zu meinem Apartment spazieren und dann sollte ich allmählich ins Bett. Mein Flug geht morgen sehr früh.«

»Wo ist deine Unterkunft?«

»Im Castello-Viertel. Im Palazzo Luce Dorata.«

»Ah, das ist ein schönes Gebäude. ›Goldenes Licht.‹«

»Das ist die Bedeutung?« Ich hatte angenommen, dass das bloß ein Name war. »Na ja, alles in Venedig ist schön«, erwiderte ich.

Er blieb stehen und wandte sich mir zu. »Damit hast du vollkommen recht«, sagte er und bevor ich mich versah, lagen seine weichen Lippen schon auf meinen. Sofort hatte ich Angst, dass ich nicht mehr wusste, wie man das hier machte. Seit drei Jahrzehnten hatte ich niemanden mehr außer Richard geküsst und es war ja jetzt nicht gerade so, als hätten wir beide in letzter Zeit viel herumgeknutscht. Sollte man da nicht die Lippen bewegen, und den Mund ein Stückchen öffnen und …

Doch diese Gedanken verpufften innerhalb einer Millisekunde, weil ich mit dem Nachdenken aufhörte und den Kuss einfach erwiderte. Wie sich herausstellte, hatten meine eingerosteten Lippen Muskelgedächtnis, sodass sie ohne mein Zutun wussten, was zu tun war.

Der Kuss hielt lange an und nachdem wir uns voneinander gelöst hatten, standen wir einfach nur da und schauten uns an. Meine Atmung fühlte sich etwas komisch an.

Er lächelte. »Ja. *Alles* in Venedig ist schön.«

»Du alter Kitschkönig«, erwiderte ich.

»Was ist ein Kitschkönig?«

»Ein freundlicher Ausdruck, den ich mir gerade ausgedacht habe, für einen Dummschwätzer.«

»Ich rede aber gar nicht dumm daher, Kathleen. Du bist hinreißend.«

»Na ja, danke.« Seine Aussprache von Kathleen – einen

Namen, den ich nie gemocht hatte – mit einem harten ›t‹ in der Mitte anstatt des ›th‹ –, hatte einen interessanten Effekt auf meinen Bauch. Nur zur Information, ich war nicht schön. Normalerweise war ich auf einer Skala von eins bis zehn eine Fünf, bestenfalls eine Sechs. Doch heute Abend hatte ich mir viel Mühe mit meiner Frisur und meinem Make-up gegeben, also lassen wir es eine Sieben sein. Und es war dunkel und wir waren angetrunken. Also vielleicht eine Acht. Außerdem dachte er jetzt, dass ich ihm das Okay gegeben hatte, also sagen wir eine Neun.

Wir spazierten weiter am Kanal entlang, er zeigte mir verschiedene interessante Gebäude und erzählte mir Geschichten zu den Brücken, die wir überquerten. Ich fragte mich, ob er mich noch mal küssen würde, doch das tat er nicht.

»Gefällt es dir, wieder hier zu sein?«, fragte ich.

»Es ist ein wunderbarer Ort zum Leben, aber auch ein schrecklicher. Manchmal beides gleichzeitig.«

»Warum schrecklich?«

»Ach, es ist ein Spielplatz für Touristen, weißt du. Die Stadt gehört nicht ihren Bewohnern. Wir werden zur Seite gedrängt, unsere Bedürfnisse sind immer nur zweitrangig.«

Da ich selbst Touristin war, hatte ich das Gefühl, mich entschuldigen zu müssen, aber das erschien mir dann doch ein bisschen einfältig. Stattdessen fragte ich: »Willst du deshalb nach Mailand ziehen?«

»Um meines Vaters willen müssen wir umziehen. Aber es macht mich traurig. Auch wenn es hier schrecklich ist, ist es mir doch von allen Orten, an denen ich schon gelebt habe, der liebste.«

Wir erreichten den Palazzo und mein Herz, das den ganzen Abend über schon lauter geklopft hatte, legte noch eine Schippe drauf. Jetzt schlug es mir regelrecht bis zum Hals.

»Gott, bin ich nervös«, platzte es aus mir heraus.

Luca nahm den Arm von meinen Schultern und schaute mich sanft an. »Warum denn, Kay?«

»Weil ich dich noch mit hineinbitten will, aber starr vor Angst bin.«

»Bin ich denn so furchteinflößend?«

»Ja, verdammt. Na ja, nicht du persönlich, du bist sehr nett, es ist bloß …«

Es ist bloß, das letzte Mal, dass ich mit jemandem geschlafen habe, der nicht Richard war, war 1988, und hieß David Endevane. Es ist bloß, dass ich eine Frau mittleren Alters mit Hängebrüsten und einem Speckbäuchlein bin, mein Hals ist auch nicht mehr so straff wie einst und sogar an den Füßen habe ich Schwielen, es gibt also kein einziges Körperteil, das man ernsthaft als hübsch bezeichnen könnte, wobei, meine Unterarme sind gar nicht so schlecht, aber vermutlich wird sich dein Interesse für die in Grenzen halten. Es ist bloß, dass ich nicht weiß, wie man Sex hat, der kein vertrauter Ehesex ist. Es ist bloß, dass wir ein Kondom brauchen, ich aber keines habe und ich eher sterben würde als dich zu fragen, ob du eines hast, obwohl ich Stella immer eingetrichtert habe, darauf zu bestehen, dass ihr Freund eines benutzt. Es ist bloß, dass ich nicht genau weiß, für wie alt du mich hältst. Es ist bloß, was wenn du ein Flegel oder ein Dieb oder irgendein komischer Fetischist bist, über den ich dann lachen muss?

»Ich bin noch nicht lange getrennt«, sagte ich bloß. »Ich habe das Gefühl, das ist vielleicht alles etwas zu früh.«

»Das ist vollkommen in Ordnung, Kathleen«, antwortete

er. »Ich habe einen wunderbaren Abend mit dir verbracht. Ich fände es sehr schade, das alles zu ruinieren, weil dir nicht wohl dabei ist.« Er küsste mich auf die Wange und trat einen Schritt zurück. »*I tuoi occhi sono come il mare.*«

»Das klingt wunderschön, aber nach allem, was ich verstehe, könntest du mir auch sagen, dass ich Pastasoße im Gesicht habe.«

»Ich spreche sehr gerne Englisch, aber manchmal ist es einfach zu englisch. Italienisch ist die Sprache der Liebe. Ich habe dir gerade gesagt, dass deine Augen wie das Meer sind.«

»Schlammig und verschmutzt?«

Er lachte. »Guten Flug morgen. Es war wunderbar, dich kennengelernt zu haben.« Er drehte sich um und schlenderte langsam davon, wie damals im Café. Wenn das ein gerissener psychologischer Trick war, war der ziemlich effektiv.

»Luca«, rief ich ihm nach, »warte kurz.«

Er blieb stehen und wartete. »Ja, Kay?«

»Bitte komm noch mit rein«, sagte ich.

Na ja, warum auch nicht, verdammt noch mal? Das Leben ist kurz.

Oder, Bear?

20

STELLA

Ich schlief lange und stolperte dann in die Küche hinunter, wo ich Oma vorfand, die einen Weltklasse Sonntagsbrunch auftischte.

»Ohh, das riecht ja lecker, Oma. Ich bin am Verhungern.«

Sie warf mir einen ihrer speziellen Blicke zu. »Um wie viel Uhr bist du denn gestern Nacht nach Hause gekommen, junge Dame?«

»Erst spät. Dad war aber noch auf. Ist Newland schon aufgetaucht?«

»Kann ich annehmen, dass Newland der schlummernde Umriss auf dem Sofa ist, der mir beinahe einen Herzinfarkt verpasst hätte, als ich zum Aufräumen reingegangen bin?«

»Ups!«

»Wobei ich sagen muss, dass er gute Manieren hat. Mein kleiner Aufschrei hat ihn geweckt, dann hat er gesagt: ›Hallo, Sie müssen Stellas Großmutter sein‹, hat sich vorgestellt und dann wieder weitergeschlafen.«

Ich lachte. »Ja, er ist wahnsinnig höflich.«

»Ist er denn dein neuer Verehrer?«

»Wir haben uns gerade erst kennengelernt. Ich mag ihn wirklich, aber ich werde so kurz nach Theo nichts überstürzen.«

»Sehr weise. Na ja, sag ihm aber trotzdem Bescheid, dass Pancakes und Bacon auf ihn warten.«

Ich ging ins Wohnzimmer und blieb kurz stumm stehen, um den schlafenden Newland zu betrachten. Er sah wahnsinnig gut aus mit seinen lockigen braunen Haaren und den dunklen, langen Wimpern, eine Hand unter die Wange gelegt. Ich sagte seinen Namen und er öffnete blinzelnd die Augen. Dann strahlte er mich an. »Hallo, Stern.«

Ich unterdrückte den Drang, ihm zu sagen, wie gut er aussah, und murmelte stattdessen: «Hallo, Junge zum Behalten.«

Immer noch in die Decke gehüllt setzte er sich umständlich auf, allerdings konnte ich einen kurzen Blick auf seine Schulter erhaschen und mir fiel auf – sei still, Herz –, dass er kein T-Shirt trug. Was trug er denn noch nicht? Auf einmal kam es mir dumm vor, ihn gesittet auf einer Armlänge Abstand zu halten, dumm und selbstbetrügerisch. Ich lehnte mich nach vorne, um ihn zu küssen, verlor aber auf halbem Weg die Nerven und hauchte ihm stattdessen komischerweise bloß ein bisschen Luft ins Gesicht.

»Was war das denn?«, fragte er.

»Du bist ganz heiß«, sagte ich und wurde rot wie eine Tomate. »Also nicht *heiß*-heiß, sondern warm meinte ich. Obwohl du auch heiß ausgesehen hast.« *Oh Gott! Halt die Klappe, Stella!*

Er grinste. »Na ja, jetzt ist mir schon viel kühler, danke.«

»Äh, Oma hat ein großes Frühstück vorbereitet.« Ich ging rüber zur Tür.

»Bin gleich da«, antwortete er.

Ich drehte mich noch mal kurz um und erhaschte einen weiteren Blick auf ihn, als er gerade die Decke zurückschlug. Ich glaube nicht, dass er sah, dass ich ihn beobachtete, aber jetzt wusste ich genau, was er sonst noch nicht trug, weshalb ich einen Moment vor der Tür innehalten musste, bis mir die Hitze nicht mehr ins Gesicht schoss.

Ein paar Minuten später tauchte er vollständig angezogen in der Küche auf und zog Oma mit seinem großen Appetit auf ihre Kochkünste umgehend auf seine Seite.

»Das sind die besten Pancakes, die ich je gegessen habe«, sagte er nach dem vierten.

»Soll ich dir die geheime Zutat verraten?«, fragte sie.

»Du musst aber versprechen, sie nie auszuplaudern.«

»Ich schwöre auf mein Leben«, erwiderte Newland.

»Wieso hast du mir die nie verraten, Oma?«, beschwerte ich mich.

»Du hast mich ja nie danach gefragt, mein Herz.«

»Er doch auch nicht!«

Oma ignorierte mich. Newland flüsterte sie aber deutlich hörbar zu: »Mayonnaise.«

»Da wäre ich nie draufgekommen«, gab er zurück.

»Macht die Pancakes ganz fluffig«, erklärte Oma zufrieden.

Ich erkannte, dass sie in der Laune war, Dinge auszuplaudern, also fragte ich: »Wo war Dad denn gestern? Er war noch bis spät abends aus.«

Oma runzelte die Stirn und gab mir mit einer winzig kleinen Bewegung der Augenbrauen zu verstehen, dass Kochgeheimnisse eine Sache waren, es aber nicht angebracht war, Familienangelegenheiten vor Newland zu diskutieren, wenn sie ihn überhaupt nicht kannte, so nett er auch sein mochte. Dieses geheime Signal meiner Großmutter war so beeindruckend, dass sie einen Job beim MI5 hätte bekommen können.

Newland war aber auch nicht auf den Kopf gefallen, was Signalinterpretation anging. »Ich kann ins Wohnzimmer gehen, solange ihr euch unterhaltet«, meinte er.

»Nein!«, erwiderte ich und überraschte mich selbst mit meiner heftigen Reaktion. *Ich weiß, dass die Menschen einen manchmal herumschubsen.* »Ich will selbst entscheiden, wann und über was ich rede, und in wessen Beisein.«

»Gefällt mir, dein Gebrauch von ›wessen‹«, bemerkte Newland.

»Sie hat eine anständige Ausbildung genossen, weißt du«, kommentierte Oma, die nie etwas dagegen hatte, wenn ich mich verteidigte. »Auch wenn es eine staatliche Schule war.«

»Also los, Oma, spuck's aus.«

Meine Großmutter stocherte grazil in ihrer kleinen Portion Pancakes herum: »Ich glaube, dass er mit einer Dame aus war, aber mehr weiß ich auch nicht.«

»Nie im Leben!«, antwortete ich. »Ist es dafür nicht unglaublich wahnsinnig viel zu früh?«

Oma legte ihre Gabel weg. »Du wirst dir vorstellen können, wie sehr ich es verabscheue, das zu sagen, Stella«, fing sie an, »denn du kennst meine Haltung zu amateurhafter Psychologie. Und auch zu professioneller Psychologie. Aber ich glaube, dass es deinem Vater guttut, etwas Positives zu tun, wieder ein bisschen die Kontrolle in seiner Welt zu übernehmen – einer Welt, die anscheinend sehr außer Kontrolle geraten ist.«

»Wow, Oma, du klingst sehr modern, wenn du so was sagst.«

»Oh je, wirklich? Wie abscheulich.«

»Als mein Vater uns vor vier Jahren verlassen hat«, begann Newland, »hat meine Mutter jeden einzelnen Schrank und jede Schublade im Haus ausgeleert, alles komplett aussortiert. Sie hat Wochen gebraucht, um das ganze Haus zu entrümpeln. Sie hat sich in der Arbeit krankgemeldet und die Zeit mit Aufräumen verbracht. Wie Sie schon sagen, es hat etwas damit zu tun, worüber man Kontrolle hat. Ich glaube, dass es gut ist, sie einfach machen zu lassen. Wer weiß schon, wie sie sich fühlen?«

Oma und ich schauten Newland an.

»Du bist aber ein wohlüberlegter junger Mann«, lobte Oma.

»Seine Eltern sind Philologen«, sagte ich.

»Psychologen meinst du?«

Ich lachte.

Newland schob seinen leeren Teller von sich weg. »Das war vorzüglich«, sagte er, »und wir Psychologen wissen, wovon wir reden, wenn es um Kohlenhydrate geht.«

»Oma hat früher für die Königsfamilie gekocht«, erklärte ich, womit ich ein weiteres unangenehmes Detail über anderer Leute Berufe ausgeplaudert hatte.

»Dann kennen Sie sicher ein paar tolle Geschichten«, meinte Newland.

»Ich habe eine Verschwiegenheitserklärung unterschrieben«, erwiderte Oma stolz.

»Oma, wo wir schon vom Kochen reden«, warf ich ein, »ich hab das Sri-Lanka-Unternehmen verlassen.«

»Das freut mich.«

»Ach ja?«

»Ich habe nicht verstanden, warum du und deine Freundin mit dem lästigen Namen, Tabby, oder?«

»Gabby.«

»Warum du und Gabby sri-lankisches Essen angeboten habt. Ihr hattet schließlich keinerlei Verbindung dazu. Es hat an Authentizität gemangelt.«

Ich starrte sie an. »Wow, genau dasselbe hab ich auch gedacht.«

»Und nachdem ich dein Essen einmal probiert habe«, fuhr sie fort, »hat sich mir die Schlussfolgerung aufgedrängt, dass ihr beide euren Mangel an Wissen mit einer Übermenge an Korianderblättern kompensiert habt.«

»Ich bin auch aus der WG ausgezogen«, sagte ich und fand, dass ich ihr jetzt genauso gut auch alles auf einmal erzählen konnte. »Kann ich für die nächste Zeit hierbleiben?«

»Natürlich«, antwortete Oma. »In diesem Fall brauche ich aber jemanden, der mich heute Nachmittag zum Supermarkt fährt.«

»Das mache ich«, bot Newland an.

»Guter Junge.«

Nachdem Newland mit Oma weg war, ging ich hoch in mein Zimmer, um ein bisschen auszumisten. Ich wollte nicht, dass Newland sah, wie vollständig meine Kindheit hier noch erhalten war, dabei war ich nicht einmal besonders sentimental. Ich fing an, ein paar alte Anziehsachen und Spielsachen für einen Wohltätigkeitsverein zur Seite zu legen. Damit ging es auch gut voran, bis ich eine Schachtel voller Fotos aus meinem Regal zog. Die werd ich kurz durchsehen, dachte ich mir, und eine Stunde später saß ich immer noch auf dem Boden und schaute mir eines nach dem anderen an. Ich konnte es kaum glauben, wie viele Fotos es von Nita und mir gab. Vor der Universität war sie meine engste Freundin gewesen und jetzt konnte ich mich nicht mehr daran erinnern, warum wir uns eigentlich auseinandergelebt hatten. Als ich im ersten Jahr an der Uni war, kam sie mich ein paarmal besuchen, doch sie wirkte immer, als wäre ihr das unangenehm, als fühlte sie sich fehl am Platz, und wenn ich nach Hause kam, um Mum und Dad zu besuchen, hatte ich nicht immer Zeit, mich mit ihr zu treffen.

Ich hörte die Haustür ins Schloss fallen und ging hinunter, wo ich Newland und Oma antraf, die wie zwei alte Bekannte miteinander plauderten.

Am Abend kochte Oma dann für uns Sheperd's Pie und Dad und Newland unterhielten sich über die Arbeit mit der »breiten englischen Öffentlichkeit«, wie Newland sie nannte, oder »der Horde Ungewaschener«, wie Dad bevorzugte. Wie gut sich Newland einfach in mein Leben einfügte. Innerhalb eines Tages fühlte er sich mit meiner Familie wohler als Theo nach Jahren.

Nach dem Abendessen schlug ich ihm vor, zusammen etwas trinken zu gehen. »Ich kann dir den Pub zeigen, in dem ich meinen ersten legalen alkoholischen Drink getrunken hab, und den, wo ich als Minderjährige schon was getrunken hab, und den, wo ich zum ersten Mal in jemandes Handtasche gekotzt hab.«

»Das klingt nach einer verdammt guten Tour«, meinte Newland. »Also dann, los.«

»Stella, wie ekelerregend!«, kommentierte Oma. »Los, ihr zwei. Viel Spaß.«

Ich überlegte, ob ich auf der Straße Newlands Arm nehmen sollte, ließ es aber.

»Sie scheinen echt nett zu sein«, sagte er.

»Mhm. Im Moment sind beide in einer etwas komischen Form. Du hast dich sehr gut geschlagen.«

»Sie waren wahrscheinlich noch an Theo gewöhnt, es muss also seltsam gewesen sein, dich mit jemand anderem zu sehen, auch wenn ich nicht dein Freund bin.«

Bei dem Wort »Freund« überlief mich ein wohliger Schauer.

»Tatsächlich hat mich Theo hier nur selten besucht«, antwortete ich. »Als ich nach der Uni wieder hergezogen bin, ist er bloß ein- oder zweimal vorbeigekommen.« Während ich Newland in das Three Horseshoes bugsierte, kam mir der Gedanke, dass Theo damals vielleicht so distanziert gewesen war, weil er sich da bereits mit anderen getroffen hatte. Vielleicht sogar mit Gabby. Mein Gefühl dabei zu benennen war leicht: verletzter Stolz. Nichts Schlimmeres.

»Wow, das ist ja ein echter Old-School-Pub«, meinte Newland bewundernd. »Mit Hufeisen und allem. Ich tippe mal, dass das die Stätte deines ersten Drinks als Minderjährige ist.«

»Gut geraten.«

Der Pub sah immer noch genauso aus wie damals, als Nita und ich mit sechzehn die Nachsichtigkeit der Barangestellten ausgenutzt hatten, die sich unsere gefälschten Ausweise kaum je anschauten. Derselbe rote Teppich, dieselben Teller und dieselben unlustigen gerahmten Karikaturen an den Wänden, und Leute, die genau wie dieselben alten Kerle aussahen, die immer an der Bar gesessen hatten. Ich bestellte zwei kleine Gläser des lokalen Biers und wir stießen an.

»Es ist so komisch, dass du hier bist«, meinte ich. »Meine Teenagerwelt kollidiert gerade mit meiner aktuellen Welt.«

Newland grinste und nahm einen Schluck von seinem Bier. »Das schmeckt ziemlich gut. Irgendwann muss ich dir mal meine ganzen denkwürdigen Orte in St Albas zeigen.«

»Fährst du oft nach Hause?«

»Na ja, nicht so oft wie ich sollte, obwohl Mum immer noch dort wohnt. Ist alles ein bisschen schmerzhaft.«

»Ist sie immer noch nicht über die Scheidung hinweg?«

»Sie sind noch nicht mal geschieden.«

»Wie das denn?«

»Als Dad Mum verlassen hat, war sie so sauer, dass sie sich geweigert hat, der Scheidung zuzustimmen. Jetzt muss er warten, bis sie fünf Jahre lang getrennt waren, und bis jetzt sind es erst vier.«

»Oh je. Sie muss eine ziemliche Wut auf ihn haben.«

»Zu ihrer Verteidigung: Es war eine ziemlich chaotische Trennung. Er hat sich den Ärger von fünfundzwanzig Jahren aufgespart und ihr alles auf einmal an den Kopf geworfen. Ach ja, und dann ist er mit ihrer Freundin durchgebrannt.«

»Gott. Langsam glaube ich, dass ich mit der Trennung meiner Eltern noch mal glimpflich davongekommen bin.«

»Es ist schon so, wie die Gruppenleiterin gesagt hat. Martine. Als Erwachsene erwartet man von uns, dass wir die Trennung unserer Eltern schnell wegstecken, dass wir uns reif und unterstützend verhalten. Aber das bedeutet auch, dass wir uns nicht wirklich damit auseinandersetzen können, wie wir uns als ihre Kinder deswegen eigentlich fühlen.«

»Meinst du, dass ich mich nicht mit meinen Gefühlen auseinandergesetzt habe?«

»Ich glaube nicht, dass du das überhaupt schon getan haben kannst, Stella. Keiner hätte das gekonnt, es ist ja noch so frisch. Ich glaube, dass du deine Gefühle momentan verdrängst, um dich selbst zu schützen. Und das verstehe ich total, ich hab monatelang dasselbe getan.«

»Ich hatte einen schrecklichen Streit mit meiner Mum. Und hab in der Gruppe geweint.«

»Das ist doch ein guter Anfang.«

»Bereit für den nächsten Pub?«

»Klar«, antwortete er und trank den Rest von seinem Bier aus.

Wir traten hinaus in die Nacht und zu meiner großen Freude nahm er meine Hand.

Da sagte ich: »Ich hab Gabby gesagt, dass sie mir einen Gefallen getan hat, mit Theo zu schlafen.«

»Wieso?«

»Es hat mir gezeigt, wie er wirklich ist, und das hat mir aus einer schlechten Beziehung herausgeholfen.« Ich drückte seine Hand. Gedanklich fügte ich hinzu: *Und ich habe dich kennengelernt.*

»Mit mir musst du nichts überstürzen«, erwiderte Newland, als ob er die unausgesprochenen Worte gehört hätte. »Ich warte gerne.«

Ich antwortete nicht, sondern lenkte ihn eine Gasse hinunter.

»Mir gefallen diese kleinen Schleichwege, durch die du mich führst«, meinte Newland. »Wow, der Pub da unten ist ja ganz versteckt!«

»Da habe ich meinen ersten legalen Drink eingenommen«, sagte ich und drückte die Tür zum King's Head auf.

»Der sieht schon ganz anders aus«, meinte Newland und schaute sich in dem modernen Pub mit den Holztischen und dem Parkettboden um. »Lass uns hierbleiben. Den Pub, wo du in jemandes Handtasche gekotzt hast, muss ich nicht sehen.«

Wie ich erwartet hatte, stand Nita hinter der Bar und bediente gerade eine Gruppe junger Männer. Gott, sie arbeitete so hart, immer schon: tagsüber im Café ihrer Tante, am frühen Abend im Pommesladen ihrer Eltern und bis spät abends dann im King's Head.

»Hey, Stella! Schön, dich zu sehen.«

»Newland, das ist Nita, meine älteste Freundin.«

Newland schüttelte Nita die Hand und sie zwinkerte mir zu. »Ein Gentleman, was? Zur Abwechslung mal.«

»Klappe«, gab ich zurück, als wären wir immer noch in der Schule. »Ich zeige ihm gerade, wo wir früher immer abgehangen haben.«

»Du Glückliche, eine Grand Tour durch die ganzen klapprigen Absteigen«, meinte Nita. »Aber pass auf, ein paar von uns hängen immer noch dort ab.«

Newland gab mir einen Zwanziger für die Getränke, sagte: »Entschuldige mich kurz«, und verschwand aufs Klo. Nita sah ihm beim Weggehen angetan nach. »Nett. Sehr nett. Was ist mit dem aus der Universität passiert?«

»Ich bin nicht mehr mit Theo zusammen. Aber Newland und ich sind bloß Freunde«, stellte ich klar. »Und ich bin aus meiner WG ausgezogen.«

»Gott, dein Leben ist einfach immer noch eine Million Mal spannender als meines.«

»Wenn ich dir einen ausgebe, Ni, kannst du dich dann ein bisschen zu uns setzen? Ich will dich was fragen.«

»Ja, klar. Gib mir fünf Minuten. Ich bedien noch kurz die Leute dort, dann komm ich rüber.«

Ich setzte mich an einen Tisch und ein paar Minuten später stieß Newland zu mir. »Wein auf Bier, das lob ich mir«, sagte ich und gab ihm sein Glas. »Nita setzt sich gleich ein bisschen mit zu uns.«

»Heckst du etwa was aus?«

»Ja. Ich weiß endlich, was ich machen will, aber das wird nur klappen, wenn Nita miteinsteigt. Ich brauche jemanden wie sie als Partnerin in einem Unternehmen: Jemand, der hart arbeitet und vertrauenswürdig ist. Und ich muss vernünftig über das Essen nachdenken – es muss etwas sein, zu dem ich eine Verbindung habe.«

»Also kein so ausländisches Zeugs, hä?«, fragte Newland in einem übertriebenen »Engländer-im-Ausland«-Akzent.

Ich stieß ihn mit dem Ellbogen an. »Ich will etwas machen, das ich rechtfertigen kann. Vor mir selbst und anderen.«

»Fish and Chips?«

»Nita hat vermutlich für ihr ganzes Leben genug von Fish and Chips.«

»Pasteten? Aber Imbissbuden, die Pies verkaufen, gibt's wie Sand am Meer.«

Newland trank ein bisschen von seinem Wein, dann schlug er vor: »Wie wär's mit der Art von Essen, das deine Oma macht? Klassische englische Gerichte? Die sind zwar jetzt nicht so in Mode, aber die mag jeder.«

Ich setzte mich aufrecht hin. »Sheperd's Pie!«

»Ja, solche Sachen. Hotpot, was auch immer das ist.«

»Newland, du bist ein Genie.«

»Vermutlich schon, ja. Eine ziemliche Bürde.«

Da kam Nita mit einem Glas in der Hand zu uns rüber. »Danke für den Wein, Leute.« Sie setzte sich. »Stell, haben sich deine Eltern wirklich getrennt? Ich hab's von meinem Dad gehört, aber du weißt schon, der ist so eine Tratschtante und versteht nicht immer alles richtig.«

Ich nickte. »Leider ja.«

»Gott, das tut mir leid. So komisch. Ich fand immer, dass sie eines von diesen Paaren waren, die irgendwie sehr miteinander verbunden schienen.« Nita schüttelte den Kopf. »Muss ein harter Schlag für dich gewesen sein. Wie geht's dir in letzter Zeit so deswegen?«

»Dieser nette, gut aussehende Bibliothekar hier war mir eine ziemliche Stütze«, antwortete ich. Ich war wohl angetrunkener, als ich dachte.

»Nicht alle Bibliothekare sind nett«, entgegnete er. »Ich hab früher mal mit einer Frau zusammengearbeitet, die während der Reimstunde immer alle Kinder zum Weinen gebracht hat. Die wurde dann zur Reime-und-Weine-Stunde.«

»Die klingt doch gut«, meinte Nita. Sie wandte sich mir zu und flüsterte übertrieben laut: »Er scheint echt cool zu sein. Zum Vögeln taugt er auf jeden Fall.«

Newland fing an zu lachen.

»Nita!«, rief ich. »Ich muss erst noch darüber hinwegkommen, dass sich Theo als Ratte entpuppt hat.«

»Dann ist die Möglichkeit zum Vögeln also vom Tisch?«, fragte sie.

Alle drei schauten wir auf den Tisch.

»Vögelt aber bitte nicht auf dem Tisch hier«, meinte Nita. »Ich werd den nämlich putzen müssen.«

»Können wir kurz aufhören, übers Vögeln zu reden?«, bat ich. »Damit ich dir meine Idee unterbreiten kann?«

»Ich bin ganz Ohr«, antwortete Nita. »Ich bete, dass sie etwas damit zu tun hat, mich aus dieser gottverlassenen Stadt rauszubekommen.«

»Ja. Ich würde dich nämlich gerne mit in eine andere gottverlassene Stadt nehmen.«

»In dem Fall lautet die Antwort ja. Und jetzt sag mir, was die Frage ist.«

Es war schon fast Mitternacht, als Newland und ich wieder bei Dad zu Hause waren. Ich war ziemlich betrunken und extrem glücklich. Wir saßen am Küchentisch und aßen Toast.

»Das war echt ein produktiver Abend«, meinte Newland.

»Ich weiß, ich kann's gar nicht glauben, wie weit wir gekommen sind. Morgen muss ich gleich mit Oma reden. Wegen ihr bin ich überhaupt erst in das Gastro-Business reingerutscht. An der Universität hab ich zwar Gastgewerbe gemacht, aber keinen so guten Abschluss bekommen. Kurz vor den Abschlussprüfungen ist meine andere Oma sehr krank geworden und na ja, ich kann sie zwar nicht als Ausrede vorschieben, aber mit den Gedanken war ich eben woanders.« Ich musste mehr als bloß ziemlich betrunken sein, wenn ich ihm das nächste bisschen auch noch erzählte. »Und ich hab's verkackt. Hab bloß eine 4,0 bekommen. Genauso schlecht wie überhaupt keinen Abschluss zu haben.«

Ich starrte auf meinen Teller. Das war das erste Mal, dass ich jemand anderem außer meinen Eltern und meinen eventuellen Arbeitgebern davon erzählte, dass ich eine 4,0 hatte. Mich überkam wieder dieses lauernde Kribbeln und es lief mir eiskalt den Rücken hinunter, wie immer, wenn ich an meine Abschlussprüfungen dachte und daran, dass alle meine Bewerbungen wegen dieser nutzlosen kleinen 4 automatisch abgelehnt wurden.

Doch Newland verzog keine Miene. »Abschlüsse sind überbewertet«, meinte er. »Du bist klug, talentiert und interessant. Ich kann's kaum abwarten zu sehen, was du als Nächstes vorhast.« Ich schaute zu ihm hoch, in seine funkelnden Augen, und für einen Moment sah ich mich so, wie er mich sah. Und was ich sah, gefiel mir. Sehr gut sogar.

21

KAY

»Du bist eine komplette Barbarin, weißt du das?« Rose nahm mir entschlossen den Becher aus der Hand.

»Ein- oder zweimal hast du es erwähnt, ja.«

»Ich werd das machen. In einer Kanne. Setz du dich hin.« Rose schob mich zu einem Stuhl. »Du bist offiziell von der Teekoch-Pflicht entbunden, von jetzt bis ans Ende aller Zeiten.«

Ich setzte mich hin und grinste, während Rose meine zusammengepantschten Tees samt Teebeutel und Milch im Becher wegkippte und frisches Wasser aufsetzte.

»Echt jetzt«, murmelte sie, »da geh ich einmal für fünf Minuten hoch und wenn ich wieder runterkomme, führst du eine Horrorshow auf.«

»Ich mach es nur schlecht, damit du es am Ende selber machen musst«, gab ich zurück.

»Ja klar. Tim hat das bei jeder Aufgabe im Haushalt auch immer so gemacht.«

»Ich wette, Graham macht das nicht.«

»Sehr richtig.« Rose zwinkerte mir zu. »Also, was wirst du heute unternehmen, während ich weg bin?«

»Zuerst werde ich Imogen anrufen und mein Mietangebot für das Cottage einreichen. Dank Graham.«

»Er ist einfach toll, oder?«

»An ein Airbnb hätte ich nie gedacht und seine Idee für

den Schuppen ist genial. Ich kann bloß hoffen, dass Imogens Familie das auch so sieht. Außerdem muss ich mich um ein Bankkonto kümmern. Das ist jenseits von peinlich, dass ich immer noch nur ein gemeinsames mit Richard habe. Ach ja, und dann bliebe da noch die winzige Angelegenheit, mit meinen Kindern wieder Verbindung aufzunehmen.« Außerdem musste ich noch eine andere Sache erledigen, aber davon konnte ich ihr nichts erzählen.

»Damit wirst du einen Tag lang beschäftigt sein.« Rose stellte die Teekanne auf den Tisch und setzte sich. »Ich hab Bear heute Morgen eine E-Mail geschrieben.«

»Ach, das freut mich.«

»Meinst du, sie schaut ihre Mails noch an?«

»Keine Ahnung. Die hat sie schon zu ihrer besten Zeit nicht viel genutzt.« Ich erinnerte mich an Bears Gesichtsausdruck, als sie in der Gondel die Sterne betrachtet hatte. Ich musste an Mums Gesicht denken, das letzte Mal, als ich sie bei Bewusstsein in diesem schrecklichen Krankenhaus gesehen hatte. *Ich bin bereit.* »Ich glaube nicht, dass es bei ihr noch sehr lange geht.«

»Gott«, entfuhr es Rose. Sie presste die Lippen fest aufeinander. Die Neuigkeiten von Bears Krankheit hatten Rose schwer getroffen, auch wenn sie sich nicht mehr sonderlich nahestanden. Ich war deswegen auch noch komplett durch den Wind, aber auch wegen all der anderen Unsicherheiten in meinem Leben. Gott sei Dank war Rose nach meiner Rückkehr aus Venedig bereit gewesen, mich bei sich aufzunehmen und mir dabei zu helfen, mein seltsames Umherdriften zu verarbeiten. Wie am Tag meines Fortgangs war es gar keine Frage, wen ich anrufen würde, als ich wieder in Heathrow ankam. Doch diesmal holte sie mich ab.

An diesem ersten Abend in Winchester redete ich mir alles wegen Bear von der Seele und Rose und ich weinten zusammen. Als wir damit durch waren, weinte ich noch ein bisschen mehr, diesmal aber wegen der Frage, was ich mit meinem Leben anfangen sollte. Rose – und auch Graham, ein wunderbarer Mann – hörten geduldig zu und halfen mir dabei, etwas zusammenzuzimmern, das nach einem Plan aussah; etwas, das vielleicht auch nur ein Weg war, um mein Leben etwas mehr an die immer länger werdende Liste in meinem Tagebuch anzupassen. Während Rose mich aufmunterte, war Graham praktisch veranlagt, schrieb Zeiträume auf, schätzte ungefähr ab, wie viel ich im Monat zum Leben brauchen würde und wie lange meine Ersparnisse ausreichen würden.

»Bist du schon aufgeregt?«, wollte Rose wissen.

»Wegen dem Tee, auf den wir schon so lange warten?«

»Wegen all der Möglichkeiten für dein neues Leben. Obwohl dieser Tee hier auch klasse sein wird.« Sie hob den Deckel an und rührte einmal um. »Geduld ist eine Tugend.«

»Aufgeregt ja, aber auch ängstlich und nervös.«

»Alle guten Gefühle also. Ich hoffe, dass Richard auch bald wieder nach vorne schauen kann.« Rose stand auf, um die Milch aus dem Kühlschrank zu holen.

»Er hat schon eine Freundin.« Erst jetzt fiel mir auf, dass ich ganz vergessen hatte, ihr das zu erzählen, weil es mir selbst schon wieder entfallen war. Ich fragte mich, was das wohl bedeutete.

»Du machst doch Witze!« Rose fuhr so heftig herum, dass ich schon Angst hatte, sie bekäme ein Schleudertrauma. »Woher weißt du das? Wann hast du's rausgefunden? Wer? Wann? Wie? Ich habe so viele Fragen.«

»Ich hab ihn von Venedig aus angerufen und er hat's mir gesagt.«

»Du hast aus Venedig angerufen? Warum?« Rose setzte sich hin und fixierte mich mit argwöhnischem Blick.

»Ich, äh, na ja. Irgendwie hab ich's mir für kurze Zeit doch noch mal anders überlegt und wollte sehen, ob er mich wieder zurücknehmen würde.«

Rose warf mir einen Was-zur-Hölle-Blick zu.

»Nach allem, was ich gesagt habe. Ich weiß. Hab die Nerven verloren. Eine dunkle Nacht der Seele. Das war direkt, nachdem Bear sich aus dem Staub gemacht hat und nach Hause geflogen ist.«

»Vermutlich hast du dich da ziemlich verletzlich gefühlt«, mutmaßte Rose. Sie schenkte den Tee ein.

»Ja, vermutlich. Wahrscheinlich hatte ich das Gefühl, ohne Anker zu sein, und er kam mir wie der sichere Hafen vor. Das war eine richtige Existenzkrise. Ich habe zwar immer noch das Gefühl, ohne Anker zu sein und wahrscheinlich wird es auch noch mal ein paar Krisen geben, aber im Moment ist alles in Ordnung.«

»Was hat er denn gesagt, als du angeboten hast, es nochmal zu versuchen?«

»Gott sei Dank ist es nicht so weit gekommen. Er hat über mich hinweggeredet, sodass ich gar keine Gelegenheit hatte, meinen Teil zu sagen und stattdessen hat er seinen gesagt.«

Rose lachte. »Er war immer schon einer dieser Männer, die fragen: ›Wer will als Erstes? Okay ich!‹«

»Jetzt bin ich ihm aber extrem dankbar dafür, dass er die Tür hinter mir so fest zugemacht hat.«

»Wer ist sie denn nun?«

»Keine Ahnung, aber wer auch immer sie ist, sie hat ihn bereits so weit gebracht, sich ein Handy zu kaufen und mit ihr nach Paris zu fliegen.«

»Wow, das ist ja richtig nervtötend!«

»Ich weiß.« Ich lachte, womit ich mich selbst überraschte. »Aber vielleicht war er mit mir auch in einem Trott gefangen und brauchte jemand Neuen, der ihn da rausmanövrierte.«

»Wie wahnsinnig reif von dir«, kommentierte Rose.

»Wenn ich herausfinde, dass sie ein fünfundzwanzigjähriges Püppchen ist, werde ich nicht mehr so reif sein. Aber ernsthaft, ich bin erleichtert. Das klärt die Fronten. Diese Option steht nicht mehr länger zur Verfügung und das will ich auch gar nicht.«

»Männer schauen echt schnell wieder nach vorne, was? Zumindest war das bei Tim auch so«, meinte Rose und trank einen Schluck Tee. »Mhh, so sollte Tee schmecken.«

»Ich weiß nicht, alle Männer vielleicht nicht. Aber ich glaube, dass Richard einfach nicht dafür gemacht ist, allein zu sein.«

»Und was ist mit dir?«

»Ich habe keine Ahnung, ob ich gut mit mir allein sein kann, weil ich seit 1980 nicht mehr Single war.« Ich nahm meine Tasse in die Hand. »Schmeckt genauso, wie wenn ich ihn mache.«

»Lieber Gott, mit wem bist du denn 1980 gegangen? Waren wir da nicht, keine Ahnung, dreizehn?«

»Erinnerst du dich noch, dieser Junge, Steven, im Jahrgang über uns?«

»Dunkel.« Rose legte die Hand an die Stirn. »Bei dem kommt mir Schlittschuhlaufen in den Sinn …«

»Ja, du erinnerst dich richtig! Wir sind zum Eislaufplatz gegangen. Alle fanden, dass er der beste Freund überhaupt war, weil er mit mir in ein schickeres Restaurant als das Wimpy gegangen ist.«

»Was ist dann mit ihm passiert?«, fragte Rose.

»Keine Ahnung. Aber nach ihm hatte ich dann einen festen Freund nach dem anderen.«

»Serien-Monogamie nennt man das heutzutage.«

»Damals hat man das noch sehr viel unschöner betitelt.«

»Also, dann mal los, Kay, erzähl mir mehr von deinen Reisen. Die Nicht-traurigen-Bear-Teile, meine ich. Du musst doch auch ein bisschen Spaß gehabt haben.«

»Tatsächlich …«

»Kay Bright! Ist das etwa ein dreckiges Lächeln? Was, was, was?«

»Tatsächlich habe ich in Venedig mit jemandem Sex gehabt.«

Rose, die gerade einen Schluck von ihrem Tee genommen hatte, sah so aus, als würde sie ihn gleich ausspucken müssen. Sie starrte mich mehrere Sekunden lang an, mit dem Mund voller Flüssigkeit, bis sie sie herunterschlucken konnte. »Guter Gott, Kay, gerade dachte ich schon, dass du gesagt hättest, du hättest mit jemandem Sex gehabt!«

Ich setzte ein unbekümmertes Gesicht auf.

»Ich glaub's einfach nicht, dass du mir das noch nicht erzählt hast! Waffelt hier ewig wegen Richards Freundin herum, wen interessiert das schon?« Sie schlug mit der flachen Hand auf den Tisch. »Erzähl, verdammt noch mal!«

»Es war ziemlich nett«, sagte ich.

»ZIEMLICH NETT? Ich werde dir den restlichen Tee aus der Kanne über den Kopf schütten, junge Kay. Ich brauche

Einzelheiten und ich brauche sie *jetzt*. Zuerst einmal, bist du mit Absicht zweideutig, wenn du die Person, mit der du geschlafen hast, ›jemanden‹ nennst? Muss ich etwa annehmen, dass ›jemand‹ eine Frau ist?«

»Ich fürchte nein. Ich entschuldige mich für meine langweilige Konformität, was Geschlechternormen angeht.«

Rose wedelte großmütig mit der Hand.

»Er hat mich in einem Café am Canale Grande angesprochen.«

»Romantisches Setting. Er sah gut aus, nehme ich mal an.«

Ich wischte durch meine Fotogalerie auf dem Handy und zeigte ihr eines von Luca, das ich am Morgen nach unserem Date gemacht hatte. Er stand draußen vor dem Palazzo und trug die Kleidung vom Vorabend. Seine Haare waren etwas verwuschelt und er lächelte auf diese besondere Weise.

»Ohh, der ist aber sexy. Gut gemacht! War es komisch?«

Ich brauchte Rose nicht zu fragen, was sie mit komisch meinte.

»Ja. Total komisch. Ich hab die ganze Zeit erwartet, dass er alles so machen würde wie Richard immer.«

»Und war es gut oder nicht gut, dass er es nicht so gemacht hat?«

»Sehr gut.«

»Du solltest dein Gesicht sehen, Kay. Das Kätzchen, das den hübschen italienischen Hengst abbekommen hat, wird dem nicht einmal ansatzweise gerecht.«

Ich dachte an Luca im Halbdunkel, auf die Ellbogen aufgestützt, wie er mir in die Augen blickte. Es war lange her, dass Richard mich so angesehen hatte. Und Vertrautheit war nur eine Seite davon. Irgendwann hatten Richard und ich aufgehört, uns gegenseitig als begehrenswert zu betrachten. Ich fragte mich, ob Richards neue Freundin ihm dieses Gefühl gab, so wie Luca mir.

»Wirst du ihn wiedersehen?«

Ich schüttelte den Kopf. »Das war ein klassischer One-Night-Stand.«

»Hat er sich deine Nummer denn nicht eingespeichert?«

»Doch, aber nur aus Höflichkeit.«

»Ich wette nicht.«

»Ehrlich, Rose, ich warte nicht auf ihn. Ich bin keine achtzehn mehr, wo ich darauf warte, dass das Telefon klingelt. Es war eine wunderbare Nacht, genau das, was ich gebraucht hab.«

Ich verriet Rose allerdings nicht, wie gänzlich lebensbejahend diese Nacht gewesen war; wie unkompliziert; wie sehr sie mich körperlich erfüllt hatte. Bear hatte sich entschlossen dem Ort zugewandt, zu dem sie bald würde aufbrechen müssen, und als ich so neben ihr stand, hatte ich in dieselbe Richtung geblickt. Aber dann hatte Luca mir dabei geholfen, mich wieder dem Licht zuzuwenden. Dafür würde ich ihm immer dankbar sein. Na ja, dafür, und auch für die herausragenden Orgasmen. Richtig, Plural.

»Du grinst schon wieder dreckig«, merkte Rose an.

»Ich weiß.«

Rose schaute auf ihre Armbanduhr. »Verdammt! Ich bin schon spät dran.« Sie stürzte ihren Tee hinunter und sagte: »Bis heute Abend dann. Und ein paar weitere Einzelheiten werd ich schon noch aus dir herausbekommen. Glaub ja nicht, dass ich das nicht schaffe.«

»Imo, Liebes, haben sich deine Söhne bereits für einen Mieter entschieden?«

»Morgen wollen sie eine finale Entscheidung treffen«, antwortete Imogen. »Ach, ich hoffe wirklich, dass du diejenige sein wirst. Bitte sag mir, dass du es nehmen kannst.«

»Ich glaube ja. Ich glaube, ich habe da ein Angebot, das sie nicht ablehnen können.«

Nachdem ich ihr von meinen (eigentlich Grahams) Ideen erzählt hatte, stieß Imogen einen erfreuten Jubelruf aus. Sie versprach mir, direkt ihre Söhne anzurufen und mir Rückmeldung zu geben.

Während ich wartete, klappte ich Rose' Laptop auf und atmete einmal tief durch. Ich wusste, dass David Endevane ein Facebook-Profil hatte, noch dazu eines, das nicht auf privat gestellt war, weil ich vor ein paar Jahren während einer faulen Stunde, in der ich herumgegoogelt hatte, zufällig darüber gestolpert war. Okay, *na gut*, ich hatte nach ihm gesucht. Ich wollte einfach nur sehen, was er so trieb. Nicht viel, so hatte es zumindest gewirkt – es gab bloß irgendwelche Posts zu Filmen und Musik und ein paar Fotos.

Jetzt sah ich mir seine Seite wieder an und sie war immer noch so uninteressant, wie ich sie in Erinnerung hatte. Offenbar nutzte er Facebook nicht so oft, da er bloß siebenunddreißig Freunde hatte und nur sehr sporadisch etwas postete. Tatsächlich war der letzte Post schon über ein Jahr her und zeigte Leute in einem Restaurant, die mit gestelltem Lächeln in die Kamera starrten, David in der Mitte, mit einer Colaflasche aus Glas in der Hand. Obwohl das Foto ziemlich lausig war, erkannte ich, dass David darauf überhaupt nicht so aussah, wie ich ihn in Erinnerung hatte. Natürlich war er älter, aber auch viel dicker, sein Gesicht aufgedunsen, seine Augen faltig, darunter große Tränensäcke, sein Haaransatz ausgedünnt. Es gab noch ein paar andere Fotos von ihm, vermutlich mit seiner Frau und seinen Kindern, und mit älteren Leuten, vielleicht seinen Eltern. Ich scrollte mich noch durch ein paar weitere Fotos und blieb an einem Bild von ihm hängen, auf dem er ein ungefähr siebenjähriges Kind auf dem Arm hatte, mit der Bildunterschrift: »Toller Tag in Corfe Castle.«

Mit dem Gedanken an die Kinder auf den Bildern und in welcher Verbindung sie zu mir standen, kam ich nicht ganz zurecht. Stattdessen richtete ich meine Aufmerksamkeit auf seine Frau. Er hatte eindeutig einen Typ. Beide waren wir schlank und flachbrüstig, mit glatten, braunen Haaren auf Schulterlänge. Sie war allerdings wirklich hübsch, mit einem strahlenden Lächeln. Sie war die bessere Version von mir und vermutlich zehn Jahre jünger – die Art junges Model, die wahrscheinlich auch Richard für sich entdeckt hatte.

Schnell, bevor ich die Nerven verlor, schickte ich David eine kurze Nachricht, in der ich mich vorstellte, ihn an unsere lang vergangene Freundschaft erinnerte und fragte, ob er gewillt wäre, mit mir zu reden. Falls er nicht so oft auf Facebook unterwegs war, würde es wohl eine Weile dauern, bis ich etwas von ihm hörte. Ich öffnete einen anderen Tab und googelte seinen Namen, ohne mir viel davon zu erhoffen. Es tauchten ein paar Ergebnisse auf, in denen Leute mit demselben Namen vorkamen, beide in Amerika. Eines war ein Zeitungsartikel aus einem Finanzmagazin, der verkündete, dass David Endevane zum Vorsitzenden der Missouri-Multi-Finanzberater befördert worden war, und das andere ein Eintrag auf einer Musik-Webseite, auf der darüber geschrieben wurde, wie David Endevanes Band frische Klänge aus ihrer Inspiration von den 1960ern gezogen hatte. Außerdem gab es ein paar Bilder, aber keines davon zeigte meinen David.

Doch dann – guter Gott – tauchte ein Artikel von einer Zeitung aus Dorset vom letzten Jahr auf. Mein Herz machte einen Satz.

David Endevane, 50. Veritys geliebter Ehemann, viel geliebter Vater von Ben, Owen und Abbie sowie ein geschätzter Bruder und Onkel. Schmerzlich vermisst von seiner Familie und seinen Freunden. Gottesdienst im Krematorium von Bournemouth am Donnerstag, den 12. Oktober um 11 Uhr. Blumenniederlegung bitte nur von der Familie. Spenden an »Abhängigkeit« können an Peter Layton vom Bestattungsunternehmen überwiesen werden.

Scheiße.
Ach, Edward, ich bin zu spät.
Ich war zu erschüttert, um zu weinen. Ich hatte Bear versprochen, mich nicht mehr so zu verhalten, als hätte ich unbegrenzt Zeit, und hier erteilte mir das Leben prompt eine Lektion dafür, dass ich es doch getan hatte, und verpasste mir einen Tritt in den Hintern. Ich hatte Jahre gehabt, um Edward die Wahrheit zu sagen – Jahrzehnte –, und ich hatte sie vergeudet. Wenn ich es ihm irgendwann in den letzten achtundzwanzig Jahren gesagt hätte, bis letzten Herbst, dann hätte er noch die Chance gehabt ...

Aber wartet mal kurz. Ein winziger Hoffnungsschimmer tat sich vor mir auf. Vielleicht war es ja ein anderer David. Ich wandte mich wieder dem Laptop zu und ging die Details in der Todesanzeige durch. Sicher, der Nachname war ungewöhnlich, und dieser Mann war im richtigen Alter, aber das könnte tatsächlich auch jemand anders sein. Wisst ihr was? Ich war mir *sicher*, dass es jemand anders war. Ich hatte einfach nicht das Gefühl, dass er tot war. Nachdem Bear den Palazzo verlassen hatte, wusste ich, dass ich alleine war, aber ich hatte nicht dasselbe Gefühl, was David betraf; dass er diese Welt verlassen hatte. Aber ich musste schnell handeln, bevor es wirklich zu spät wäre. Ich schrieb Edward und schlug vor, am Wochenende hochzufliegen, um ihn und Georgia zu besuchen. Das würde die schlimmste Unterhaltung meines Lebens werden, aber es könnte sogar noch schlimmer sein, falls David starb und Edward die Chance genommen wurde, ihn zu treffen.

Das Telefon klingelte: Imogen. Ich schloss die Augen. Ich wusste nicht genau, wie viel Anspannung ich noch aushalten konnte.

»Kay, Liebes! Gute Neuigkeiten! Meine Söhne lieben deine Ideen und würden dir gerne den Mietvertrag anbieten.«

»Oh, das ist ja wunderbar!« Ich konnte es kaum glauben, dass Bryn Glas meins sein würde.

»Sie sind sogar gewillt, dir im Ausgleich für deine harte Arbeit ein bisschen mit der Miete entgegenzukommen. Wie klingen siebenhundert Pfund im Monat für dich?«

»Hervorragend, Imo.« Sie klangen schlimm. Aber ich wusste, dass ich das schon irgendwie schaukeln würde.

Nachdem wir aufgelegt hatten, wollte ich gerade Rose schreiben und ihr von den aufregenden Neuigkeiten berichten, als der Computer bingte: eine Nachricht auf Facebook. Oh Gott. Ich atmete ein paarmal im Yogastil ein und aus, dann öffnete ich sie mit einem Klick.

Hi, Kay, ich bin Ben, Davids ältester Sohn. Ich überwache seine FB-Seite für meine Mum. Es tut mir leid, aber ich muss dir mitteilen, dass Dad letztes Jahr gestorben ist. Mum nimmt aber gerne Kontakt zu allen von Dads alten Freunden auf. Wenn dir das recht ist, schick mir bitte deine Kontaktdaten. Herzlich, Ben.

Nun ja, jetzt konnte ich vermutlich damit aufhören, mir einzureden, dass das die Todesanzeige irgendeines anderen David Endevane war. *Du dumme Idiotin, Kay.* Wie dumm von mir zu glauben, dass ich es gespürt hätte, wenn er nicht mehr auf dieser Welt war. Was für eine arrogante Idiotin ich war. Was für ein unglaubliches, unnötiges Chaos ich angerichtet hatte. Ich klappte den Laptop zu und legte den Kopf auf die Tischplatte.

Alles, was in meinem Leben schiefgelaufen war, war Davids Schuld, weil ich zugelassen hatte, dass er mich abervierte. Als ich ihm erzählte, dass ich schwanger war und er nichts davon wissen wollte, warum hatte ich da nicht weiter insistiert? Warum hatte ich nicht ein bisschen abgewartet? Warum war ich nicht mutig genug gewesen, das Baby alleine zu bekommen? Zweifelsohne hätte David letztendlich seine Meinung geändert, wenn schon nicht mich betreffend, dann aber doch sicher wenigstens seinen Sohn betreffend. Wenn ich so gehandelt hätte, hätte ich mich nicht Hals über Kopf in eine Ehe mit Richard gestürzt, hätte mich nicht so lange dieser Dankbarkeit ausgesetzt fühlen müssen, von ihm gerettet worden zu sein. All diese Jahre hätte ich nicht hinter einer Glasscheibe leben müssen, wo ich nie das tat, was ich wirklich wollte, und nichts erreichte. Und Edward hätte seinen leiblichen Vater kennengelernt, oder zumindest gewusst, wer er war; hätte die Wahl gehabt, ob er auf ihn zugehen wollte oder nicht. Wie gründlich ich das alles versaut hatte. Ich konnte mich nicht einmal mehr daran erinnern, warum ich so gehandelt hatte, wie ich es getan hatte; konnte keinen Bezug mehr zu dem Mädchen herstellen, das vor all den Jahren diese schicksalhaften Entscheidungen getroffen hatte.

Ich fühlte mich hohl, zu niedergeschlagen zum Weinen. David, Bear, meine Mum. Alles war einfach richtig scheiße. Nicht einmal der Gedanke an Bryn Glas wirkte mehr seinen üblichen Zauber.

Da bingte mein Handy. Edward hatte geantwortet, dass sie sich sehr darüber freuen würden, wenn ich dieses Wochenende hochkäme. Na *super*. Ich dachte daran, was ich ihm würde sagen müssen, und fragte mich, wie genau ich es anstellen sollte, dafür die richtigen Worte zu finden.

Brief vom 16. August 1988

Liebste Bear,

*danke, Liebling, für deinen wunderbaren, netten Brief,
aber es geht mir jetzt schon viel besser. Halt dich fest, ich
heirate nämlich! Nein, nicht EDNINMAW, sondern
Richard. Wie zur Hölle konnte das passieren?, denkt
Bear jetzt total verwirrt.*

*Das weiß ich selbst nicht so genau. Vor ein paar Wochen,
nicht lange, nachdem mich EDNINMAW abserviert hatte,
lief mir in der Studentenvereinigung Richard über den
Weg. Nach unserer Trennung habe ich ihn dort zum ersten
Mal wieder gesehen und er sah gut aus. Wankelmütige,
alte Kay, was? Er erkundigte sich, wie es mir gehe, und
zwar so nett, dass ich den Mut aufbrachte und ihm von
meinen Neuigkeiten erzählte. Wir verbrachten den Abend
zusammen und langer Rede kurzer Sinn: Er machte mir
einen Heiratsantrag. Er meinte, er hätte mich schrecklich
vermisst, dass er mich liebte und, da er ja ein paar Jahre
älter war als ich, sich bereit fühlte, Vater zu werden.*

*Wir schworen einen feierlichen Eid, dass wir niemandem
je die Wahrheit sagen und niemals mehr darüber sprechen
würden.*

*Ich habe ihm nicht verraten, dass du es schon wusstest.
Aber davon abgesehen werde ich mein Versprechen ihm*

gegenüber halten und sonst niemandem mehr davon erzäh-
len. Nicht einmal Rose. Mum auch nicht. Und dem Baby
auch nicht. Und Richards furchteinflößender Mutter schon
gar nicht, die mich bestimmt hasst, weil ich Richard »in
meine Fänge bekommen habe«, da bin ich mir fast sicher.
Stell dir bloß mal vor, sie wüsste die Wahrheit!
Meinen Abschluss werde ich nicht mehr fertig machen.
Zuerst dachte ich, dass ich mir ein Jahr nehmen, das Baby
bekommen und dann zurückkommen könnte. Aber dann
habe ich Dads Freund einen Besuch abgestattet, der, dem
meine Arbeit gefallen und der mir eine Ausbildung in sei-
nem Studio in Soho angeboten hat. Ich hab ihm von dem
Baby erzählt und gefragt, ob er ein Jahr warten könne,
doch er meinte, dass das mit dem Timing dann nicht mehr
passe und damit hatte sich das dann erledigt. Deshalb
fühlt sich das alles jetzt etwas sinnlos an. Stattdessen heißt
es jetzt heiraten und ein Baby großziehen, und vielleicht
war es auch dumm von mir zu glauben, dass ich eine Kar-
riere daraus machen könnte, es gibt schließlich schon so
viel tolle Fotografen da draußen. Richard hat große Pläne
für die Zeit nach seinem Abschluss in Betriebswirtschaft,
für einen Laden, den er eröffnen will, und wenn das Baby
dann älter ist, kann ich dort auch arbeiten.
Richard sieht zwar nicht so gut aus wie EDNINMAW,
aber er hat eine Eigenschaft, die noch besser ist: Er ist nett.
Und er liebt mich. Er ist großzügig, arbeitet hart und ich
glaube, dass er ein toller Vater sein wird. Und ich liebe ihn
auch, Bear. Wirklich. Ich glaube, dass das, was ich für
EDNINMAW empfunden habe, bloß Verknalltheit war.
Das mit Richard ist echt. Als ich früher mit ihm zusammen
war, habe ich das noch nicht erkannt, aber jetzt schon.

Das wird eine schnelle, kleine Hochzeit nächste Woche, im Standesamt. Wenn du das hier liest, ist es schon vorbei und ich werde Mrs Bright sein, du brauchst dich also nicht mehr wirklich festzuhalten, es sei denn, du hast das Gefühl, es haut dich trotzdem vom Hocker. Mum ist enttäuscht, dass wir nicht in einer Kirche heiraten, aber sie weiß, dass wir es rasch hinter uns bringen wollen. Hoffentlich sehe ich auf den Fotos nicht zu schwanger aus! Inzwischen sieht man es schon ein bisschen. Ich weiß, dass du nicht dabei sein wirst, aber ich werde trotzdem an dich denken. Danke für all deine tolle Unterstützung über diese letzten verrückten Monate hinweg. Lieb dich, Honig-Bear.
Bis zum nächsten Mal.
Du fehlst mir.

Immer, Kay

22

KAY

Mir taten schon die Arme weh, aber die Jungs hatten immer
noch endlose Energie und rasten von einer Ecke des Spiel-
platzes zur anderen. Ich hatte bereits eine sehr lange, groß-
mütterliche Anschubsschicht an der Schaukel hinter mir,
und zwar eine längere als die früher, wo Edward und Stella
noch klein waren. Damals hatte ich das so langweilig gefunden. Anschubsen, warten, anschubsen, warten. Man konnte
währenddessen nicht abschalten, da man in seiner geistigen
Abwesenheit vielleicht zu fest anschubste und sie zu hoch
schaukeln würden, oder man bekam den Rückschwung versehentlich am Oberkörper ab. Ich musste eine ziemlich ungeduldige junge Mutter gewesen sein.

Diesmal war es aber anders. Es machte mir Freude, genau
die richtige Stelle zwischen den beiden Schaukeln zu finden,
damit ich nicht die ganze Zeit immer einen Schritt vor und
wieder zurück machen musste; wenn ich mich ein wenig
nach vorne lehnte, reichte das vollkommen aus. Auch der
sich wiederholende Rhythmus und mein Arrangement, dass
die eine Schaukel gerade zurückkam, während ich die andere wieder wegschubste, machte mir Freude. Nachdem ich
den Dreh erst einmal raus hatte, fühlte ich mich wie eine
richtige Schaukelkönigin. Und vor allem bereitete mir das
ausgelassene Geschrei der Zwillinge einen riesigen Spaß, die
immer wieder riefen: »Weiter!« und »Wer ist am höchsten,

Oma?« Ich erlaubte mir, jede einzelne Sekunde mit ihnen auszukosten, für den Fall, dass es das war; dass dies das letzte Mal war, dass ich sie sah.

Als sie schließlich endlich genug hatten, nahm ich sie mit auf eine kurze Erkundungstour durch das Gewächshaus, obwohl sie dafür eigentlich noch etwas zu klein waren. Dann gingen wir zu dem Café im Außenbereich des Botanischen Gartens, wo Edward an ein paar wissenschaftlichen Aufsätzen arbeitete. Wie erwachsen er aussah, wie er da so saß und vor sich hinackerte, in Hemd und Jackett, einen Kaffee vor sich. Es war so leicht, hinter die Fassade des beinahe dreißigjährigen Vaters zu blicken und den einst kleinen Jungen dahinter zu erkennen: Wie er in seiner Schuluniform am Küchentisch gesessen und fleißig seine Hausaufgaben gemacht hatte, mit vor Konzentration in Falten gelegter Stirn, und sich die Haare aus dem Gesicht strich.

Ich kaufte den beiden Jungs ein Eissandwich mit zwei Schichten. »Doppeldecker!«, rief Finlay ungläubig, womit er andeutete, dass sie wohl normalerweise keine so großen Naschereien bekamen. Dann parkte ich sie auf dem Rasen, wo sie einem ungeschickten Jongleur zuschauen konnten, und nahm meinen Kaffee mit rüber zu Edward.

»Gute Ausdauer, Mum«, lobte mich Edward und legte seinen Stift weg. »Das war super, danke dir, dadurch hab ich es geschafft, ein paar Berichte fertig zu lesen.«

»Eine Schande, dass du an einem Sonntag arbeiten musst.«

»Ach, das wird mir morgen im Meeting Zeit ersparen.« Er warf einen Blick hinüber auf die Jungen. »Doppeldecker? Was bist du denn für eine verrückte Närrin?«

»Eine ziemliche Sauerei, was? Ich hoffe, Georgia macht es

nichts aus.« Ich schielte auf die Aufsätze, die er durchgegangen war, aber so viel, wie ich davon verstand, hätten sie auch in chinesischen Schriftzeichen verfasst sein können. In Edwards Gegenwart fühlte ich mich oft wie eine Oma, die keinen Draht mehr zu seiner Welt hatte. Aber wenigstens war ich noch nicht in der Schultertuchphase.

Ich hatte mir immer noch nicht überlegt, was ich Edward sagen wollte. Er und Georgia waren seit meiner Ankunft gestern Abend besonders süß zu mir gewesen, machten ein richtiges Aufheben um mich und erkundigten sich, wie es mir ging. Edward hatte zwar nicht direkt gesagt: »Wie geht's dir jetzt so, wo du verrückt geworden bist und Dad verlassen hast?«, doch die sanfte, kindliche Art, auf die er mich mit Samthandschuhen anfasste, ließ durchblicken, dass er das wohl dachte.

»Na, wie waren deine Reisen so?«, fragte er jetzt, obwohl ich wusste, dass es ihn nicht so brennend interessierte. Wahrscheinlich sah er die als eines der Symptome des Wahnsinns an.

»Willst du ein paar Fotos sehen?« Ich holte mein Handy heraus.

»Klar. Du hast mir ein paar aus Venedig geschickt, aber ich würde gern noch mehr sehen.« Er schaute sie durch und gab hin und wieder einen höflichen Kommentar ab. »Ein paar davon sind ziemlich gut. Das da, die kleinen Kanäle, wunderschön. Die solltest du irgendwo hinschicken. Die beim *Herald* machen doch jede Woche so einen Fotowettbewerb.«

»Die Zeitung? Ach, nein, die sind ja bloß auf meinem Handy.« Ich setzte meine Sonnenbrille auf. Die Sonnenstrahlen in Glasgow waren stärker, als ich nach meinen vorherigen, meistens regnerischen Besuchen hier erwartet hätte.

»Ich schick ein paar an mich selbst über AirDrop«, meinte er und klickte auf unseren beiden Handys herum. »Vielleicht sende ich ja stellvertretend ein paar für dich ein.« Dann lehnte er sich zurück und sagte: »Also dann, Mum, leg los«, und zwar mit dem Anschein von jemandem, der endlich den Mut dazu aufgebracht hat auszusprechen, was ihm im Kopf herumging.

»Leg los womit?« Mein Herz kam ins Stolpern – konnte er etwa wissen, was ich ihm sagen wollte?

»Bist du denn nicht hochgekommen, um mir einen Rüffel zu verpassen?«

Diese Wendung in unserer Unterhaltung hatte ich nicht erwartet. Tatsächlich sollte es eher anders herum sein. »Was hast du denn getan«, fragte ich, »wofür ich dich ausschimpfen müsste?« Ich zögerte den unausweichlichen Moment, in dem er erkannte, dass er eigentlich mich ausschimpfen sollte, gerne noch etwas hinaus.

»Weil ich Dad nicht besuchen gekommen bin«, murmelte er. »Seit du ihn, äh, verlassen hast. Oder Stella.«

Ach so! »Ich weiß, Liebling, und ich bin mir sicher, dass sie dich wirklich gerne sehen würden.«

»Also, dann leg los«, wiederholte er und wich dabei meinem Blick aus. »Sag mir schon, was ich für ein Arsch bin. Dass ich sie in der Stunde der Not alleingelassen habe, bla bla.«

»Bestimmt nicht. Deswegen bin ich nicht hier.«

»Ach nein?«

»Nein. Ich wollte dich sehen. Und tatsächlich bin ich hier,

um *dich* um Entschuldigung zu bitten.« Es auszusprechen fühlte sich gut an. Großartig, tatsächlich. Das sollte ich öfter machen.

»Weswegen denn?«

»Dafür, dass ich Dad verlassen habe. Dass ich ein großes Chaos hinterlassen habe, das jetzt alle anderen aufräumen müssen. Und …«, ich holte tief Luft. »Dafür, dass ich nicht immer ehrlich zu dir war.«

»Oh.« Er starrte den Tisch an. »Na ja, ich schätze mal … keine Ahnung … Georgia findet, dass ich dir sagen sollte … Ich will. Gott, wo soll ich da anfangen?«

Er war eindeutig kurz davor zu platzen, um etwas loszuwerden. Tatsächlich schien er so versessen darauf, dass er meine Nicht-immer-ehrlich-gewesen-Beichte überhört zu haben schien. Gut. Dann schiebe ich es einfach für immer auf, sitze weiter in diesen hübschen Gärten herum, mit meinen Enkelkindern in der Nähe, der Sonne auf meinem Rücken, und einem Kaffee in der Hand. Denn nachdem ich es ihm erst einmal gesagt hätte, wer wusste da schon, wie er reagieren würde? Falls er mich nie mehr sehen wollte, wüsste ich, wie ich von hier aus zum Bahnhof käme. Alles Notwendige hatte ich dabei und Georgia würde mir vermutlich alle meine restlichen Sachen, die noch im Haus waren, nachschicken. Ich musste es ihm sagen, und zwar heute, und ich musste den Konsequenzen, egal welchen, egal wie schlimm, ins Auge schauen. Den Augenblick zögerte ich trotzdem gerne noch so lange wie möglich hinaus.

»Sprich weiter«, ermutigte ich ihn. »Sag mir, was du zu sagen hast.«

Er schüttelte den Kopf. Einen Moment lang dachte ich, dass er gar nichts mehr sagen würde. Doch dann platzte es aus ihm heraus: »Bist du denn nicht stocksauer auf Dad?«

»Auf Dad?« Kurz überlegte ich, ob Edward etwas falsch verstanden hatte, ob er dachte, dass es Rich gewesen war, der mich verlassen hatte. »Warum denn?«

»Weil er dich so schnell ersetzt hat?«

Ach so, noch einmal. »Du hast also schon von der neuen Frau gehört?«

»Stella hat es mir geschrieben. Er fliegt nach Paris, der Arsch.«

Ja, Tatsache. Eine Woche mit Rich in Paris oder auch sonst irgendwo – wie viele Jahre hatten wir alle davon geträumt?

»Na ja, hör zu«, sagte ich leise, für den Fall, dass uns jemand belauschte, »mir kommt das auch sehr schnell vor – so schnell, dass ich dabei sehr unvorteilhaft wegkomme –, aber anscheinend braucht dein Dad das gerade, um über unsere Trennung hinwegzukommen. Wenn das so ist, unterstütze ich es voll und ganz. Ich hoffe, dass sie eine nette Person ist, jemand, der auf ihn aufpassen wird. Und schau, anscheinend ist sie jemand, der ihn aus seiner Festgefahrenheit herausholt, ihn dazu bringen kann, in den Urlaub zu fliegen! Das habe ich nie geschafft. Ich hoffe ehrlich für ihn, dass das klappt.«

»Wow.« Edward schaute mich durchdringend an. »Du wolltest ihn also wirklich verlassen, scheiße nochmal.«

»Für mich war es das Richtige. Und ich hoffe, dass sich herausstellen wird, dass es das für uns alle war.« Ich lächelte, obwohl mir nicht danach war, und fing an, meinen Mut zu sammeln. *Sei tapfer*, dachte ich. *Du hast den Snowdon bestiegen, weißt du noch. Du bist hart im Nehmen, eine starke Frau. Ach, verdammt.* »Edward, ich bin hier, weil ich dich und die Zwillinge wirklich sehen wollte, und Georgia natürlich auch. Aber auch, weil es da noch etwas anderes gibt, das ich dir sagen muss.«

»Wegen Dad?«

»Nicht wirklich, es geht um dich.« Ich rührte unnötigerweise meinen Kaffee um, spielte auf Zeit. »Ich wünschte, ich hätte das schon vor vielen Jahren getan. Die Gründe, warum ich es nicht getan habe, sind kompliziert, dein Vater und ich dachten, na ja, das war vor langer Zeit, aber wir dachten ...« *Gott!* Das war ja noch viel schwieriger, als ich es mir vorgestellt hatte.

»Spuck's aus, Mum«, meinte Edward. Dabei sah er beinahe belustigt aus.

»Ausspucken. Gute Idee.« Mit klopfendem Herzen und flauem Magen packte ich alles in einen einzigen Redeschwall: »Dad ist nicht dein echter Vater. Dein echter Vater war ein Mann namens David, den ich an der Universität kennengelernt habe. Als ich schwanger wurde, waren wir noch nicht lange zusammen, und er wollte es nicht – dich nicht. Langer Rede kurzer Sinn, dein Vater hat angeboten, dich als seinen eigenen Sohn großzuziehen und wir haben uns darauf geeinigt, es geheim zu halten, das kam uns damals schrecklich wichtig vor, aber jetzt nicht mehr und –«

»Mum.« Edward hielt die Hand hoch. »Ich –«

»Bitte, das war noch nicht ganz alles. Das Schlimmste kommt noch. Lass mich das loswerden, dann kannst du alles sagen, was du willst.« Ich legte beide Hände auf den Tisch, für moralische Unterstützung oder was auch immer. »Vor Kurzem habe ich beschlossen, dir das zu erzählen, also habe ich David ausfindig gemacht, aber er ... er ...« Ich wusste einfach nicht, wie ich das sagen sollte. Jetzt, wo es so weit war, fehlten mir die Worte dafür. »Er … oh Gott …«

»Er ist letztes Jahr gestorben«, vervollständigte Edward meinen Satz.

Ich starrte ihn an: »Wie bitte?«

»Mum. Ich weiß Bescheid über David.«

Das Sonnenlicht im Garten kam mir auf einmal weißer vor, heller. Vielleicht würde ich gleich in Ohnmacht fallen. Ich krallte mich noch mehr an der Tischplatte fest und schloss die Augen, um den Schwindel unter Kontrolle zu bekommen. Er wusste es. Er wusste es schon! Aber woher? Nur wir vier wussten davon: David, Richard, Bear und ich. Jetzt natürlich nur noch drei, wo David ja …

Ich machte die Augen wieder auf. »Hat Dad es dir gesagt?«

»Ja.«

»Ich glaub's einfach nicht!« Wie hatte Richard nur unseren Schwur brechen und mir dann nicht einmal sagen können, dass er ihn gebrochen hatte? Dieser Arsch. Warum hatte er das getan? Edward schaute mich an und wartete darauf, dass ich fortfuhr.

»Es tut mir so leid, dass ich dir das nicht schon vor Jahren gesagt habe«, entschuldigte ich mich. Ich holte tief Luft. »Ich hab es so weit nach hinten unter den Teppich gekehrt, dass ich es beinahe selbst vergessen hatte. Aber ich wünschte, ich hätte dir die Chance gegeben, ihn kennenzulernen.«

Die Zwillinge kamen komplett mit Eis verschmiert zu uns herübergerannt. »Oma! Daddy! Uns ist langweilig!«

»Dann kommt mal mit«, meinte Edward, holte eine Packung Feuchttücher aus seiner Innentasche und wischte ihnen wie ein Profi die Gesichter ab, »lasst uns nach Hause fahren.« Er wandte sich mir zu und sagte: »Fortsetzung folgt.«

Irgendwie kam ich auf die Beine und ging mit ihnen zum Auto zurück, mit jeweils einer klebrigen kleinen Hand in meiner.

Bis wir dann bei ihnen zu Hause waren – ein hübsches, luftiges Haus mit hohen Decken im Glasgower Vorort Shawlands –, war ich total durch den Wind. Dass ich im Auto fünfzehn Strophen von »Old MacDonald« singen musste, um Jamie von seiner Übelkeit abzulenken, war vermutlich auch nicht sehr hilfreich gewesen. Wer hätte gedacht, dass Old MacDonald auch iPads und Laserpistolen auf seiner Farm hatte? Das war definitiv ein etwas moderneres Unternehmen als das, von dem ich gesungen hatte, als ihr Dad noch klein war.

Da Georgia bei ihrer Mutter war, musste ich ihr gar nicht erst etwas vorspielen. Edward setzte die Kinder vor den Fernseher und wir beide gingen in die Küche. In dem großen Raum stand ich dann etwas verloren herum.

»Ich mach ihnen schnell Abendessen«, meinte er.

»Kann ich helfen?«

»Ich mach bloß Fischstäbchen. Warum kochst du uns nicht einen Tee? Du siehst ein bisschen traumatisiert aus.«

Mein seltsamer, undurchschaubarer Junge. Er war immer schon so viel rätselhafter gewesen als Stella. Sie war vielleicht nicht sonderlich gut darin, ihre Gefühle zu benennen, doch sie zeigte sie immer. Man wusste immer gleich, ob sie glücklich oder sauer war. Edward war verschlossener, schon seit er klein war. Man musste sich bis unter die Oberfläche vorarbeiten, wenn man wissen wollte, was ihm durch den Kopf ging.

Ich füllte den Kessel auf und setzte mich hin. »Also dann, Schatz«, sagte ich und versuchte, dabei nicht so zu klingen, als würde ich betteln, auch wenn ich genau das tat. »Erzähl weiter.«

Edward schob die Fischstäbchen in den Ofen und fing an, Karotten in ordentliche kleine Stäbchen zu schneiden. »Weißt du noch, vor ein paar Jahren, als die Zwillinge klein waren und Bronchitis bekommen haben?«

Ich nickte. Da war ich nach Glasgow hochgeflogen, um zu helfen. Edward und Georgia waren beide fix und fertig gewesen. Ich wäre auch länger geblieben, aber Richard hatte mehrmals angerufen und spitze Kommentare wegen des Ladens abgegeben. Wenn ich jetzt daran zurückdachte, schämte ich mich dafür, dass ich mich von ihm dazu hatte überreden lassen, früher nach Hause zurückzukommen, als ich eigentlich gewollt hatte. Ich schämte mich dafür, offensichtlich auch in den unsinnigen Glauben verfallen zu sein, dass Arbeit wichtiger als meine Familie wäre.

Edward fuhr fort: »Georgia ist komplett ausgeflippt und nachdem sie wieder gesund waren, hat sie es sich in den Kopf gesetzt, dass wir Gentests machen sollten, um herauszufinden, ob es medizinische Probleme gibt, die vielleicht eines Tages eine Auswirkung auf sie haben könnten. Ich fand die Idee irgendwie albern, aber sie ließ nicht locker, und nachdem ich erst einmal meine Ergebnisse bekommen hatte, war die ganze Sache tatsächlich ziemlich interessant. Daraus ging mein irisches Erbgut von dir hervor. Tatsächlich ließ es sich erstaunlicherweise sogar bis nach Donegal zurückverfolgen. Ich weiß noch, dass du mal erzählt hast, deine Urgroßmutter wäre aus Donegal gewesen.«

»Ja, das stimmt …« Ich war mir nicht ganz sicher, wohin

uns das führen sollte. »Stand da irgendetwas von Erbkrankheiten?«

»Wir haben dem Kinderarzt der Jungs die Ergebnisse gezeigt, aber er hat nichts Besorgniserregendes gefunden. Wie auch immer, relevant ist«, und hier hob Edward die Augenbrauen, »dass Dads berühmtes skandinavisches Erbe gefehlt hat.«

»Ach.« Unter dem Vorwand, den Tee aufzugießen, drehte ich mich weg. Mit zitternden Händen schenkte ich das heiße Wasser in die Tassen ein.

»Du weißt doch, wie er immer darauf herumgeritten ist, dass er von Wikingern abstammt?«

»Und wie ich das weiß.« Gott, wie oft und ausgiebig mir Richard immer davon erzählt hat.

»Ich habe damals sogar ein Schulprojekt dazu gemacht, weißt du das noch? Hab mich selbst als Wikingerjungen gemalt. Also dachte ich«, sprach Edward weiter, wobei er ein paar Butterbrote schmierte, »dass Dad einen Fehler gemacht haben musste oder er falsch informiert worden war. Und so hab ich ihn gefragt, wie es sein kann, dass mein Test keine skandinavische DNA aufweist.«

Ich bohrte mir die Fingernägel in die Oberschenkel. *Oh Gott, armer Richard.* »Und nachdem er dann ein wenig herumgedruckst hat und mir weismachen wollte, dass solche Tests nicht immer unbedingt stimmen müssen, hat er mir dann gestanden, dass er nicht mein leiblicher Vater ist.«

»Gott. Edward, das tut mir wahnsinnig leid.« Ich schüttete zu viel Milch in die Tassen und setzte mich hin. Vor ein paar Minuten war ich noch stocksauer auf Richard gewesen; jetzt tat er mir von ganzem Herzen leid. All die Jahre, die wir nicht darüber gesprochen hatten, all die Jahre, in denen er sich selbst als echten Vater für Edward gesehen hatte, genauso wie er es auch für Stella war. Was für ein schlimmer Schlag das gewesen sein muss, schließlich doch die schmerzhafte Wahrheit enthüllen zu müssen, die wir bis dahin so gründlich geheim gehalten hatten.

»Ein ziemlich harter Brocken, wie du dir vorstellen kannst«, stellte Edward fest und fuhr sich mit der Hand über die Augen.

»Liebling. Ich hab das alles so schlecht gehandhabt. Es tut mir so leid.« Da kam mir ein Gedanke. »Haben wir deshalb so lange nichts mehr von dir gesehen und gehört?«

Er nickte. »Musste das erst mal verarbeiten.« Er nahm einen Schluck von seinem Tee, verzog das Gesicht und fischte dann den Teebeutel heraus, den ich drinnen gelassen hatte. »Ich war ziemlich lang ziemlich verdammt wütend.«

»Gott, natürlich warst du das. Es tut mir so leid.«

»Ich hatte das Gefühl, dass du und Dad mir einen Streich gespielt habt. Als wäre ich die Pointe eines Witzes, die jeder verstanden hat außer mir.«

»Ach, Schatz! So war das überhaupt nicht.«

»Ich weiß und jetzt glaube ich das auch nicht mehr. Ich erzähl dir bloß, wie ich mich damals gefühlt habe.«

Ich nickte und beschloss, damit aufzuhören, ihn zu unterbrechen. Ich musste ihn ausreden lassen.

»Georgia hat gesagt, ich sollte mit dir darüber reden, aber dazu war ich noch nicht bereit. Tatsächlich weiß ich nicht mal, ob ich das jetzt bin.« Sogar als kleines Kind hatte er bloß selten geweint, doch jetzt hatte er feuchte Augen. »Ich wusste nicht, ob ich überhaupt noch Teil meiner Familie war.«

»Ach, Edward.« Versehentlich stieß ich einen Schluchzer

aus und legte mir eine Hand vor den Mund. »Natürlich bist du das!«

»Nein, es passt schon, das weiß ich. Logisch betrachtet.« Er widmete sich dem Ofen und wendete die Fischstäbchen. Wie prosaisch das Leben doch war, wie es einfach so weiterging, mit Fischstäbchen und Tee, wo die ganze eigene Welt doch kopfstand. Ohne mich anzusehen, sagte er: »Gott sei Dank habe ich Georgia. Und meine Therapeutin.«

»Du hast eine Therapeutin?«

»Warum nicht? Stella hatte ja auch eine. Alle Kinder aus komplizierten Familien haben heutzutage eine.«

»Oh Gott, ich wollte euch doch gar keine komplizierte Familie bescheren.«

»Irgendwie sind doch alle kompliziert, oder? Das sagt zumindest meine Therapeutin. Aber nein, ich will ehrlich sein, es war schon schwierig. Es ist komisch herauszufinden, dass man nicht der ist, der man dachte zu sein, weißt du?«

Ich schüttelte den Kopf. Es hätte doch bestimmt einen Weg gegeben, all das besser handhaben zu können.

»Und was hat Dad ... Richard ...«

»Alles in Ordnung, Mum. Er ist immer noch mein Dad.« Edward lächelte. »Er hat mir erzählt, was damals passiert ist, und dass ihr beide euch darauf geeinigt habt, es geheim zu halten. Er meinte, er wäre«, Edward verstummte und sprach dann leiser weiter, »immer sehr stolz darauf gewesen, dass ich sein Sohn war.« Jetzt weinte er definitiv ein bisschen, genauso definitiv wollte er aber nicht, dass ich mir etwas anmerken ließ.

»Gott, Edward. Ich glaub's einfach nicht, dass Richard mir nichts davon erzählt hat.«

»Ich hab ihn darum gebeten, Mum.« Er ließ die Fischstäbchen auf zwei Teller gleiten. »Ich wollte nicht, dass du die alte Geschichte wieder aufwärmen musst und Dad wollte das auch nicht, besonders als Oma Hurst dann so krank war. Als du ihn dann aber verlassen hast, hab ich mich schon gefragt, ob er es dir letztendlich doch noch erzählt hat und das einen riesigen Streit ausgelöst hat.«

»Nein, er hat es mit keinem Wort erwähnt.« Armer Richard, musste diese ganze Last alleine tragen. »Hast du denn versucht, dich mit, äh, David in Verbindung zu setzen?« Wie bizarr sich das anfühlte, Davids Namen laut auszusprechen, und dann auch noch ausgerechnet vor Edward.

»Ich hab mich mit ihm getroffen.«

»Du hast dich mit ihm getroffen?!« Mein Herz fing so schnell zu klopfen an, als wäre ich gerannt.

»Ich hab seine Frau kennengelernt.«

»Du hast seine Frau kennengelernt?!«

»Das ist ja wie bei diesem nervtötenden Spiel, das Finlay immer spielt«, bemerkte Edward, »bei dem er immer alles wiederholt, was jemand sagt.« Er nahm die Teller. »Zur Feier des Tages werd ich sie vor dem Fernseher essen lassen.«

Er ging aus der Küche und bevor ich überhaupt eine Sekunde zum Nachdenken hatte, vibrierte mein Handy und ließ mich aufschrecken – gerade würde mich auch wirklich alles erschrecken. Es war eine Textnachricht von Rose, die sich nach mir erkundigte. Sie wusste, dass ich hochgeflogen war, dachte aber, dass ich Edward nur besuchte, um Zeit mit ihm zu verbringen. Irgendwann würde ich ihr von der ganzen Sache erzählen müssen. Gott, da gab es so viel mehr zu erzählen, als ich überhaupt gedacht hatte. Ich hoffte, dass Rose dann nicht zu verärgert sein würde, weil ich mich ihr bisher nicht anvertraut hatte. Für den Moment beschloss ich, wie Edward, bloß meine Gefühle auszudrücken.

Eine Enthüllung jagt die nächste, Rose.

Was ist denn los, K?

Alle meine Fehler aus der Vergangenheit holen mich jetzt ein.

Wurde dein Handy von einem Roboter gehackt, der nur klischeehafte Formulierungen verwendet?

Ich werd's dir erzählen, wenn wir uns sehen. Und wir werden VIEL Wein brauchen.

Edward kam wieder herein und ich legte mein Handy weg.

»Würdest du gerne was essen?«, fragte er. »Ein bisschen was von dem leckeren Rindfleischeintopf von gestern Abend ist noch übrig, Georgia hat den gemacht.«

»Hör mir auf mit Eintopf!« Vielleicht war ich auch jetzt noch eine ungeduldige Mutter. »Erzähl weiter davon, wie dein Treffen mit ihm war, bitte!«

»Okay.« Edward setzte sich neben mich. »Nachdem mir Dad erst einmal seinen Namen gesagt hatte, war es leicht, ihn ausfindig zu machen.«

Ich nickte. Das hatte ich selbst auch schon gemerkt.

»Endevane ist wahnsinnig selten. Das ist eine Abwandlung von einem alten walisischen Namen, wusstest du das?«, fuhr Edward fort.

»Ja«, antwortete ich schwach. Mein Herz schien immer noch zu glauben, dass wir einen Marathon liefen.

»Fährst du deswegen so gerne in dieses Cottage nach Wales?«

»Ich glaube nicht, dass es da eine Verbindung gibt.« Aber während ich das sagte, überlegte ich, ob da nicht doch unterbewusst irgendein komischer Scheiß abging, wie Bear das formulieren würde.

»Ich nehme mal an, dass ich selber ziemlich viel walisische DNA habe, dank David«, meinte Edward, »genau wie die Jungs. Zumindest hat der DNA-Test bestätigt, dass ziemlich viel keltisches Blut in uns steckt.« Glücklicherweise erwartete er darauf keine Antwort. Es würde wohl eine Weile dauern, bis ich das, wie Edward es ausgedrückt hatte, »verarbeitet« hätte.

»Egal«, fuhr er fort, »ich hab ihn auf Facebook ausfindig gemacht, ihm erzählt, wer ich bin, und er meinte, er würde sich gerne mit mir treffen.« Er nippte lässig an seinem Tee.

»Wie? Wann? Wo?« In einer optischen Repräsentation von *erzähl mir alles*, breitete ich meine Arme weit aus.

»Wahrscheinlich war das ein paar Monate vor seinem Tod. Er hat in Dorset gewohnt und ich bin wegen der Arbeit runtergeflogen, also haben wir uns in Chelsea auf einen Drink getroffen.«

Mein Sohn und der Vater meines Sohnes hatten sich in London getroffen. Damals war ich nicht mehr als ein paar Meilen von ihnen entfernt gewesen. Es überraschte mich, dass ich nicht auf irgendeine Art und Weise gewarnt worden war, wie zum Beispiel von einer Heuschreckenplage oder dass es rot aus den Wasserhähnen floss.

»Aber bloß dieses eine Mal«, erklärte Edward. »Man

konnte sehen, dass er in seiner Jugend ein ziemlich gut aussehender Kerl gewesen sein musste.«

»Ja, das war er.«

»Er sah ein bisschen aus wie ich.«

»Du bist doch selbst ein gut aussehender Kerl.« Ich musterte ihn und erlaubte mir, die Ähnlichkeiten aufzuzählen, über die ich außer in den Briefen an Bear nie gesprochen hatte: das helle Haar, das ihm in die Stirn fiel, die graublauen Augen, die zwar in der Farbe, aber nicht in der Form Stellas ähnelten, die Kieferform. »War seine Frau auch dabei?«

»Nein, aber sie wusste von mir. Ich weiß nicht, ob er es ihr erst erzählt hat, nachdem ich ihn kontaktiert habe, oder ob sie es immer schon gewusst hat.«

»Meinst du, dass sie glücklich waren?«

»Weiß nicht genau. Er war Alkoholiker. Er hat mir erzählt, dass seine Frau vor ein paar Jahren genug von seiner Trinkerei hatte und ihn verlassen hat.«

Dass David sich zu einem Alkoholiker entwickeln würde, hätte ich nicht erwartet. Aber andererseits kannte ich ihn ja auch gar nicht. »Dann waren sie also getrennt?«

»Nein, er hat es geschafft, mit dem Trinken aufzuhören, und sie ist zu ihm zurückgekommen, doch dann hat er die Krebsdiagnose bekommen.«

»Welche Art von Krebs?« Ich hatte keine Ahnung, warum ich das wissen musste, und Edward anscheinend auch nicht, weil er mich seltsam anschaute.

»Speiseröhrenkrebs, glaub ich, hat er gesagt. Er hat sich selbst als ehemaligen Alkoholiker beschrieben. Dabei hat er kein Blatt vor den Mund genommen. Er hat Orangensaft getrunken. Er hat mir gleich am Anfang gesagt, dass er krank sei, und dass er nicht wisse, wie lange er noch habe. Er war wirklich froh, dass ich Kontakt zu ihm aufgenommen habe.«

Ich konnte es nicht glauben, dass Edward trotz meiner dummen Schwerfälligkeit und allem anderen doch die Chance bekommen hatte, David kennenzulernen, bevor es zu spät war. Ich war so erleichtert, wobei erleichtert tatsächlich ein viel zu kleines Wort war, um das zu beschreiben, was ich empfand. Ich hatte das Gefühl, als ob mir eine echte, physische Bürde von den Schultern genommen worden wäre, als ob ich nicht mehr länger einen schweren Rucksack mit mir herumschleppen müsste. Endlich verlangsamte sich mein Herzschlag wieder.

»Mochtest du ihn?«, fragte ich. Um alles abzudecken, was ich wissen wollte, war das eigentlich eine untaugliche Frage.

»Keine Ahnung. Glaub schon. Es waren ja nur ein paar Stunden. Er war recht nett. Hatte allerdings nicht das Gefühl, als wäre da eine besondere Verbindung gewesen. Er hat mich viel angestarrt, vermutlich hat er versucht, sich in mir wiederzuerkennen.«

Recht nett. All die Jahre hatte ich für David einen besonderen, magischen Platz in meinem Herzen reserviert; der Weg, den ich nicht eingeschlagen hatte; der, der davongekommen war. Und doch konnten andere Leute ihn anschauen und ihn bloß *recht nett* finden. Der Gedanke brachte mich zum Lächeln.

»Ich hab ihn gar nicht als einen Ersatz für Dad gesehen oder so was«, erklärte Edward. »Ein Dad ist derjenige, der einen großzieht.«

»Ich hab mich trotzdem immer gefragt, wie anders alles

vielleicht gekommen wäre.« Ich schaute Edward durchdringend an und hoffte, dass er die Bedeutung meiner Worte erfasste, die Schuld, die ich spürte, David nicht mehr Zeit für die Entscheidung gegeben zu haben, ob er mit mir zusammen und der Vater meines Kindes sein wollte. »Wie alles gewesen wäre, wenn David und ich zusammengeblieben wären und dich gemeinsam großgezogen hätten.«

»Es wäre wahrscheinlich schon anders gewesen, Mum«, meinte Edward, »aber vielleicht auch nicht besser. Es hätte genauso gut schlimmer sein können.«

»Dein Dad war allerdings nicht viel zu Hause, als du noch klein warst«, gab ich zu bedenken. »Er war immer so beschäftigt mit seinen langen Arbeitszeiten.«

»Ich habe aber nie daran gezweifelt, dass er mich liebt«, entgegnete Edward. »Er war und ist immer noch ein guter Dad.«

Bear hatte mir ja gesagt, dass ich mir da eine Liebesgeschichte zusammengereimt hatte. Dass die Sache mit David nicht so war, wie ich sie in Erinnerung hatte. »Er hat zwar gut ausgesehen, aber ich kann mich nicht daran erinnern, dass er sehr nett zu dir gewesen ist.« Vielleicht hatten sie und Edward recht und mit David wäre es gar nicht besser gewesen. So oder so war es höchste Zeit, einen Schlussstrich unter diese Sache zu ziehen. Ich hatte nicht David, sondern Richard geheiratet. Und es war nicht perfekt gewesen, sicher nicht, aber für eine lange Zeit war es gut genug gewesen.

»David hat mich gebeten, dir etwas auszurichten, Mum.«

»Mir?« Gott. *Wie ich schon sagte, Rose, eine Enthüllung jagt die nächste.*

»Er meinte, er sei nicht sonderlich nett zu dir gewesen, als du ihm von mir erzählt hast, und dass es ihm leidtue.«

»Ach.« Für einen Moment schloss ich die Augen und ließ das auf mich wirken. »Er war noch schrecklich jung. Das waren wir beide.«

»Geht's dir gut?«

Ich öffnete die Augen wieder. »Ja, Schatz.« *Ich fertige bloß gerade dreißig Jahre von unterdrücktem Zeug auf einmal ab, aber abgesehen davon geht's mir super, ja.* »Und dir?«

»Ich bin sehr erleichtert, dass ich es dir gesagt habe.«

»Das kann ich nur zurückgeben.« Ich lächelte ihn an. »Meinst du, er wollte eine Beziehung zu dir aufbauen?«

»Glaub ich nicht, außerdem wollte ich auch keine mit ihm. Ich musste ihn bloß irgendwie mal gesehen haben, aber einmal hat gereicht. Seine Frau Verity hat mich angerufen, als er gestorben ist, und sie sagte, dass er es sich ihrer Meinung nach gewünscht hätte, dass ich zu seiner Beerdigung komme. Also bin ich mit Georgia hingegangen. Außer mit Verity haben wir sonst mit keinem geredet. Ich hab einen Blick auf seine Kinder erhascht, aber ich hatte keine Ahnung, ob sie von mir wissen. Also bin ich nicht auf sie zugegangen.«

»Verdammt noch mal, Edward. Du bist so ein … so ein …«

»Was?«

»So ein toller Erwachsener.« Ich streichelte seine Wange und nahm dann seine Hand. Er drückte meine fest und für ein paar Augenblicke saßen wir schweigend so da. Mir brannten tausend Fragen unter den Fingernägeln, aber ich wusste, dass er es mir zu gegebener Zeit von selbst erzählen würde, falls es noch mehr gab. Vielleicht brauchte er eine Weile, um sich noch weiter zu öffnen. Vielleicht würde ich es auch nie erfahren. Vielleicht gab es aber auch einfach nichts mehr zu sagen.

»Mum«, begann er dann erneut und unterbrach damit meine Gedanken. »Kann ich dich was fragen?«

»Ja, natürlich.«

Er nahm einen weiteren Schluck von seinem Tee, zog eine Grimasse, da er kalt geworden war, und fragte: »Liebst du Dad denn nicht mehr?«

Edward – ein reifer Mann, aber doch, manchmal, immer noch mein kleiner Junge.

»Doch, ich liebe ihn schon, mein Schatz. Zuerst habe ich gedacht, ich täte es nicht. Aber mir ist klar geworden, dass ich es doch tue, bloß auf eine andere Art. Eine Art, die ich nicht sofort als Liebe wiedererkannt habe.«

»Liebe ist kompliziert, was?«, meinte er, kam zu mir rüber und umarmte mich. Das war unsere erste Umarmung, seit ich weiß nicht wie lange.

»Das muss schwierig für dich gewesen sein, damals«, sprach er weiter, »als du mit mir schwanger warst.«

»Ach, Liebling.« Meine Augen füllten sich mit Tränen. In seinen Armen erlaubte ich mir zum ersten Mal seit einer Ewigkeit, mich an diese lähmende, kalte Angst zu erinnern, die ich gespürt hatte, als mir klar wurde, dass David nichts davon wissen wollte. Ich stellte mir Mums Reaktion vor – »Du musst das Baby zur Adoption freigeben.« Oder Rose' – »Ich werd dir einen Termin für eine Abtreibung machen.« Wie ich nicht gewusst hatte, was das Richtige war, und Entscheidungen traf, die Jahre später noch nachwirken würden.

»Entschuldige, dass ich in diesen letzten Monaten nicht für dich und Dad da war«, sagte er.

»Du hattest selbst eine Menge zu verdauen«, wehrte ich ab. »Das verstehen wir beide.« Ich wusste, dass ich hier auch für Richard sprechen konnte. »Und ich bin mir sicher, Stella auch, falls du es ihr jemals erzählen willst.«

»Gott, vermutlich sollte ich das schon.« Ich spürte, wie er an meiner Schulter den Kopf schüttelte. »Das wird sie mir noch ewig vorhalten. Ich werde sie bald einmal besuchen.« Er ließ mich los und lehnte sich in seinem Stuhl zurück. »Und können wir in den Sommerferien für ein paar Tage nach Bryn Glas kommen?«

Man hätte nie erraten, dass ihn Augenblicke zuvor noch starke Emotionen im Griff gehabt hatten. Ich bewunderte seine Fähigkeit, sich gleich wieder auf eine neue Sache einlassen zu können.

»Ich hab Georgia davon erzählt, was für ein toller Ort zum Austoben das war, als ich noch ein Kind war, und sie ist ganz wild darauf, mit den Zwillingen irgendwo draußen in der Natur zu sein, wo es kein Internet gibt.«

»Wie schön!« Ich beschloss, sie selbst bei ihrer Ankunft herausfinden zu lassen, dass Imogens Söhne ein superschnelles WLAN installiert hatten.

»Wann kannst du denn einziehen? Sind sie mit den Renovierungsarbeiten schon fertig?«

»Fast. Ich habe es so arrangiert, dass ich ab Mittwoch dort sein kann. Imogen hat es geschafft, ihre Familie davon zu überzeugen, mir einen Mietnachlass zu gewähren, mit der Begründung, dass ich eine vernünftige und reife Frau bin. Ha! Wenn die wüssten. Und weil ich den Schuppen wieder herrichten werde.«

»Dann bleibst du also noch ein paar Tage bei uns, ja?«, fragte Edward. »Gibt ja keinen Grund, gleich wieder abzureisen, wenn es noch gar nicht bereit ist, und die Jungs lieben es, wenn du da bist.«

»Es ist so schön, sie zu sehen. Und dich.« Ich musste die Lippen fest zusammenpressen, um einen weiteren Tränenausbruch zu vermeiden. Mein Sohn wollte, dass ich blieb. Ich hatte doch nicht alles zerstört.

In letzter Zeit hatte ich mich daran gewöhnt, mein Leben rückblickend als eine Folge kleiner Katastrophen und großer Fehler zu betrachten. Doch tatsächlich konnte man es auch ganz anders sehen. Mein Leben war voller außergewöhnlicher Kinder und wunderbarer Freunde. Neue Möglichkeiten lagen gleich hinter der nächsten Ecke. Wenn man mein Leben mit dem vieler anderer Menschen verglich, stellte sich heraus, dass ich eigentlich wahnsinniges Glück hatte.

»Daddy!«, rief Jamie aus dem Wohnzimmer. »Können wir einen Nachtisch haben?«

»Diese frechen Bengel«, kommentierte Edward. »Die haben doch ein riesiges Eis von dir bekommen.«

»Ich werd ihnen einen Obstsalat machen«, erwiderte ich und stand auf. Ich gab ihm, meinem Jungen mit dem goldenen Haar, einen letzten Kuss und fing dann an, Äpfel und Bananen in kleine Stücke zu schneiden, womit ich das Prosaische in mein Leben zurückkehren ließ. Das war zwar weniger aufregend, so viel steht fest, aber eindeutig erholsamer.

Brief vom 17. Juni 1988

Liebste Bear,

oh Gott, B. Ich weiß nicht mal, wie ich diesen Brief beginnen soll. Keine Ahnung, wo mir der Kopf steht. Scheiße, Scheiße, ich bin total durch den Wind. Ich wünschte, du wärst hier und ich könnte mit ein paar Cola-Rums neben dir sitzen und dir die ganze Geschichte erzählen. Wobei, vielleicht lieber bloß Cola für mich ... das ist schon mal ein großer Hinweis. Ich trau mich nicht, es Rose zu sagen, sie würde sich bloß aufregen und gerade kann ich wirklich keine Aufregung brauchen. Und was meine Mum angeht, die wird mich umbringen. Nie und nimmer erzähle ich ihr das, Punkt.
Okay. Langer Rede kurzer Sinn: Du weißt ja noch, dass ich mit David gehe und verliebt, verliebt, verliebt bin? Bisher war einfach alles wunderbar. In den letzten Monaten hab ich die Vorlesungssäle kaum mehr von innen gesehen, so selten sind wir nur noch aus dem Bett gekommen. Also, tief einatmen, Bear, das hab ich nämlich jetzt davon. Vor ein paar Tagen bin ich auf dem Weg zu einer Vorlesung in Ohnmacht gefallen und mein Professor hat mich zum Arzt geschickt. Der hat einen Schwangerschaftstest gemacht und ich vermute mal, dass du dir das Ergebnis denken kannst.

*Ich hab bis gestern gebraucht, all meinen Mut zusammen-
zunehmen und es David zu erzählen. Ach, Bear, es war
furchtbar. Wobei furchtbar dem gar nicht gerecht wird.
Es war, als wäre er ein ganz anderer Mensch. Vermutlich
hab ich irgendwie gehofft, dass er mich küssen, umarmen
und mir sagen würde, dass alles gut werden würde, mich
vielleicht sogar fragen würde, ob ich ihn heiraten wollte.
Aber stattdessen hat er sich irgendwie so verhalten, als
wäre das alles eine gewaltige Unannehmlichkeit, die ich
klären müsste. Er war so nüchtern, dass ich mich sogar
schon gefragt hab, ob es vielleicht nicht das erste Mal ist,
dass er diese Neuigkeit von einem Mädchen bekommt. Er
hat praktisch angenommen, dass ich abtreiben würde. Er
hat mich auch nicht gefragt, wie ich mich fühle, oder sonst
irgendwas. Sein erster Kommentar war: »Wenn das hilft,
kann ich die Hälfte zahlen.« Da hab ich nicht mal kapiert,
was er meinte, ich dachte, er meinte die Kosten für das
Baby oder vielleicht sogar die Hälfte der Kosten für eine
Hochzeit. Gott sei Dank ist der Groschen gefallen, bevor
ich irgendwas von einer Hochzeit gesagt habe!
Ich sagte: »Meinst du etwa, dass ich abtreibe?«, und er so:
»Na ja, klar, ich bin ja erst einundzwanzig«, und ich sagte:
»Aber ich bin katholisch«, und er sagte: »Aber du gehst
doch nicht mal in die Kirche«, und ich sagte: »Ich bin vielleicht abtrünnig, aber so was machen wir nicht«, und er
sagte: »Oh je, dann haben wir jetzt also ein kleines Problem.« Jetzt weiß ich, was das heißen soll, wenn die Leute
sagen, ihnen gefriert das Blut in den Adern.
»Ein Baby bekommen« steht zwar auf meiner Bis-dreißig-
gemacht-haben-Liste, aber jetzt will ich noch keines. Ich
kann mich noch erinnern, dass du mir von deiner Abtrei-*

bung vor ein paar Jahren geschrieben hast. Für dich war das definitiv das Richtige. Aber ich weiß nicht, ob es das Richtige für mich ist, Bear. Scheiße.

Wie auch immer, ich hab geweint und Ihn-dessen-Name-ich-nie-mehr aussprechen-werde (von jetzt an EDNINMAW) angefleht, zumindest bei mir und dem Baby zu bleiben, auch wenn wir nicht heiraten würden, aber er hat bloß gelacht. Er meinte, dass wir doch selbst noch Kinder seien und wenn ich das Baby bekommen wolle, sei das in Ordnung, aber ich sei allein. Und dann hat er mit mir Schluss gemacht.

Bitte schreib mir bald zurück, Bear. Ich fühle mich schrecklich allein. Bald schon könnte man die kleine Wölbung erkennen und ich werd's den Leuten sagen müssen. Inzwischen falle ich zwar nicht mehr in Ohnmacht, aber mir ist so schlecht und ich weiß, dass du sagen wirst, dass ich es Rose und Mum erzählen muss, aber ich weiß nicht, was ich ihnen sagen soll. Rose mochte EDNINMAW nicht mal besonders, und ich weiß, dass sie mir trotzdem helfen würde, ABER sie wird versuchen, mir eine Abtreibung einzureden, oder vielleicht an eine Adoption denken, aber ich weiß es einfach nicht, Bear.

Ist es denn so dumm von mir zu glauben, dass ich mich allein um das Baby kümmern könnte? Mit EDNINMAW wird es sicher ein sehr schönes Baby mit goldenen Haaren. Ich muss nachdenken.

Bis zum nächsten Mal.

Du fehlst mir.

Immer, Kay

23

KAY

Ich schlüpfte in mein Auto, das nun fast eine Woche lang in dem erschreckend teuren Parkhaus in Heathrow gestanden hatte. Ich hatte geplant, die Nacht bis nach Wales durchzufahren, den sirenengleichen Ruf von Bryn Glas laut im Ohr. Ich startete den Motor, dachte mir aber dann, dass ich meinen kleinen Hocker gerne in Bryn Glas hätte. Er war nichts Besonderes, doch er hatte Mum gehört: ein dreibeiniger Schemel mit einem bestickten Bezug. Der stand im Schlafzimmer, das ich mit Richard geteilt hatte, und nun sah ich seinen zukünftigen Platz schon deutlich vor mir, neben dem grauen Sessel in meinem neuen Schlafzimmer. Dieser flüchtige Gedanke reifte sofort zu einem Plan heran, zum Haus – dem »ehelichen Heim«, wie sie es in den altmodischen Hörspielen im Radio immer nannten – zurückzukehren und ein paar von meinen Sachen zu holen. Richard hatte in dem Venedig-Anruf schließlich gesagt, dass ich das machen könnte.

Also fuhr ich nun Richtung London. Ich überlegte, ob ich ihn anrufen, Bescheid sagen sollte, dass ich vorbeikam. Ich sprach laut zu dem Handy-Diktierfunktions-Ding im Auto, das ich nur selten benutzte, weil es oft so komische Nachrichten verschickte. Ich hatte den Eindruck, dass ihm mein Akzent nicht gefiel.

»Wen möchten Sie anrufen?«, fragte die Roboterstimme

und der Anrufbildschirm auf der Mittelkonsole leuchtete auf.

Mir blieb das »Zuhause« im Halse stecken. »Niemand«, sagte ich.

»Okay.«

Ich war freudig überrascht, dass es nicht versuchte, einen Herrn Kliemann oder sonst irgendeine erfundene Person anzurufen.

Na gut. Dann würde ich wohl einfach auftauchen. Super Idee. Na ja, wobei, vermutlich eine sehr schlechte Idee, doch zumindest hätte ich das Überraschungsmoment auf meiner Seite. Ich würde um ungefähr sieben dort ankommen, Rich wäre also vielleicht noch nicht einmal zu Hause. Die Vorstellung, ihn zu sehen, war seltsam. Nicht unerfreulich. Bloß seltsam. Zu seltsam, um weiter darüber nachzugrübeln. Stattdessen machte ich gedanklich eine Inventur der Sachen, die ich mitnehmen wollte. Den Hocker und natürlich meine Kamera. Und ein bisschen Kleidung – die, die ich noch hatte, war ich inzwischen leid und da es jetzt auch langsam wieder wärmer wurde, würde ich mehr Sommersachen brauchen. Sogar in Nordwales. Außerdem die Schachteln mit Bears Briefen unter dem Bett und diese andere Schachtel, die mit den Fotos und Andenken aus meiner Vergangenheit.

Bevor ich mich versah, war ich in meiner alten Straße angekommen. Auf meiner Windschutzscheibe klebte immer noch der Anwohnerparkausweis, auf meinem üblichen Parkplatz stand allerdings ein anderes Auto. Ich parkte in einer Lücke dahinter und schaute das Haus an. Als ich es jetzt nach einem Monat wiedersah – guter Gott, es war jetzt auf den Tag genau einen Monat her –, wurde mir klar, wie sehr ich es nicht vermisst hatte. Ich hatte mich trotz all der Jahre, die ich in dem Haus verbracht hatte, nie so zu Hause gefühlt wie in Bryn Glas.

Mit steifen Beinen stieg ich aus und klingelte an der Tür. Es fühlte sich falsch an, meinen Schlüssel zu benutzen.

»Gütiger Himmel!«, rief Alice aus, als sie die Tür aufmachte.

»Hallo, Alice. Wie geht es dir?«

Ich wusste, dass ich mich auf ihre eisig-korrekten Manieren verlassen konnte, die automatisch sofort einsetzen würden. »Sehr gut, danke, und dir?«

»Richard meinte, ich könnte ein paar von meinen Sachen abholen kommen«, erklärte ich immer noch auf der Türschwelle stehend, wobei ich mich ungefähr so willkommen fühlte wie einer dieser armen Kerle, die mit Reisetaschen voll teurer Geschirrhandtücher und gelben Staubwedeln von Tür zu Tür gehen.

»Das hat er gar nicht erwähnt«, entgegnete Alice und machte mir keinen Platz zum Eintreten. »Gerade ist er auch, äh, gar nicht zu Hause.«

»Ich hab ihm nicht gesagt, dass ich vorbeikomme, ich war bloß in der Gegend.« Das war doch lächerlich. Falls nötig, wäre ich Alice in einem Kampf leicht überlegen, aber ich zog es vor, friedlich eingelassen zu werden.

»Nun gut.« Endlich machte sie Platz und ich betrat den Flur. Das Haus roch anders. Möbelpolitur, vielleicht? »Ich nehme an, du wirst einen Tee wollen.«

»Nein, danke«, antwortete ich und überraschte damit uns beide – wann hatte ich jemals einen Tee abgelehnt? »Könnte ich bitte ein Glas Wasser haben?« Um ehrlich zu sein, hatte ich genug davon, an Küchentischen zu sitzen, einen Tee zu trinken und über heftiges Zeug zu reden. *Heftig.* Das wäre mal eine willkommene Abwechslung.

Sie ging voraus, als ob ich nicht wüsste, wo die Küche wäre, und mit einer stummen Geste lud sie mich ein, am Tisch Platz zu nehmen. Ich entschied mich für einen anderen als meinen angestammten Platz und machte eine schnelle Inventur, da ich bemerkte, wie ordentlich alles war. Tassen hingen an Haken, die Arbeitsfläche war von jeglichen Kochhindernissen befreit und die wenigen Gerätschaften, denen es noch erlaubt war, außerhalb der Küchenschränke zu verweilen, waren blitzeblank. Wo Zwietracht herrscht, sagte Franz von Assisi – oder für Alice vielleicht passender: auch Margaret Thatcher –, lass mich Eintracht bringen.

»Du hast Stella bloß um ein paar Tage verpasst«, meinte Alice. »Sie war für kurze Zeit hier, während der Wohnungssuche, ist jetzt aber wieder zurück nach Essex gezogen, mit Nita.«

»Ach, wie nett, dass sie jetzt mit Nita zusammenzieht. Sie haben sich ja immer so gut verstanden.«

»Wie ich höre, wohnen sie mit einem holländischen Jungen zusammen.« Alice ließ ›holländisch‹ wie ein Schimpfwort klingen. Mit übertriebener Sorgfalt stellte sie mir ein Wasserglas hin. »Wie geht es dir so?«, fragte sie formal.

»Gut, danke«, antwortete ich. Gott sei Dank gab es Smalltalk. Wie lange würde ich sonst für eine ehrliche Antwort brauchen? Da würde ich ja bis zum Sonnenuntergang und vermutlich auch noch bis zum nächsten Sonnenaufgang reden. »Dir?«

»Gut.«

Ich schaute mich wild nach etwas um, über das ich reden konnte, und dabei fiel mir inmitten all der Makellosigkeit etwas Seltsames auf, das sehr fehl am Platz war: drei Servietten, die auf der Arbeitsfläche neben der Spüle aufgereiht standen, und zwar zu Schwänen geformt. Man musste schon ganz genau hinschauen, um in Alice eine Frau zu erkennen, die in ihrer Freizeit Serviettentiere faltete. Das war sicher eines der Millionen Dinge, die sie als *déclassée* abtun würde. Ich starrte demonstrativ die Servietten an und Alice folgte meinem Blick, doch dann schaute sie abrupt wieder weg und ich erkannte, dass ich diejenige würde sein müssen, die das Thema ansprach, wenn ich dem auf den Grund gehen wollte.

Aber dafür hatte ich nicht genug Mumm. Stattdessen sagte ich: »Wie ich höre, macht dir die Arbeit im Laden viel Spaß?«

»Ziemlich, ja«, antwortete sie. Zu meinem Erstaunen lächelte sie. »Heute war ich auch dort. Es ist wahnsinnig kurzweilig!«

»*Wirklich?*«

»Dir fehlt es sicher schrecklich! Anthony ist eine wahre Verjüngungskur, nicht? Wegen ihm hab ich von früh bis spät Lachanfälle.«

Guter Gott, sie war Anthonys Charme verfallen. Wer hätte das gedacht?

»Er ist sehr geistreich«, bestätigte ich höflich. Würde es sie amüsieren, wenn ich sagte: *Jetzt kannst du ja sehen, warum ich eine Affäre mit ihm hatte.* Vielleicht eher nicht. »Macht es dir Spaß, die Kunden zu bedienen?«

»Ich liebe es«, antwortete sie. »Anthony meint, ich wäre sehr gut in Zusatzverkäufen. Weißt du, was das ist?«

Ich unterdrückte ein Lächeln. Nein, Alice, ich hab ja bloß ein Scheißvierteljahrhundert im Einzelhandel gearbeitet, warum erklärst du es mir nicht? »Äh, ja, ich glaube schon.«

»Wenn ein Kunde für einen billigen Kugelschreiber hereinkommt, schicke ich ihn mit einem von Sheaffer nach Hause!«, erzählte sie stolz.

»Na ja, das freut mich für dich«, entgegnete ich.

»Nun, Kathleen, bist du denn immer noch auf Tour? Flitzt hin und her, wenn man so will?«

»Ja, gerade erst war ich bei Edward und Georgia oben.«

»Ach, die haben wir schon seit einer Ewigkeit nicht mehr gesehen. Ist er denn so schlimm beschäftigt?«

»Er hat mir gesagt, dass sie bald zu Besuch kommen wollen.« Jetzt hielt ich es allerdings doch nicht mehr länger aus. »Alice, ich bin sehr beeindruckt von deinen Schwänen.«

Schmallippig gab sie zurück: »*Danke* dir, Kathleen. Aber eigentlich hat Mrs Macrae die gemacht.«

Ich schaute sie verwirrt an. Bei dem Namen klingelte etwas, aber mir fiel nicht ein, wen sie meinte. Sie schien recht nervös deswegen, doch es blieb mir keine Zeit mehr zum Nachdenken, weil die Haustür laut ins Schloss fiel und ich Richard rufen hörte: »Mum, wir sind wieder da!«

Wir?

Meiner und Alice' Blick verschränkten sich miteinander und ich fragte mich, ob sie die extreme Furcht in dem meinen erkennen konnte.

Richard betrat den Raum, immer noch im Mantel, und plapperte beim Reinkommen überlaut vor sich hin. »Sie hatten keinen Rioja da, ist das zu glauben? Also mussten wir noch weiter gehen, aber ein netter Abend für einen Spaziergang ... oh!« Sein Blick fiel auf mich, wie ich eingeschüchtert auf meinem Stuhl saß und mich an meinem Wasserglas festhielt, als säße ich auf einem Schleudersitz. Warum saß ich eigentlich auf keinem Schleudersitz? Es gab wirklich einen riesigen Mangel an Schleudersitzen in meinem Leben. Er sah genauso aus, wie ich ihn in Erinnerung hatte, aber gleichzeitig auch irgendwie komplett anders: Alles war an seinem alten Platz, Haare, Augen, Schultern etc., doch es war, als wären sie an einem Fremden angebracht worden.

Er fing sich schnell wieder. »Kay! Wie schön, dich zu sehen! Ich wusste gar nicht, dass du kommen wolltest. Ist alles in Ordnung?« Geschäftig kam er zu mir herüber und ich stand auf und nach einem winzigen Zögern – sollten wir uns ein Küsschen geben oder nicht? – umarmten wir uns. Dann sprang er wieder zurück zur Tür. »Du erinnerst dich doch bestimmt noch an Aileen, oder?« In die Mitte des Raumes drängte er eine Frau, deren Anwesenheit ich die letzte Minute über nur beiläufig wahrgenommen hatte, mein Gehirn jedoch nicht darauf gekommen war, wer sie war.

Aileen Macrae. Mrs Macrae. Natürlich. Die Managerin von Merk Uns Vor.

»Hallo, Mrs Bright, äh, Kay«, begrüßte mich Aileen. Sie schaute mich peinlich berührt an, ein ängstliches Lächeln huschte über ihre Lippen.

»Ich werde uns Tee kochen!«, rief Alice und traf damit die weise Entscheidung, dass dies der Moment war, um sich auszuklinken. Sie wandte der ganzen chaotischen Szene den Rücken zu und fing an, mit Tassen und dem Kessel herumzuhantieren. Ich wünschte, mir würde eine ähnliche Aufgabe einfallen, aber mir kam nichts in den Sinn. Es wäre irgendwie komisch, wenn ich jetzt vorschlug, kurz rauszugehen, um das Klo zu putzen oder so. Hier stand ich also, meinem Exmann und seiner neuen Freundin in meiner alten Küche gegenüber, während sich in meinem Kopf ganz von selbst ein wütender Leserbrief über den chronischen Mangel an Schleudersitzen zu verfassen begann.

In der Zwischenzeit zermarterte ich mir einen anderen Teil meines beschäftigten Gehirns über Informationen zu Aileen. Das Erste, was aufploppte, war, wie lange ich gebraucht hatte, ihr den Umgang mit der neuen Kasse beizubringen. Sie war kein Fan von Technik, etwas, was sie mit Richard gemein hatte. Sie hatte sich unverblümt quergestellt, ihren täglichen Bericht per E-Mail abzuschicken, stattdessen bestand sie immer auf einem Telefonat. Sie und Richard hatten die letzten Gott weiß wie viele Jahre immer sechsmal in der Woche miteinander telefoniert. Von mir einmal abgesehen, war sie die am längsten angestellte Managerin. Nach all dieser Zeit kannten sich die beiden wahrscheinlich in- und auswendig.

Mein Gehirn erinnerte sich daran, dass Aileen aus Schottland kam und geschieden war (oder verwitwet, das wusste ich nicht mehr) und Backen liebte. Sie brachte immer hausgemachte Kuchen und Kekse mit in die Arbeit und ihre Assistenten sagten nach jahrelanger Zusammenarbeit immer: »Aileen, du bist ein Albtraum für meine Hüften.«

Etwas, das ich zuvor nicht an ihr bemerkt hatte, war, dass sie ziemlich hübsch war. Ich hatte sie nie außerhalb des Ladens in etwas anderem als ihrer Arbeitskleidung gesehen, doch hier stand sie nun in einem eleganten blauen Kleid und ihr Haar war zu einem richtigen Chignon geschlungen. Richard, der Glückspilz. Zumindest war er jetzt mit einer Frau zusammen, die wusste, wie man sich die Haare machte. Ich war nie über einen unordentlichen Dutt hinausgekommen. Zu Beginn, als Richard mir den Hof gemacht hatte, hatte ich ihn einmal gefragt, ob er sich nicht jemand gepflegteren wünschte, doch das hatte er immer ehrlich verneint.

»Entschuldigt, dass ich unangekündigt einfach hier auftauche«, sagte ich. »Ich war gerade auf dem Rückweg von Edward und da dachte ich, ich könnte ja ein paar meiner Sachen holen. Wenn das in Ordnung ist.«

»Ach, es freut mich sehr, dich zu sehen!«, erwiderte Aileen auf einmal voller Begeisterung. Ihr Lächeln wurde einen Tick authentischer und sie kam zu mir rüber, um mir einen Kuss auf die Wange zu geben. Hatte sie geglaubt, ich wäre zurückgekommen, um meinen rechtmäßigen Platz an der Seite meines Ehemannes zurückzufordern?

»Natürlich ist das in Ordnung!« Richard strahlte. Vielleicht war er ja auch kurz angesichts der Aussicht auf eine liebevolle Wiedervereinigung zwischen uns erstarrt. »Wie geht es Edward?«

»Sehr gut. Wir haben uns großartig unterhalten.» Ich schaute Richard bedeutungsschwer an. »Über die Vergangenheit.«

Richard wusste sofort, was ich meinte, denn die Telepathie einer langen Ehe erlosch nicht einfach, bloß weil die Ehe beendet worden war. Ganz leicht verzog er den Mund, was bedeutete: »Oh Gott, war alles in Ordnung? Ich wünschte, ich hätte dir davon erzählen können, aber du verstehst, warum ich es nicht getan habe.« Und mit meinem Blick telegraphierte ich zurück: »Ja, das verstehe ich, und ich danke dir.«

Er lächelte erleichtert.

Aileen, die unser Mimik-Pingpong aufmerksam verfolgt

hatte, schlug vor: »Hilf doch Kay, ihre Sachen zu holen, wenn es dir nichts ausmacht, Richard. Dann mache ich in der Zwischenzeit mit dem Abendessen weiter.«

»Nein, schon in Ordnung«, erwiderte ich. »Alice kann mir helfen.«

»Ja, natürlich«, antwortete Alice und sah verwundert aus. Sie ließ von ihrem Vorwand ab, Tee zu kochen, und richtete sich zu einer noch gewaltigeren Rammbockposition als sonst auf.

Gerne hätte ich etwas Nettes zu Aileen gesagt, um ihr zu zeigen, dass ich mich nicht fehl am Platz fühlte, doch aus irgendeinem Grund platzte es aus mir heraus: »Ich habe gerade deine hübschen Schwäne bewundert.«

»Ach! Danke.«

»Ja«, stimmte Alice schmallippig zu. »Die sind wahnsinnig *raffiniert*, nicht?«

Die Menge an Giftigkeit, die Alice in das Wort »raffiniert« steckte, kam einer Lehrstunde in Geringschätzung gleich. Mich durchzuckte ein Gefühl von schwesterlichem Mitleid für die gute, alte Aileen, die jetzt am anderen Ende von Alice' endloser Verachtung stand. Doch jetzt war definitiv die Zeit für jemand anderen gekommen. Ich hatte meinen Teil schon abbekommen.

Und vielleicht war Aileen dem auch gewachsen. Ich glaubte, ein spitzbübisches Aufblitzen in ihren Augen zu sehen. »Ach, Sie Dummerchen, Alice«, sagte sie, wobei ihr Highlands-Akzent von Sekunde zu Sekunde stärker zu werden schien. »Wie ich schon sagte, ich kann Ihnen in null Komma nichts zeigen, wie man diese Schwäne macht. Das ist überhaupt nicht schwierig.«

»Wunderbar«, gab Alice zurück und knirschte dabei so

fest mit den Zähnen, dass ich glaubte, eine Staubwolke aus pulverisiertem Zahnschmelz zu sehen.

Ich ging hinaus und die Treppe hoch, Alice hinter mir, und hielt mich zur Stütze am Geländer fest. Wieder hier zu sein fühlte sich so komisch an, so falsch, wie ein alter Mantel, aus dem ich herausgewachsen war. Oben an der Treppe angelangt, blieb ich für einen Augenblick vor meinem ehemaligen Schlafzimmer stehen. Richards und meinem ehemaligen Schlafzimmer. Gott, das erforderte beträchtlich mehr Mumm, als ich besaß. Ich schaute Alice an, mit der Bitte im Blick, sie möge mir doch hierbei helfen, da drückte sie mir tatsächlich ein Glas in die Hand.

»Für rein medizinische Zwecke«, flüsterte sie.

In dem Glas war Brandy, das beste Geschenk, das mir zu diesem Zeitpunkt jemand machen konnte. Sie musste es während dem vorgeschobenen Teekochen eingeschenkt haben – vermutlich für sich selbst. Dass sie es mir gab, war also eine echte, freundliche Geste.

»Danke«, antwortete ich und stürzte gleich die Hälfte hinunter. *Pobacken zusammenkneifen, Kay!* Dann stieß ich vorsichtig die Tür auf und trat ein.

Über meinem Stuhl hingen immer noch all die Kleidungsstücke, die schon dort gewesen waren, als ich fortgegangen war; vermutlich waren sie jetzt eingestaubt. Aber ich war mir ziemlich sicher, dass der Bettbezug ein anderer war als der, den ich zuletzt auf diesem Bett gesehen hatte. Aileen brachte ihn bestimmt dazu, die Bettwäsche zu wechseln. Oder war das jetzt Alice' Zuständigkeitsbereich? Das Zimmer sah anders aus, aber ich konnte nicht genau benennen, was es war.

Es war so wenig Luft hier drinnen, dass ich mich aufs Bett setzen musste. Ich versuchte, mit der langsamen Yoga-atmung wieder zu Atem zu kommen, und überlegte während-dessen, ob mich die tatsächlich beruhigte oder bloß einen Placebo-Effekt auf mich hatte.

»Geht es dir gut?«, fragte Alice. Ihre Stimme schien von weit her zu kommen.

»Ist hier drinnen irgendwas anders?«, fragte ich.

»Ich glaube nicht. Ich komme hier bloß zum Bettwäsche-wechseln rein.« Bingo. »Sieht es denn anders aus für dich?«

»Ja. Aber vielleicht auch nur, weil ich vergessen habe, wie es hier aussieht.«

»Oder vielleicht, weil du es jetzt nicht mehr als dein Zim-mer betrachtest«, meinte Alice.

Überrascht drehte ich mich um und schaute sie an. »Da hast du vielleicht recht.«

»Mhm. Also, sollen wir mit dem Schrank anfangen?« Sie ging hinüber und öffnete ihn langsam, als erwartete sie, dass eine riesige Schlange herauskriechen würde. Erstaunt starrte ich meine Anziehsachen an. Wow, ich hatte so viele. Die ganze Zeit über war ich mit den wenigen Stücken in meinem Rucksack zurechtgekommen, die ich mit meinen Käufen im Sydney-Op-Shop aufgebessert hatte. Ich schau-te einen Kleiderbügel nach dem anderen durch, doch bei den meisten Sachen hatte ich das Gefühl, als gehörten sie jemand anderem. Ich nahm ein paar Kleider und eine Handvoll T-Shirts und Pullis heraus, Alice faltete sie effizi-ent und packte sie in eine meiner alten Wochenendreiseta-schen. Dann ging ich schnell den Inhalt meiner Schubla-den im Nachtkästchen durch, doch abgesehen von ein paar

Schmuckstücken ließ ich mich von nichts aufhalten. Ich kniete mich hin und zog die Schachteln mit Bears Briefen unter dem Bett hervor. Ich hatte geplant, sie durchzugehen und ein paar der Ereignisse darin für Charlie zusammenzufassen. Der Staub, der aufwirbelte, brachte mich zum Husten. Die Schachteln stapelte ich draußen vor der Tür aufeinander, dann stellte ich auch den kleinen Hocker und die Schachtel mit den Andenken aus Mums Wohnung dazu.

»Würdest du mir den Gefallen tun und dich um den Rest kümmern, Alice?«

»Sicher doch«, antwortete sie. Ich stellte mir vor, wie sie sich genüsslich die Ärmel hochkrempelte, Gummihandschuhe überstreifte, um zu vermeiden, dass sie von meinem schlechten Geschmack kontaminiert wurde, und wie sie Richard mit meinen Sachen in lauter Müllsäcken zu Wohltätigkeitsvereinen und dem Wertstoffhof hinausschickte.

»Danke. Ich weiß deine Hilfe zu schätzen.«

»Ich bin nicht auf den Kopf gefallen, Kathleen«, erwiderte sie und zog den Reißverschluss der Reisetasche zu. »Ich kann doch sehen, wie wahnsinnig begeistert Richard wegen dieser neuen Bekanntschaft ist, wie glücklich sie ihn macht. Das hat mir gezeigt wie, na ja, wie *deprimiert* er einfach vorher war.«

Ich hätte wissen müssen, dass Alice einen Weg finden würde, noch mal eine spitze Bemerkung fallen zu lassen. *Ich habe ihn deprimiert, nicht wahr?* Allerdings kamen mir jetzt die dreißig Jahre, in denen ich mich gegen ihre ewige Abneigung verteidigen musste, zugute. *Er hat mich auch deprimiert, weißt du*, antwortete ich gedanklich, dann gab ich ihr das Brandyglas zurück.

»Den sollte ich lieber nicht ganz austrinken, ich muss noch fahren.«

»Nun ja, dann verabschiede ich mich«, entgegnete Alice. »Ich werde mich jetzt in mein Zimmer zurückziehen. Mrs Macrae scheint das Abendessen zuzubereiten, also bin ich das fünfte Rad am Wagen.« Sie streckte die Hand aus. »Auf Wiedersehen, Kathleen. Viel Glück bei deinen zukünftigen Unternehmungen.«

»Unternehmungen« klang in Alice' Tonfall sehr geschmacklos, aber ziemlich aufregend. Ich schüttelte ihr die Hand, dann drehte sie sich um, ging in Edwards Zimmer, in dem sie momentan untergekommen war, und schloss die Tür. Beim Runtergehen fragte ich mich, wie lange Alice noch hier wohnen würde und was mit ihrer eigenen Wohnung passierte und ob ihr Richard, der jetzt Aileen datete, damit ihren heimlichen Plan durchkreuzt hatte, auf lange Sicht hier einzuziehen. Aber dann wurde mir auf wunderbare Weise, die meine Stimmung sofort hob, bewusst, dass mich das alles nichts mehr anging.

Ich trug meine Sachen hinaus zum Auto und ging zurück, um mich zu verabschieden. Einen Moment lang stand ich in der Küchentür, bis Richard und Aileen mich bemerkten. Sie schlug gerade Eigelbe in eine Schüssel, er saß am Tisch, mit einem Glas Rotwein in der Hand, sagte etwas zu ihr und kaute gleichzeitig energisch auf einem Apfel herum, wobei man das Essen in seinem Mund sehen konnte. Das hatte mir nie besonders gefallen. Doch ich wies mich selbst zurecht. Es brachte niemandem etwas, nach Schuld zu suchen. Alle hatten nervige Angewohnheiten, mich eingeschlossen. Da könnt ihr Rose wegen der Teebeutel fragen. Ich musste mich daran erinnern, dass ich jetzt meine Freiheit hatte und trotz des Schocks, den ich Richard mit meinem Fortgang versetzt hatte, schien er jetzt erpicht darauf, dass wir gut miteinander auskamen. Für dieses Wunder musste ich jeden Tag aufs Neue dankbar sein.

Aileen lachte über eine Bemerkung, die er gemacht hatte, und ich erkannte, dass sie perfekt für ihn war. Sie hatte das richtige Alter – ein wenig älter als ich – und sie war lustig, warm, freundlich und stand wirklich auf Schreibwaren. Außerdem hatte sie einen großen Busen. Das würde er zu schätzen wissen. Ich wusste, dass ich in dieser Hinsicht für seinen Geschmack immer etwas zu flach war.

»Äh«, machte ich, um sie auf meine Anwesenheit aufmerksam zu machen, »ich fahre dann mal wieder.« Sie schauten mich an und ich hatte das starke Gefühl, dass ich jetzt die Außenseiterin war.

»Ach, Kay!«, sagte Richard. »Ich wollte mich bei dir noch für den wunderbaren Stift aus Sydney bedanken.«

»Freut mich, dass er dir gefällt. Ich fand ihn ziemlich cool.«

»Der ist einsame Spitze.«

»Aus Venedig hab ich dir auch was geschickt.«

»Da freue ich mich schon drauf.«

Ein peinliches Schweigen entstand.

»Es war nett, dich gesehen zu haben, Kay«, sagte Aileen. »Ich hoffe, dass alles so klappt, wie du es dir vorstellst.« Sie stellte die Schüssel ab und setzte sich neben Richard.

»Danke dir, das ist sehr nett.« Ich wusste, dass das der Moment war zu gehen, doch es fühlte sich etwas abrupt an, ohne jeglichen Versuch, sie wissen zu lassen, dass alles gut war. »Also, Aileen …«, fing ich an, doch mir fiel kein passendes Ende für den Satz ein. *Also, Aileen, was hältst du von den sexuellen Techniken meines Mannes?* Vielleicht lieber nicht. *Also, Aileen, wie bald schon planst du, hier einzuziehen? Komm schon, Kay! Warum bist du nicht einfach ehrlich, aber freundlich?*

»Also, Aileen, ich freue mich wirklich darüber, dass du und Richard zusammen glücklich seid.«

»Ach, Kay.« Sie sah aus, als würde sie gleich weinen. »Das ist wirklich so nett von dir, dass du das sagst.«

»Ich meine es auch so«, sagte ich aufrichtig.

Richard lächelte mich an. »Danke dir, Kayla. Das bedeutet mir viel.« Dass er meinen Kosenamen benutzte, bedeutete mir auch viel.

»Wir lassen es langsam angehen«, meinte Aileen, eindeutig mit der Absicht, mich zu beruhigen. »Ich wohne nicht hier, weißt du.«

»Wir haben ja keine Eile, oder?«, bestätigte Richard und legte seine Hand auf ihre. Diese Geste, die fast dreißig Jahre lang allein für mich bestimmt gewesen war, erschütterte mich ein bisschen. Aber bloß ein bisschen. Beinahe konnte ich das tröstende, warme Gewicht seiner Hand auf meiner eigenen spüren. Doch dann verschwand es und ich fühlte mich nicht um etwas beraubt, sondern erleichtert.

Ich winkte beiden leicht zu, sagte, »Bis bald!«, und gedanklich hallte ein lange zurückliegendes Echo aus meiner Kindheit in meinem Kopf wider: *See ya! Wouldn't want to be ya!*

Zwanzig Minuten lang fuhr ich vor mich hin, bis mir dann einfiel, dass ich in der ganzen Aileen-Schwänc-Alice-Brandy-Verwirrung wieder meine verdammte Kamera vergessen hatte. Ich überlegte, noch mal umzukehren, doch noch stärker als der Wunsch nach meiner Kamera war der

Wunsch, nie wieder dieses Haus betreten zu müssen. Ich fuhr weiter und für ein paar Stunden machte ich mir erfreulicherweise um nichts mehr Gedanken.

Nach Birmingham, auf der Autobahn Richtung Wolverhampton, klingelte dann mein Handy. Ich warf einen Blick auf den Bildschirm in der Mittelkonsole, falls es Stella oder Edward war, doch dort stand eine mir unbekannte, lange Handynummer. Normalerweise nahm ich solche Anrufe nicht an, da ich genug davon hatte, gefragt zu werden, ob ich in Unfälle verwickelt war, die ich nicht verursacht hatte, doch irgendetwas brachte mich dazu, dem Autoding zu sagen, den Anruf anzunehmen.

Die Stimme eines Mannes ertönte. »Hallo? Ist da Kay?« Er hatte einen australischen Akzent.

Oh Gott.

Obwohl ich gewusst hatte, dass das kommen würde, spürte ich trotzdem den kalten, hohlen Schrecken in meiner Brust. Ein weltbewegender Notfall. Mein Mund wurde ganz trocken und ich schaffte es kaum zu antworten. »Hallo.«

»Hier spricht Murray, Ursulas Mann. Exmann. Ich fürchte, ich habe schlechte Nachrichten.«

24

STELLA

»Hast du gesehen, dass Gabby auch da ist?«, fragte Piet.

»Gott, wirklich?« Ich wusste, dass ich eigentlich nicht überrascht sein sollte. Alle trendigen Essensstände, die ich während meiner Zeit auf den Food-Märkten gesehen hatte, schienen hier zu sein. Das war unser erstes Festival und obwohl es sich noch zu früh anfühlte, um unsere Gerichte an so einem großen Publikum auszutesten, würden die Klassiker auf dem Feld die perfekte Zielgruppe von älteren Paaren und Familien anlocken.

»Hängt das Schild gerade?«, fragte Piet und trat einen Schritt vom Stand zurück.

Nita und ich warfen einen Blick darauf. Es war das erste Mal, dass wir unser Banner aufhängten, und es sah toll aus. Piet hatte Theo dazu überredet, es gratis für uns zu designen, vermutlich, indem er ihn leicht erpresst hatte. Darauf stand in Großbuchstaben der Name unseres Unternehmens, »Back to my Roots«, und darunter kleiner: »Traditionelle, vegetarische und vegane Optionen«. Die Schrift wurde seitlich von niedlichen Zeichnungen von Karotten, Kartoffeln und Pastinaken eingerahmt. Darunter stand »Wie sie schon der Adel genossen hat« – eine künstlerische Freiheit, die darauf beruhte, dass Oma weniger bekannten Prinzen und Prinzessinnen vor ungefähr fünfzig Jahren ähnliche Gerichte zubereitet hatte. Das fanden wir alle ziemlich witzig.

»Sehr praktisch«, raunte mir Nita leise zu, »jemanden dabeizuhaben, der so groß ist.«

Nita war von Piet sichtlich angetan. Vor ein paar Wochen waren wir drei zusammengezogen, bloß ungefähr eine Meile von unserer alten WG entfernt, in der wir mit Gabby gewohnt hatten. Alles war bisher unvorstellbar glattgelaufen. Nita nannte unsere WG immer »brandheiß«, weil wir alle so gut miteinander auskamen.

Ungefähr nach einer Woche dort lief mir dann Theo im Supermarkt über den Weg. Ich bedankte mich bei ihm für das Banner und er nuschelte etwas von Selbsterniedrigung, was meine Hypothese bestätigte, dass er es unter leichter Erpressung angefertigt haben musste. Außerdem war er ganz versessen darauf gewesen, mir mitzuteilen, dass er keinen Kontakt mehr mit Gabby hatte.

»Ich wünschte, das alles wäre nie passiert«, sagte er. »Ich bereue es wirklich, dass ich das mit dir versaut habe, Stell.«

»Na ja. Nett, dass du das sagst«, erwiderte ich und damit gingen wir ohne böses Blut zwischen uns auseinander. Wenn ich ihn auch nur im Geringsten dazu ermutigt hätte, hätte er mich gefragt, ob ich es noch mal versuchen wollte, das hatte ich gemerkt – was ein netter Booster für mein Ego war. Aber inzwischen löste er keine Gefühle mehr in mir aus. Keine Traurigkeit und auch keine Wut. Wenn ich ihn anschaute, konnte ich bloß noch sein wieselartiges Gesicht aus der Nacht der Dreier-Katastrophe sehen.

Theos doppeltes Spiel, gerade zu der Zeit, in der Mum Dad verlassen hatte, hatte wirklich mein Gespür dafür erschüttert, wem ich vertrauen konnte und wem nicht. Aber inzwischen war ich wieder bereit, mich in die unklaren Gewässer von Beziehungen zu stürzen und mein Herz jemandem zu schenken, der es gleichermaßen schätzen oder brechen könnte. Nicht, dass ich mir vorstellen konnte, dass Newland mir wehtun würde.

Aber das war nun mal das Risiko, wenn man Menschen in sein Leben ließ. Woher sollte man je wissen, was sie tun würden? Freunde konnten sich als Lügner erweisen und vielleicht mit dem Partner schlafen. Andere Freunde, von denen man sich entfernt hatte, konnten sich als absolute Juwelen herausstellen. Eltern, die einem für immer stabil und unerschütterlich vorgekommen waren, konnten auf einmal aufspringen und loslaufen. Eltern, die dreißig Jahre lang verheiratet gewesen waren, konnten sich in jemand anderen verlieben. Wie Mum gesagt hatte, nicht auf jede Frage gab es eine Schwarz-oder-weiß-Antwort. Die Zukunft war unergründlich, doch nun fühlte sich das eher aufregend und kribbelig an, und nicht mehr furchteinflößend und unkontrollierbar.

Nita stellte gerade unsere recyclebaren Essensboxen heraus, während sie eine reißerische Geschichte über einen ehemaligen festen Freund von sich erzählte, der darauf gestanden hatte, wenn sie mit Pfennigabsätzen auf seinem Rücken herumgestiegen war. Das war eindeutig nach Piets Geschmack. Der sortierte gerade Gewürze und hörte gebannt zu, wobei sich auf seinem Gesicht Respekt und Lust ein Gefecht lieferten.

»Gut, nehmt euch in Acht, ich feuer jetzt diesen Ofen an«, meinte Nita dann.

Mit ein paar Zuschüssen von Nitas und meinem Dad und Oma, hatten wir einen gebrauchten Gastro-Ofen, einen Anhänger und eine Zugstange für Nitas Auto gekauft. Wenn wir genug Geld verdienen würden, hatten wir vor, das alles zurückzuzahlen. Ich wagte es kaum, das zu hoffen, obwohl in den Versuchsdurchgängen für »Back to my Roots« auf Straßen- und Food-Märkten alles super gelaufen war, weit über unsere Erwartungen hinaus. Doch die potenzielle Zielgruppe auf diesem Festival war eine ganz andere Nummer und wir waren alle nervös. Wenn das Gelände in ein paar Stunden für die Öffentlichkeit zugänglich gemacht wurde, wären wir in komplettem Neuland.

»Wir sind ein Stand unter Dutzend anderen«, meinte Nita, anscheinend um sich selbst Mut zu machen, während sie herumwerkelte, um den Ofen zum Laufen zu bringen. Für einen Augenblick beobachtete ich sie und war wieder einmal beeindruckt davon, wie professionell und fähig sie war. Dann fing ich an, unsere vorbereiteten Zutaten für die »toads in the hole« – »Kröten im Loch«, Bratwürste in Eierteig – zusammenzusuchen. Oder hieß das »Kröten in Löchern«? Sogar Oma war sich bei dem Plural nicht sicher gewesen. Ich lächelte, als ich mir vorstellte, wie Oma »Kröten in Löchern« sagte.

Dieses Unternehmen zu planen und vorzubereiten und die neuen Rezepte mit Nita und Oma auszuprobieren, hatte mir die fröhlichsten paar Wochen in meinem ganzen bisherigen Arbeitsleben beschert.

*

»Wir sollten Sie auf YouTube stellen«, sagte Nita zu Oma. »Da wären Sie eine Sensation.«

Es war Anfang Juni und Oma brachte uns ein paar klassische Rezepte bei. Nita bewunderte Omas superschnelle

Schneidetechnik genauso sehr wie ich; wie sie hilflose Zwiebeln innerhalb von Sekunden in tausend winzig kleine Stückchen zerlegte. Wir applaudierten ihr jedes Mal, wenn sie wieder eine schnitt.

»Danke, Mädchen.« Oma lächelte bescheiden. »In Gedanken bin ich aber bereits so sensationell, wie ich sein will.«

»Sehr richtig, Mrs B«, meinte Nita und schob die Zwiebeln in eine Pfanne. »Ich werde niemals auch nur halb so schnell sein.«

»Alles bloß Übung, meine liebe Nita, und ein agiles Handgelenk.«

»Na ja«, murmelte Nita, sodass nur ich sie hören konnte, »zumindest für mein agiles Handgelenk hab ich schon öfter Komplimente bekommen.«

»Wie sieht der Teig denn inzwischen aus? Stella, Herz, das muss aber mit mehr Schmackes aus dem Ellbogen kommen, Himmel noch mal.«

»Wenn man schon etwas macht, dann sollte man es auch vernünftig machen, nicht wahr, Mrs B?«, fügte Nita grinsend hinzu.

»Allerdings. *Das* solltet ihr jungen Leute euch mal auf den Arm tätowieren lassen, und keine falsch geschriebenen Sprichwörter in Hindi.«

»Niemand von uns hat so ein Tattoo, Oma«, erwiderte ich. »Ich hab bloß einen Schmetterling am Knöchel.«

»Und ich hab den Mond und die Sterne, aber ich verrate nicht, wo«, fügte Nita hinzu.

»Würstchen!«, verkündete Dad, der gerade in die Küche platzte und einen Schwall kalter Luft mit sich hereinbrachte. »Puh, ganz schön heiß hier drin.«

»Wir haben ja auch alle Herdplatten und beide Öfen an«, erklärte ich und nahm ihm die Einkaufstasche ab. »Danke, Dad. Oma ist sehr speziell, was die Zutaten für die Kröten angeht.«

»Deswegen hab ich auch so lange gebraucht«, antwortete er und zog seinen Mantel aus. »Ich musste bis zu Waitrose vorlaufen, um Bioqualität zu bekommen.«

»Wir werden ja nicht jedes Mal die feinsten Würstchen nehmen«, meinte Nita.

»Die Qualität gibt den Ausschlag, Nita«, tadelte Oma.

»Einnahmen und so geben den Ausschlag«, erwiderte Nita und zwinkerte mir zu.

»Oh ja, Alan Sugar«, gab Oma zurück und goss etwas Öl in eine Pfanne. »Meldet euch wieder bei mir, wenn ihr nicht wisst, wie ihr eure zweite Million ausgeben sollt.«

Nach all den Jahren in der Gastronomie war Nita sowohl eine gerissene Geschäftsfrau als auch eine herausragende Köchin. Oma schätzte sie sehr, wies mich regelmäßig darauf hin, eine wie viel bessere Geschäftspartnerin sie doch wäre als Gabby und ließ obendrein noch ein paar abschätzige Bemerkungen über Koriander fallen.

Ich hatte immer Angst gehabt, nicht gut kochen zu können oder nicht viel von einem Unternehmen zu verstehen, doch als Oma mir ein Kompliment für meinen glatten Teig machte und Nita immer wieder davon schwärmte, wie toll meine Ideen waren, fragte ich mich, ob Newland nicht vielleicht recht gehabt hatte und ich seit meinem schlechten Abschluss unnötig hart zu mir selbst gewesen war. Ich kochte *wirklich* gerne und normalerweise schmeckte den Leuten, was ich zubereitete. Dad nicht, um ehrlich zu sein, aber den meisten schon. Mum, zum Beispiel, wollte immer meinen besonderen Erdbeerkuchen zum Geburtstag haben, schon seit ich vierzehn war.

»Ich mach mich noch mal auf den Weg«, sagte Dad. »Muss noch ein paar, äh, Sachen kontrollieren, es wird also spät.«

Mir fiel auf, dass sich Dad und Oma ein verschwörerisches Lächeln zuwarfen, bevor er mir abgelenkt einen Kuss aufs Haar gab und hinauseilte.

»Geht er denn schon *wieder* mit Aileen aus, Oma?«

»Ich glaube, da fehlt noch etwas Salz, Nita«, sagte die stattdessen.

»Oma, er war doch schon jeden Abend der Woche mit ihr aus.« Dads plötzliche Beziehung zu Aileen machte mich langsam aber sicher verrückt. War das nicht ein bisschen schnell? Mehr als ein bisschen – war es nicht unglaublich schnell?

»Nun ja, Stella, wenn deine Mutter draußen in der Welt herumkariolen kann, dann darf dein Vater doch sicher auf einen Drink ausgehen, ohne das Interesse der nationalen Medien auf sich zu ziehen«, gab Oma zurück. »Zeit für eine Verkostung.«

»Der Teil, auf den ich schon die ganze Zeit gewartet habe«, schwärmte Nita. »Ich bin am Verhungern.«

Ich beschloss, Dads neues komisches Liebesleben aus meinen Gedanken zu verbannen. Das Essen roch fantastisch. Oma hatte recht, warum sollte Dad nicht auch ein bisschen Spaß haben? Es war schließlich nicht seine Idee gewesen, sich von Mum zu trennen.

Während wir den vegetarischen Shepherd's Pie probierten, herrschte Schweigen.

Die Pastete schmeckte großartig. Aber um für ein Festival

bereit zu sein, mussten wir noch mehrere Schippen draufle-
gen. Da gab es noch so viele Hürden zu nehmen und so viel
zu tun, wenn wir die Sache hier wirklich zum Laufen bringen wollten. Ich hatte Angst, dass ich im Falle eines Schei-
terns Nita mit mir runterziehen würde.

Ich versuchte, die Angst aus meiner Stimme zu verbannen und fragte: »Meinst du denn, dass das klappen wird,
Oma?«

Sie schaute mir direkt in die Augen. Ich wusste, dass sie
nicht lügen würde. »Weißt du«, fing sie an und ich hielt den
Atem an. »Ich glaube schon. Ich glaube, dass das ein großer
Erfolg wird. Nicht wahr, Nita?«

»Und wie!« Nita schlug mit der Gabel auf den Tisch. »Es
gibt so viele Festivals mit einem älteren Publikum. Womit
ich natürlich nicht meine, dass ältere Leute nicht abenteuerlustig sind.« Dabei lächelte sie Oma an. »Aber die werden
nicht alle Chipotle-Hühnchen in Harissa-Soße wollen. Viele
von ihnen werden sich freuen, nostalgische Gerichte vorzu-
finden, mit denen sie aufgewachsen sind. Ich glaube, das
wird ein Volltreffer.«

Ich hörte Bettinas Stimme: *Hab ein wenig Vertrauen,*
Stella.

»Okay. Gut.« Ich lehnte mich über den Tisch und nahm
Nitas Hand. »Also ziehen wir das durch?«

»Aber ja, und wie.«

*

Und nun, nicht einmal einen Monat später, waren wir hier
und zogen es tatsächlich durch. Ich schaute hinaus auf das
große Feld und die Dutzenden anderen Stände und musste

ein paarmal langsam ein- und ausatmen. *Das, was ich heute schaffen kann, ist auch irgendwo begrenzt.*

Piet fing meinen Blick auf. »Es wird alles super laufen, Stella«, beruhigte er mich. »Wir sind gut vorbereitet, haben ein tolles Team und ausgezeichnete Produkte, und außerdem unsere Geheimwaffe.«

»Die da wäre, Piet?«

»Madame Nita kann mit ihren krassen Schuhen über alle, die sich beschweren, drüberlaufen.«

»Ach, du!« Nita schlug mit einem Küchenhandtuch nach ihm, woraufhin er kicherte. Das würde ein langer Tag auf engem Raum mit diesen beiden werden, die sich gegenseitig mit Blicken auszogen, wann immer sie die Chance dazu hatten.

Doch nachdem die Tore erst einmal geöffnet und die Besucher hereingeströmt waren, blieb keine Zeit mehr für Blick-Striptease. Dank des klassisch englischen Sommers, der kühler als erwartet ausfiel, wollten alle etwas Warmes zu essen. Die Masse an Familien war sehr scharf darauf, ihren Kindern zu zeigen, was »Toad in the Hole« und »Bubble and Squeak« war, wohingegen die Generation der Zwanzigjährigen von dem veganen Shepherd's Pie angetan war. Mehrmals am Tag verglich ich unsere Schlange mit der vom Taco-Stand neben uns und erkannte sowohl mit Zufriedenheit als auch mit Panik, dass unsere doppelt so lang war. Doch mit dem unerschütterlichen und charmanten Piet, der vorne das Essen ausgab und Nita und mir, die wir zusammen kochten, als hätten wir unser Lebtag nichts anderes gemacht, lief alles wie am Schnürchen. Wir arbeiteten die komplette Mittagszeit und noch eine Stunde darüber hinaus ohne Pause durch. Doch als Billy Bragg dann die

Bühne betrat und mit seiner Eröffnungsnummer loslegte, schien der Mittagsansturm endlich vorbei zu sein und wir konnten einmal durchatmen.

Nachdem sich die letzten wenigen Kunden zerstreut hatten, machten wir eine schnelle Inventur und stellten fest, dass unsere Vorräte nicht annähernd für heute Abend reichen würden. Nita und Piet meldeten sich freiwillig, zurück zur Wohnung zu fahren, um noch mehr Lebensmittel zu holen. Ich grinste, als sie sich zusammen auf den Weg zum Händlerparkplatz machten. Wenn sie am Ende des Abends noch kein Paar waren, würde ich Piets blöde Beanie-Mütze fressen. Ich schloss die Vorderseite des Standes, hängte ein Gleich-wieder-da-Schild auf und schaute auf mein Handy, das ich ein paarmal in der Hose vibrieren gespürt hatte. Es war eine liebe Nachricht von Mum.

Viel Glück heute auf dem Festival, Sternchen. Ich bin so stolz auf dich. Hoffe, es läuft alles perfekt, aber da mache ich mir gar keine Sorgen, so aufgeweckt wie du bist. Kann es kaum erwarten, dein neues Essen zu probieren! Hoffentlich sehen wir uns bald. Hab dich lieb.

Ich antwortete ihr, bedankte mich und schrieb: »Hab dich auch lieb.« Dann legte ich mein Handy weg und fing an, die Arbeitsflächen abzuschrubben. Obwohl Mum jetzt schon seit einer Weile wieder aus Venedig da war und inzwischen dauerhaft in Wales wohnte, hatte ich sie immer noch nicht gesehen. Sie hatte mir zwar liebe Nachrichten geschrieben, allerdings schien keine von uns beiden den Mut zu haben, ein Treffen vorzuschlagen. Ich hatte in der Zwischenzeit mehrere schlimme Nächte gehabt, in denen ich keuchend und unruhig aus einem schrecklich realistischen Traum aufgewacht war, in dem ich ihr »Du verdammte *Egoistin*!« ins Gesicht geschrien hatte. Würde sie wirklich von mir hören wollen, nachdem ich so schlimme Sachen zu ihr gesagt hatte?

Nichtsdestotrotz war ich erleichtert und glücklich darüber, dass wir zumindest über Textnachrichten miteinander kommunizierten, und das mehrmals die Woche. Mir fiel auf, dass ich vor mich hin pfiff, während ich meinen Lappen auswrang.

Mach dir bewusst, wenn du zufrieden bist, Stella, hatte Bettina immer gesagt. *Das ist genauso wichtig, wie schwierige Momente anzuerkennen.*

Also sagte ich laut zu mir selbst: »Ich bin mehr als bloß zufrieden, Bettina. Tatsächlich bin ich richtig ausgelassen.«

Da klopfte es an der Hintertür des Standes. Ich machte auf und erwartete, einen der freundlichen Festival-Mitarbeiter anzutreffen, die sich erkundigen wollten, wie es so lief.

Doch dort stand Gabby, in einer Lecker-Schmecker-Schürze, und hatte zwei Becher Kaffee in der Hand.

»Stör ich gerade?«, fragte sie. »Ich hab gehört, dass du mit wem geredet hast.«

»Bloß mit mir selbst«, antwortete ich. Früher wäre es mir peinlich gewesen, so etwas vor der coolen Gabby zuzugeben, doch jetzt kam es mir sinnlos vor, so zu tun, als wäre ich jemand anders. Es gab Schlimmeres als ein Gespräch mit jemandem in seinem Kopf zu führen, das sollte Gabby am besten wissen – sie hatte schon Sachen getan, die um einiges schlimmer waren.

Sie hielt mir einen der To-go-Becher hin. »Latte mit fettarmer Milch, so wie du ihn magst.«

Ich stellte den Becher auf den Tresen. »Danke.«

»Sorry«, sagte Gabby. »Ich weiß, dass das ein Scheißfriedensangebot ist.«

»Schon«, gab ich zurück. »Ne Tasse Kaffee im Gegenzug für meinen Freund. Das wiegt es nicht so ganz auf, was?«

»Scheiße, nein. Sorry, Stell. Na ja, äh, wie läuft's so? Bei eurem Stand war am meisten los, ich hab die Schlange gesehen.«

»Ja, bei uns läuft's gut«, antwortete ich, wobei ich meine Worte ihr gegenüber knapp bemaß.

»Hab ich da vorne an der Essensausgabe Piet gesehen?«

»Du weißt ganz genau, dass er das war, Gabby. Niemand sieht so aus wie Piet. Außerdem hast du ihn schon aus nächster Nähe gesehen, du weißt also, wie er aussieht.«

»Bumm! Krach!« Gabby duckte sich rasch von einer Seite zur anderen weg, so als würde sie imaginären Schlägen ausweichen. »Du fertigst mich echt total ab.«

»Schau, ich bin beschäftigt und du bestimmt auch, also ...«

»Stella.« Gabby schaute auf ihre Füße. »Ich wollte mich angemessen bei dir entschuldigen. Ich weiß, dass ich es verkackt hab, und dabei habe ich keine Ahnung, wie das eigentlich passiert ist.«

»Wie kannst du keine Ahnung haben? Wie kann man mit dem Freund von jemand anderem schlafen und keine Ahnung haben, wie das passiert ist?«

Gabbys Schultern sackten nach unten und aus heiterem Himmel fing sie an zu weinen. »Ich bin – *schluchz!* – so ein – *schluchz!* – scheiß – *schluchz!* – Idiot – *schluchz!*«

Zumindest darin waren wir uns also einig.

Es war seltsam, sie weinen zu sehen, da sie immer den

Eindruck erweckt hatte, aus Stein zu sein. Zögerlich umarmte ich sie und sofort drückte sie mich fest an sich und schluchzte weiter.

Ich klopfte ihr auf die Schulter und flüsterte »aber, aber«, in dem Versuch, die ganze Sache etwas zu beschleunigen. Nachdem die heftigsten Schluchzer dann verebbt waren, fragte ich sie: »Wer hilft dir denn im Lecker-Schmecker-Stand?«

»Niemand«, nuschelte sie.

»Aber den wirst du doch nicht allein schmeißen, oder?«

»Doch«, antwortete Gabby und lehnte sich schwer an mich. »Drei betrunkene Frauen haben mich angeschrien, weil ich ihre Bestellung nicht schnell genug hinbekommen habe.« Zwischen den Wörtern zog sie mehrmals die Nase hoch.

»Gabby, es ist viel zu chaotisch für eine Person. Das ist doch Wahnsinn.«

Sie löste sich aus meinen Armen. »Vermutlich bin ich ja auch wahnsinnig, oder?« Sie wischte sich das Gesicht an ihrer Schürze ab. »Warum hab ich das mit dir nur vergeigt?«

»Keine Ahnung. Ich bin keine Therapeutin, Gabby.«

»Sag du's mir doch, Stella.«

»Schau, ich habe keinen besonderen Einblick in deine Gedanken. Vielleicht wolltest du das Unternehmen ja allein führen. Vielleicht hattest du auch die Nase voll davon, mit mir zusammenzuwohnen, und wusstest nicht, wie du es mir sagen solltest. Vielleicht wolltest du insgeheim mit mir schlafen, also hast du mit meinem Freund geschlafen.«

»Wow, jetzt aber mal langsam, Dr. Freud. *So heiß* bist du dann auch wieder nicht.«

In diesem Moment durchzuckte mich ein Geistesblitz, der bei Weitem die wahrscheinlichste Erklärung für Gabbys abscheuliches Verhalten war: »Vielleicht bist du ja in Theo verliebt.«

»Wie bitte, *was?*« Eine sanfte Röte schoss ihr in die Wangen.

»Du bist in Theo verliebt. Du liebst ihn schon seit Jahren. Bei der Gelegenheit, dass ich bei dir einziehe, warst du sofort Feuer und Flamme, weil das bedeutete, dass du näher bei ihm sein konntest, ab da wusstest du dann aber nicht mehr weiter.« Das alles sprudelte gänzlich ausgearbeitet aus mir heraus, als hätte es sich mein Gehirn vorher gedanklich zurechtgelegt, alle Zutaten fein säuberlich geordnet, bereit zur Ausgabe.

»Das ist doch kompletter Schwachsinn.« Gabbys Gesicht hatte jetzt die Farbe einer Tomate angenommen.

»Na ja, friss oder stirb. Da gibt es viele Möglichkeiten, Gabby, aber das ist deine Aufgabe, das herauszufinden. Es war zwar Theo, der mich verletzt hat, aber du warst daran beteiligt und so was machen Freunde nicht.« Sie schwieg, weshalb ich hinzufügte: »Warum erzählst du Theo nicht von deinen Gefühlen? Bist ganz ehrlich und siehst dann, was er sagt. Ich glaube nämlich nicht, dass er weiß, wie sehr du ihn magst.«

Wenn das eine Therapiestunde war, würde Gabby bald fünfzig Pfund rüberwachsen lassen müssen.

In einiger Entfernung erkannte ich Newland, der auf die Essensstände zukam, und mein Herz machte einen Sprung. »Sorry, ich muss jetzt hier weitermachen.«

Ich trat hinüber zur Spüle und hoffte, dass Gabby gehen würde, doch sie blieb weiter stehen und schaute traurig.

»Stella, seit du weg bist, ist alles scheiße.«

»Mhm.«

»Ich weiß, ich weiß, daran bin ich blöderweise selbst schuld. Aber ich hab mich trotzdem gefragt ... würdest du es denn eventuell noch mal versuchen? Mit dem sri-lankischen Essen? Ich weiß, dass du nicht mehr in die WG zurückziehen wollen wirst, wobei du das gerne kannst, wenn du willst, von jetzt auf gleich, jetzt wohnen da nämlich so unfreundliche Leute und ...«

Newland war jetzt nahe genug, dass ich sein Gesicht erkennen konnte. Er suchte die Essensstände nach mir ab. Ich winkte und Gabby drehte sich um, um zu sehen, wen ich da grüßte.

»Wer ist das?«

»Jemand, mit dem du nicht schlafen darfst«, antwortete ich und einen Augenblick später lag ich in Newlands Armen. Es fühlte sich wirklich natürlich an. Niemand, der uns vielleicht gerade zusah, würde darauf kommen, dass das unsere erste echte Umarmung war. Als wir uns voneinander lösten, schaute ich ihm ins Gesicht und stellte dankbar fest, dass auch Newland die Bedeutung der Umarmung erfasst hatte.

»Hey, das sieht ja echt toll aus!«, lobte er und machte eine ausschweifende Bewegung mit dem Arm, die den ganzen Stand einschloss.

»Es läuft überraschend gut«, bestätigte ich.

Newland trat einen Schritt zurück und schaute Gabby an. »Hallo«, sagte er.

»Das ist Gabby.«

»*Die* Gabby? Mann, von dir hab ich echt schon viel gehört.«

»Ach, cool, ich bin berühmt«, antwortete Gabby mit einem koketten Lächeln.

»Ich hab echt schon viel toxisches Zeug von dir gehört«, stellte Newland klar.

Ich unterdrückte ein Grinsen.

»Dann werd ich mal wieder gehen«, erwiderte Gabby, bewegte sich aber nicht.

Sie sah so mitleiderregend aus, dass ich mich ihrer erbarmte.

»Hier, das hilft dir vielleicht.« Ich holte mein Handy heraus. »Ich schreib dir die Nummer meiner alten Therapeutin. Sie ist zwar in London, es ist also nicht der nächste Weg, aber ich kann sie wirklich sehr empfehlen.« Ich schickte ihr Bettinas Kontaktdaten und steckte dann mein Handy so endgültig in die Tasche zurück, dass Gabby keine andere Wahl mehr blieb, als zu gehen.

»Also dann, tschüss.« Sie wandte sich an Newland. »Schön, dich kennengelernt zu haben.«

»Mhm«, machte der sonst immer so höfliche Newland bloß, drehte sich weg und fing an, sich die Hände in dem kleinen Spülbecken zu waschen.

Nachdem Gabby weg war, gab ich ihm einen Kuss auf die Wange.

»Wofür war das denn?«

»Dafür, dass du Gabbys Charme nicht verfallen bist.«

»Ich habe keinen Charme bemerkt.«

»Du gefällst mir, Mr Davies«, sagte ich, als ich ihm dabei half, seine Schürze zu verknoten.

»Du gefällst mir auch, Ms Bright.«

»Ich habe überlegt …«, begann ich.

»Ich hab dasselbe überlegt«, entgegnete er.

»Woher weißt du denn, dass es dasselbe ist?«

»Weil ich deine Augen funkeln sehe.«

Es war nicht mehr nötig, meine Antwort in Worte zu fassen. Ich umarmte ihn stürmisch und antwortete stattdessen mit einem Kuss.

Am Abend war es sogar noch geschäftiger als mittags und ich war extrem froh, Newland dabeizuhaben. Er und Piet waren ein super Ausgabeteam und Nita und ich wurden hinten sogar noch effizienter und tanzten umeinander herum wie die Profis bei *Let's Dance*. Sogar trotz der zusätzlichen Vorräte war beinahe alles ausverkauft gewesen. Viele Leute kamen auch mehr als einmal.

Eine Familie kam sogar dreimal, um alles zu probieren, und eine erschöpft aussehende Mutter vertraute Piet mit Tränen in den Augen an, dass ihre junge Tochter das Bubble and Squeak gegessen hätte, das erste Mal überhaupt, dass ihr gekochtes Gemüse geschmeckt hätte. »Das ist ein verdammtes Wunder«, kommentierte der Vater des Mädchens und es schien, als spräche er damit für den ganzen Tag, unser ganzes Unternehmen.

Aber natürlich klappte nicht alles auf Anhieb. Einmal funktionierte der Ofen nicht mehr, da er sich von der Gasversorgung gelöst hatte, und während wir ihn wieder anschlossen, mussten wir den Laden kurzzeitig dichtmachen. Dann ging uns das Holzbesteck aus. Piet verließ seinen Posten und flitzte zum nächsten Supermarkt, um, wie er behauptete, dessen ganzes Warenlager davon aufzukaufen, während Nita die Stände in der Nähe abklapperte und fragte, ob sie uns welches leihen konnten, damit es so lange weitergehen konnte.

Doch es war zweifelsohne ein Triumph. Ich konnte mich nicht daran erinnern, jemals körperlich so ausgelaugt, geistig jedoch so wach gewesen zu sein. Als wir um halb elf Uhr abends schließlich die Verkaufslade schlossen, lächelten wir uns gegenseitig an, und zwar wie Leute, die mit einer dreisten Aktion davongekommen waren. Es stellte sich heraus, dass das, was wir an diesem Tag schaffen konnten, *nicht* begrenzt war.

»Das war richtig krass«, sagte Nita. Sogar sie, die normalerweise auf einer 24/7-Basis plapperte, war etwas weniger gesprächig. Sie redete leiser als sonst und saß auf den Anhängerstufen, als könnte sie hier und jetzt einschlafen.

»Hätte nicht gedacht, dass wir das schaffen«, stimmte ich zu. Ich ließ mich auf die Stufen sinken und wir umarmten uns müde.

Piet hatte die Einnahmen aus Kartenzahlung und Bargeld gezählt. Er meinte: »Aus diesem Profit geht eindeutig hervor, dass die Briten echt auf Gerichte mit Wurzelgemüse stehen.«

»Ein großer Profit?«, fragte Nita.

»Riesig«, antwortete Piet mit einem Lächeln, das bloß für sie bestimmt war.

Nita und ich klatschten träge ein. »Dann lasst uns mal zusammenpacken«, meinte ich. »Es dauert zwar noch zwei Stunden, bis wir vom Gelände runterkönnen, aber ich will fertig sein, sobald es losgeht.«

Nita kam mühselig auf die Beine. Sie schaute rüber zu Lan, der an die Theke gelehnt dastand und uns anlächelte. »Du bist so still, neuer Junge. Was geht dir denn durch den Kopf?«

»Ach, bloß was für ein toller Erfolg das war und wie gut

wir zusammengearbeitet haben und wie ausgezeichnet ihr zwei alles geplant und durchgeführt habt.« Er strahlte mich an. »Ich könnte echt nicht beeindruckter sein.«

Ich strahlte zurück. »Wir hatten aber auch viel Hilfe«, meinte ich, »von zwei tollen jungen Männern.«

»Das sind wir«, sagte Piet stolz und schüttelte Newland die Hand.

»Wir sind echt ein krasses Team«, meinte Nita. »Schade, dass ihr zwei richtige Jobs habt.«

»Also ich nicht«, entgegnete Piet. »Ich kann mein Studium und meine Arbeit als Barkeeper und Kurier mit diesem hübschen, neuen Unternehmen vereinbaren.«

»Und ich würde gerne an den Wochenenden aushelfen«, fügte Newland hinzu.

»Ja«, fasste Piet zusammen, »wir wären wirklich sehr gerne ein Teil von Rooty-Tooty.«

»Du weißt aber schon, dass der Laden nicht so heißt, oder, Piet?« Nita legte einen Arm um Piets Schultern.

»Sollte er aber, Madame Nita.« Er umarmte sie um die Körpermitte.

»Gut!«, rief ich und sprang auf. »Sollen wir einen kleinen Spaziergang übers Gelände machen, Newland?«

Als Newland und ich kichernd die Anhängerstufen her   untersprangen, knutschten Nita und Piet schon heftig herum. Draußen kam das Festival langsam zum Ende. Die Hauptbühne war leer, aber ein paar kleinere Zelte dröhnten immer noch mit Musik. Das Gelände war dunkel und ich schaute hoch in den Himmel, der mit Sternen übersät war. Arm in Arm gingen wir an den paar wenigen Ständen vorbei, die noch offen hatten und holten uns ein paar Bier. Die meisten jüngeren Festivalbesucher waren schon wieder nach Hause gebracht worden, aber ein paar kleinere, wilde Partys liefen noch in verschiedenen Ecken des Geländes.

»Was ist denn jetzt eigentlich mit Piet und Nita?«, fragte Newland.

»Ach, das hat sich schon länger angebahnt. Allerdings hoffe ich, dass sie zu Hause nicht auch immer so offenherzig werden. Das, was ich von Piet schon nackt gesehen hab, reicht mir für dieses Leben.«

Newland lachte. »Du bist echt eine tapfere, kleine Soldatin. Vielleicht solltest du heute Abend lieber mit zu mir kommen. Ich hab da so ein Gefühl, dass es bei euch in der WG ganz schön hoch hergehen wird.«

»Bei dir aber auch, hoffe ich.«

»Ist das ein Versprechen?«

Die Vorfreude ließ mich erschaudern. »Ja.«

»Das macht mich sehr glücklich. Und morgen ist Sonntag. Wir können ausschlafen und ich werde dir Frühstück ans Bett bringen.«

»Und bringst du mir dann auch einen Newland ans Bett?«

»Das wäre mir eine große Freude. Buchstäblich wie metaphorisch. Stella, ich bin echt so stolz auf dich. Du hattest eine Vision und hast sie in die Tat umgesetzt.«

Ich blieb stehen und wandte mich ihm zu. Es war zu dunkel, um sein Gesicht richtig zu sehen. Doch das war gut so, denn so konnte er meines auch nicht sehen. »Wenn ich dir jetzt sagen würde, dass ich es in die Tat umgesetzt habe, weil du an mich geglaubt hast, hättest du dann das Gefühl, in einer amerikanischen Seifenoper zu sein?«

»Ja. Sind wir das denn?« Er stellte sein Bier auf dem

Boden ab und umarmte mich fest. »Ist deine Mutter denn wirklich deine Schwester?«

»Ist das immer die Handlung in amerikanischen Seifenopern?«

»Ich glaube schon«, sagte er, wobei seine Stimme etwas dumpf war, weil er sein Gesicht in meine Haare schmiegte. »Und wo wir schon von Müttern reden, ich wette, deine wird auch sehr stolz auf dich sein.«

»Sie hat mir ziemlich viele nette Nachrichten geschickt.«

»Ich weiß, dass du echt sauer auf sie warst«, meinte Newland. »Aber sie war trotzdem immer für dich da, oder nicht?«

»Vermutlich schon ...«

»Als sich meine Eltern getrennt haben, waren sie so selbstsüchtig. Vielleicht waren sie auch schon vorher so. Aber sie fragen mich nie, wie es mir geht, erkundigen sich nie nach mir, haben nie viel zu mir zu sagen, außer sich gegenseitig in den Schmutz zu ziehen. Deine Eltern hingegen sind erst so kurze Zeit getrennt, aber trotzdem noch total für dich da. Vor allem deine Mum.«

»Verdammt!«

»Warum verdammt?«

»Du hast recht. Vor Mum werde ich ordentlich auf den Knien rumrutschen müssen.«

»Ich werd dir helfen. Ich arbeite dir aus dem Hintergrund zu.«

»Wie soll das denn aussehen?«

»Weiß nicht genau. Ich halt die Blumensträuße für dich oder so.«

Ich umarmte ihn fester. »Newland?«

»Mhm?«

»Ich, äh, ich glaube, ich liebe dich, weißt du.«

Ich spürte, wie er in meinen Haaren ausatmete, ein langer, warmer Seufzer. »Ich glaube, ich liebe dich auch.«

Es fühlte sich so an, als wären wir ziemlich allein, obwohl Hunderte von Leuten herumliefen und sich an uns vorbeischoben. Eine recht angetrunkene Frau rempelte uns an und wir lösten uns sofort voneinander. »Ups! Sorry! Hab euch nicht gesehen! Gott, es ist so dunkel!« Dann ging sie wieder weiter, etwas unstet, und ich griff nach Newlands Hand.

»Wir blockieren hier alles. Lass uns zurückgehen und nachschauen, ob die andern mit Knutschen fertig sind.«

»Ich glaube, wir sind selbst noch nicht ganz fertig, oder?«, meinte Newland. Er beugte sich nach vorne und küsste mich auf den Mund. Ich erwiderte den Kuss aufgeregt und erst, als jemand anderes beinahe in uns hineinrannte, spazierten wir endlich Hand in Hand zurück zum Anhänger, um zusammenzupacken und nach Hause zu fahren.

25

KAY

»Ach, einfach schön, das wiederzusehen.«

Rose nickte. »Toll waren wir, was?«

Die Ecken des Fotos waren leicht verknickt, doch – bitte entschuldigt meinen Mangel an Bescheidenheit – das tat der Qualität keinen Abbruch. Es war eine Nahaufnahme von drei hübschen, jungen Frauen, in Schwarz-Weiß und direkt von vorne: Links Rose, die lächelte und zur Seite schaute, zu Bear neben ihr. Und auf Bears rechter Seite ich, sowohl erfreut als auch abgehetzt. Den Selbstauslöser der Kamera einzustellen und darauf zu achten, dass alle am richtigen Platz bleiben, war ein bisschen stressig. Mit einem Film konnte man es nicht einfach immer wieder versuchen, bis es gut wurde. Man musste alles in Position bringen, dann den Atem anhalten und hoffen.

Das Foto war auf der einen Reise nach Australien entstanden, die Rose und ich zusammen während unseres Jahres Auszeit gemacht hatten, als wir noch Teenager gewesen waren. Als noch alles im Leben, auf das man sich freuen konnte, vor uns lag und es noch zu früh war, um schon irgendwelche Fehler gemacht zu haben. Bevor ich Richard oder David kennengelernt hatte; bevor ich schwanger geworden war und mein Studium hingeschmissen hatte. Erneut schaute ich unsere ungezeichneten, hoffnungsvollen Gesichter an. So schön, so jung.

Bears lachendes Gesicht in der Mitte gab den Ausschlag auf dem Bild. Sie zog den Blick magisch an. Es war absolut unmöglich zu glauben, dass dieser strahlende Mensch nicht mehr am Leben war.

Ich hatte angenommen, dass diese Reise eine von vielen sein würde, wie es auf meiner Liste stand, doch weniger als zwei Jahre später war ich dann schwanger geworden und die freien, faulen Tage meiner Jugend hatten ein abruptes Ende genommen, waren jäh zum Stillstand gekommen. Es war Jahre her, dass ich das Foto zuletzt gesehen hatte, aber ich konnte mich immer noch so gut an diese freche Version von Rose erinnern, bevor die Ehe und das Leben sie plattgemacht hatten. Allerdings nicht für immer, wie sich herausstellte. Die Rose Anfang fünfzig war langsam wieder in ihren alten Groove reingekommen. Ich konnte mich auch noch an die Version von Bear erinnern, bevor die Krankheit sie dazu zwang, sich die Haare kurz zu schneiden, und ihr den Schmerz ins Gesicht zeichnete. Und die Version dieses anderen Mädchens, Kay Hurst, bevor ihr Leben zu einer Folge von Kompromissen wurde – was war bloß aus der geworden?

Eine Träne tropfte mir auf die Hand und ich legte das Foto behutsam auf den Tisch, damit es nicht nass wurde.

»Ach, Liebling«, sagte Rose. Sie umarmte mich. Ihre Augen waren auch feucht. Als Bear gestorben war, hatten wir viel geweint, und man würde meinen, dass wir nun keine Tränen mehr übrig hatten, doch wann immer wir daran dachten, stiegen sie uns doch wieder in die Augen. Was die meiste Zeit über der Fall war.

»Weißt du«, murmelte ich an Rose' Schulter, »wenn sie noch am Leben wäre, würde ich ihr in den Briefen von jetzt erzählen.«

»Es gibt ja nichts, was dich davon abhält, ihr weiterhin Briefe zu schreiben«, meinte Rose. »Sagt ja niemand, dass du sie abschicken musst. Oder du fängst an, jetzt mir zu schreiben. Und hältst mich mit deinen walisischen Studentenabenteuern auf dem Laufenden.«

Ich ließ Rose los und wischte mir mit dem Zipfel eines Küchenhandtuchs die Augen ab. »Wie kommt's, dass das Foto bei dir gelandet ist?«

Sie setzte sich neben mich. »Du hast es mir gegeben, zusammen mit dem Negativ. Ich glaube, ich habe angeboten, uns allen einen Abzug machen zu lassen, aber ich muss es vergessen haben.«

»Aber das Negativ hast du vermutlich nicht mehr, oder?«

»Nein, aber die braucht man jetzt gar nicht mehr, David Bailey. Die Fotografie hat sich seit damals nämlich ein bisschen weiterentwickelt.« Rose holte triumphierend zwei Kopien des Fotos hervor. »Man kann sie einfach einscannen und so viele ausdrucken, wie man will. Die Qualität ist auch ziemlich gut.«

»Danke«, sagte ich. »Ich werde Murray eines schicken und ihn bitten, eines an Charlie weiterzugeben.«

»Hat er einen Zettel zu der, äh, der …«

»Der Asche dazugelegt? Ja, eine sehr kurze Nachricht, in der er sich bei mir bedankt. Das war nämlich alles nicht offiziell, weißt du. Ich nehme mal an, er hatte keine Lust auf den ganzen Papierkram und die Ausgaben, um es vernünftig zu machen, also hab ich den gefütterten Briefumschlag aufgemacht, der normal mit der Luftpost reingekommen ist, und hab –«

»Oh Gott.«

»Einen kleinen Teil von Bear in einem Zip-Beutel ge-funden.«

»Bitte zeig mir das nicht.« Rose schüttelte den Kopf. »Ich kann's immer noch nicht glauben, dass sie ... du weißt schon. Nicht mehr auf diesem Planeten weilt.«

»Ich weiß, Küken. Ich auch nicht. Ich weiß nicht, ob sie meinen letzten Brief aus Venedig bekommen hat. Doch der Brief, den sie mir dagelassen hat, war das letzte Mal, dass ich von ihr gehört habe. Als sie sich verabschiedet hat, hat sie es also wirklich ernst gemeint.«

Rose stieß einen langen Seufzer aus. »Jetzt wünschte ich, ich wäre mitgekommen.«

»Das hast du ja nicht wissen können. Ich verrate dir auch, was Murray mir sonst noch geschickt hat. Bear hat ihn da-rum gebeten. Die kamen in einem riesigen Paket – alle meine Briefe an sie. Chronologisch geordnet, mit dem neuesten oben auf.«

»Ach, Kay.«

»Wenn ich wieder mehr Kraft habe, werde ich sie alle durchlesen. Mein gesamtes Erwachsenenleben ist darin do-kumentiert.«

»Das war sehr geistesgegenwärtig von ihr.« Rose schüt-telte den Kopf. »Aber es fühlt sich irgendwie unfertig an, oder? So komisch, dass das letzte Mal, das ich sie gesehen habe, sich jetzt als das letzte Mal herausstellt, dass ich sie je-mals gesehen haben werde. Wir glauben immer, noch so viel Zeit zu haben.« Bei den letzten Worten brach ihre Stimme. »Gott, Kay, dir ist das alles noch vor Bear klar geworden, nicht wahr?«

»Was meinst du?«

»Dein ganzes Carpe-diem-Zeug, deine Ehe in die Tonne

zu treten – du hast schon begriffen, dass das hier von einer Sekunde auf die andere vorbei sein kann.« Rose schloss »das hier« in einer Geste ein, die den ganzen Raum umfasste, aber ich wusste, dass sie »alles« meinte und nicht bloß die Küche.

»Dieses Gefühl habe ich jetzt aber noch deutlicher als je zuvor«, sagte ich.

»*Heftig*«, meinte Rose.

»*Heftig*«, wiederholte ich.

»Ach verdammt, der Tee!« Rose sprang auf, schnappte sich die Kanne und goss uns rasch zwei Tassen dunklen Tee aus, der jetzt aussah wie Eintopf.

Ich goss sehr viel Milch darauf und grinste sie hämisch an.

»Stimmt, der ist ja so viel besser als der, den ich so mache.«

»Hau ab. Du weißt genau, dass ich ihn zu lange hab ziehen lassen.« Sie schaute sich das Foto noch mal an. »Du warst wirklich eine wahnsinnig gute Fotografin.«

»Ohh, danke.« Ich holte mein Handy heraus. »Bin ich immer noch. Schau dir das mal an.«

»Der *Scottish Herald*. Was ist denn das?«

»Edward hat ihnen eines von meinen Venedig-Fotos geschickt und sie haben es zum Foto der Woche gewählt.«

»Oh, wow! Das ist ja toll!« Rose schaute es sich genauer an. »Da steht, dass dein Bild zauberhaft ist.«

»Ja, ›ein zauberhaftes, ungewöhnliches Bild, das uns etwas Neues über diese viel fotografierte Stadt verrät.‹ Oh je, ich glaub, ich weiß es jetzt schon auswendig.«

»Na ja, aber natürlich war ich die Erste, was die berühmte Fotografin Kay Bright angeht. Du hast nämlich meine Hochzeitsbilder geschossen, weißt du noch?«, erinnerte mich Rose.

Den riesigen Stolz, den ich verspürt hatte, als ich Rose damals mein Fotoalbum von der Hochzeit gezeigt hatte, konnte ich immer noch nachspüren. »Ja, die sind ziemlich gut geworden, nicht?«

»Beträchtlich besser als die Ehe.« Rose zog eine Grimasse. »Und schau dir das Foto von uns dreien an. Es fängt wirklich etwas von unserer Essenz ein.«

»Damals habe ich die Fotografie so ernst genommen.«

»Du hast deine Kamera und Objektive und den ganzen Kram nach Australien in den Urlaub mitgenommen. Erinnere ich mich da auch noch an ein Stativ? Du hattest kaum Platz für Kleidung, deshalb hast du dir die ganze Zeit Sachen von Bear und mir ausgeliehen.«

»Ach, wie kann man nur so auf eine Sache fixiert sein? Bevor ich mir lauter Verantwortung aufgebürdet habe.« Ich lächelte. »Bear hat mir auf diesem Trip ein blaues T-Shirt mit einem Regenbogen geliehen und aus Versehen hab ich es mit nach Hause genommen.«

»War das wirklich aus Versehen?«

»Es stand mir besser als ihr.«

»Na ja.« Rose stieß einen langen, zittrigen Seufzer aus. »Jetzt braucht sie es nicht mehr.«

Wir schauten uns an. Ich konnte es immer noch nicht glauben, obwohl ich gewusst hatte, dass es so kommen würde. Obwohl ich das alles erst vor Kurzem mit Mum durchgemacht hatte, ging es mir nicht in den Kopf, dass David und Bear nicht mehr auf der Welt waren. Leute in meinem eigenen Alter. Ich selbst stand näher am Abgrund als jemals zuvor.

»Also«, sagte Rose, »was jetzt?«

Das Sonnenlicht, das die Küche des Cottage vorher noch

mit goldenem Sommer erfüllt hatte, schwand langsam. Rose' Gesichtszüge verschwanden allmählich in den Schatten, aber die neuen Spot-Lampen über uns wollte ich auch noch nicht einschalten.

»Na ja, morgen fahren wir nach Hoylake. Und dann, wenn wir zurückkommen, muss ich meine Bewerbung für den Fotografiekurs fertig machen. Ich werde mir eine neue Kamera kaufen müssen, ich bringe es nicht über mich, Richard zu fragen, ob er mir meine alte schickt. Und ich habe mir Notizen zu der Anzeige auf Airbnb gemacht. Ich muss nur erst noch herausfinden, wie man diese Webseite benutzt.«

»Deine Pläne sind richtig toll. Ich habe das Gefühl, dass du alles so schnell in die Tat umgesetzt hast. Was für eine Kehrtwende.«

»Das hätte ich aber ohne deine und Grahams Hilfe nie geschafft.«

»Es war mir eine Freude.« Rose lehnte sich in ihrem Stuhl zurück. »Ich liebe es hier. Da haben Imogens Leute gute Arbeit geleistet mit der Umgestaltung, findest du nicht?«

»Für meinen Geschmack vielleicht ein bisschen zu viel beruhigendes Grau, ich hab es gern etwas bunter. Aber ich kann es ja ein bisschen mit Bildern und Kissen aufpeppen.«

»Ich werd dir ein paar hübsche Kissen als Einweihungsgeschenk kaufen«, bot Rose an. »Du lässt mich doch bestimmt auch zum Übernachten kommen, wenn du gerade keine Mieter hast, oder?«

»Du bist immer willkommen. Aber macht Graham das denn nichts aus, wenn du die ganze Zeit hierherkommst?«

»Ach was, nein. Weißt du, was ich am meisten an Graham mag?«

»Ist das denn jugendfrei?« Ich lehnte mich nach vorne.

»Dass er immer das Beste aus einer Situation macht. Ich sage zum Beispiel: ›Graham, ich fahre für ein paar Tage zu Kay‹, und er meint: ›Super, das wird bestimmt toll.‹ Oder: ›Graham, ich muss mal kurz in den Supermarkt, willst du mitkommen?‹, und er sagt dann: ›Ja, es ist schön, mit dir Zeit zu verbringen.‹ Aber wenn ich dann sage: ›Wobei, wenn ich's mir recht überlege, werd ich allein doch schneller sein‹, antwortet er: ›Klar, ich kann ja in der Zwischenzeit mit dem Abendessen anfangen.‹ Um ehrlich zu sein, ist es perfekt.«

»Ein bisschen anders als mit Tim, was?«

»Tim hat immer das Schlechteste aus jeder Situation gemacht. Und wie Oprah Winfrey immer so schön sagt: ›Schatz, ich kann keine negative Energie um mich herum gebrauchen, nein nein.‹«

Ich verdrehte die Augen, wie Stella es tun würde. Wie gerne ich sie jetzt hier bei mir hätte. Seit unserem Streit im Auto hatte ich sie immer noch nicht gesehen und ich vermisste sie so sehr, dass es mir körperliche Schmerzen bereitete. Ich wollte sie so gerne fragen, ob sie sich treffen wollte, hatte aber Angst, sie zu bald zu etwas zu drängen, bevor sie wirklich bereit war, mir zu verzeihen.

Bevor es mich noch zu sehr bedrücken würde, fuhr ich schnell fort: »Danke übrigens, dass du morgen mitkommst. Ich weiß, dass du nicht gerne nach Hoylake zurückkehrst.«

»Das mit Bear kann ich dich ja schlecht alleine machen lassen.« Rose verzog das Gesicht. »Aber das wird schon komisch werden. Ich war seit Jahren nicht mehr dort, Kay.«

»Ich weiß.«

»Nachdem Mum weggezogen ist, gab es dort nichts mehr für mich.«

»Du warst immer schon klasse im Weitermachen, Rose. Oder im Nicht-Zurückschauen.«

»Wirklich? Das ist gut. Glaube ich. Oder?«

»Ja. Es ist bewundernswert. Wir sind beide dem Wirral entkommen und in London an die Uni gegangen, aber viel weiter habe ich es nie geschafft. Bis jetzt. Aber schau dich an. Du hast in Cardiff, Frankreich und in den USA gelebt und bist dann wieder zurück nach Manchester gegangen und dann … wohin?«

»Southwold.«

»Ach ja, weißt du noch, dein hübsches Haus am Strand?«

»Wunderbar. Aber so abgelegen. Weißt du, woran ich mich aus dieser Zeit am besten erinnern kann? Dass du jedes Wochenende zu mir hochgekommen bist, nachdem Tim mich verlassen hat. Du hast mich durch diese höllische Zeit gebracht und das werde ich dir nie vergessen.«

»So viel hab ich doch aber gar nicht getan.«

»Du hattest nur Sonntag frei, und ungefähr ein halbes Jahr lang bist du jeden Samstagabend hoch nach Southwold gefahren. Ist ja nicht gerade eine kurze Anfahrt. Du bist mit den Kindern rausgegangen, hast mich schlafen lassen, für mich gekocht, mich zum Lachen gebracht, mir meine Tränen getrocknet, mir Wein gegeben, die Küche geputzt. Und dann bist du jeden Montagmorgen in aller Frühe wieder zurück nach London gefahren und direkt zur Arbeit gegangen.«

»Das hast du mir angesichts meiner jüngsten Späßchen hier mehr als zurückgezahlt, Rose. Bist du von Southwold nicht wieder nach London gezogen?«

»Gott, ja, ich war so erleichtert, von Tims Vorstellung

eines idyllischen Wohnortes wegzukommen. Zurück nach London und schließlich nach Winchester.«

»Ich muss mehr so sein. Mehr wie du. Nicht sesshaft werden, an einem Ort versumpfen.«

»Das hast du in letzter Zeit ganz gut hinbekommen, Kay. Und Bryn Glas ist doch ein sehr hübscher Ort, um zu versumpfen.«

»Ja, aber würdest du mich bitte trotzdem daran erinnern, nicht für neunundzwanzig Jahre hierzubleiben?«

»Ich hoffe, dass wir noch mal neunundzwanzig Jahre vor uns haben«, entgegnete Rose und erschauderte. »Meinst du denn nicht, dass du etwas einsam sein wirst? Ohne jegliche gut aussehende italienische Hengste, die dir Gesellschaft leisten?«

»Witzigerweise hab ich tatsächlich letzte Woche von Luca gehört.«

»Echt?«, Rose setzte sich aufrechter hin. »Erzähl mir *alles*.«

»Er hat mir geschrieben, dass er im September für eine Konferenz nach England kommt und ob ich mich mit ihm treffen will.«

»Und? UND?«, wollte Rose wissen.

»Ich habe gesagt, dass ich noch nicht genau weiß, wo ich dann sein werde, aber dass ich ihm Bescheid sage.«

»Was? Aber das weißt du doch, hier bist du! Bis dahin hat dein Kurs doch schon angefangen.«

»Ich weiß. Ich will aber erst darüber nachdenken.«

»Du gehst damit ja ganz schön cool um, Miss Kay, ich muss schon sagen. Eine Eiskönigin.«

»Ich weiß, dass du mich dazu ermutigen wirst, ihn zu treffen, Rose –«

»Und wie ich das werde!«

»Und vielleicht wäre es auch schön. Aber es könnte genauso gut die Erinnerungen an diese wunderbare Nacht trüben.«

Rose nickte. »Das verstehe ich. Falls sich herausstellt, dass er weniger toll ist, als du ihn in Erinnerung hast.«

»Oder weniger witzig oder nett oder gut im Zuhören. Ich muss noch etwas länger darüber nachdenken, was ich wirklich will.« Ich warf einen Blick auf die Uhr. »Hör zu, es ist schon spät, und morgen haben wir Aschedienst. Wir werden eine gute Mütze Schlaf brauchen, wenn wir emotional belastbar sein wollen.«

Rose gähnte. »Gut. Morgen werde ich dich dann weiter über dein Sexleben ausquetschen.« Wir standen auf und ich umarmte sie.

»Rose. Danke dir, dass du mir dabei geholfen hast, meine Pläne in die Tat umzusetzen.«

»Gern geschehen.« Sie legte den Kopf auf meine Schulter. «Du hast wunderbare Entscheidungen getroffen.«

»Außer beim Teekochen.«

»Verdammt, stimmt. Ich kann's kaum glauben, dass du schon bald allein hier und verantwortlich für eine Schachtel voller Teebeutel sein wirst.«

»Geh ruhig schon hoch, ich mach noch die Lichter aus.«

»Nacht, Kay.«

Als ich mich fürs Bett fertig machte, hatte ich Bears Gesicht vor Augen, ihr Gesicht, als wir im Restaurant saßen. »Noch nicht, Liebes. Frag mich noch nichts.«

Hoffentlich hatte sie gewusst, wie sehr ich es schätzte, dass sie alles aufs Spiel gesetzt hatte, um mit mir nach Venedig zu kommen. Ich hoffte, dass es ihr Ende nicht schneller herbeigeführt hatte, doch das würde ich nie erfahren. Es war ihre Entscheidung gewesen mitzukommen. Ich setzte mich auf den grauen Stuhl und erlaubte mir zu weinen. Um sie, um mich, um unsere Freundschaft. Darum, wie sie vor ihrem Tod schon aufgehört hatte zu schreiben, vielleicht um mich auf die Briefe vorzubereiten, die ich nicht mehr bekommen würde, und auf den Verlust, keine eigenen Briefe mehr an sie schreiben zu können, in denen ich meine Gedanken zu Papier brachte.

Langsam wurde mir kalt. Ich warf mir eine Decke über die Schultern, nahm meinen Schreibblock von seinem Platz auf dem kleinen bestickten Hocker unter dem Dachfenster, das einem Gemälde eines tintenschwarzen Himmels glich, und nahm die Kappe meines Füllers ab.

19. Juli 2018

Liebste Bear/Ursula (an deinen echten Namen werde ich mich nie gewöhnen),

du hast dich also auf die Socken gemacht und bist gestorben. Damit hattest du es aber ganz schön eilig. Ich hoffe, du hattest keine Schmerzen und die Menschen, die dich geliebt haben, waren bei dir.
Rose hat angeboten, von jetzt an meine Korrespondentin zu sein, dies wird also mein letzter Brief an dich sein. Na ja, natürlich wird er das sein, Bear, weil du tot bist. Warum du sterben musstest, weiß ich nicht. Ich habe etwas von deiner Asche. Sie sieht aber nicht aus wie du. Ich hab dir ja davon erzählt, wie sehr ich das Cottage in Wales liebe. Na ja, ich wohne jetzt hier. Klar, es ist abgelegen und knarzig, aber es hat einen neuen Anstrich verpasst bekommen und ich fühle mich mehr zu Hause als sonst irgendwo. Ich liebe es, hier allein zu sein. Ich hatte immer ziemlich viele Menschen um mich. Die Kinder und die ganzen Leute im Laden, ich hatte nie viel Zeit für mich und mir ist klar geworden, dass ich die wirklich brauche. Aber manchmal fehlen mir natürlich auch der Lärm und die Leute.
Ich habe das Cottage auf lange Sicht gemietet und mit Imogen vereinbart, dass ich das übrige Zimmer mehrmals

im Monat auf Airbnb stellen werde. So kann ich die Miete
bestreiten und ab und zu Gesellschaft haben. Ja, Bear, ich
werde Acht geben, dass sich keine Serienmörder einmieten.
Nur für den Fall hab ich auch schon ein Schloss an meiner
Schlafzimmertür angebracht. Außerdem werde ich den
Schuppen renovieren und ihn langsam zu ein paar Schlaf-
zimmern und einem Bad ausbauen. Ich habe freie Hand,
solange ich es besser und nicht schlimmer mache, so können
sie ihn in der Zukunft dann für noch mehr Mieter nutzen.
Danke für deine Liste. Ich hab schon fast alles davon in
Angriff genommen. Erstens, die Fotografie – ich werde
tatsächlich etwas damit anfangen. Danke dir vielmals, dass
du das vorgeschlagen hast. Den Anfang mache ich mit
einem Teilzeitstudium in Fotografie. Die Universität liegt
bloß etwas mehr als dreißig Meilen von hier entfernt. Ich
habe mich noch nicht beworben, aber man hat mir infor-
mell mitgeteilt, dass es wahrscheinlich ist, einen Platz zu
bekommen. Diesmal werde ich den Abschluss machen.
Abschlüsse sind heute um einiges teurer als damals, als ich
abgebrochen habe. Ich bin mir zwar nicht sicher, ob das
die beste Investition von Mums Geld ist, aber der Kurs ist
sehr praxisnah und es gibt viele Möglichkeiten für Prakti-
kumsplätze in verschiedenen Studios und Laboren. Ein
paar davon sind in Liverpool, falls ich also einen dort
bekomme, würde ich wieder ganz an den Anfang zurück-
kehren. Irgendwann, so hoffe ich, werde ich selbst meinen
Lebensunterhalt davon bestreiten können. Um es auf den
Punkt zu bringen: Ich will meine Zeit mit etwas verbrin-
gen, das mir Spaß macht. Ich bin aufgeregt, verjüngt, auf
eine Art und Weise, wie ich mich schon seit Jahren nicht
mehr gefühlt habe.

Der zweite Punkt auf deiner Liste war Richard. Du hattest recht damit, mir zu sagen, noch mal auf Nummer sicher zu gehen. Kurz dachte ich, dass ich vielleicht wirklich wieder zu ihm zurückwollte. Es hat sich herausgestellt, dass das falsch war. Aber es hat mir dabei geholfen, die Klarheit zu erlangen, die ich gebraucht habe, und mir erlaubt, wirklich weiterzumachen, wie ich es sonst nicht gekonnt hätte. Jetzt sind wir uns merkwürdig wohlgesonnen. Ich glaube, wir haben beide das Gefühl, uns gegenseitig unsere Freiheit gegeben zu haben.

Dann war da noch Edward. Endlich, um viele Jahre zu spät, haben wir über David geredet. Ich habe uns wieder näher zueinander gebracht, näher, als wir es lange Zeit waren. Ich habe ein altes Foto von David gefunden, das ich gemacht habe, damals, als wir ein Paar waren. Eine Kopie davon habe ich an Edward geschickt und noch eine an Davids Witwe, Verity, die ich über Davids Sohn auf Facebook kontaktiert habe. Sie hat mir so eine nette Nachricht geschrieben; meinte, sie würde das Foto in einem Rahmen an der Wand aufhängen, dass sie ihn lieber so in Erinnerung behalten wollte, und nicht so, wie er während seiner Krankheit ausgesehen hat.

Die eine Wolke am Himmel, abgesehen von dir, liebes Mädchen – aber vielleicht bist du ja jetzt auch ein leuchtender Stern dort oben? – ist, dass die Sache mit Stella immer noch nicht geklärt ist. Ich habe sie jetzt seit zwei ganzen Monaten nicht gesehen, und ich fühle mich so schrecklich wegen der groben Dinge, die ich zu ihr gesagt habe. Ich weiß nicht, wie ich das wiedergutmachen soll. Aber damit werde ich dich nicht langweilen Bear, jetzt, da du tot bist.

Du hattest also deine Beerdigung, im Kreise der Familie in Australien. Charlie wohnt jetzt langfristig bei Murray und dein Haus werden sie verkaufen, weil seines größer ist. Wie Murray mir mitgeteilt hat, werden die Einnahmen von dem Hausverkauf auf Charlies Sparkonto für das College gehen, das sind also doch gute Neuigkeiten, oder? Vermutlich suche ich aber auch nur verzweifelt nach guten Neuigkeiten.

Morgen werden Rose und ich nach Hoylake pilgern. Du wolltest ein letztes Mal dort hinfahren und das wirst du auch, Bear, auch wenn das in einer komischen Staubform der Fall sein wird. Der letzte Punkt auf deiner Liste. Wir werden zum Strand bei West Kirby gehen, wo du Tee trinken wolltest, und das werden wir in Erinnerung an dich tun. Ich musste an dieses eine Mal denken, an dem wir dorthin gefahren sind, da waren wir vierzehn oder so, weil wir dachten, dass die Ruhe und der Frieden uns beim Lernen helfen würden. Du hast auf den Felsen herumgealbert und bist ins Wasser gefallen. Rose hat vor lauter Lachen schon Bauchweh bekommen. Deine Mitschriften in Geografie waren ruiniert und ich musste meinen Dad dazu bringen, eine Kopie von den meinen für dich zu machen. Tja, wir werden uns auf denselben Felsen setzen, wenn wir ihn finden können, und dich zurück ins Wasser setzen. Diesmal gibt es keine Prüfungen, um die du dir Sorgen machen musst. Tatsächlich gibt es gar nichts mehr, worüber du dir Sorgen machen musst.

Ich hab dich lieb.

Du fehlst mir.

Immer, Kay

Ich legte den Stift weg, ging ins Bett und starrte hinauf an das Dachfenster. Ich dachte schon, ich würde nie einschlafen, aber dann war es Morgen und das Licht strömte herein. Unten konnte ich Rose mit dem Geschirr herumklappern hören, die zweifelsohne etwas Heimeliges mit der Teekanne anstellte, und ich stand auf. Es war kein Tag, um im Bett herumzuliegen. Es war ein Tag, um Abschied zu nehmen.

Brief vom 12. Oktober 1982

Liebste Bear,

hab deinen Brief geliebt, danke dir, der war ja sooooo lang. Ich hab ihn sechsmal gelesen. Danke für das Foto von deinem neuen Haus, es sieht hübsch aus. Es tut mir leid, dass dein College nicht so toll ist, ich wünschte, du hättest hierbleiben können und deine Eltern wären ohne dich gegangen. Du hättest bei mir wohnen können. Rose und ich vermissen dich so, so, so sehr. Das College macht Spaß, aber mit dir wäre es noch viel besser gewesen. Diese nette Professorin, die wir am Einführungstag gesehen haben, die mit den Zöpfen, hat Rose und mich erkannt und sich an uns erinnert und gefragt: »Wo ist denn eure Freundin?«, damit hat sie dich gemeint. Wir haben beide angefangen zu weinen und sie hat uns Taschentücher und ein paar Minzbonbons gegeben.
Egal, es spielt keine Rolle, wie weit weg du bist, weil wir uns regelmäßig besuchen kommen werden, wie es in unseren Listen steht, und wir immer beste Freundinnen sein werden, für immer und ewig, in Gesundheit und Krankheit, bis dass der Tod uns scheidet, Amen. Ich glaube, wir sind jetzt vielleicht aus Versehen verheiratet, hoffe, dass ist in Ordnung für dich.
Bis zum nächsten Mal.

Du fehlst mir.

Immer, Kay

26

KAY

»Ist es hier?«

»Ich glaube nicht, Rose. In meiner Erinnerung waren die gleich hier neben dem Meer.«

»Ich weiß, Küken, aber das Wasser ist wegen der Ebbe jetzt viel weiter draußen als an dem Tag damals.«

»Wieso sind hier so verdammt viele Felsen?«

Rose und ich gingen weiter am Strand entlang und versuchten, den Felsen auszumachen, von dem Bear vor mehr als drei Jahrzehnten heruntergefallen war. Das war ganz schön knifflig, weil es so gut wie jeder dieser Felsen hätte sein können. Und auch, weil es mehr als drei Jahrzehnte her war.

Abgesehen von ein paar vereinzelten Leuten, die ihren Hund Gassi führten, war der Strand beinahe verlassen. Man hätte meinen können, es wären ein paar frühe Urlauber da gewesen, doch es waren immer noch keine Schulferien. Wie auch immer, der Strand hier war noch nie besonders touristisch gewesen. Wir waren komplett von Wasser umgeben. Auf einer Seite von uns glitzerte in der Entfernung verführerisch das Meer. Auf der anderen Seite lag der Marine Lake, auf dem Yachten auf- und abschaukelten. Ich konnte mich daran erinnern, dass mein Dad hier viel Zeit verbracht hatte, als ich noch jung war, aber mir fiel auf, dass ich gar keine Ahnung hatte, was er hier eigentlich ge-

macht hatte. War er gesegelt? Oder hatte er bloß mit Boots-
freunden hier abgehangen? Es gab jetzt niemanden mehr,
den ich danach fragen konnte.

»Nach dieser Sache hier«, sagte ich, »darf jetzt die
nächste Zeit erst mal niemand mehr sterben.«

»Sehr richtig«, stimmte Rose zu. »Das war ein ziemlich
hartes Jahr für dich, erst deine Mum, jetzt Bear.«

»Und David.« Ich hatte zwar geplant, es Rose noch nicht
zu erzählen, doch es sprudelte ungefragt aus mir heraus.

»Wer?« Rose drehte sich um und schaute mich an.

»David Endevane.«

»Bei dem Namen klingelt irgendwas.«

»Das war der Junge, mit dem ich zusammen war, bevor
ich Richard geheiratet habe.«

»Ach ja! Jetzt erinnere ich mich wieder. Ich hab ihn ein
paarmal mit dir in der Studentenvereinigung gesehen. Der
war toll, nicht wahr?«

»Ja.«

»Sah aus wie ein Popstar. Du warst ziemlich verknallt,
weiß ich noch. Warum hast du dich noch mal von ihm getrennt?«

»Ich hab herausgefunden, dass ich schwanger war.«

»Ach ja! Jetzt fällt's mir wieder ein. Du warst von Richard schwanger. Du freches Gör! Die guten, alten Zeiten,
in denen wir noch mehrere Männer jongliert haben ...«
Rose verstummte und schaute mich schockiert an. »Sag mir
jetzt nicht, dass er gestorben ist!«

»Doch, im Oktober, aber ich habe es erst kürzlich erfahren.«

»Ach. Das tut mir so leid, Kay. Ich wusste nicht, dass du
noch Kontakt zu ihm hattest.«

»Hatte ich nicht. Ich hab ihn nicht mehr gesehen, seit ich einundzwanzig war.« Ich ging weiter und Rose lief mir hinterher, um mit mir Schritt zu halten.

»Warte mal kurz, Miss! Was ist hier los? Was enthältst du mir da vor?«

»Rose, es gibt vieles, was ich dir noch erzählen muss, aber damit sollten wir warten, bis wir einen sehr großen Drink in der Hand haben.«

»Ohh, das hast du in einer deiner Textnachrichten schon erwähnt. Das klingt alles sehr spannend.«

»Ich bete, dass du mir nicht böse sein wirst, dass ich es dir nicht schon vor langer Zeit erzählt habe.«

»Wie alt ist das Geheimnis denn?«

»Ich habe es bewahrt, seit ich einundzwanzig war.«

»So ein Zufall! Als du David zum letzten Mal gesehen hast, warst du genauso alt.«

»Du bist ja wie Hercule Poirot, Rose.«

Sie zwirbelte ihren fiktiven Schnurrbart. »Hast du wen ermordet?«

Ich schüttelte den Kopf.

»Okay, na gut, dann glaube ich, werde ich nicht allzu sauer sein.«

Ich gab ihr ein Küsschen auf die Wange. »Was hab ich bloß getan, um eine Freundin wie dich verdient zu haben?«

»Du bist selbst keine schlechte Freundin, du Dussel.« Wir grinsten uns an.

»Dann mal los«, sagte ich. »Lass uns das hinter uns bringen.«

»Warte noch kurz«, meinte Rose. Sie blieb stehen und schaute über den Strand, in die Richtung, aus der wir gekommen waren, zurück nach Hoylake.

»Worauf?«, fragte ich, aber noch während ich fragte, hörte ich ganz leise, wie jemand Rose' Namen rief. Ich drehte mich um und sah in weiter Entfernung eine Frau auf uns zukommen. Rose fing an, mit beiden Armen überschwänglich zu winken.

»Wer ist denn das?«, fragte ich, aber dann wurde es mir klar. »Ohhh, Rose.«

»Dachte, es wäre nett, wenn sie auch hier wäre«, antwortete Rose, ohne mich anzusehen.

Während Stella näher kam und zögerlich über den harten Sand ging, konnte ich ihrer Körpersprache entnehmen, wie angespannt sie war. Sie sah etwas dünner aus als das letzte Mal, das ich sie gesehen hatte. Ihre Haare waren hochgesteckt, was sie erwachsener wirken ließ. Ich versuchte, meinen wachsamen Gesichtsausdruck abzulegen, um sie willkommen zu heißen.

»Du hast uns also gefunden!«, rief Rose und zog Stella in eine stürmische Umarmung. »Ich hatte ganz vergessen, wie viele große Steinhaufen es hier gibt! Das tut mir leid.«

»Schon in Ordnung«, antwortete Stella. Sie löste sich aus Rose' Umarmung und beide schauten wir uns unsicher an.

»Hallo, Schatz«, begrüßte ich sie.

»Hallo, Mummy«, antwortete sie und der Baby-Kosename brachte meine Augen zum Kribbeln.

»Komm her«, sagte ich und sie ging direkt auf mich zu, in meine Arme, und hielt mich so fest wie damals, als sie als Teenagerin den ganzen Tag über übellaunig zu mir gewesen war. Ihre intensiven Umarmungen in der Nacht waren dann immer ihre Art gewesen, sich zu entschuldigen. Der letzte Riss in meinem Herzen fing an zu heilen.

Wir ließen uns los und standen beide dümmlich grinsend da. »Das ist unglaublich lieb von dir, dass du Stella hierher-bestellt hast«, sagte ich zu Rose.

»Sie hat mich nicht herbestellt«, antwortete Stella ruhig, »ich wollte dich sehen.«

»Wirklich? Du warst doch so sauer ...«

»Bestimmt haben alle ein paar Sachen gesagt, die nicht so gemeint waren«, mischte sich Rose brüsk ein. »Was gibt es da Besseres, als sich über dem Verstreuen von Asche wieder anzunähern?«

»Das ist nicht direkt die heiterste Unternehmung zur Teambildung, die man sich vorstellen kann, Rose.«

»Ich fürchte, der Hindernislauf war schon ausgebucht«, gab Rose zurück. Sie hakte sich bei Stella unter. »Dieses tolle Mädchen hat sich hierhergeschleppt, um dir an einem schwierigen Tag beizustehen.«

»Danke, dass du gekommen bist, Sternchen.« Ich hakte mich bei Stellas freiem Arm unter und nahm sie zwischen Rose und mir in die Mitte. »Ich hatte ziemlich Bammel vor heute.« Ich drückte ihr einen Schmatzer auf die hübsche Wange.

»Wir hatten gehofft, sie von den Felsen zu verstreuen, auf denen wir immer gesessen haben«, erklärte Rose Stella und deutete in die Richtung. »Wahrscheinlich die da, aber das Wasser ist wegen der Ebbe zu weit draußen. Wir wer-den ein bisschen weiter Land auswärts gehen müssen, das ist alles.«

»Das macht nichts, ich habe Lust auf einen Spaziergang«, meinte Stella. »Ich habe eine Ewigkeit im Zug gesessen.«

»Es ist nicht ganz so warm, wie ich dachte, verdammter Juli in England, und ich bin deutlich zu dünn angezogen«, erklärte Rose. »Also lasst uns Bear ins Wasser setzen und uns dann in einen schönen Pub.«

Untergehakt und gestützt von meinen zwei Lieblingsfrauen, gingen wir los. Das Wasser, das in der Ferne leicht glitzerte, sah aus, als wäre es meilenweit weg, über einer riesigen Fläche von hartem, kaltem Sand.

»Wie läuft's so mit ›Back to my Roots‹?«, fragte ich.

»Dein Vater meinte, es läuft fantastisch.«

»Es ist ein großer Erfolg. Wie schön, dass du und Dad miteinander redet.«

»Wir verhalten uns wahnsinnig reif.« Ich lachte. »Dad hat mir außerdem verraten, dass dein neuer Freund echt toll ist.«

»Dad mag Newland wirklich gerne, du hast also schon eine sehr voreingenommene Einschätzung bekommen.«

»Anscheinend mag ihn deine Großmutter aber auch, also ist er entweder ein Heiliger oder niederer Adel.«

»Gott, das ist ja eine regelrechte Buschtrommel!«, rief Stella. »Du weißt ja schon alles. Na ja, es ist immer noch früh, Mum. Aber er ist wirklich toll.«

»Ich würde ihn gerne mal kennenlernen.«

»Tatsächlich hab ich überlegt, ihn für ein paar Tage mit nach Wales zu nehmen, da könnten wir bei der Renovierung des Schuppens helfen.«

»Das wäre wunderbar!« Ich legte die Stirn in Falten. »Aber woher weißt du, dass ich geplant habe, den Schuppen herzurichten?«

Stella nickte zu Rose hinüber, die ich aus dem Augenwinkel grinsen sehen konnte.

»Gott«, sagte ich, »das ist ja eine regelrechte Buschtrommel!«

»Außerdem wollten wir dich fragen, ob du ein paar Fotos für unsere Webseite machen kannst.«

»Es wäre mir eine Ehre.«

»Und wir haben nächsten Monat einen Stand auf einem Festival im Landesinneren von Wales, nicht weit entfernt von dir, deshalb hatten wir gehofft, dass du vielleicht hinkommst, um uns live vor Ort zu sehen.«

Stella wollte mich eindeutig wieder in ihrem Leben haben, und zwar wie. »Scheiße«, sagte ich und holte ein Taschentuch aus meiner Hosentasche. »Ich hatte eigentlich geplant, mir meine Tränen für Bear aufzusparen, aber anscheinend muss ich jetzt schon ein paar vergießen.«

»Ach, Mum. Es tut mir leid.«

»Nein, *mir* tut es leid.«

»Uns tut es allen leid«, fiel Rose ein. »Gut. Da das nun geklärt wäre, lasst uns mit der Show beginnen.«

Als wir endlich die Wasserkante erreichten, blieben wir stehen und schauten alle instinktiv hinaus auf den Horizont und hinüber zu der dunklen Landmasse von Wales. Als Kind hatte ich so oft von hier hinübergeblickt, nie aber hätte ich mir auch nur träumen lassen, dass ich einmal dort leben würde, geschweige denn dass es ein Teil der DNA meines Sohnes sein würde. Jetzt fühlte es sich so richtig an, hier zu stehen, mit dem Licht, das auf dem Wasser funkelte, wenn die Wellen sanft angerollt kamen, fast an unseren Schuhen leckten und sich dann wieder zurückzogen. Aus meinem Rucksack holte ich eine Plastiktüte. Rose und Stella musterten sie.

»Asche ist komisch«, kommentierte Stella und sprach damit für uns alle.

Es war unmöglich zu glauben, dass dies einmal ein Mensch gewesen war, und noch viel weniger ein Mensch, den ich gekannt hatte. Wie konnte sich all das Leben, all die Energie auf so ein statisches, unscheinbares Häufchen Staub reduzieren?

»Zuerst«, begann Rose, »müssen wir mit Bear Tee trinken.« Sie holte eine Thermoskanne und vier Plastikbecher aus ihrem Rucksack. Sie stellte sie auf dem Sand ab und schenkte in alle ein wenig milchigen Tee ein. Jede nahmen wir einen Becher und Rose hielt den übrigen für Bear. Wir stießen damit an, sagten »auf Bear« und tranken.

»Gute Tasse Tee, Rose«, lobte ich. »Diesmal gar nicht wie Eintopf.«

Rose schaute mich an und hob die Augenbrauen. »Zumindest erkennst du einen guten Tee, wenn du ihn vor der Nase hast.«

Ich öffnete den Beutel mit der Asche und schaute Rose an.

»Was sollen wir jetzt tun?«, flüsterte sie.

Ich zuckte mit den Schultern. »Ich hab das noch nie gemacht, bloß im Fernsehen gesehen.«

»In Filmen wird die Asche immer vom Wind erfasst und weht dann auf die Person«, meinte Stella.

»Zum Glück ist es heute nicht windig«, bemerkte Rose.

Ich zögerte, nahm dann aber eine kleine Handvoll heraus. »Dann also bis zum nächsten Mal, liebe Ursula. Du fehlst mir, Bear.« Ich warf die Asche ins Meer. Einen Augenblick lang schwamm sie auf der Wasseroberfläche, dann kam eine Welle und wusch sie davon.

»Ist das eigentlich Umweltverschmutzung?«, fragte Stella.

»Du bist so modern«, sagte ich. »Daran hätte ich nie gedacht.«

»Ich glaube nicht«, entgegnete Rose, »sind Menschen denn nicht biologisch abbaubar?« Sie nahm eine Handvoll Asche und warf sie ebenfalls ins Wasser. »Also dann, tschüss, Bear. Es war schön, dich gekannt zu haben.« Beim letzten Wort brach ihre Stimme und ich legte Rose eine Hand auf die Schulter.

»Darf ich auch?«, fragte Stella.

»Natürlich!«, antwortete Rose.

Stella trat nach vorne und schaute hinaus aufs Meer. »Bear«, sagte sie, »ich hab dich zwar bloß ein paarmal getroffen, wenn du nach England gekommen bist, und dich nicht sehr gut gekannt. Aber durch Mum hatte ich immer das Gefühl, als würde ich dich kennen. Und ich will dir sagen, dass du mich inspiriert hast. Du, Rose und Mum.«

Stella warf ihre Handvoll Asche ins Meer und drehte sich dann um, um uns anzuschauen, wobei mein Körper von warmem Stolz erfüllt wurde. Noch vor etwas über einem Jahr schien sie verloren, unsicher gewesen zu sein. Und jetzt war sie hier, mit strahlenden Augen und einer starken und selbstbewussten Stimme. Rose drückte meine Hand.

Stella fuhr fort. »Bear, als du jung warst, musstest du in ein fremdes Land ziehen, obwohl du das nicht wolltest, aber du hast dir dort ein eigenes Leben aufgebaut. Mum hat ein bisschen länger gebraucht, um sich das Leben aufzubauen, das sie für sich selbst wollte, aber sie macht es jetzt. Wir haben nur einen Versuch hier auf diesem Planeten, nicht wahr, und es liegt an uns, ihn zu dem zu machen, was wir wollen. Aber Freunde, gute Freunde, wie Rose und Nita, können uns dabei helfen, diese Dinge Wirklichkeit werden zu lassen.«

»Mein Gott, Stella«, sagte ich mit tränenüberströmtem Gesicht. »Was tust du uns da an?«

»Ich habe das Gefühl, dass wir alle erst herausfinden mussten, was wir tun wollen«, meinte Rose, »mit unserem einzigen Versuch hier auf diesem Planeten.« Sie wischte sich über die Augen.

Alle drei standen wir da, schauten auf den Horizont hinaus und schwiegen für ein paar Minuten.

»Ich weiß, dass das ein schrecklich trauriger Tag ist«, sagte ich schließlich, »aber irgendwie bin ich von einem ungewohnten Frieden erfüllt.«

»Ich auch«, meinte Rose. »Ich glaube, dass wir das mit Bear richtig gemacht haben. Das ist ein gutes Gefühl.«

»In letzter Zeit bin ich zu dieser komischen Selbsthilfegruppe gegangen, mit Newland und Piet«, begann Stella und Rose und ich wandten uns beide um, um sie anzusehen. »Die Gruppe ist gut darin, anzuerkennen, wenn das Leben schwierig ist. Aber sie ermutigt uns auch, es laut auszusprechen, wenn es gut läuft, sonst verpassen wir das womöglich. Bettina hat das auch immer gesagt. Wie auch immer, was ich sagen will, ist, dass ihr recht habt, dass das ein trauriger Tag ist, aber ich bin trotzdem froh, mit euch beiden hier zu sein.«

»Wie hast du es geschafft, jemand so Weisen zu erzeugen?«, fragte mich Rose.

»Sternchen, mit dreiundzwanzig weißt du das, wofür ich doppelt so lange gebraucht habe, um es zu verstehen.« Dann flüsterte ich. »Es tut mir so leid. Diese schlimmen Dinge, die ich gesagt habe.«

»Ach Mum, ich hab noch viel Schlimmeres gesagt.«

»Das hatte ich verdient.«

»Nein, hattest du nicht. Du wolltest bloß noch mal einen Neuanfang.«

»Ein Neuanfang sollte aber niemand anderen verletzen.«

»Manchmal geht es aber nicht anders.«

»Rose hat recht – wie bist du nur so weise geworden, Stella?«

»Ich führe das auf meine Erziehung zurück.«

»Ich bin so froh«, sagte Rose und legte jeweils einen Arm um uns beide, »dass ihr zwei euch daran erinnert, dass ihr euch lieb habt.«

»Alles dank dir, Rose. Das müssen wir doch jetzt sagen, oder?«, meinte ich.

»Gern geschehen!«

Ich trat nach vorne. »Lasst uns die Verabschiedung zu Ende bringen.« Ich schüttete den restlichen Inhalt des Beutels ins Wasser und wir standen da und sahen dabei zu, wie das Meer kam und ging, bis von der Asche nichts mehr zu sehen war.

»Tja«, meinte Rose, »das hätten wir erledigt.« Sie holte ihr Handy heraus. »Ich finde, wir sollten diesen Moment mit einem Selfie ehren, falls du dir dafür nicht zu fein bist, Kay.«

»Ihh, ein Selfie«, witzelte ich. »Wie millenial von dir, Rose.«

»Ich hab deine alte Kamera mitgebracht«, sagte Stella da. Ich schaute sie an. »Wirklich?«

Stella lächelte Rose an. »Ja, ich, äh, hab gehört, dass du einen Fotografiekurs machen wirst, also dachte ich, dass du die vielleicht brauchst.« Sie holte meine Kamera aus ihrer Tasche und gab sie mir. Ich konnte es kaum glauben, dass ich sie endlich wieder hielt, ihr vertrautes Gewicht in meinen Händen.

»Ach, Stella.«

»Dad hat einen neuen Film eingelegt«, erklärte sie. »Ich wusste nicht, wie das geht.«

»Ohhhh, Stella.«

Rose zwinkerte Stella zu. »Gute Arbeit, Mädchen.«

Ich nahm die Abdeckung vor der Linse ab und schaute Stella durch die Kamera an. »Ich kann mich noch genau an die ganzen Spielereien erinnern.« Ich ließ sie sinken und sagte: »Lasst uns zu den Felsen gehen, wo Bear ins Wasser gefallen ist.«

Wir gingen zurück und ich stellte die Kamera zum Wasser hin auf einem flachen Stein ab. Rose und Stella warteten geduldig in ihren Positionen, während ich an dem Selbstauslöser herumwerkelte und dann hinüberlief, um mich zu ihnen zu stellen.

»Zehn Sekunden«, japste ich und nahm meinen Platz neben Stella ein.

Wir lächelten, ein bisschen starr, lachten aber dann richtig los, während wir mit dem jahrhundertealten Unbehagen darauf warteten, dass der Auslöser klickte. Als er dann schließlich klickte, meinte Rose: »Ich glaube, das wird ein gutes Foto.«

Wieder gegenseitig beieinander untergehakt, diesmal jedoch mit mir in der Mitte, gingen wir über den Sand zurück Richtung Stadt zu einem Mittagessen im Pub und zu unserem einzigen, fantastischen Versuch hier auf diesem Planeten.

Ein Brief von Beth

Liebe Leserin, lieber Leser,

vielen Dank, dass Sie Die Briefe der Mrs Bright *gelesen haben. Wenn Sie über meine Neuerscheinungen auf dem Laufenden gehalten werden wollen, dann melden Sie sich einfach unter folgendem Link für einen Newsletter an. Ich verspreche Ihnen, Sie nur zu kontaktieren, wenn ein neues Buch von mir erscheint und dass ich Ihre E-Mail-Adresse mit niemand anderem teilen werde.*

www.bookouture.com/beth-miller

Ich hoffe, dass Ihnen Die Briefe der Mrs Bright *gefallen hat und würde liebend gerne Ihre Gedanken dazu hören, also hinterlassen Sie bitte eine Rezension. Ich lese alle Rezensionen, halten Sie also nichts zurück!*
Falls Sie keine Rezension schreiben, sondern bloß hallo sagen wollen, können Sie sich über meine Facebook-Seite, X oder meine Webseite mit mir in Verbindung setzen.

Vielen Dank,
Beth Miller

DANKSAGUNG

Ein riesiges Dankeschön an:

- Meine Autorenfreunde und -freundinnen: Melissa Bailey, Jo Bloom, Sharon Duggal, Lulah Ellender, Abbie Headon und Becca Mascull und den Prime Writers, für all die guten Unterhaltungen.
- Liz Bahs und Jacq Molloy, für die ununterbrochene Unterstützung, die erstklassigen Lektorinnenratschläge, wasseraufnahmefähigen Schultern, an denen man sich ausweinen kann, und generell dafür, dass ihr die besten Autorinnenkumpels der Welt seid. Und noch mal Jacq für die wichtigen Australien-Infos.
- Juliette Mitchell, dafür, dass du an einem wichtigen Punkt während des zweiten Entwurfs für mich da warst – in der schwärzesten Nacht vor der Morgendämmerung – und dafür, dass du ihn an einem Wochenende gelesen und mir eine verblüffende Lösung zum Weitermachen präsentiert hast. Ohne dich hätte ich es nicht geschafft.
- Saskia Gent, meiner ersten Leserin, die sogar den chaotischen ersten Entwurf geliebt und behauptet hat, dass er mit 115 000 Wörtern definitiv *nicht* zu lang wäre. Ich hoffe, du magst ihn jetzt immer noch, wo er ein bisschen kürzer ist.
- Stu Robarts, Georgina Spraggan, Tim Vaughn und dem

X-Account von West Kirby Today, für die ausgezeichneten und detaillierten Informationen zum West Kirby Beach.

– Meiner Agentin, Judith Murdoch, die mir dabei geholfen hat, die anfängliche Idee für mein Buch zu finden.

– Meiner Lektorin, Maisie Lawrence, die mir dabei geholfen hat, eine enorme Menge an Wörtern zu etwas Zusammenhängendem zu machen, wobei sie mir viel zu lachen und Unterstützung gegeben hat.

Und letztendlich, wie immer, an meine Familie: meine Kinder, dafür, dass sie ununterbrochen stolz und interessiert sind, oder zumindest geschickt so tun, als wären sie stolz oder interessiert. Und am meisten von allen, danke dir, John, der mir immer den Glauben an mich selbst verleiht und mir Zeit und Raum gibt, mit meinen Texten weiterzumachen.

BETH MILLER

Wort für Wort zurück ins Leben

ROMAN

dtv

ISBN der gedruckten Ausgabe 978-3-423-21882-5
eBook ISBN 978-3-423-44277-0

PROLOG

Das letzte Mal habe ich Dad vor achtundzwanzig Jahren gesehen, im Jahr 1990. Wobei, das stimmt so nicht wirklich. Um ganz genau zu sein, habe ich ihn 1990 nur *fast* gesehen.

Ich hatte mir damals den Tag im Friseursalon freigenommen und bin in einen Zug nach London gestiegen, dann in einen anderen Richtung Küste und schließlich in einen dritten bis Rye.

Ich hatte meinen Vater beinahe acht Jahre lang nicht mehr gesehen. Mein Plan war, ihm den Brief zu zeigen, den er mir geschrieben hatte; ihn zu zwingen, sich seine eigenen Worte anzusehen:

Liebe Pearl, bitte komm nicht, es ist ungünstig. Francis.

Nicht ›Dad‹, sondern Francis.

Rückblickend kann ich kaum glauben, dass ich damals tatsächlich losgezogen und überhaupt so weit gekommen war. Für jemanden, der Konfrontationen gewöhnlich eher vermied, war mein Verhalten sehr gewagt. Sicherlich hätte Dr. Haywood etwas Aufschlussreiches dazu gesagt, hätte ich mich je dazu entschließen können, ihm davon zu erzählen.

Damals kaufte ich in der Bahnhofsbuchhandlung eine Straßenkarte von der Gegend und folgte der Hauptstraße durch die Stadt. Das Zentrum von Rye war malerisch: mit seinen Kopfsteinpflasterstraßen, den vielen Fachwerkbauten und verschiedenen Tea Rooms, aus denen, wo ich auch hinsah, Touristen strömten.

Als ich losging, war ich noch zuversichtlich, aber als ich an den Geschäften vorbei und zu den Ausläufern der Stadt kam, konnte ich spüren, wie mein berechtigter Zorn, der mich bis hierher gebracht hatte, langsam verflog.

Die hübschen Straßen gingen in ein eher unscheinbares Wohngebiet über, und je näher ich zu Dads Straße kam, desto langsamer und unentschlossener wurde ich. Dennoch schaffte ich es schließlich zur Pendlebury Avenue und letztendlich sogar bis zu Dads Haus. Doch plötzlich hatte mich meine Streitlust komplett verlassen, und ich konnte mich nicht dazu überwinden, die Verandastufen hinaufzugehen und an die Haustür zu klopfen. Mein Herz hämmerte in meiner Brust und das Atmen fiel mir zunehmend schwerer. Meine Beine fühlten sich so schwach an, dass ich mich auf den Gehsteig setzen und um Luft ringen musste.

Ein paar Passanten gingen vorbei, aber es war mir zu peinlich, jemanden um Hilfe zu bitten. Doch dann beugte sich ein junger Mann in ungefähr meinem Alter, Anfang zwanzig, mit Irokesenhaarschnitt und einem Nasenpiercing, zu mir herunter und teilte mir, nach ein paar kurzen Fragen, behutsam mit, dass ich gerade eine Panikattacke hatte. Es war meine erste. Ich wusste also noch nicht, dass man sich dabei immer so fühlt, als würde man sterben. Also sagte ich ihm, er müsse sich irren: Das sei definitiv ein Herzinfarkt. Schließlich gab ich nach und ließ mich von ihm ins örtliche Krankenhaus fahren, obwohl es mir, als wir bei der Notaufnahme ankamen, natürlich wieder gut ging. Aber die

Krankenschwester meinte, es wäre bestimmt keine schlechte Idee, sich einmal durchchecken zu lassen. Der junge Mann – an seinen Namen erinnere ich mich nicht mehr – wartete mit mir und erzählte von den Panikattacken, die er selbst in der Schule erlebt hatte. Nachdem mir ein einwandfreies Gesundheitszeugnis ausgehändigt worden war, setzte er mich am Bahnhof ab. Ich bedankte mich bei ihm und wir verabschiedeten uns. Freundlichkeit zwischen einander fremden Menschen.

Ich dachte an diesem Tag nicht einmal daran, noch mal zu Dads Haus zurückzukehren. Stattdessen verstand ich die Panikattacke als ein wenig subtiles Zeichen und machte mich auf meinen langen Rückweg durch das Land nach Hause. Damals hörte ich auf, ihm zu schreiben, und nach ein paar harten Jahren, in denen ich um den Vater trauerte, den ich geliebt hatte, dachte ich mehr oder weniger fast gar nicht mehr an ihn.

1

Pearl

Ich ging durch den Wald und achtete auf die Rufe der Vögel. In meinen Ohren klangen französische Vögel anders als englische. Als ich ein Gezwitscher hörte, das vielleicht von einer Singdrossel kommen könnte, blieb ich stehen und hob meinen Feldstecher. Sein vertrautes Gewicht schmiegte sich an die Vertiefungen meiner Augenhöhlen.

Gerade als ich den Hals reckte, um hinaufzusehen, begann das Handy in meiner Tasche zu klingeln und durchbrach den Frieden des Waldes. Ein ungewohntes Geräusch: Mein Handy klingelte nur selten. Ich bekam nie einen von diesen unzähligen Enkeltrick-Anrufen, von denen Leute mit Smartphones geplagt wurden. Und das Bedürfnis, das Internet in der Hosentasche mit mir herumzutragen, hatte ich noch nie gehabt.

Ich klappte mein antikes Mobiltelefon auf, doch als ich den Namen des Anrufers sah, machte ich es beinah gleich wieder zu. Mein Bruder und ich hatten schon seit über einem Jahr, vielleicht sogar zwei, nicht mehr miteinander gesprochen. Unsere Kommunikation beschränkte sich auf gelegentliche E-Mails. Ich wusste, dass er einen dringenden Grund für den Anruf haben musste, und vermutete, dass es keine guten Nachrichten waren.

»Hi, Greg«, sagte ich und ein schwaches »Hi, Greg« echote zu mir zurück. Handys waren für echte Telefonate hoffnungslos ungeeignet. Ich dachte an das plumpe graue Festnetztelefon aus meiner Kindheit zurück, dessen Hörer mir mein Dad immer hingehalten hatte, wenn eine Freundin anrief. Damit hatte man kristallklare Unterhaltungen führen können.

»Pearl. Gott sei Dank. Ich war mir nicht sicher, ob du rangehen würdest.« Gregs Stimme, blechern und widerhallend, ließ mich wieder zu der jüngeren, weniger selbstsicheren Version meiner selbst werden. »Passt es dir gerade?«

Würde es mir jemals passen, mit ihm zu reden? »Ja, klar ... Ist alles in Ordnung?«

»Nicht wirklich. Tut mir leid, Pearl. Es geht um Dad. Er ist im Krankenhaus.«

Ich spürte, wie mir ein Schauer über den Rücken lief.

»Woher weißt du das?«

»Eine Krankenschwester hat mich angerufen.« Er zögerte, dann fügte er hinzu, vermutlich um meine nächste Frage vorwegzunehmen: »Ich nehme an, dass Dad sie darum gebeten hat.«

»Ernsthaft? Warum?« Dad hatte seit über dreißig Jahren keinen von uns sehen oder sprechen wollen. Ich ging weiter, das Telefon fest ans Ohr gepresst. »Woher um alles in der Welt hatte er deine Nummer?« Meine hatte er nämlich todsicher nicht.

»Keine Ahnung. Spielt das denn eine Rolle? Die Krankenschwester hat gesagt, dass er sehr krank ist und es wahrscheinlich heute, spätestens morgen so weit ist.«

»Was fehlt ihm denn, hat sie das auch gesagt?«

»Irgendwas am Herzen, glaube ich.«

Wie ironisch: Lange hatte ich angenommen, Dad hätte gar kein Herz.

»Egal«, fuhr Greg fort, »ich wollte nur, dass du Bescheid weißt.« Beim letzten Wort stockte seine Stimme.

Ich kam in der Mitte des Waldes an, meinem Lieblingsplatz, wo die Bäume eng genug beieinander standen, um hoch oben ein Blätterdach zu bilden, das aber immer noch Sonnenlicht hindurchließ. Ich saß gerne hier, mit dem Rücken an den glatten Stamm einer Birke gelehnt, und fing mit Kreide oder Malfarben die Bewegungen des Lichts ein, das durch die Blätter fiel. Es war sehr friedlich. Andere Leute fühlten sich wahrscheinlich beim Meditieren so, aber mit diesem Mindfulness-Kram hatte ich noch nie viel anfangen können. Mein Kopf war nie leer. Viel ruhiger als mit meinem Zeichenblock im Wald wurde ich eigentlich nie.

»Geht's dir gut, Greg?«

»Nicht wirklich.«

Ich ließ mich an meinem Baum hinabrutschen, saß auf seinen knorrigen Wurzeln und beobachtete die Flecken aus Sonnenlicht, die schimmernd über meine Jeans tanzten.

»Jetzt kann nichts mehr geklärt werden, oder? Alles, was nie ausgesprochen wurde. Jetzt ist es zu spät.« Gregs letzte Worte waren kaum mehr hörbar. Ich konnte mich nicht daran erinnern, wann ich ihn zuletzt weinen gehört hatte.

»Aber Greg, den Kontakt zu uns hat er schon vor einer Million Jahren abgebrochen. Er hat sich nicht für uns interessiert, das hat er immer wieder unmissverständlich klargemacht.«

»Trotzdem trifft es einen, oder?« Er schniefte. »Ich muss noch Benjy anrufen, also lass uns Schluss machen.«

Ein Hase schoss genau vor mir aus dem Gebüsch, ließ mich hochschrecken und verschwand dann sofort wieder im Unterholz.

»Versuchst du, ihn noch zu sehen?« Ich wusste nicht, was mich dazu gebracht hatte, das zu fragen. Warum um alles in der Welt sollte Greg das, nach all den Jahren des Schweigens? Aber mein Instinkt trog mich nicht.

»Ich ... ich glaub schon.«

»Grundgütiger! Wirklich?« Etwas regte sich in mir – Verärgerung vielleicht –, weil Greg es zuließ, sich in Dads finales Drama hineinziehen zu lassen.

»Letzte Chance, oder? Ich fänd's wahnsinnig schlimm, später zurückzublicken und, du weißt schon ... Ich würde es bereuen, nicht da gewesen zu sein.«

Ich kam auf die Beine, zu hibbelig, um still zu sitzen. »Na, dann viel Glück. Grüß Ben von mir.« Ich klappte das Handy zu, ohne Tschüss zu sagen, und ging schnell den Pfad zurück. Verdammter Greg! Da platzte er einfach mitten in meinen ruhigen Tag und zog mich wieder in all das hinein, das ich mit so viel Kraft hinter mir gelassen hatte. Auch wenn ich wusste, dass es nur ein paar Minuten sein konnten, kam es mir wie Stunden vor, bis der vertraute Anblick unseres Cottages in Sicht kam, das, umgeben von einem niedrigen weißen Holzzaun, mitten auf einer kleinen Lichtung stand.

Als wir planten, hierherzuziehen, hatten alle auf die Fotos vom Cottage ähnlich reagiert. Alle bis auf meine Schwägerin Eleanor. Im Friseursalon sagte mein Team zu mir: *Du hast aber Glück. Das ist so idyllisch. Könnten wir nur auch dort wohnen* und so weiter. Sogar meine Brüder waren voller Begeisterung. Benjy teilte mir mit, wann er zu Besuch kommen würde, und Greg meinte, es sehe sehr friedlich und hübsch aus.

Nicht so aber Eleanor. Sie scrollte durch meine Bilder und

hielt bei einem Foto inne, auf das ich besonders stolz war: Der Wald hinter dem Cottage wirkte darauf dunkelgrün und einladend.

»Sieht aus wie das Haus in diesem Märchen«, sagte sie.

»Oh, danke!«, erwiderte ich. »Schon, oder? Wie das Häuschen der sieben Zwerge bei *Schneewittchen*?«

»Nein«, widersprach sie mit einem ironischen Lächeln, das der Antwort kaum die Schärfe nahm. »Ich meine das aus Lebkuchen in *Hänsel und Gretel*.«

Denny war gerade in seiner Werkstatt, die sich bei uns dort befand, wo in einem normalen Haus das Esszimmer wäre. Er sägte an etwas herum, hielt aber inne, als er mich reinkommen hörte.

»Das ging aber schnell!« Er drehte sich um, die Kreissäge in der Hand, und nahm seine Schutzbrille ab. Mit seinem karierten, am Kragen offen stehenden Hemd, der grünen Chinohose und den dunklen, von Silberfäden durchzogenen Haaren sah mein Mann aus, als ob er einer ›Aktiv-bleiben-mit-Mitte-fünfzig‹-Werbung für eine Werkbank oder vielleicht auch für eine Hämorrhoiden-Creme entsprungen wäre. »Du bist doch erst vor zwanzig Minuten los.«

»Greg hat angerufen. Anscheinend liegt mein Vater im Sterben.«

»Oh! Woher weiß Greg das denn?« Denny legte die Kreissäge weg.

»Genau das hab ich ihn auch gefragt!« Ich ging zum Fenster und blickte hinaus auf die Bäume.

»Geht's dir gut?« Denny kam zu mir herüber und legte einen Arm um mich. »Das muss dich verstört haben. Ich meine, nicht nur der Zustand deines Dads, sondern überhaupt von Greg gehört zu haben – das letzte Mal ist ja inzwischen auch schon länger her.«

»Greg redet sogar davon, Dad zu besuchen, kannst du dir das vorstellen?«

»Na ja, ich glaube, dass solche Situationen die Leute auf seltsame Art und Weise berühren. Und im Vergleich zu dir schien es Greg auch mehr ausgemacht zu haben, dass ihr Geschwister keinen Kontakt mehr zu eurem Vater hattet.«

Schockiert machte ich mich von Denny los und drehte mich zu ihm um. »Mir soll es nichts ausgemacht haben? Was soll das denn heißen?«

»Nichts ausgemacht ist vielleicht nicht der richtige Ausdruck, entschuldige. Ich meine bloß, dass du akzeptiert hast, wie es ist.«

»Das ist genau dasselbe! Ich habe es nie akzeptiert! Die Tatsache, dass ich es niedergerungen und aus meinen Gedanken verbannt habe, bedeutet nicht, dass es mir gleichgültig war.«

Denny hob entschuldigend die Hände. »Tut mir leid. Ich hab komplett das Falsche gesagt. Kann ich dir irgendwas bringen? Einen Kaffee? Ich hab gerade einen aufgesetzt.«

Ich bemühte mich, wieder ruhiger zu atmen. »Ja, bitte«, sagte ich in einer etwas höheren Stimmlage als sonst.

Als Denny den Raum verlassen hatte, fischte ich mein Handy aus der Tasche und drückte schnell auf eine Nummer, damit ich ja keine Zeit hatte, darüber nachzudenken, was ich da gleich tun würde. *Damit abgefunden.* Also ehrlich!

»Ich komme mit«, verkündete ich, und meine Stimme echote quiekend zu mir zurück.

Es folgte ein kurzes Schweigen.

»*Was* hast du gesagt?«, fragte Greg.

»Ich werde den nächsten Flug nehmen.«

»Aber du hasst ihn doch! Du hast immer gesagt, dass du ihn hasst!«

»Ich weiß.«

»Pearl.« Ich hörte, wie Greg in den Modus ›geduldiger großer Bruder‹ schaltete. Das nervte mich immer noch genauso wie damals, als ich zehn war. »Du kannst gerade nicht klar denken. Du kannst nicht ...«

»Doch, das kann ich. Und das will ich auch.« Warum wollte ich das? Was zur Hölle war hier eigentlich gerade los? Mein letzter Versuch, Dad zu besuchen, lag nun beinahe dreißig Jahre zurück und hatte mit einer Panikattacke geendet. Nun gut – über den ›warum‹-Teil würde ich mir später Gedanken machen.

»Du bist in Südfrankreich!«

»Dessen bin ich mir durchaus bewusst.« Ich drehte mich wieder zum Fenster und sah einem Vogel dabei zu, wie er von einem Ast aus hoch in den Himmel flog.

»Du wirst also einfach in ein Flugzeug steigen und anschließend in das Krankenhauszimmer eines Mannes hineinspazieren, mit dem du seit Jahrzehnten nicht mehr gesprochen hast?«

»Schreib mir die Krankenhausdetails. Wir sehen uns dann dort.«

»Aber Pearl ...«

Mit einem Klack klappte ich das Handy zu, genau in dem Moment, als Denny wieder hereinkam.

»Den, ich weiß, das klingt völlig verrückt, aber ich will den nächsten Flug nehmen.«

»Was? Wohin?« Denny, mit zwei Kaffeetassen in der

Hand, sah verwirrt aus. Das war verständlich, denn außer sonntags, wenn wir im dreißig Kilometer entfernten Millau zu Mittag aßen, ging mein Radius nie weiter als bis zu unserem nächsten Städtchen.

»Aus irgendeinem Grund hab ich das Gefühl, hinfliegen zu müssen …«

Denny blinzelte langsam. »Du willst nach England fliegen? Jetzt? Um … deinen Vater zu sehen?«

Ich nickte und ging in Gedanken durch, was ich brauchte. Wechselkleidung, ein Buch, meinen Laptop. Wo war mein Pass? Den hatte ich schon länger nicht mehr gebraucht. Ach, warum sollte ich lügen? Ich wusste ganz genau, wann wir das letzte Mal in England gewesen waren: vor fünf Jahren und einem Monat.

»Sollen wir uns vielleicht einfach mal für einen Moment hinsetzen?«

»Das geht nicht, Denny, ich muss in die Gänge kommen …«

Doch Denny nahm sanft meine Hand und führte mich zu dem mit Sägespänen übersäten Sofa. »Nur eine Minute. Damit ich das alles richtig verstehen kann.«

»Okay, aber nur kurz.« Der Großteil meines Gehirns wusste, dass ich irrational handelte. Der Rest ratterte gerade durch die logistische Umsetzung meines Vorhabens.

Denny reichte mir einen Kaffee. »Hat Greg verlangt, dass du kommst?«

»Nein. Er war eher schockiert, dass ich kommen will.«

Denny sah mir in die Augen. »Schatz, ich weiß, wie er sich fühlt.«

»Ich bin ja selbst schockiert. Aber ich will hinfliegen.«

»Warum?« Seine Stimme war sanft, beruhigend. »Deine

Familie … Du hast so hart daran gearbeitet, dich zu distanzieren. Und was deinen *Vater* angeht … ich könnte Greg an die Gurgel gehen, dass er dich damit belastet.«

Denny war immer sehr beschützend. Normalerweise mochte ich das. Aber manchmal hörte er deswegen nicht, was ich sagte.

»Das ist nicht seine Schuld, er hat mir nur Bescheid gesagt.«

»Bist du denn *traurig*?« Denny warf mir einen verstohlenen Blick zu und versuchte einzuschätzen, was ich fühlte. Für ihn wäre der Gedanke, dass ich über den bevorstehenden Tod meines schrecklichen Vaters traurig sein könnte, merkwürdig. Aber nein, es war nicht fair, alles auf Denny zu schieben. Für mich wäre es auch merkwürdig.

»Ich bin nicht wirklich traurig«, erklärte ich. »Es hat mich nur aus der Bahn geworfen, dass Greg hinfahren und ihn besuchen will. Das ist alles.« Dieses bizarre, verfrühte Gefühl der Trauer wollte ich mir nicht eingestehen. Ich hatte geglaubt, dass ich schon vor langer Zeit ausreichend um meinen Vater getrauert hätte, aber in meinem Bauch spürte ich einen seltsamen, wenngleich auch irgendwie vertrauten Schmerz, der von dem Moment an da gewesen war, als ich Gregs Stimme gehört hatte.

Denny umarmte mich. »Du Arme.«

Ich ließ mich kurz von ihm trösten, löste mich dann aber aus der Umarmung. »Gut. Ich sollte jetzt lieber loslegen. Kannst du für mich nach Flügen schauen, während ich meine Tasche packe?«

»Klar. Und falls du es dir, äh, anders überlegst, ist das auch in Ordnung.«

Ich nickte abgelenkt und versuchte, mich daran zu erinnern, wo meine kleine Reisetasche war. Ich ging ins Obergeschoss und entdeckte sie schließlich ganz eingestaubt auf dem Schrank. Erleichtert stellte ich fest, dass mein Pass noch immer im vorderen Reißverschlussfach steckte. Eine Schrecksekunde lang dachte ich, der Pass könnte abgelaufen sein, doch Gott sei Dank war er noch achtzehn Monate gültig. Ich packte etwas Kleidung und meinen Kulturbeutel zusammen und ging dann wieder nach unten.

Denny saß immer noch in seiner Werkstatt, genauso wie ich ihn zurückgelassen hatte.

»Was hast du zu den Flügen herausgefunden?«, fragte ich.

»Du weißt, dass du dich nicht unter Druck setzen lassen musst, oder?«

»Was meinst du?« Ich ließ meine Tasche auf den Boden fallen und setzte mich neben ihn. »Niemand setzt mich unter Druck. Ich will hinfliegen.«

»Es ist wegen Eleanor, oder?«, mutmaßte Denny. »Ihr konntest du noch nie etwas abschlagen.«

»Ich hab nicht mal mit ihr geredet!« Ich legte ihm die Hand auf den Arm. »Hast du die ganze Zeit hier rumgesessen und dich in etwas reingesteigert?«

»Sie wird außer sich sein vor Freude, dass du kommst. Sie wird alle möglichen Gründe finden, damit du nicht mehr zurückkehrst.«

»Denny, das ist doch kompletter Unsinn. Denkst du etwa, dass ich gar kein Rückgrat habe? Ich werde meinen Vater besuchen, bevor er den Löffel abgibt, und dann zurückkommen. Das ist alles.«

»Sie werden dich zum Bleiben überreden wollen. Die hören dir doch gar nicht zu.«

»Da sind sie nicht die Einzigen!« Frustriert warf ich die Hände in die Luft. »Du weißt doch, dass sie mich schon hundert Mal eingeladen haben, seitdem wir hierhergezogen sind! Immer veranstalten sie irgendwelche Geburtstagspartys oder Weihnachtsessen oder weiß Gott was ... Osterpicknicks, Sonntagsbrunchs und Taufen, und bisher habe ich zu alle Nein gesagt.«

»Na ja ... du hast nicht wirklich Nein gesagt, oder? Du hast einfach nicht geantwortet.«

»Was war letztes Jahr mit Eleanors 45. Geburtstag?« Ich stand auf. Meine Stimme kam mir lauter vor als sonst. »Sie hat mir gesagt, dass ich die einzige Person sei, die sie wirklich sehen wolle, weißt du noch? Und trotzdem bin ich nicht hingegangen. Nicht dorthin und auch sonst nirgendwohin. Und das seit ...« Und da an diesem Morgen sowieso schon alles drunter und drüber ging und ich ziemlich übermütig war, sprach ich es aus: »Gracies Taufe.«

Wir starrten uns an und ich konnte die Furcht in Dennys Augen sehen. Die Furcht davor, was es bedeuten könnte, in genau dieses Wespennest zu stechen.

Einen Augenblick später sah er weg. Ich wusste, dass er nicht darauf eingehen würde.

»Was ist mit der Arbeit? Deinen Kunden ...«

»Die kann ich leicht verschieben. Denny, mein Vater stirbt!«

»Aber du hast ihn doch jahrelang kaum erwähnt!«

»Und nur weil ich ihn nicht erwähnt habe, dachtest du, dass mich das nicht mitnehmen würde?«

»Na ja ... ja.«

»Das dachte ich auch.« Ich setzte mich wieder hin. »Aber ich will wirklich hinfliegen.«

Es folgte ein kurzes Schweigen.

»Gut.« Denny setzte sein entschiedenes Gesicht auf. Ich mochte diesen Ausdruck an ihm. »Wenn du so fest entschlossen bist, komme ich eben mit.«

»Das musst du nicht.«

»Doch. Ich bin alles, was noch zwischen dir und deiner Familie steht.« Er holte sein Handy heraus. »Ich buche uns jetzt die Flüge.«

8. Januar 2018

*Roberta sagte, sie hätte noch um ein paar Details gebeten,
aber es sähe vielversprechend aus. Ich fragte, wie lange das
dauern würde, obwohl ich wusste, dass sie mir das nicht
beantworten konnte; sie konnte lediglich die Informationen weitergeben. Ich bin wohl der Einzige, dem es äußerst
dringend war. Ich sagte, sie solle sie bitte unbedingt wissen
lassen, wie leid es mir tut. Dass das überhaupt nicht das
wäre, was ich wollte. Ich habe mir immer gewünscht, dass
alles anders wäre. Manchmal bin ich fassungslos, was für
einen Schlamassel ich angerichtet habe.*

*Die arme Roberta, die mir zuhören musste! Sie war sehr
geduldig. Hat mir immer wieder gesagt: Francis, mach
dir keine Sorgen, ich werde mein Bestes für dich tun.*

*Ich gab ihr die Adresse der Kirche und sagte ihr, es wäre
notwendig, alles geheim zu halten. Ihre Stimme war so
freundlich. Wie gerne wollte ich ihr sagen: Roberta, ich
habe so viel vor meiner Frau verheimlicht. Schon allein daran zu denken, fühle sich wie Untreue an. Ich weiß, dass
ich ohne sie verloren wäre.*

*Roberta sagte, sie würde sich bald wieder melden, und
dabei musste ich es dann belassen. Ich eilte nach Hause
und dachte die ganze Zeit über diesen Menschen nach, den
ich nie kennengelernt habe. Trotz all meiner Versäumnisse
hoffe ich wirklich, dass sie und du einen Weg finden wer-
det, um die verlorene Zeit wieder aufzuholen.*

Sie sammelt

die Geschichten anderer ...

Ein neues Kapitel beginnt ...